LA DANSE DES VIVANTS

ANTOINE RAULT

LA DANSE DES VIVANTS

roman

ALBIN MICHEL

© Éditions Albin Michel, 2016

But I have dream'd a dreary dream,
Beyond the Isle of Skye;
I saw a dead man win a fight,
And I think that man was I.

The Battle of Otterburn,
ballade écossaise du XVIe siècle.

Past is never dead. Not even past.

Requiem for a Nun,
William Faulkner

1

Qui était-il ?

Au début, c'était insoutenable. Il entrouvrait et refermait aussitôt les yeux. La lumière était trop vive. Maintenant, il arrive à les garder ouverts, il s'habitue – et il voit. Il voit l'éclat blanc d'un soleil d'été qui remplit tout l'espace au-dessus de lui. Il voit le plafond blanc, les morceaux de peinture écaillée qui menacent de tomber comme des feuilles mortes. Il a chaud. Il essaye de tourner la tête. Mal partout, surtout dans le crâne, aussi dans la nuque, dans les épaules et dans les bras jusque dans les phalanges. Tout son corps raide et douloureux. À gauche, il voit des lits, des blessés sur des lits, une infirmière blanche avec sa coiffe debout devant un lit, une porte derrière elle qui bat comme une aile de papillon, des formes blanches qui entrent et sortent et plusieurs hautes fenêtres par où passe le soleil. À droite, il voit des lits, des blessés sur des lits, deux infirmières blanches avec leur coiffe et un médecin barbu qui leur parle. Sa blouse est tachée d'empreintes rouges qu'il a faites en s'essuyant les mains.

Il voit et il entend. Au début, il a seulement vu. Maintenant, l'audition revient. Le plus gênant, c'est ce bourdonnement dans sa tête comme d'une ruche. Petit à petit, il distingue et identifie des sons : des toux, des râles, des hommes qui gémissent, sur sa gauche, sur sa droite. Il entend le médecin et les infirmières parler à voix basse. Et soudain, un hurlement, et ce hurlement l'angoisse parce qu'il exprime la peur d'un homme face à la mort. N'importe qui, un animal, même un nouveau-né, reconnaît à un tel cri la peur panique face à la mort. Alors, ça s'agite un peu partout dans la salle. Certains gémissent plus fort, questionnent, appellent. Une voix de femme puis une voix d'homme tentent de calmer l'homme qui hurle.

Plus tard, il n'entend plus que des toussotements et de faibles plaintes comme si la chaleur étouffait aussi les bruits. Une grosse mouche vrombit. Il la voit. Elle semble avoir du mal à tenir en l'air. Elle échoue sur sa main. Il la sent. Il ferme les yeux. Il les rouvre. Le médecin barbu avec sa blouse tachée de sang se tient sur le côté de son lit. De la sueur perle dans sa barbe, luit sur son cou, s'écoule sous sa blouse. Ses mains sont larges et puissantes. Il se penche pour lui parler.

– Vous m'entendez ?

Il le regarde. Il l'entend. Il ne comprend pas pourquoi le médecin lui pose cette question.

– Vous m'entendez ?

– Oui, répond-il d'une pauvre voix desséchée.

Il a soif.

– Tout va bien. Vous n'avez rien à part des égratignures. Mais vous avez été choqué par une marmite. On a eu peur que ça vous ait rendu sourd mais heureusement… Vous vous souvenez de ce qui s'est passé ?

– Non.

– C'est normal.

Le médecin dégageait une impression de force physique et de bonne santé avec ses épaules carrées, son ventre tendu sous sa blouse et ses gros bras velus tranquilles et sûrs. Seuls ses yeux, deux points noirs enfoncés dans leurs orbites, et ses paupières rougies trahissaient la fatigue, la surcharge de travail. On manquait de médecins et d'infirmières pour le flot incessant de blessés, d'estropiés, de gazés qui remplissaient les salles. Ça n'en finit pas, ça n'en finira jamais. Ballet des brancardiers. Docteur, ç'ui-là, on l'met où ? On ne savait plus où les mettre. Il en arrivait de partout, hagards, exténués, déchiquetés par la mitraille, couverts d'une couche de poussière grise épaisse qui figeait la boue, le sang, les chairs de leurs plaies béantes. On aurait dit des statues de terre cuite d'écorchés. Les brancardiers en déposaient à même le sol dans les couloirs de ce couvent réquisitionné parce que les hôpitaux depuis longtemps ne suffisaient plus. Certains se tordaient comme des vers, secoués de spasmes, s'agrippaient aux jambes des brancardiers, des infirmières, avec des regards terrifiés, proféraient d'incompréhensibles menaces et jurons en bavant, menaient leur dernier combat contre leur dernier ennemi, invincible celui-là... D'autres, calmes et maîtres de leur douleur, dictaient leur testament d'une voix éteinte, quelques mots et ils mouraient, les suivants les remplaçaient déjà, c'était une foire au bétail humain. Docteur, ç'ui-là... La mort coulait à gros bouillons comme une rivière en crue.

– Vous étiez coincé dans un trou. Apparemment, on a mis du temps à vous trouver, c'était un beau merdier. Vous n'aviez que la tête qui dépassait de la boue. Vous ne portiez pas vos plaques d'identité militaire. Ni votre veste. Vous m'entendez ?
Pourquoi il me pose toujours la même question ?
– Comment vous appelez-vous ?
Il pense : Il me demande comment je m'appelle...

Comment je m'appelle ? Comment je m'appelle, comment je m'appelle !... Il est d'abord interloqué. Comment je m'appelle ? Il s'aperçoit qu'il ne peut pas répondre à la question. Il fait un terrible effort pour se souvenir, mais rien. Le sang se retire de son visage. Ça se met à tourner autour de lui comme s'il avait le vertige. Il cherche, il cherche de toutes ses forces. Rien à faire, c'est impossible – et ça l'épouvante. Il voudrait que les mots sortent tout seuls de sa bouche, mais rien, il ouvre une bouche de poisson rouge, il a l'air stupide, hébété. Il voit que le médecin fronce les sourcils.
– Vous vous rappelez votre nom ? Votre prénom ?
Mon nom. Mon prénom...
– Votre régiment ? Votre compagnie ?

Le docteur Boulard s'impatientait. Il avait encore tant de types à voir, il devait opérer. Des cas graves : des éventrations, des pieds, des jambes à amputer... Il est chirurgien, pas psychiatre. Il n'a rien, celui-là, égratignures, parfait état, apte à retourner combattre... Un choc, faut juste le secouer.
Il lui secoua l'épaule.
– Hé ! Mon vieux ! Tout va bien, t'as rien. T'es un peu pâle, c'est le choc, c'est normal. Regarde ton voisin, là, tu vois ?
Le jeune soldat regarda. Le gars à côté de lui était tellement couvert de pansements qu'on aurait dit une momie.
– Lui, disait le médecin, lui, il a dégusté. Toi, t'as eu de la veine. Rien du tout, rien, pas le moindre petit éclat d'obus, pas de bobo. Il lui tapota la joue. Regarde-moi... là... Tu me vois ?
– Oui, docteur.
– Ah ! Tu vois que je suis médecin. À quoi tu vois que je suis médecin ?
– À votre blouse.

– C'est très bien, ça, voilà. Et où on est, là ?
– Dans un hôpital ?
– Oui !
Boulard esquissa un sourire. Ce garçon reprenait ses esprits, tant mieux ! Soudain, la momie couchée dans le lit d'à côté tenta d'attirer l'attention. Elle leva péniblement un bras bandé et de ses lèvres sortirent quelques mots presque inaudibles prononcés d'une voix suppliante :
– *Ich hab' Durst... Bitte... Wasser... Boire...*
Le jeune homme lui répondit spontanément sans le moindre accent français :
– *Du hast Durst ?* Il poursuivit en s'adressant au médecin en allemand : *Er muß trinken, er hat Durst.*
Le médecin se tourna vers l'infirmière.
– Il parle allemand...
L'infirmière indiqua la momie.
– Celui-là est allemand. Ils l'ont ramassé au milieu des autres.
Le médecin se pencha vers le jeune homme.
– Comme ça, tu parles allemand. Tu as étudié l'allemand ?
Il vit se peindre sur son visage une expression de surprise.
– Je parle allemand ?
– Tu viens de lui parler en allemand.
– Je ne m'en étais pas aperçu. Il a soif, il faut lui donner à boire.
– Qu'est-ce que tu me racontes ? Quand je te parle, là, je te parle en quelle langue ?
– En français...
– En français. C'est ça. Et si je te dis : *Ich habe Wurst** ?

---
* *Wurst* : saucisse. *Durst* : soif.

Le jeune homme sourit d'un air amusé. Boulard crut qu'il se moquait de lui et se vexa.
– Tu te fous de ma gueule ?
– Mais non. C'est juste que *Wurst*, en allemand...
– Ah ! Donc, tu fais bien la différence. Alors, pourquoi tu dis que tu ne fais pas la différence ?
– Je n'ai pas dit que je ne faisais pas la différence, j'ai dit que je ne m'étais pas aperçu que...
Il s'interrompit soudain et resta la bouche entrouverte et le regard fixe, comme un hébété. Il parlait l'allemand aussi naturellement que le français. Il pensait en allemand aussi bien qu'en français. Mais pourquoi ? Et tous ces hommes blessés... c'était la guerre, il était à la guerre... Aucune image ne lui venait à l'esprit. Il sentait l'alcool à 90°, l'éther, le coton humide des draps d'hôpital et dans sa bouche, c'était âcre et métallique, comme un goût de sang, il pensa bizarrement : Je crois que c'est ça, le goût du sang. Pourtant, il ne saignait pas. Cela doit être seulement que j'ai soif, que j'ai très soif, moi aussi.

Le médecin le considérait d'un œil dubitatif.
– Tu ne t'étais pas aperçu que quoi ?
– Que je parlais allemand.
– Mais maintenant, ça te revient. Tu refais la différence ?
– Oui.
– C'est bien. Tout va te revenir. Tout va se remettre en place, tu vas voir. En quelle année on est, mon gars ?

Le jeune homme réfléchissait, son front se barrait de deux plis profonds.
– En 10 ? risqua-t-il en levant craintivement la tête vers le docteur comme un enfant qui a peur d'avoir fait une mauvaise réponse à son maître devant le tableau noir.

À nouveau, le docteur Boulard se sentait agacé. Peut-être

était-il en présence d'un simulateur tout ce qu'il y a de bien portant, il y en avait tant ! Il n'était sûr que d'une seule chose : c'était un soldat français. Il portait quand on l'avait retrouvé – preuves irréfutables ! – des godillots, des chaussettes et un caleçon de l'armée française.

– En 10 ! Pourquoi en 10 ?

– Je ne sais pas...

– On n'est pas en 10, gronda le médecin, on est en 18, en juillet 18, le 15 juillet, et on fait la guerre aux Boches depuis quatre ans, bordel, toi je sais pas depuis combien mais moi depuis quatre ans !...

– Alors, hier, c'était le 14 Juillet ?...

Ma parole, il le fait exprès, il joue au couillon.

– Oui, mon pote, le 14 Juillet, fête nationale. Tu te souviens de ça ?

Le jeune homme, content de s'en souvenir, eut un sourire de satisfaction.

– Oui...

– Et de quoi tu te souviens encore ?

Il avait l'air presque idiot, le regard fixe. Il articula lentement, d'une voix comme rouillée :

– ... Ma mère...

– Ta mère ! Parfait. Comment elle s'appelle ?

– Maman...

Boulard se retint à peine de gueuler.

– Maman comment ? Elle a bien un nom, ta mère !

Le jeune homme, s'affolant, bredouilla :

– Je ne sais plus... Il répéta comme s'il était coupable : Je ne sais plus.

Il avait l'air d'une bête traquée. L'infirmière de la Croix-Rouge qui s'était approchée de l'autre côté du lit considérait

avec pitié ce garçon perdu dont le beau visage était littéralement défiguré par l'angoisse. Elle pensait : Quand on voit ce défilé de suppliciés et de cadavres sanglants, on peut comprendre que tout oublier soit la dernière planche de salut, la seule façon de ne pas devenir fou. Elle-même faisait des cauchemars.
Le médecin jugea qu'il avait assez perdu de temps. Il se tourna vers l'infirmière.
– Il n'a rien à faire ici. Il encombre un lit pour rien. Dégagez-le-moi dare-dare. Envoyez-le sur Paris ou ailleurs, en neurologie. Comme il s'éloignait avec l'infirmière, il lui dit en grommelant : Encore un qui veut plus y aller ! Puis, avec un soupir, comme s'il avait lu dans ses pensées : On peut comprendre.

Les hôpitaux de Paris débordaient eux aussi, et notamment les centres de neurologie et de « psychonévroses ». Depuis deux ans, on voyait arriver de plus en plus de traumatisés nerveux ou psychiques. Les Anglais, comme à leur habitude, avaient trouvé le mot juste, simple et imagé : shell-shock*, tandis que les Français, comme à leur habitude, avaient multiplié les termes compliqués pour qualifier ces malheureux. Les médecins de l'époque parlaient de « sinistrosés », d'« éboulés », de « convulsifs », de « plicaturés » quand ils se tenaient pliés en deux ou tordus dans des postures de marionnette, de « commotionnés », d'« émotionnés » quand leurs troubles étaient exclusivement psychiques. Tous étaient grosso modo « frappés d'obusite » et déclarés « hystériques invétérés » dès lors que les examens cliniques et les radiographies ne révélaient aucune lésion.
Or, depuis 1908, la perception de l'hystérie en France avait évolué. Au début des années 1880, le professeur Jean-Martin

---

* Littéralement et simplement : choc dû à un obus.

Charcot avait fait reconnaître l'hystérie comme une véritable maladie alors qu'auparavant les hystériques étaient considérés comme des simulateurs. En 1908, son élève préféré et disciple, Joseph Babinski, remettait tout en question et ravalait l'hystérie au rang de simple phénomène d'autosuggestion : le patient se convaincrait qu'il était malade. Cette théorie s'imposa dans le monde médical. Dès le début de la guerre, Babinski, devenu sommité française régnant en maître incontesté à l'hôpital de la Salpêtrière ainsi qu'au lycée Buffon à Paris, transformé en « ambulance » neuropsychiatrique, inventait le « pithiatisme », du grec *peithein*, persuader, et *iâsthai*, soigner. Les victimes choquées par les bombardements, quels que fussent leurs troubles, s'étaient toutes autopersuadées qu'elles étaient blessées ou malades alors qu'en fait, elles allaient parfaitement bien. Il suffisait d'une contre-suggestion pour les guérir et les renvoyer au front avec leurs camarades. L'état-major de l'armée française était, bien sûr, « persuadé » du bien-fondé de cette approche psychothérapeutique car plus la guerre allait, plus « le manque de main-d'œuvre » se faisait sentir…

En juillet 1915, un neurologue, le docteur André Léri, écrivait sans rire : « La meilleure façon de les guérir, c'est de les renvoyer au front », et se félicitait : « 91,5 % le sont aujourd'hui. » Comment un tel miracle était-il possible ? Tout simplement par l'emploi d'un ensemble de techniques d'une délicate humanité allant de l'entretien de suggestion directe, type méthode Coué : « Vous allez bien et vous allez voir, vous irez encore mieux demain », jusqu'à « la méthode brusquée » du professeur Babinski. En gros, pour achever de persuader le patient qu'il ne souffrait pas et que tout était dans sa tête, on soumettait son corps à des traitements tellement impressionnants et douloureux qu'il se montrait bientôt prêt à tout pour ne plus les subir à nouveau, y compris à retourner dans sa tranchée, ce qui finissait par lui paraître moins horrible. Ces traitements étaient l'hydrocution, l'immersion dans un bain de paraffine en fusion, l'injection dans les articulations bloquées d'éther, de bleu de méthylène ou d'alcool à 90°, l'isolement forcé avec régime lacté (trois litres de lait et d'eau par jour, diarrhée assurée) et, le fin du fin, ce que les poilus appelaient « le torpillage » pour exprimer qu'après s'être fait mitrailler et pilonner sur les champs de bataille, le soldat traumatisé avait droit, en plus, de se faire torpiller à coups de décharges électriques – mais les médecins, eux, parlaient de faradisation ou de galvanisation, suivant le type de courant utilisé, ça vous avait tout de suite un petit air régénérant, et, bien sûr, ils prenaient soin de préciser que c'était « pour ainsi dire indolore ».

Derrière toute cette approche, une grande idée en ces temps de patriotisme exacerbé et de chasse aux « lâches », aux embusqués, aux déserteurs : consciemment ou inconsciemment, les traumatisés simulent pour fuir les combats. Le but n'est donc pas de les soigner mais de les renvoyer là-bas. Petite précision intéressante : en France, les traumatismes psychiques dus à la guerre ne sont reconnus comme des blessures ouvrant droit à une invalidité que depuis 1992 !

Joseph Babinski était un colosse de deux mètres de haut au regard bleu perçant, fils d'un insurgé polonais de la révolution de 1848. Se tenant presque toujours silencieux, il avait une allure majestueuse et un troublant charme slave.

Il scruta des pieds à la tête le jeune homme maigre qu'un caporal au nez rouge et aux yeux injectés de sang venait d'introduire dans son bureau. Par la fenêtre ouverte, on pouvait voir la cour intérieure du lycée Buffon, semblable à un cloître, remplie de malades sur des brancards ou des chaises longues en osier.

Babinski demanda d'une voix caverneuse :
– Il a une fiche ?
– Oui, docteur, répondit le caporal, et il lui tendit aussitôt la fiche.

Babinski la lut.
– C'est arrivé quand ?
– J'sais pas, moi. J'sais rien. J'suis chargé de vous l'amener, c'est tout.
– C'est qui, le docteur Boulard ?
– Ç'ui-là qui l'a vu et qu'a dit qu'on l'emmène à Paris, et moi j'suis chargé...
– Bien.

Il émanait de Babinski une telle autorité que le caporal ne finit même pas sa phrase, recula d'un pas et n'osa plus bouger. Le géant reprit la fiche et la relut plus attentivement. Puis, pour la seconde fois, il examina le jeune homme qui se tenait toujours sagement debout à côté du caporal. Il le dépassait de plus d'une tête et se pencha en avant pour placer son visage face au sien. Le jeune homme resta imperturbable. Il avait l'air triste.

Le célèbre neurologue se tourna vers le caporal.
– Il ne dit rien ?
– Si. Des fois. Dans le train, il a dit qu'il faisait chaud comme dans un four. Quand on a traversé la Seine, il a dit : « Il est vraiment beau, le pont du tsar. » J'ai pas compris. Alors, il m'a dit que le pont Alexandre-III a été inauguré à l'Exposition universelle de 1900 pour célébrer l'amitié franco-russe. Une fois aussi, dans le train, il a parlé en allemand.
– Ah oui ? Qu'est-ce qu'il a dit ?

– J'sais pas, moi, j'sais pas l'allemand, répondit le caporal en se grattant les poux de la tête.
– Alors, comment savez-vous que c'était de l'allemand ?
– J'sais pas l'allemand mais j'sais quand qu'c'est d'l'allemand pour qu'on en a entendu beugler pas mal, des Boches, depis l'temps.
Babinski lissa d'un doigt sa moustache.
– Vous parlez l'allemand ?
Le médecin s'était retourné vers le jeune homme, qui soutenait son regard mais restait silencieux.
– Vous ne voulez pas me parler ?
– Si, je veux bien vous parler mais jusqu'ici vous ne m'aviez pas adressé la parole. Vous avez fait comme si j'étais un débile mental.
À ces mots, le médecin, surpris, se raidit, son visage se durcit. Mais le jeune homme soutenait toujours son regard sans se troubler et sans agressivité. Il venait juste d'énoncer un fait : c'était vrai qu'il ne lui avait pas adressé directement la parole.
– Je suis le professeur Babinski. Neurologue.
– Vous êtes russe ?
– Non, répondit le médecin, polonais. Français et polonais.
Le jeune homme réfléchissait.
– Je crois que je parle russe.
– Ah oui ?
Babinski sembla intéressé. Une lueur de curiosité brillait dans ses yeux. Il fit asseoir le jeune homme sur une chaise devant son bureau et s'assit lui-même à côté. Il le fixait intensément.
– Enfin, il y a des mots qui me viennent.
– Et vous savez pourquoi ?
– Non...

— Et l'allemand ?
— Non plus.
— Est-ce qu'en allemand vous vous souvenez de plus de choses ?
Le jeune homme ne semblait pas comprendre.
— Je veux dire : de plus de choses qu'en français. Est-ce que, par exemple, vous vous rappelez où vous habitiez quand vous étiez petit ?
— Non.
— Est-ce que vous connaissez votre âge ?
— Non. Mais je vois que j'ai à peu près l'âge de Georges...
— Georges ?
Le caporal dit :
— C'est moi.
— Et qu'est-ce qui vous fait penser que vous avez le même âge ?
— On m'a montré mon visage dans un miroir.
Babinski dit :
— Vous devez être un peu plus vieux. Il était perplexe. Sur votre fiche, il est écrit que vous dites ne pas avoir de souvenirs de la guerre bien que vous ayez été en première ligne. Est-ce qu'au moins vous vous souvenez qu'on est entrés en guerre ? Contre les Allemands ? Il y a quatre ans ?
— On me l'a dit.
— Mais vous, vous n'avez plus aucune image de ce que vous avez vécu au combat, c'est ça ?
— Non...
— Pas même une quelconque sensation, par exemple le bruit, des odeurs ?
— Je ne ressens rien. Je n'arrive pas à... me voir.
Il fermait à demi les yeux, paraissait se concentrer.

– La guerre… quand j'essaye de penser à la guerre, je me représente le désastre de Sedan, la guerre des Boers, la campagne de Russie…
– Vous vous souvenez de ça !
– Oui.
– La date de la guerre des Boers ?
– 1899-1902.
– Où avez-vous appris cela ?
– Je ne me souviens pas.
– C'était certainement durant vos études ?
Le jeune homme leva les yeux vers lui d'un air perplexe. Babinski poursuivit :
– On est en 1918.
– On me l'a dit. Il précisa : Le 18 juillet 1918.
– Exactement.
Le visage du jeune homme s'éclaira.
– Je ne me suis pas trompé.
– On n'a pas pu vous identifier. Trop de morts et de blessés de trop de compagnies sur la même zone. Et vous n'aviez qu'un maillot de corps et pas de médaille d'identité. On ignore à quel régiment vous appartenez – le médecin parlait de façon hachée – on ne peut prévenir personne de votre famille si on ignore tout de qui vous êtes. Vous devez nous aider. Vous semblez instruit. Voyons… Vos études ?
– Je ne sais pas.
– Vous ne vous souvenez plus ?
– Non…
– Faites un effort !
Le jeune homme plissait le front. Le médecin pensait tout haut :
– Vous vous souvenez d'événements historiques… sauf de

cette guerre... et vous avez oublié toute votre histoire personnelle...
— Je me souviens de ma mère.
— Ah !
— Une belle robe avec des fleurs. Sur un chemin de campagne. Elle rit. Je cours et je me jette dans ses bras. Elle sent bon.
— Elle ne vous appelle pas... par votre prénom ?
— Si... sans doute, répondit-il tristement.
— Et une autre femme que vous auriez aimée ? Un amour, une fiancée... *votre* femme ?
Le jeune homme présenta ses mains.
— Je ne porte pas d'alliance... Soudain, il s'écria : Attendez, oui, il y a quelqu'un.
Babinski, appuyé à son bureau sur l'une de ses larges mains, se pencha vers le jeune soldat. Son corps de géant tranquille, son regard enveloppant, caressant, l'invitaient à parler
— Au bord de l'eau, une jeune fille blonde, élancée... un peu comme ma mère mais ce n'est pas ma mère. Elle me dit son nom : «Je suis Mlle Yvonne de Galais.»
Le caporal était ému :
— Ça y est, ça lui revient.
Le médecin se leva en répétant :
— Yvonne de Galais... Ah ! Voilà, on tient quelque chose. C'est peut-être votre fiancée ?
Le jeune homme répondit, rêveur :
— Elle était si belle. Ce serait merveilleux.
Babinski décrocha le téléphone fixé au mur de son bureau et quelques minutes plus tard obtint sa communication.
— Il se souvient du nom de sa fiancée, en tout cas d'une amie : Yvonne de Galais. On devrait pouvoir la trouver,

non ? Vous me rappelez ? Merci, mon colonel. Moi aussi, mon colonel.

Le caporal et le jeune homme attendirent toute la journée, assis sur un banc dans la grande cour monacale du lycée Buffon. Ils se tenaient côte à côte sans échanger un mot et regardaient passer de lourds nuages gris. De temps en temps, on entendait des grondements sourds au loin et on ne savait pas si c'était l'orage ou la Grosse Bertha, qui tirait depuis trois mois sur Paris et sa banlieue. Les infirmières allaient et venaient d'un patient à l'autre à travers la cour.
À l'heure du déjeuner, une scène atroce se produisit. Un gars tout maigre se met à hurler : « Je ne suis pas mort ! Il est mort et je ne suis pas mort ! », et il se crève les veines du poignet avec son couteau. Il déjeunait sur une chaise en osier dans un coin de la cour sous une arcade. Entourés d'infirmières, deux médecins parviennent à le maîtriser, à le ligoter et à l'emporter. Sans que cela lui rappelle quoi que ce soit de précis, cette scène choque le jeune homme jusqu'au tréfonds de son être. Il sent une sueur froide couler dans son dos. Il est pris de nausée et vomit.

– Allô, professeur !
– Allô, oui, mon colonel ! Alors, vous avez trouvé ?
– Vous nous avez fait suer sang et eau, vous savez. Parce que votre Yvonne de Galais, elle n'existe pas. Enfin, elle existe mais dans un autre monde.
– Elle est morte ?
Le colonel à l'autre bout de la ligne eut un ricanement.
– Il n'y a pas de De Galais vivant en France. Mais heureusement, à l'état-major, on a de bons éléments, et notamment

des normaliens. Qui lisent. Yvonne de Galais, c'est la jeune héroïne du *Grand Meaulnes*, le roman d'Alain-Fournier publié en 1913. J'ajoute qu'Alain-Fournier est mort au combat en 1914.

Babinski finissait sa journée en fumant avec son collègue, Froment. C'était un rituel : ils se relaxaient et faisaient le point.

– Le petit amnésique de ce matin, soit c'est un excellent simulateur, soit c'est un cas sérieux. Dans les deux cas, on ne va pas le garder. On en a déjà assez comme ça.

– Si ça n'est pas un simulateur, c'est un cas très intéressant : un gars qui se réfugie dans l'histoire et dans la fiction...

– On n'a pas le temps pour les cas intéressants, dit Babinski d'un air fataliste. Malheureusement. Et puis, il y a peu de chances. Presque à chaque fois, c'est parce qu'ils ont eu trop peur. Ils fuient. Tous les moyens sont bons. À qui on l'envoie ? À mon avis, un peu d'électricité pourrait l'aider à retrouver la mémoire. À Roussy ?

– Pauvre Roussy. C'est devenu le dépotoir de ceux dont plus personne ne veut.

– Il est bien équipé. Il en renvoie beaucoup au front. Il est efficace. Et lui, il ne fait que ça.

Joseph Babinski s'assit aussitôt derrière son bureau, prit son stylo et commença : « Mon cher confrère... »

2

La faradisation

La station neurologique de Salins-les-Bains dans le Jura était un hôpital militaire que le commandement avait installé dans une des nombreuses forteresses construites par Vauban, le fort Saint-André, nid d'aigle situé à six cents mètres d'altitude, dominant à pic la vallée du Doubs et la ville de Salins. Transformés aujourd'hui en gîtes de vacances et en salles de mariages ou de séminaires, les austères bâtiments militaires abritaient des chambres, des dortoirs, des salles de traitement et une cantine. Une baraque avait été spécialement construite par le génie dans la cour centrale pour pouvoir isoler dans des cellules individuelles les malades les plus agités. Un des deux pavillons principaux de Vauban servait aux blocs d'hydrocution et d'électrocution. C'est là qu'officiait le docteur Gustave Roussy, futur père de la cancérologie en France et petit-fils du modeste meunier suisse qui créa l'entreprise Nestlé.

Alors âgé de quarante-quatre ans, c'était un homme de taille moyenne. Cheveux bruns, bouc taillé court, grands yeux humides qui vous fixaient profondément. Le sérieux et la modestie affichée d'un protestant calviniste derrière lesquels vibrait un caractère passionné, d'une grande fierté... Il s'est suicidé, d'ailleurs, trente ans plus tard, en 1948, à soixante-treize ans, après avoir été accusé de fraude fiscale et la cible d'une sordide campagne de presse.

En le voyant s'approcher de son lit dans la chambre où on l'avait installé seul à son arrivée, le jeune homme amnésique pensa : Il a tout du savant du XIXe siècle habité par l'importance de sa mission et par sa foi dans les progrès de la science. Et il est propre comme un banquier : mains manucurées, barbe soignée, cheveux impeccablement lissés en arrière, blouse blanche immaculée, chaussures étincelantes.

Le jeune homme s'étonnait de se découvrir capable de situer facilement quelqu'un alors qu'il lui semblait avoir tout oublié de lui-même.

Pendant les deux jours qu'avait duré son voyage, il s'était mis à procéder comme un détective, s'efforçant d'analyser chacune de ses pensées et de ses observations pour tenter d'en extraire des indices sur sa propre identité. Il se souvenait de faits, de dates, de personnages connus (par exemple, de Clemenceau, mais il ignorait qu'il dirigeait actuellement le gouvernement). Il lui venait des citations : il connaissait par cœur en allemand des passages du *Faust* de Goethe, « La Lorelei » de Heinrich Heine, en français des poèmes de Victor Hugo, de Verlaine, de Lamartine. Sa vie n'était donc pas qu'un trou noir.

Le docteur Roussy qui savait prendre son temps pour parvenir à un résultat passa plus d'une heure à l'interroger et se montra très optimiste après qu'il lui eut fait part de ses réminiscences et de ses efforts pour s'analyser. Nul doute qu'il n'allait plus tarder à retrouver la mémoire.

– Il faut d'abord que vous repreniez confiance en vous mais aussi que vous me fassiez confiance, à moi. Ensemble, nous allons y arriver, j'en suis certain. Je comprends que ce soit très angoissant d'avoir l'impression que vous avez tout oublié. Mais vous voyez que vous êtes loin d'avoir tout oublié. En quelque sorte, vous avez eu un réflexe d'autoprotection, vous vous êtes mis vous-même à l'abri. C'est votre être que vous avez voulu sauver.

Comme la plupart de ses pairs, Roussy croyait fermement qu'une bonne dose de conviction accompagnée de stimulations physiques permettait de guérir les traumatisés de guerre mais qu'il fallait intervenir, comme en chirurgie, le plus tôt possible pour que les chances de réussite soient optimales. Il fallait aussi que le malade ne doute pas de la science, de la détermination et de l'autorité du médecin.

– Mais pour arriver à un résultat, il est indispensable que vous vouliez vous en sortir.

– Pourquoi je ne voudrais pas m'en sortir ? demanda le jeune homme, surpris.

Il était assis sur le bord de son lit, la tête levée vers Roussy, qui était resté debout.

Un cas difficile. Il répond par une question, il raisonne. Bourgeoisie intellectuelle, certainement, études supérieures. C'est plus difficile avec ceux-là.

À vrai dire, le neurologue n'avait pas encore eu dans son hôpital de Salins de malade de ce niveau, mais à Paris, avant la guerre, il avait maintes fois constaté que les bourgeois étaient moins faciles à traiter que les ouvriers ou les paysans, qui se montraient plus dociles et plus impressionnés par le savoir du docteur.

– Consciemment, vous voulez vous en sortir, et c'est à partir de votre volonté que nous allons travailler, mais inconsciemment, il arrive souvent qu'on se raconte des his-

toires et qu'on finisse par prendre pour la réalité une fiction qu'on s'est inventée.
— J'ai lu Sigmund Freud.
— Vous avez lu Sigmund Freud ?
— Oui.
— Qu'est-ce que vous avez lu de Freud ?
— J'ai lu... *Die Traumdeutung.*
— En allemand ? C'est extrêmement intéressant.
Gustave Roussy, comme tous les Vaudois instruits, parlait allemand couramment. Il poursuivit dans cette langue pour vérifier si son patient lui disait bien la vérité.
— Parlez-moi un peu de ce livre. Qu'en avez-vous retenu ?
Le jeune homme lui répondit aussitôt en allemand. Roussy put ainsi constater qu'il n'avait pas d'accent et pouvait passer sans aucune difficulté d'une langue à l'autre. Là-dessus, en tout cas, il ne mentait pas.
— Ce que j'ai retenu de ce livre... C'est une étrange question pour moi. C'est étrange parce que... le fait de vous en parler... Oui, ça me revient. Si je ne dis pas de bêtises, pour Freud les rêves ont un sens, et même une fonction : ils révèlent nos désirs enfouis. Dans son livre il donne une technique d'interprétation, il explique le sens de certaines images et présente les principaux symboles que peuvent contenir les rêves, mais je ne m'en souviens plus de façon très précise.
Il s'interrompit, il avait l'air pensif. Roussy, toujours patient et concentré, le laissait réfléchir.
— Je ne sais pas pourquoi je me souviens de ça alors que j'ai tout oublié.
Roussy esquissa un sourire.

— Mais vous voyez bien que non. Je pense même que vous en savez beaucoup plus long que vous ne croyez.

Ce jeune homme l'intriguait. C'était un esprit fin, un garçon intelligent.

— Peut-être que vous avez étudié la médecine — ou la philosophie ? Pour ma part, je ne partage pas, loin de là, toutes les idées de M. Freud. Je lui sais gré d'avoir mis en avant l'importance de l'inconscient mais je ne crois pas du tout à sa théorie sexuelle. Ce que je vous disais concernant les fictions qu'on s'invente est basé sur mon travail de praticien, sur une observation clinique objective, sur des centaines de cas que j'ai pu traiter, et je dois le dire avec succès, et c'est pour cela que je suis certain que nous allons réussir si vous le voulez, jeune homme — il insistait —, et si vous me faites confiance. L'instinct sexuel est beaucoup moins fort que l'instinct de survie, c'est-à-dire que cette force vitale qui nous pousse à rechercher les conditions de notre durée et de notre sécurité. La guerre bouscule tout cela, c'est pourquoi notre penchant naturel est de tout faire pour y échapper.

— Vous pensez que je veux échapper à la guerre, c'est ça ?

— Comme tout soldat qui a été confronté à l'horreur de la guerre et à la mort, oui.

— Et c'est ce qui m'est arrivé ?

— J'en suis certain.

— Je ne m'en souviens pas. Il paraît que la guerre dure depuis quatre ans. Vous pensez que j'ai fait la guerre pendant quatre ans ?

— Comment voulez-vous que je le sache ? Puisqu'on ignore votre identité...

Le jeune soldat réfléchissait.

— Si c'est notre penchant naturel de chercher la sécurité,

alors pourquoi l'histoire du monde est-elle une suite de violences, de guerres, de crimes ?
Roussy le trouvait de plus en plus curieux. Comment peut-il avoir conservé tant de connaissances et de concepts généraux et effacé tout ce qui concerne sa propre existence ? À moins que ce ne soit un cas original de mystificateur...
– Ce n'est pas contradictoire. Le désir de possession, la jalousie et de façon générale toutes les passions entraînent des violences. Mais laissons les grandes idées, voulez-vous ? Ce qui m'intéresse, c'est vous, pourquoi vous croyez avoir perdu la mémoire.
– Mais je ne *crois* pas ! Je voudrais que ça me revienne, que tout me revienne...
Roussy ignora l'interruption :
– Ou plus exactement, pourquoi vous ne vous souvenez que de ce qui n'a aucun intérêt dans votre situation présente – ce qui est loin de vous ou purement imaginaire...
– Purement imaginaire ?
– Vous avez dit au professeur Babinski à Paris que vous vous souveniez d'une jeune fille...
– Yvonne de Galais.
– C'est ça. Le professeur n'a pas eu le temps de vous revoir mais j'ai le compte rendu de votre entretien. Est-ce que maintenant vous pourriez me dire qui est Yvonne de Galais ?
– C'est une jeune fille que je fréquentais, je pense. Nous nous sommes rencontrés à un bal. Elle est très belle. Depuis que je m'en suis souvenu, je pense à elle tout le temps. Je crois – je crois mais je n'en suis pas sûr, je n'ai que les souvenirs de nos premiers temps (je l'ai vue aussi à Paris sur le boulevard Saint-Germain) –, je crois que je lui ai dit que je l'aimais et que je voulais l'épouser. Est-ce que... vous

croyez qu'il est possible que... que nous soyons fiancés ? Le professeur m'avait dit qu'il allait essayer de la retrouver. Il ne l'a pas retrouvée ? Elle ne porte peut-être plus ce nom-là ? Elle est peut-être mariée ?
Avant de lui répondre, Roussy prit le temps de l'observer. Il semblait sincère, il guettait avec inquiétude sa réponse, son regard s'accrochait au sien comme celui d'un chien qui attend une caresse ou une croûte de fromage. Roussy s'assit à côté de lui sur le lit et lui dit de sa voix posée :
– Yvonne de Galais n'a jamais existé... – il marqua un temps –... que dans *Le Grand Meaulnes* d'Alain-Fournier. C'est un personnage de roman, pas une personne réelle.

Le jeune soldat, l'air incrédule, le regard perdu dans le vague, éprouvait une tristesse infinie, ce que les médecins du front appelaient « le cafard », ce sentiment d'abandon total, quand on attend la lettre qui ne vient pas et qu'on finit par apprendre, par quelqu'un d'autre, que la personne aimée vous a oublié ou quitté ou trahi.

À cet instant, Roussy pense : Bien. Début de la rééducation.

– Connaissez-vous *Madame Bovary* ?
– Oui...
– Qui est-ce ?
– C'est un roman de Flaubert.
– Et *Eugénie Grandet* ?
– Oui...
– *Anna Karénine* ?
– Oui... Oui...
– Et *Le Grand Meaulnes* ?
– Non.
– C'est intéressant. Le roman est paru en 1913. Vous

l'avez donc lu juste avant ou pendant la guerre. Ça ne vous revient pas, maintenant ?
— Mais cette jeune fille existe ! Elle ne s'appelle peut-être pas Yvonne de Galais. Ce sont les noms que j'oublie pour le moment. Mais elle existe, j'en suis sûr. Il ajouta comme un enfant : Je veux qu'elle existe.
— C'est ça.
Roussy lui recommanda de se reposer jusqu'au lendemain et sortit pensivement en caressant sa barbe.

En 1917 et 1918, Gustave Roussy publia deux ouvrages justifiant sa méthode : *Les Psychonévroses de guerre* et *Le Traitement des psychonévroses de guerre*. Cette méthode paraissait tellement pertinente à l'époque que les livres furent aussitôt traduits et édités en anglais. Il faut dire que, dans tous les pays belligérants, les victimes de shell-shocks étaient traités de la même manière et selon la philosophie évoquée plus haut : les renvoyer au plus vite dans les tranchées.
Roussy écrivait :

« La guerre, en multipliant à l'infini le nombre des psychonévroses de guerre, devait créer de nouvelles nécessités et réclamer une thérapeutique énergique et rapide. Il fallait en effet lutter contre l'extension, par contagion morale, des troubles névropathiques en prenant des mesures prophylactiques appropriées ; il fallait rendre possible le traitement de ces malades, presque tous curables, afin de renvoyer aux armées ceux qui peuvent redevenir des combattants. Dans ce but, le Service de Santé a groupé dans des services spécialisés neurologiques ou neuropsychiatriques les malades de cette catégorie. Cette organisation a rendu

de grands services tant aux malades eux-mêmes qu'à la collectivité. »
[...]
« La méthode psycho-électrique et de rééducation se déroule en quatre étapes. Première étape : les entretiens de persuasion...
« À la fin de ces entretiens, il faut avoir obtenu du malade qu'il dise qu'il veut vraiment aller bien et qu'il est prêt à se soumettre à toute méthode de traitement nécessaire à cet effet.
« Deuxième étape : l'isolement. Le patient est gardé au lit pendant quelques jours et soumis à un strict régime lacté.
« Le malade est laissé seul avec ses pensées et il peut ainsi réfléchir aux engagements qu'il a pris. Il arrive souvent qu'il réclame alors le traitement électrique qu'il avait d'abord refusé. Il arrive aussi souvent durant cette seconde étape qu'il "guérisse" spontanément. Certains qui boitaient depuis des mois, qui étaient affectés de tremblements ou qui étaient muets, retrouvent comme par magie leurs facultés avant le traitement électrique. On en a vu de nombreux cas...
« Troisième étape : la faradisation. Le patient est installé nu sur un lit où il est d'abord traité allongé. Après, il est traité assis, puis debout.
« L'appareil dont nous nous servons est la pile Gaiffe avec ses simples piles sèches. Nous utilisons la bobine à fil fin parce qu'elle permet de donner s'il en est besoin des courants plus actifs que la bobine à gros fil. Les électrodes sont enveloppées de tissu hydrophile imbibé d'eau tiède salée et recouvertes d'une plaque d'étain mise en contact avec la peau. Elles sont placées sur les lésions à traiter. Elles peuvent aussi, quand c'est nécessaire, être appliquées

sur des parties spécialement sensibles (les oreilles, la nuque, les lèvres, la plante des pieds, le scrotum)...

« À partir de là, tout va dépendre du moment de déclenchement de la crise nerveuse que nous devons chercher à obtenir dès la première séance. La faradisation doit souvent être poursuivie plusieurs heures avant qu'il soit possible de venir à bout de la résistance du malade. Toutefois, si cette crise tarde trop à venir et si le malade présente des signes manifestes d'épuisement, il est préférable d'interrompre la séance et de la reprendre le lendemain.

« Quatrième étape : la rééducation physique et psychique.

« La plupart des psychonévrosés, une fois la crise obtenue, ont besoin de séances d'exercices physiques systématiques accompagnées de séances de psychothérapie et, éventuellement, de nouvelles séances d'électrothérapie.

« Certains neurologues utilisent la rééducation sans avoir procédé préalablement à la faradisation. Cela peut donner des résultats, mais minces et lents, peut-être acceptables en temps de paix mais à coup sûr inadaptés aux enjeux de la guerre ; l'emploi d'un traitement rapide est absolument indispensable quand on est confronté à un afflux de patients qui viennent remplir les hôpitaux. Les échecs qui sont malheureusement beaucoup plus nombreux que ce qu'ils devraient être sont dus à des erreurs de traitement, beaucoup plus rarement à l'état psychique du malade lui-même. Dans notre centre neurologique des armées, nous avons un pourcentage de 98 à 99 % de guérisons. »

Le jeune soldat eut droit à la série des entretiens de persuasion, qui s'étala sur une période d'environ quinze jours. Il s'efforça de répondre à toutes les questions du docteur

Roussy, mais ses réponses furent jugées d'un médiocre intérêt. Il était incapable de se souvenir de quoi que ce fût concernant son père et restait fixé sur des images de sa mère en jeune femme totalement imprécises, auxquelles il ajoutait de temps en temps des détails romanesques : une robe à fleurs, il se jette dans ses bras... Le médecin se demandait s'il n'était pas écrivain. Le jeune soldat s'intéressait beaucoup aux autres. Sa principale caractéristique semblait être la curiosité. Il questionnait Roussy sur sa méthode, ce qui l'agaçait ; il n'y était pas habitué et pas question d'inverser les rôles, sinon le praticien perd son autorité et son emprise. Pour autant, le jeune soldat ne mettait pas en doute le bien-fondé de ce que faisait son médecin. Il se montrait toujours docile et plein de bonne volonté.

Il prenait ses repas à la cantine avec les autres malades. Ils étaient environ une centaine à manger en même temps. La plupart souffraient de plicature, de paralysie des membres ou de tremblements. C'était assez effrayant la première fois de découvrir cette assemblée de pantins tordus, secoués de spasmes. Il y avait des visages figés, des têtes bloquées sur un côté, des yeux écarquillés et fixes, absents, des bouches déformées, baveuses, clownesques, des rictus pathétiques ou débiles, et certains geignaient comme des vieillards gâteux.

Un soir, un petit bonhomme moustachu tout maigre avec un ventre de femme enceinte s'assoit à côté de lui.

– T'es nouveau ?

– Enfin, ça doit faire dix jours.

– Ah oui... Mais je viens pas tous les jours. Ça reste pas. (Il indique son ventre.) Ça rentre, mais après j'ai envie de dégobiller, je dégobille. Je dégobille tout le temps, je trouve tout dégueulasse, même ce qui était bon avant. Tout a un

goût de pourri et de vase, comme là-bas. T'étais où, toi ? De quel secteur ?
— Je ne sais pas.
— T'as oublié ?
— Oui.
— Moi, c'est Ferdinand. Et toi, comment qu'tu t'appelles ?
— Je ne sais pas.
— Ah, c'est ça, toi ! T'as perdu la boule !
Il repose sa cuillère, dégoûté. Puis il se penche et lui chuchote à l'oreille :
— Écoute-moi, mon gars, si tu peux, dis qu't'as retrouvé la mémoire, dis qu'tu t'appelles n'importe qui, j'sais pas moi, Philippe, Balthazar, René, Georges, et pour le nom, attends... Garnier, Michon, Bouillette... Dis qu'ça y est, qu't'es guéri, mais les laisse pas t'emmener au torpillage.
— Au torpillage ?
— À l'électricité.
— Mais le docteur Roussy m'a dit que l'électrothérapie était indispensable et que c'était presque indolore.
— Presque ! Le salaud ! L'putain d'enfant de cochon ! Y a pas pire au monde ! C'est horrible ! Ils augmentent — c'est des sadiques —, ils augmentent et toi tu te tords et tu gueules et tu pleures et ça fait tellement mal que t'en deviens fou !... et qu'tu les supplies de te renvoyer au casse-pipe parce qu'au moins, là-bas, t'as une chance de mourir d'un coup mais moi, je suis trop maigre, et c'est eux qui ont pas voulu, alors, ils me gardent, ça fait six mois, ils me font plus rien, j'suis un de leurs « rares » échecs, tu parles, des fois, ils me mettent au trou pour qu'j'arrête de faire peur aux nouveaux. Moi, j'en ai plus pour très longtemps, j'ai de moins en moins de forces et

j'attends ça, tu vois, parce que j'suis un bon catholique, moi, mais toi, mon gars, t'es jeune, t'es beau, les laisse pas...
À cet instant, un infirmier se tient derrière eux.
– Qu'est-ce que t'es encore allé dire, Ferdinand ?
– Rien.
– Menteur ! Lève-toi, suis-moi, de toute façon tu bouffes rien.
Il l'entraîne, le petit bonhomme se laisse faire mais en se levant tape sur l'épaule de l'amnésique.
– Allez, salut... Georges !

Durant sa huitaine de jours à l'isolement, au cours desquels ses seules visites furent celles de l'aide-soignant qui lui apportait ses repas, il ne cessa de repenser aux paroles du petit bonhomme, et plus le temps passait, plus il redoutait le moment de sa première séance d'électrothérapie.

Pourtant, il n'était pas absurde d'imaginer qu'un influx électrique dans son crâne et dans sa moelle épinière pourrait avoir un effet stimulant sur sa mémoire. Formulé par le docteur Roussy, cela paraissait évident. Oui, mais il lui arrivait d'entendre par sa fenêtre des cris à vous glacer le sang et il se demandait si ces cris venaient de la salle de traitement.

On n'annonçait pas aux malades le jour de la première séance. Les médecins estimaient que la surprise accentuait l'effet de la faradisation. Un matin, un infirmier vint le tirer du lit à sept heures. Il enfila ses souliers militaires et le suivit dans la cour du fort jusqu'au pavillon des salles de soins. La salle d'électricité se trouvait au bout d'un long couloir.

Quand la porte s'ouvre, il découvre une pièce plongée dans l'obscurité qui sent fortement l'ozone. Éclairés par une lampe de travail, le docteur Roussy et un assistant s'affairent autour de la machine électrique, une espèce de grosse boîte carrée posée sur une table. Des fils électriques sont suspendus au-dessus d'un lit comme une perfusion. Ils grésillent, crépitent et font des étincelles.

Aussitôt, cette pensée lui vient : le cabinet du docteur Frankenstein !

Comme s'il lisait dans ses pensées, Roussy lui dit :
– N'ayez pas peur, on fait des réglages.

L'assistant, qui porte des gants isolants, fixe une plaque d'étain à un fil, ce qui produit des étincelles.
– Déshabillez-vous entièrement.
– Ça va faire mal ?
– Ne vous en faites pas. Je vous l'ai déjà expliqué la semaine dernière. La première chose, c'est votre volonté, votre désir. Vous êtes bien décidé à retrouver la mémoire, n'est-ce pas ?
– Oui.
– Parfait. Je suis sûr qu'on va y arriver.
– Mais est-ce que ça fait mal ?
– Vous allez sentir un chatouillement. On va commencer par un courant faible pour que vous vous habituiez, et quand vous serez habitué, on augmentera progressivement et vous nous direz si ça va. Après, on essayera quelques variations rapides pour tenter de réveiller les connexions nerveuses lésées.

Il a enlevé son pantalon, sa blouse blanche de malade des armées, et il se tient tout nu devant le docteur qui l'examine, puis l'ausculte et lui prend sa tension.
– Vous n'avez pas mal quelque part ?
– Non.

Sous l'effet de la peur, il garde les mains sur le ventre, le dos voûté, les jambes serrées, et son sexe s'est rétracté au maximum. Il a la peau très pâle et fine, des poils clairs sur les jambes, les avant-bras, le bas du ventre. Ses veines bleutées se voient sur ses poignets, ses mains, ses pieds, au niveau des aines, autour des yeux et sur ses paupières. Elles sont si bleues sur ses paupières qu'on pourrait croire qu'il se maquille. Il a des paumes carrées et des doigts plutôt courts. Il est mince et musclé.

– Rythme cardiaque un peu rapide, un peu de tension, mais c'est normal, c'est l'appréhension. Bien. Asseyez-vous sur le lit.

Il s'assoit sur le bord du lit. L'assistant commence à lui appliquer une électrode sur la colonne vertébrale. Puis le docteur Roussy fixe lui-même deux autres électrodes sur ses tempes.

– Maintenant, allongez-vous. Nous allons commencer. Détendez-vous. (Roussy applique ses mains tranquilles et fermes sur les épaules du jeune homme.) Allons, décontractez-vous. Respirez calmement. Ne pensez à rien. Vous voyez, je vais me tenir là, derrière la table.

Obéissant, il s'efforce d'inspirer et de souffler calmement. Il voit derrière le médecin et son assistant deux infirmiers postés près de la porte.

– Je commence. Que sentez-vous ?

– Un picotement. Une vibration.

Roussy fidèle à sa méthode lui parle, l'encourage, veut lui donner confiance et espoir :

– C'est extraordinaire comme vous êtes précis. Précis dans le choix de vos mots, dans vos observations. Vous avez remarqué à quel point vos facultés de raisonnement se sont

rétablies depuis que vous êtes ici. Petit à petit vous recouvrez vos connaissances – et dans les deux langues ! Vous êtes en train de reclasser les faits et les dates. On y est presque. Je suis persuadé qu'il suffit d'un déclic. J'augmente un peu. Ça va toujours ?
Le jeune homme est allongé sur le ventre. Il se cambre.
– C'est comme si on m'appuyait fort dans le dos.
– C'est ça. Et là ?
– C'est comme si ça me grattait sous le crâne. Ça me démange.
– Très bien.
– Ça cogne. Ça cogne maintenant.
Il porte les mains à sa tête.
– Non. Gardez les bras le long du corps.
– Mais ça m'écrase, j'ai l'impression d'être serré par un étau.
– Par un étau, très bien. Vous décrivez les choses aussi précisément qu'un médecin. Et maintenant, que ressentez-vous ?
– Ça va mieux.
– Que sentez-vous précisément ?
– Plus rien.
– Pourtant, vous avez toujours un courant qui passe mais votre organisme s'y est habitué.
Soudain, sans prévenir, Roussy envoie une décharge. Le corps du jeune homme se raidit, foudroyé par la violence du courant, sa tête se redresse brutalement, ses yeux sont exorbités, ses paupières clignotent, les veines de son cou se gonflent à l'extrême. Il se contorsionne en tous sens pour échapper à la douleur, se recroqueville, ses poings martèlent l'air en cadence au-dessus de sa tête, puis il s'agrippe au drap avec une telle force qu'il le déchire, fait des bonds sur le lit, tombe

par terre, ce qui arrache les électrodes, et se roule sur le sol en hurlant.
— Aidez-moi à le maîtriser.
Le docteur Roussy se précipite, s'agenouille derrière lui, le ceinture vigoureusement à la hauteur de la poitrine, tandis que les infirmiers lui immobilisent les jambes et que l'assistant lui prend les mains et les ligote sur le devant avec une sangle de cuir.
— Calmez-vous, tout va bien. Le but, c'est de provoquer une réaction, un choc, un contre-choc en quelque sorte opposé à celui que vous avez subi, afin de remettre les choses en place. Rallongez-le sur le lit. On ne vous attache pas pour vous emprisonner mais pour vous éviter de vous faire du mal. Vous allez voir que bientôt vous allez retrouver des souvenirs, des noms, vous allez retrouver qui vous êtes.
Roussy lui reprend sa tension. Au contact du stéthoscope, le jeune homme se redresse, l'assistant le plaque aussitôt sur le lit. Un infirmier lui ligote les jambes.
— Pas de panique. Je vous ausculte. Bien, très bien, vous êtes dans les normes acceptables à ce stade du traitement.
Quand il sent qu'on applique à nouveau les électrodes sur ses tempes, le jeune homme se débat. L'assistant lui maintient fermement la tête entre ses bras.
— Il faut continuer encore un peu, ça va bien se passer, soyez coopératif.
— Je vous en supplie, je vous en supplie...
— Ça va aller.
Il transpire, il sent dans tout son corps les brûlures de l'électricité. Il a des fourmillements intenses dans les doigts et dans les orteils. Roussy et ses aides s'écartent. Il est maintenant ficelé au lit comme un homme qui va subir une opé-

ration chirurgicale. Il sent revenir dans son cerveau le frémissement électrique.
– Ça va ?
Il répond d'une voix presque inaudible :
– Oui...
– Et là ?
La vibration s'accentue, cela redevient un étau qui se resserre autour de ses tempes, qui les comprime, qui les broie !... Puis l'impression que son crâne va se fendre et soudain comme un gigantesque coup de poing qui l'assomme, un éclair qui le foudroie, le fend en deux comme un tronc d'arbre. La décharge provoque une secousse de tous ses nerfs et son corps se cabre malgré les liens qui l'entravent. Un hurlement déchirant puis un râle d'agonie sortent de sa gorge comme de celle d'un possédé.
– C'est fini ! C'est fini !
Il s'évanouit.

Quand il revient à lui, il est seul dans sa chambre. Il lui semble que son corps est encore parcouru de courant électrique. Il a terriblement mal à la tête et ses yeux sont brûlants de larmes acides. Il ne sent plus le bout de ses pieds. Il les remue, il pense qu'ils ont perdu leur sensibilité. Il n'a pas la force de se lever. Le jour décline, la lumière baisse, sa chambre s'obscurcit. Ses pensées flottent.

Été. Ciel bleu. On est en lisière d'une forêt épaisse. Devant nous un champ immense. Herbe verte. Même des pâquerettes. Je suis monté sur une échelle et je jette le nez hors de la tranchée. La terre est retournée sur deux mètres mais après, il y a ce pré vert. Des fourmis courent sur le sol en petites colonnes désordonnées. C'est la guerre, c'est pour ça. En temps de paix, elles vont bien droit les unes derrière les autres. À part les fourmis, pas la moindre vie. Pas d'abeilles, pas de papillons, pas d'oiseaux. Instinct des bêtes ? En bas, on me demande : « Qu'est-ce qu'ils font, en face ? – Rien. Rien. Apparemment. » Je redescends dans la tranchée. On est enterrés là-dedans depuis deux mois. C'est une sape profonde de six mètres. Terre glaise et grise qui colle aux galoches. Gabardines grises. Casque gris. Gris-vert. Visages terreux. On a nos armes. On est prêts. Ils se préparent en face et nous aussi.

Le commandement a fait retirer le gros du régiment cinq kilomètres en arrière pour le soustraire aux premiers tirs intenses et contre-attaquer plus tard. Mais il nous a laissés, ceux de notre compagnie, avec interdiction de nous replier. Ordre du général : tenir jusqu'au bout, résister jusqu'à la mort. Soupe à cinq heures comme d'habitude. Le capitaine répète : oui, nous sommes sacrifiés. Il faut vaincre ou mourir.

Somptueux coucher de soleil, orange puis rouge. Aquarelle rouge, présage sanglant. Un rat gras passe, le nez fureteur, en jetant des petits coups de tête inquiets. Je parle avec Maurice quand subitement... « Alerte aux gaz ! » On monte dans l'abri sous la route. De tous côtés des éclats blancs, des fusées vertes, bombardement d'obus de tous calibres. On met les masques à gaz. Quelques-uns ont été trop lents, ils suffoquent, ils ont les yeux qui brûlent. On ne voit plus rien dans le brouillard épais des obus fumigènes. Ça pète partout, ça sent la poudre, la forêt flambe. On est dans des gros nuages de fumée blancs et jaunes qui nous font ressembler aux monstres des tableaux de Jérôme Bosch qui se tiennent recroquevillés le cul par terre avec leur long museau noir et leurs gros yeux ronds de mouche. Les obus allemands et français se croisent au-dessus de nos têtes. Les bombardements, les tirs de canon sont si violents et soutenus qu'on ne peut pas s'entendre à deux mètres. Le sol tremble comme s'il allait s'ouvrir. Ça prend au cœur à vous donner la nausée. À côté de moi, je devine un gars couché sur le sol en position fœtale.

Je ne sais pas combien de temps ça dure. J'étouffe sous le masque, je suis en sueur, j'ai les yeux qui pleurent, le nez qui coule, et il y a de la buée sur mes carreaux. Il pleut de la terre, ça dure longtemps. À un moment, ça se calme un peu.

Le capitaine crie : « Maintenant faut y aller. En avant, en avant ! Tous avec moi ! » Je crie aussi : « Section, avec moi ! » On grimpe sur les échelles de bois, on fonce à l'aveugle dans un brouillard coloré par la forêt en feu derrière nous. On ne voit pas où ils sont, les Boches, mais devant, c'est sûr, on le sait et on les sent. Plusieurs de mes hommes tombent sous les balles de shrapnel. Pas très loin un gros obus, un second, un troisième me font sauter en l'air comme un lapin. Je retombe et je reste à plat ventre, aveugle et sourd, en nage, je me dis : Ce coup-là, je vais mourir. Je pense à toi, maman. Je pense à toi, Marguerite !

Soudain, je suis mouillé par un liquide chaud. Un corps contre moi se vide. Je tâtonne, je touche, c'est mou. J'ai la main dans un ventre crevé. Sous les carreaux embués de mon masque, je distingue son casque. Qui c'est ? Je frotte mes carreaux. Non, mon Dieu, non ! Maurice ! Mon vieux Maurice ! Pas toi ! J'ôte ma gabardine, j'en couvre son corps. Salauds ! Ça court partout. Et moi, je reste là…

Il ne sait pas s'il a rêvé ou si c'est un souvenir qui lui est revenu.

Sa chambre est baignée d'une lumière grise et triste. Il entend le doux ruissellement d'une pluie d'été sur les carreaux. Il réalise qu'il a les fesses tièdes et humides. Il a fait pipi dans son lit. Il doit sentir l'urine.

Le docteur Roussy est assis sur une chaise et le regarde. Il lui sourit.

– Comment vous sentez-vous ?
– Quelle heure est-il ?
– Sept heures du matin. Avez-vous bien dormi ?
– Je ne sais pas.

Le docteur Roussy sourit encore.

– Quel jour sommes-nous ?
– Le samedi 10 août 1918, répond-il d'une voix douce et rassurante.

Ce jour-là, le récit que lui fit son malade lui procura une grande joie parce qu'il lui semblait confirmer de façon éclatante l'efficacité de sa méthode thérapeutique. C'était la première fois qu'il l'employait sur un amnésique.

Le jeune homme se réjouit lui aussi en voyant son médecin si satisfait. Le sourire qui rendait ce visage barbu chaleureux semblait lui dire que tout irait bien maintenant, qu'il avait donné satisfaction et qu'on allait enfin le laisser tranquille.

– C'est formidable. Je suis fier de vous. J'étais certain qu'ensemble nous réussirions. Maurice, Marguerite, le capitaine... et vous dites «mes» hommes. Vous êtes sans doute aspirant ou lieutenant. Je suis sûr qu'avec ces informations nous allons bientôt vous identifier. Mais surtout, vous venez de retrouver un pan entier de votre histoire. Un des plus récents.

La guerre. D'habitude, ce sont plutôt les souvenirs les plus anciens qui remontent à la surface, mais le fonctionnement de la mémoire est encore si mystérieux. Ce qui est indubitable, c'est que le traitement donne sur vous des résultats spectaculaires – et que nous allons donc le poursuivre.

Le jeune homme, qui était en train de boire le bol d'ersatz de café qu'on lui avait servi pour le petit déjeuner, s'étrangla, recracha ce qu'il avait dans sa bouche et s'écria furieusement :

– Ah non !

Il supporta mieux la deuxième séance qui dura beaucoup plus longtemps – près de quatre heures – mais sans aucune décharge. Roussy préféra une lente augmentation de l'intensité jusqu'à 80 milliampères qu'il réduisit aussitôt ce seuil atteint. Il accompagna cette électrocution de paroles encourageantes. Le jeune homme en sortit avec un fort mal de tête et la nausée et vomit dans la cour. Rien, pas un souvenir, ne lui revint cette fois-là.

À la troisième séance, le médecin réitéra donc l'envoi d'électricité « sous la forme tétanisante ». Deux électrochocs eurent raison du pauvre garçon dont l'organisme s'avérait particulièrement réactif : il s'évanouit encore.

Il était décidé désormais à échapper coûte que coûte à une nouvelle séance. Il se plaignit de douleurs dans la cage thoracique et de difficultés respiratoires. Il affirma surtout au docteur Roussy qu'il ne se remémorait aucun événement nouveau. Il prétendit même ne plus se souvenir de Maurice.

En réalité, un souvenir précis lui était revenu : il est enfant, il ne pourrait dire quel âge exactement, sa mère s'est faite belle. Par la fenêtre, il voit les maisons à colombages aux toits pointus et les deux tours de grès rose des Vosges de la cathédrale de Strasbourg, il est sûr que c'est Strasbourg. On sonne à la porte. Un homme arrive dans une belle veste noire à boutons dorés. Il voit deux boutons dorés à la hauteur de ses yeux d'enfant et une grande main lui caresse la tête. Impossible de mettre un visage sur ce torse d'homme. Mais deux boutons dorés et la sensation de cette grande main sur sa tête : c'est son père !

Roussy doutait à présent de la sincérité de son patient. Il raisonnait trop bien, de façon trop logique, et ses réactions lui semblaient fabriquées. Mais poursuivre la faradisation pour déclencher une crise tétanisante risquait de le tuer. Cela avait provoqué, à la troisième séance, une chute de tension et un ralentissement de son rythme cardiaque plus importants qu'à la première séance. Il ne servait plus à rien de persévérer, surtout si le malade simulait, car la preuve était faite alors qu'il était capable de persister dans sa supercherie. Il n'était pas question non plus de le garder au fort. Roussy manquait de chambres d'isolement et, dans un dortoir, ce jeune homme aurait un effet négatif sur le moral des autres. Comme il l'écrivait dans un de ses ouvrages en 1918, il faut éviter « avec le plus grand soin les mauvaises contagions de l'exemple en ne faisant pas retourner un échec dans une salle commune ».

Il décida donc de l'envoyer dans sa seconde station neurologique destinée aux malades de longue durée, une chartreuse nichée au bord d'un lac, et de l'y faire travailler au potager. C'était déjà la saison des pommes.

3
Le samedi 28 septembre 1918

À la nouvelle qu'on venait de lui apprendre, le général Erich Ludendorff resta d'abord sans réaction, idiot, sonné, comme un boxeur qui vient de recevoir l'uppercut final et tient encore mystérieusement deux secondes debout avant de s'effondrer. Le sang se retira de son curieux visage, dont le haut présentait tous les traits de la volonté et de l'autorité, tandis que le bas se composait d'un double menton et de bajoues tombantes. Il esquissa un geste du bras vers le dossier d'un fauteuil pour tenter d'y prendre appui. Il semblait manquer d'air, il ouvrit la bouche désespérément... et s'évanouit sur pied comme une héroïne de roman sentimental sous le coup d'une trop forte émotion. Ses yeux révulsés présentaient deux demi-globes blancs striés de veinules injectées de sang.

Son aide de camp, le colonel Heye, était à genoux à ses côtés sur le tapis persan quand il revint à lui.

– Mon général... un petit verre de cognac ?

Faible mais avec cette morgue qui ne le quittait jamais, Ludendorff grogna :

– Vous voulez me tuer ! C'est français.

– Alors, du kirsch ?

— Non. Du cognac, tant pis. Le kirsch, c'est vraiment trop mauvais. Cochons de Français !...

Depuis mars 1918, Ludendorff avait installé le grand quartier général de l'armée allemande à l'hôtel Britannique de Spa. L'élégant général anglais Douglas Haig n'avait pas manqué de relever le choix de cet hôtel. Sur un ton d'ironie typiquement british et l'œil pétillant, il s'en était amusé un jour devant le général Foch en lissant sa moustache : « Ils sont à l'hôtel Britannique. Je crois que la victoire est proche. »

Ludendorff n'avait pas choisi la ville thermale des Ardennes belges pour faire plaisir au Kaiser, lequel ne pouvait se priver de ses cures même pendant la guerre, mais pour se rapprocher du front Ouest, dès lors que le front Est était dégagé depuis la signature du traité de Brest-Litovsk avec les bolcheviks. Spa offrait l'avantage d'être à huit kilomètres de la frontière allemande et proche des troupes qu'il engageait dans la grande offensive qui devait offrir enfin au Reich la victoire décisive. Tout s'était bien passé jusqu'à la mi-juillet suivant son programme de guerre totale : bombardements massifs à grand renfort de gaz puis nettoyage des tranchées au lance-flammes et finition à la baïonnette. On avait enfoncé les lignes françaises, on bombardait Paris. Mais il restait des poches.

Et voilà qu'avec ce général Foch, maréchal désormais, qui a pris le haut commandement allié, c'est notre grande armée qui recule !

Et voilà que depuis ce jour noir du 8 août, le pire jour pour notre armée depuis le début de la guerre, tout va de mal en pis ! On n'a plus le choix : soit négocier la paix par voie diplomatique – mais les Alliés ont refusé notre offre –, soit frapper un grand coup pour arriver au même résultat. On dispose de nouvelles bombes incendiaires conçues spécialement pour détruire et terroriser Londres et Paris mais Sa Majesté et Hindenburg ne veulent pas ; je sens que maintenant ils n'ont plus autant confiance en moi... Alors, quand je vais leur annoncer ça...

Erich Ludendorff faisait le bilan de ces derniers mois en tentant de retrouver son calme, son verre de cognac à la main. Il était convaincu que tout tenait à la motivation intime du soldat. Les Allemands combattaient en territoire ennemi. À présent, les hommes aspiraient à rentrer chez eux, ils n'étaient plus motivés, tandis que les Serbes, les Français, les Belges gardaient une raison de se battre : leur patrie, sauver leur patrie. Si cela s'était passé en Allemagne, si ç'avait été l'Allemagne qui avait subi tant de destructions, alors, nul doute que les soixante-dix millions d'Allemands se seraient relevés comme un seul homme, prêts à se sacrifier jusqu'au dernier pour leur pays. Il ne faut jamais oublier cette leçon de l'histoire : le peuple envahi est celui qui souffre le plus et de ce fait garde le plus longtemps le désir de vaincre.

Ludendorff se disait aussi qu'en août, il était encore temps de proposer l'armistice, que la situation n'était pas encore désespérée, que l'Allemagne en serait sortie dignement, presque en vainqueur, puisque c'était elle qui occupait le territoire adverse et ce, quasiment jusqu'à Paris. Il aurait été encore possible de négocier... mais naturellement ces brutes de Clemenceau et Lloyd George avaient refusé ! Il ne restait plus que Wilson. Wilson et les Américains sans qui on aurait déjà gagné au printemps !

Il se sentait amer, d'une amertume si profonde qu'il en éprouva soudain du dégoût même pour ce délicieux cognac. Il serait tenu pour le grand responsable et c'était injuste, insupportable. Il restait convaincu de la justesse de ses vues stratégiques.

C'est alors, enfoncé dans son fauteuil, qu'il eut une idée de génie. Et ses yeux bleus que l'alcool réchauffait se mirent à luire d'une joie carnassière.

Sa chambre se trouvait juste au-dessus de celle du feld-maréchal Hindenburg. À six heures du soir ce samedi 28 septembre, il y entra sans s'être fait annoncer. Hindenburg, qui avait déjà soixante et onze ans, était assis ou plutôt tassé derrière son bureau, la tête penchée sur des cartes militaires. Il tentait de dissimuler son émotion ou, plus exactement, sa honte, car c'était ce qu'il ressentait, lui, le héros de Tannenberg, l'homme qui avait brisé les Russes ! Il ne lui restait plus – et c'était ce à quoi il songeait depuis plusieurs jours – qu'à espérer un miracle, un cadeau de la providence, comme cela avait été le cas en 1762 pour un homme qu'il admirait, Frédéric II, sauvé in extremis d'une cuisante défaite par la mort de la tsarine Elisabeth... Les services secrets décrivaient les ravages de la grippe espagnole qui, après l'Espagne, faisait maintenant des milliers de morts en France. Était-ce là le miracle qu'il attendait ?

Après l'avoir salué, Erich Ludendorff allait se lancer d'abord dans un sombre tableau de la situation, mais Paul von Hindenburg l'en dissuada d'un geste de la main.

– Je suis au courant. Dites-moi plutôt ce que vous envisagez.

Jusqu'alors, Hindenburg avait été de facto l'homme de paille de Ludendorff, une icône, un mythe, le symbole et la promesse du triomphe germanique, au point d'avoir depuis

1915 sa statue dans Berlin : douze mètres de haut et vingt-six tonnes !

Désormais, tout était changé. Dans la débâcle, « le vieux » allait chercher à reporter la faute de l'échec sur le plus jeune, Ludendorff le sentait. Hindenburg était resté en retrait pendant deux ans, il allait maintenant le lui faire payer. À moins que...

– Herr Feldmarschall, nous avons tout fait ensemble, nous avons été main dans la main...

Hindenburg ne bronchait pas, toujours penché sur ses cartes, sans lui accorder un regard.

– Nous avons partagé nos plus chers espoirs, surmonté toutes les épreuves, et nos noms sont associés aux plus grandes victoires de cette guerre...

– Général, venons-en au fait. On n'est pas encore en retraite autour d'une bière à ressasser le bon vieux temps...

– Ce petit préambule pour vous dire que je ne voudrais pas que votre nom illustre portât la marque infamante de la défaite, ce qui serait une injustice irréparable.

Hindenburg leva pour la première fois la tête vers lui d'un air intéressé.

– Je ne sais pas si vous conviendrez avec moi qu'il serait vain, stupide et criminel de continuer la guerre et qu'il faut au plus vite signer l'armistice.

– Si, fit sèchement le maréchal.

– Mais il y a deux façons de le signer...

Il laissa passer un temps et vit que le vieux Prussien était suspendu à ses lèvres. Il pensa : Il a compris qu'il ne peut pas s'en sortir seulement en me laissant tomber.

– La première, c'est que le Kaiser, vous et moi négociions directement les conditions de la paix. Nous assumerions alors la responsabilité entière de la défaite et devrions bientôt rendre des comptes au peuple qui croit encore qu'on est sur le point de gagner. La seconde... consiste à confier la responsabilité de la négociation à un chancelier et à un gouvernement soutenus par le Parlement. Il faut que les politiques à Berlin se chargent de tout. On nous reproche d'être des dictateurs. Très bien, montrons-leur que nous ne le sommes pas... et montrons au peuple qu'alors que nous sommes au combat, au front, et alors que nous pouvons gagner (c'est cela que nous allons dire, n'est-ce pas ?), alors que nous aurions pu gagner, eh bien, pendant ce temps-là, les politiques, eux – les républicains ! –, bien loin de là, bien au chaud à Berlin, cèdent au défaitisme, concluent l'armistice et reconnaissent la défaite de l'Allemagne... *dans notre dos.*

Le maréchal Hindenburg inspirait et soufflait en regardant Ludendorff. Cet homme était décidément d'une intelligence supérieure. Il se leva, contourna son bureau en y frottant son ventre rond, s'avança vers le général comme vers un vieil ami et lui serra la main chaleureusement.

Le soir même, tous les deux dressaient au secrétaire aux Affaires étrangères von Hintze et à l'empereur Guillaume II le tableau apocalyptique de l'effondrement des armées de la Triplice : la Bulgarie vaincue signait sans condition ; la Turquie, écrasée par les Anglais à Damas, allait signer, et *ce traître* de Charles Ier, l'empereur d'Autriche, était sur le point de faire pareil... et en plus les Alliés enfonçaient maintenant l'armée allemande jusqu'en Belgique !... Il ne restait plus que cinq cent quarante mille hommes disponibles au combat, le moral des troupes était au plus bas, on pouvait continuer encore, causer peut-être des pertes à l'ennemi, mais on ne pouvait plus gagner la guerre. Il fallait de toute urgence signer l'armistice. Von Hintze soutint aussitôt cette proposition et sans le savoir rendit un immense service aux deux militaires en recommandant l'introduction immédiate du régime parlementaire. Ce devait être aux représentants du peuple maintenant de traiter avec Wilson. C'était la seule façon d'obtenir l'armistice. Puisque Wilson entendait faire triompher la démocratie en Europe, il serait trop heureux de voir l'Allemagne non seulement s'avouer vaincue mais en plus se convertir au parlementarisme.

Ludendorff ne manqua pas d'objecter, prenant date pour la suite :

– Vaincue... Non, Excellence. L'Allemagne n'est pas vaincue. L'Allemagne fait la paix... pour préparer la revanche.

Von Hintze répondit :

– Pour le moment, le seul objectif, c'est d'éviter le pire, n'est-ce pas ? Et le pire, aujourd'hui, ce n'est pas la défaite, c'est la révolution bolchevique chez nous. C'est pour cette raison qu'il faut de toute urgence donner le pouvoir aux partis démocratiques. Il vaut mieux les sociaux-démocrates que les communistes, non ?

L'ambiance était funèbre. Dans ses Mémoires, Ludendorff écrirait : « Sa Majesté paraissait étrangement calme. »

L'empereur assistait à la fin d'un monde : le sien. Son cousin Nicolas était mort et son cousin George lui faisait la guerre. Son petit-cousin Charles l'abandonnait pour faire la paix. Alors, son bras atrophié plaqué le long du corps, Guillaume II se tenait plus raide encore que d'habitude, les joues grises, la moustache grise, le regard tombant, silencieux comme un spectre. Qu'allait-il devenir ? *Moi qui n'ai voulu que le bien de mon peuple...*

Ludendorff et Hindenburg sortirent ensuite marcher ensemble dans les allées du grand parc de l'hôtel Britannique qui prenait ses premières couleurs d'automne. La terre noire, mouillée et grasse, collait à leurs bottes. Le maréchal marchait lentement et prudemment, les bras raides le long du corps. Le général devait ralentir le pas pour ne pas le distancer. Ils ne se disaient rien. Hindenburg levait de temps en temps vers le ciel un œil mélancolique. Erich Ludendorff scrutait au contraire intensément les ombres du parc. Ils s'assirent sur un banc au milieu de leur promenade.
– Que comptez-vous faire, après, Herr Feldmarschall ?
– Vous voulez dire après la guerre ? M'occuper de mes petits-enfants. Et vous, général ?
– M'occuper de l'Allemagne.

Le même jour se produisirent deux événements sans lien direct avec ce qui précède mais non sans importance pour notre histoire – et pour l'Histoire.
Le premier événement se déroula dans le nord de la France, à quelques kilomètres de Cambrai, tout à côté du village de Marcoing, le long du canal de Saint-Quentin, où des combats acharnés opposaient des Anglais du 5e bataillon « Duc de Wellington » et des Allemands du 16e régiment d'infanterie bavaroise.
Le 5e bataillon comptait dans ses rangs le deuxième classe Henry Tandey. Entré à l'armée en 1910 à dix-neuf ans, il fit preuve d'une incroyable bravoure tout au long de la guerre, ce qui lui valut d'être le soldat britannique le plus décoré

(plus de six médailles, dont la Victoria Cross). Ce jeune homme brillait non seulement par son courage mais par son humanité : jamais il n'achevait un ennemi blessé.

Ce samedi 28 septembre, Tandey est deux fois blessé. Pourtant, bien que très affaibli, il refuse d'être évacué et continue de se battre comme un lion avec ses camarades, réussissant à franchir le canal sous les tirs ennemis et délogeant à la baïonnette les derniers Allemands cachés dans des fermes.

À la nuit tombante, il se retrouve face à un soldat allemand blessé en train de ramper péniblement hors de son abri. L'homme le regarde, impuissant, sûr d'être abattu. Il est dans sa ligne de mire, à quelques mètres, Tandey ne peut pas le manquer. « Je n'avais qu'à tirer, raconta-t-il plus tard, mais il gisait sur le sol et je n'ai jamais pu descendre un gars blessé. » L'homme se relève, le remercie d'un hochement de tête et disparaît, se dépêchant de rejoindre sa troupe en déroute.

L'année suivante, le 17 décembre 1919, Tandey était convié à Buckingham Palace pour y être décoré de la Victoria Cross par le roi George V en personne et cette croix lui était décernée en récompense de son héroïsme à la bataille de Marcoing. Un peintre italien, Fortunino Matania, immortalisa le héros mais le représenta à la bataille d'Ypres qui avait eu lieu en octobre 1914. Tandey s'était montré exceptionnel du début à la fin de la guerre.

Quand il se rendit au nid d'aigle de Berchtesgaden en 1938 pour la discussion avec Hitler qui devait aboutir aux lâches accords de Munich, le Premier ministre Neville Chamberlain remarqua qu'y figurait en bonne place sur un mur le tableau de Matania. Un tableau célébrant l'héroïsme anglais dans la demeure privée du Führer ! *Very strange indeed !* Hitler lui expliqua : « J'ai fait acheter ce tableau parce que je ne pourrai jamais oublier le visage de l'homme qui y est représenté ni ce que je lui dois. Il s'est trouvé si près de moi et il aurait pu si facilement me tuer que j'ai vraiment cru à ce moment-là que je ne reverrais plus jamais l'Allemagne... La providence m'a sauvé... D'ailleurs, s'il est toujours de ce monde, ce que je souhaite, pouvez-vous transmettre à cet homme tous mes meilleurs vœux et surtout ma reconnaissance ? »

Un soir de 1938, le téléphone sonna donc chez Tandey.

– Qui était-ce ? lui demanda sa femme en voyant son visage ému après qu'il eut raccroché.

– Mister Chamberlain, répondit Tandey. Il revient de chez Hitler. Il y a vu la peinture de Matania et lui a demandé ce qu'elle faisait là. Hitler lui a dit qu'il avait reconnu sur le tableau l'homme qui aurait pu le tuer. Tu te rends compte ! Tu te rends compte ! J'aurais pu tuer Hitler !

En 1940, Tandey était à Londres pendant le Blitz et confia à un journaliste : « Si seulement j'avais su !... Pour une fois, je crois que j'aurais fait une exception. »

Le ministère de la Guerre boulevard Saint-Germain à Paris fut le théâtre du second événement. Le général Octave Brune d'Anglions, qui chapeautait entre autres le service des renseignements aux familles, y finissait sa journée de travail et s'apprêtait à rejoindre sa maîtresse, une cocotte un peu défraîchie mais qui restait, de l'avis général et du sien en particulier, l'une des meilleures de Paris dans son domaine de compétence. Mais, à l'instant où il allait sortir de son bureau, son téléphone sonna.

– Bonsoir, général, c'est Clemenceau.

La surprise fut si grande qu'il se mit aussitôt debout au garde-à-vous, la main crispée sur le combiné du téléphone, le cornet collé à son oreille. La voix rauque du Tigre rugissait. « Le Vieux », comme l'appelaient aussi les poilus, commença par vitupérer contre la nullité de l'administration, puis en vint au motif de son appel. Un de ses amis, Alfred Hirscheim, président de l'Union nationale des banques, un personnage très important apparemment mais dont Octave d'Anglions n'avait jamais entendu parler, était venu le voir pour déplorer qu'aucune information n'ait pu lui être donnée depuis deux mois sur la disparition de son fils qui combattait sur le front de l'Est entre la Marne et la Champagne.

– Vous vous rendez compte ! Vous vous rendez compte que vos services sont nuls !

– Monsieur le président…, bredouilla le général.

– Nuls ! répétait Clemenceau.

– À leur décharge, Monsieur le président, la situation est très difficile. On n'a que les informations qui nous viennent de l'avant et il est très difficile de procéder à un recensement précis des victimes tant que nous nous battons encore en même temps.

– Vous n'allez pas m'apprendre ce que sont les champs de bataille, général, j'ai passé assez de temps dans les tranchées, ce qui n'est pas votre cas, à ma connaissance. J'ai autre chose à faire que d'identifier moi-même les disparus, surtout en ce moment ! Tandis que vous, c'est votre travail. Que je sache, vous êtes payé pour ça. Alors, débrouillez-vous pour me faire passer vite des informations.

– Oui, Monsieur le président ! Je vais faire absolument tout ce que je peux, Monsieur le président.

– J'espère bien. Bonsoir, général.

— Bonsoir, Mons...

Secoué – et contrarié à l'idée d'arriver en retard à sa réjouissante soirée –, Brune d'Anglions s'empressa de convoquer ceux qui étaient encore présents au sein du service. Le commandant Redoux promit de s'employer le soir même au lancement des recherches.

— Quel est son nom, mon général ?

Brune d'Anglions sursauta. Bon Dieu ! Il n'avait même pas eu le réflexe de le lui demander. Mais réfléchissons : c'était le fils de... Bernheim ?... Balsheim ? Merde ! Il avait été tellement surpris d'entendre Clemenceau qu'il en avait perdu tous ses moyens.

— Écoutez, je... Il ne me l'a pas dit. Ça a duré deux minutes. Il était pressé et très agacé. Si vous pouviez téléphoner à son cabinet... Attendez !... Il m'a dit que c'était le fils du président de l'Union nationale des banques.

— Je m'en occupe, ne vous tracassez pas, s'empressa le commandant Redoux, qui était travailleur et ambitieux.

Un peu rasséréné, Brune d'Anglions songea que, de toute manière, il ne pourrait pas faire beaucoup plus ce soir et qu'il était temps de rejoindre sa maîtresse. Resté seul dans son bureau dont la haute fenêtre donnait sur les platanes du boulevard Saint-Germain, il fit une rapide toilette, se lissa les cheveux en arrière, se lustra la moustache et s'aspergea de parfum. Puis il soupira. C'était quand même épuisant, la guerre !

Il allait partir quand lui vint une pensée déprimante : Clemenceau travaille tard, Clemenceau travaille sans cesse, et il est là, au ministère, dans son bureau de l'hôtel de Brienne. Et si l'envie le prend de venir faire un tour ici, histoire de vérifier que tout le monde s'active... C'est bien son genre, et alors, s'il ne me trouve pas présent à mon poste, c'en est fini de ma carrière. Donc, pas question, hélas, de m'amuser ce soir, et tant pis pour Amélie. Il faut que je reste là, quoi qu'il m'en coûte, au moins jusqu'à minuit, tant pis pour Amélie ! Très déçu, il écrivit à sa maîtresse que l'intérêt supérieur de la nation, etc., et qu'il devait en conséquence renoncer à leur soirée. Il fit porter le mot par un sergent à cheval. Amélie logeait à Saint-Lazare.

Deux heures plus tard, affamé, il se rendit au mess des officiers. On n'allait quand même pas lui reprocher de se nourrir. Il y avait droit, comme tout soldat !

La salle était presque vide. Au bar, un homme d'une cinquantaine d'années, courtaud, boudiné dans son uniforme, buvait un verre. Visage rond, calvitie, lunettes à monture noire et verres épais de myope. En s'approchant, Brune d'Anglions le reconnut. C'était le colonel Joseph Durand, ancien camarade de l'École de guerre, qu'il n'avait pas dû croiser plus d'une fois dans les couloirs du ministère. D'une apparence discrète, et même modeste, Durand était jusqu'à l'année précédente le chef du SR* du 2ᵉ bureau de l'EMA (l'État-major des armées), autrement dit des services secrets.

— Comment vas-tu, Joseph ?
— Bien, mon général. Et vous-même ?
— Tu me vouvoies ? Non, non, pas de ça entre nous, Joseph. On se connaît depuis quand ? Depuis vingt ans ? L'École de guerre, ça doit faire vingt ans.
— Quinze ans.

---

* Service de renseignements. Le plus souvent, on disait seulement 2ᵉ Bureau pour désigner les services d'espionnage.

– Ah oui, c'est ça. 1903. Je nous vieillis ! Quand est-ce que tu passes général ?
– C'est drôle que tu m'en parles. Je viens de l'apprendre. Je serai dans le train de la fin de l'année.
– Félicitations ! Alors, tu bois déjà pour fêter ça ?
Il s'esclaffa. Durand se contenta d'un sourire amical et lui offrit un verre. Il n'avait pas son pareil pour s'effacer derrière son interlocuteur et le pousser à se mettre en valeur. Il ne tarda pas à apprendre ce que Clemenceau avait exigé. Le pauvre d'Anglions, bien conscient des limites de l'administration militaire et du nombre fou des disparus, ne semblait pas très optimiste sur les chances d'arriver vite à un résultat concernant le fils du président de l'Union nationale des banques.
– Tu recherches le fils d'Alfred Hirscheim ?
– Heu... Oui, je crois que c'est ce nom-là... Oui, c'est ce nom-là ! Tu le connais ?
– Pas personnellement. Je me demande pourquoi le Tigre tient à ce que tu retrouves le fils d'Alfred Hirscheim.
– Parce que c'est un ami personnel.
Les questions du colonel Durand étaient rarement innocentes. Il ne mentionna pas à Brune d'Anglions qu'il rencontrait régulièrement Clemenceau et Foch, lesquels projetaient de l'envoyer en Allemagne à la fin des hostilités en mission de surveillance.
Octave d'Anglions, lui, en parfait militaire, ne cherchait jamais midi à quatorze heures et ne s'étonnait pas que Durand pût connaître l'existence d'Alfred Hirscheim. Après tout, il travaillait au 2e Bureau.
– Tu connais le père. Tu ne connaîtrais pas le fils aussi par hasard ? dit-il presque en plaisantant.

Durand répondit tout à fait sérieusement :
— Si. Je crois même qu'il s'appelle Charles. Enfin, ça, je n'en suis pas tout à fait sûr, il faudrait que je vérifie. Charles ou Jean-Charles ou…
— Et je peux savoir pourquoi le 2ᵉ Bureau s'est intéressé à lui, ou c'est indiscret ? C'est un agent allemand ?
— À ma connaissance, non.
— Tu m'intrigues.
— Oh ! Rien de bien mystérieux. On a dressé une liste des normaliens bilingues en allemand. Le fils d'Alfred Hirscheim qui est alsacien en fait partie.
— Et vous comptez en faire quoi ?
— On aura besoin d'agents en Allemagne après la guerre.
— Vous pensez déjà à l'après-guerre !
— C'est un peu notre rôle.
— En tout cas, celui-là, il y a assez peu de chances qu'il fasse un bon agent un jour.
— Ah bon ? Pourquoi ?
— Parce qu'il doit être mort. Sa famille est sans nouvelles de lui depuis juillet et, en général, c'est assez mauvais signe.

Le colonel Durand abandonna le général Brune d'Anglions à son dîner et remonta dans son bureau qui se trouvait dans un immeuble du ministère côté rue de l'Université à cent mètres de l'Assemblée nationale. Il alluma sa petite lampe de bureau à l'abat-jour jauni qui donnait un halo de lumière pâle et ouvrit la grosse armoire dans laquelle il rangeait ses dossiers.

Avec un jeune secrétaire d'état-major, fraîchement sorti de Normale sup lui aussi, il avait dressé une liste de recrues potentielles issues de cette école pour différents types de missions allant du simple travail d'étude ou de traduction de journaux allemands à des opérations de recherche ou d'infiltration dans les rangs ennemis. La guerre avait montré à quel point les capacités d'espionnage de l'armée française étaient insuffisantes.

Durand ne tarda pas à retrouver le dossier Hirscheim. Il avait bonne mémoire : son prénom était bien Charles. Il servait depuis août 1914 dans l'infanterie. 23e régiment. Aspirant jusqu'en 1915, ses qualités, son courage lui avaient valu d'être promu sous-lieutenant puis lieutenant en 1917. Croix de guerre pour son comportement exemplaire au chemin des Dames ! Certainement bon Français, patriote, en plus alsacien. Toute la famille a quitté Strasbourg pour s'installer à Paris. Catholique. Le père est noté catholique conservateur. La mère, Faustine, tiens, intéressant : protestante... et même fille de pasteur... née Wolfberger. Mariage le 12 juillet 1893. Donc, enfants jeunes... donc, si Charles est l'aîné, a dû naître environ un an après, donc vingt-cinq ans... Donc, vingt ans en 14. Encore étudiant au début de la guerre. Ah non ! Diplômé en juin 1913. À dix-neuf ans !... Professeur d'allemand durant l'année scolaire 1913-1914. Si jeune ? Attends, quelle est sa date de naissance ? C'est curieux, elle ne figure pas sur sa fiche. Un mètre soixante-dix, yeux noisette, cheveux châtains... Il est mal fait, ce dossier. On n'a même pas sa date de naissance. Ah si, voilà : mairie de Strasbourg, copie de son acte de naissance... Né au 12, rue des Veaux à Strasbourg... à six heures du matin... le 1er juillet 1891 ! 1891 !... Deux ans avant le mariage de ses parents ! Tiens, tiens, tiens... Soit il y a une erreur de recopie, soit... Durand sourit à cette pensée.

Bon, il faut que je communique tout ça à d'Anglions. Excellent profil, ce garçon. Normalien, officier, courageux,

quatre ans de guerre et... « parle allemand sans accent alsacien », d'après M. Bruly, professeur agrégé à l'ENS. Ah, ça, c'est extrêmement intéressant. Enfin... en effet, il y a toutes les chances pour qu'il soit mort... Dommage.
Quand il se décida à rentrer chez lui, il était près de minuit. Un vent d'automne soufflait sur le boulevard Saint-Germain, balayant des feuilles de platane mortes qui raclaient le sol pavé et tourbillonnaient comme des spectres. Joseph Durand suivait la marche de son ombre qui s'étirait démesurément à la lueur des réverbères. Sur le pont de la Concorde, il resta quelques minutes à considérer la coulée noire, épaisse, de la Seine. Il n'était jamais pressé de retrouver son trois-pièces de vieux garçon. Parmi les artilleurs, son corps d'origine, qui le connaissaient depuis Saint-Cyr, et parmi les officiers de l'état-major, il se murmurait souvent qu'il serait homosexuel parce qu'il était célibataire et que son existence discrète le rendait mystérieux. Il lui était arrivé d'aller au bordel pour des raisons « hygiéniques », si l'on ose dire, compte tenu des maladies qu'on pouvait y attraper. Il avait de la chance, il n'avait jamais rien eu. Depuis le début de la guerre, il s'était abstenu de toute activité sexuelle. En vieillissant, cela le préoccupait de moins en moins. À la place, il fumait des cigares, buvait du café et lisait sans cesse. C'était ses drogues, ses plaisirs. Il aimait tout particulièrement les philosophes, Spinoza, Pascal. Chez lui, il y avait donc des livres – et son chat, Bavard, il l'avait baptisé ainsi car il miaulait joyeusement comme un chien aboie au retour de son maître et semblait l'accueillir chaque soir en lui racontant avec enthousiasme les menus événements de sa journée. Depuis la mort de sa mère, c'était l'être dont il était le plus proche.

4
Le dossier Hirscheim

Faustine pleurait. Ses yeux noyés de larmes semblaient deux pierres précieuses, deux turquoises dans une eau pure. Ses joues trempées reluisaient. Quelques mèches grises de ses longs cheveux noués en chignon tombaient sur son visage. Un soleil d'hiver chétif léchait le plancher du salon à l'angle d'une fenêtre.

– Redites-moi encore ce qu'il vous a dit.

Alfred Hirscheim se tenait debout derrière le fauteuil de sa femme. Ils étaient mariés depuis vingt-cinq ans. Ils avaient si peu partagé. Combien de nuits avaient-ils passées ensemble ? Elle ne s'était jamais franchement refusée à lui mais ne s'était jamais donnée. Chaque fois, il avait senti qu'elle était *ailleurs*, que son esprit fuyait et que les baisers, les caresses qu'il lui prodiguait la laissaient indifférente. Au fond, c'était chaque fois un peu comme s'il la violait et il avait toujours eu la sensation désagréable d'abuser de ses droits d'homme marié. Il avait même plusieurs fois surpris une expression de dégoût sur son visage. Après la naissance de leur fille Marguerite, il avait petit à petit renoncé à toute relation physique avec Faustine et s'était consolé avec des cocottes, mais la pensée du corps de cette femme qu'il n'avait possédé finalement que de force le tourmentait encore certaines nuits comme un fantasme inassouvi. La plus belle fille d'Alsace ! Qui n'en tombait pas fou ? Aujourd'hui, alors même qu'elle était une femme de cinquante ans aux cheveux gris qui se tenait tordue d'angoisse dans son fauteuil, le visage levé vers lui, gonflé et rougi de larmes, elle n'en restait pas moins attirante, désirable ; il émanait d'elle une sensualité que la vieillesse n'effaçait pas.

Depuis cet appel téléphonique, elle ne respirait plus. D'un seul coup, elle venait de reprendre espoir, tandis que lui perdait le sien... S'*il* était vivant, alors... pour elle, la joie, l'amour... – mais pour lui... Non, non, Charles est mort, c'est sûr. Ils meurent tous et on n'en retrouve pas la moitié et certains sont tellement abîmés qu'on ne peut même plus les identifier. Il fait partie de tous ces morts qu'on ne retrouvera jamais. Oui mais... s'il avait survécu, lui ? S'il avait eu de la chance ? À sa dernière permission, sa mère avait essayé de le faire parler : « Comment c'est, là-bas ? Il paraît que c'est très dur avec ces gaz et tout. » Mais Charles avait répondu laconiquement : « Pas si dur que ça, maman. Ne t'en fais pas, on tient le coup. Tu vois. » Sans doute pour la rassurer, jouer au fils courageux. Mais Alfred avait revu dernièrement une de ses connaissances, le colonel Bertin, qui en était revenu avec une jambe de bois et qui lui avait raconté : « Moi encore, j'ai eu de la veine. Là-bas, c'est tellement horrible, épouvantable, qu'on ne peut même pas dire. » Donc, Alfred était sûr qu'il était mort – et qu'ils recevraient une seconde lettre confirmant la première : Votre fils n'a pas reparu après l'offensive du 12 juillet, nous n'avons pas d'autres informations... Ou, mieux encore : Votre fils est mort pour la France, son corps a été retrouvé et repose avec ses camarades. La Légion d'honneur lui sera décernée à titre posthume... C'est pour cela qu'il avait fini par entreprendre cette démarche que Faustine lui réclamait tous les jours. C'est pour cela qu'il s'était adressé à Clemenceau. Il était sûr... Alors, d'une certaine façon, la page serait tournée, il ne resterait rien... Alors, d'une certaine façon, il serait vengé... et Marguerite serait leur seule enfant... et sa seule héritière... Et voilà que le téléphone avait sonné.

– Redites-moi encore ce qu'il vous a dit.
Il prit une inspiration puis souffla.
– C'était très bref. Vous savez déjà tout.
– Oui, mais les mots exacts.
– Je vous ai dit les mots exacts.
– Redites-les-moi.
Il avait l'accent alsacien et un timbre métallique. Il parlait d'une voix posée, sans émotion.
– Monsieur Hirscheim, le Centre neurologique des armées de la VIIe Région vient de nous communiquer un signalement pouvant correspondre à celui de votre fils. Vous serait-il possible de passer à mon bureau à l'état-major ?
– Et après ? dit Faustine en se tordant les doigts.
– J'ai répondu : « Oui, général. Quand ? » Il m'a dit : « Cet après-midi si c'est possible. » J'ai répondu : « C'est entendu. Je serai là à trois heures. » Il m'a dit : « Parfait. Je vous attends. Mes respects, monsieur Hirscheim. » Je lui ai dit : « Mes respects, général. »
– Le Centre neurologique des armées, cela veut dire que... qu'il est vivant ?
– Sans doute.
– Alors, Charles est à Paris !

– Non. La VIIe Région, ce n'est pas Paris.
– C'est où ?
– Je ne sais pas. Mais Paris n'est pas une région militaire. Cela, j'en suis sûr. Et puis, s'il était à Paris, il l'aurait dit. Je pense que ce général veut, sur la base de leurs informations, que je lui dise s'il peut s'agir de Charles ou non.
– Je veux vous accompagner !
– Ce n'est pas la peine pour le moment. On ne sait pas s'il s'agit de lui.
– S'il est dans un centre neurologique, c'est pour quoi à votre avis ? Qu'est-ce qu'il a ? Qu'est-ce qu'il peut avoir ?
– Je ne sais pas. Un traumatisme, des lésions nerveuses ou psychiques.
– Il pourrait être... – sa voix s'étrangla –... fou ?
– Peut-être.
Faustine, les mains nouées en signe de prière, ferma les yeux. Alfred Hirscheim sortit du salon sans ajouter un mot.

Son chauffeur l'attendait au volant de sa Berliet dans la cour de son hôtel particulier rue de Grenelle. Il aurait pu se rendre au ministère de la Guerre à pied, d'autant que c'était une belle journée d'hiver, mais il savait qu'il serait introduit avec plus de déférence et de rapidité s'il se présentait conduit par son chauffeur. Effectivement, les gardes, qui étaient prévenus de sa visite, lui ouvrirent la grande porte cochère et l'invitèrent à garer sa voiture dans la cour de l'hôtel de Brienne.
Alfred Hirscheim était un petit homme presque chauve au regard d'acier derrière ses lunettes. Toujours impeccablement rasé et d'une élégance princière, il se tenait très droit et portait des chaussures à talons épais, ce qui compensait sa

petite taille. Il s'honorait de la bedaine ronde et moelleuse des hommes qui ont réussi, à laquelle les costumes de son tailleur conféraient une coquette dignité.

Au moment où il sortait de sa voiture, un autre petit homme sortait de la sienne, de retour de son incontournable déjeuner quotidien à son domicile rue Franklin. La France entière le reconnaissait à ses moustaches blanches de vieux tigre, à son bonnet de police en laine, son manteau noir et ses gants gris qu'il ne quittait jamais.

Clemenceau, qui avait toujours une bonne vue à soixante-dix-sept ans, salua aussitôt le banquier Hirscheim. Il savait pourquoi il le rencontrait là. Brune d'Anglions l'avait prévenu le matin même.

– Alfred ! Comment allez-vous ?
– Monsieur le président !...
– Je suis au courant de tout, Alfred. Tenez, montez avec moi cinq minutes.

De la voiture du Tigre était aussi sorti le général Durand, qui se tenait respectueusement en retrait de quelques pas. Clemenceau le présenta à Hirscheim :

– Voilà l'homme le plus sérieux de France. Tellement sérieux qu'il pourrait être allemand ! C'est pour cela d'ailleurs que je l'envoie à Berlin. Il va s'occuper du rapatriement de nos prisonniers de guerre. (Les deux hommes se saluèrent.) Venez tous les deux.

Dans son bureau, au premier étage de l'hôtel de Brienne, Clemenceau fit servir du café.

– Alors, mon cher Alfred, j'espère que c'est bien votre fils et qu'en vous revoyant il va retrouver la mémoire.

En prononçant ces mots, il lui revint soudain ce que son vieil ami strasbourgeois, le docteur Wurth, lui avait dit : que

ce n'était pas « son fils » mais celui de sa femme... Il en sourit dans ses moustaches.
De son côté, Alfred apprenait quelque chose d'essentiel.
– Comment ça, retrouver la mémoire ? Il est amnésique ?
– On ne vous l'a pas dit ?
– Non.
– Qui vous a prévenu ?
– Le général Brune d'Anglions.
– Il est vraiment doué, celui-là.
– Il a sans doute préféré me l'apprendre de visu plutôt qu'au téléphone. Qui plus est, on ne sait pas s'il s'agit de notre fils.
Durand nota le ton posé, la réserve et l'absence d'émotion avec lesquels Hirscheim s'exprimait.
– J'espère que c'est bien lui, dit Clemenceau. D'ailleurs, je ne vous retiens pas plus longtemps. Allez-y vite. Le général Durand va vous conduire.
Dans les couloirs poussiéreux des communs de l'hôtel de Brienne qui abritaient les bureaux du service de renseignements aux familles, des militaires et des civils allaient et venaient d'un air affairé. Hirscheim paraissait perdu dans ses pensées. Durand se dit : Il a l'air d'un homme préoccupé par un problème compliqué qu'il cherche à résoudre, pas d'un homme tremblant de savoir si c'est ou non son fils.
Brune d'Anglions se montra d'une politesse exquise, comme il savait l'être en présence d'une personnalité.
– Je puis vous assurer que nous avons mis en œuvre tous les moyens dont nous disposions, dans un temps et un contexte très difficiles, vous vous en doutez, en raison, en particulier, du très grand nombre de disparus.
Alfred Hirscheim l'écoutait calmement. Le général,

conscient de la gravité de ce qu'il devait lui annoncer, prenait un ton grave et pénétré.

– Donc, il s'agit d'un jeune homme d'un mètre soixante-dix, cheveux châtains, yeux noisette, âgé d'environ vingt-cinq-trente ans. Il souffrirait d'amnésie profonde.

En prononçant ces mots, il baissa la voix puis il marqua un temps, certain que la nouvelle allait causer un grand choc à son interlocuteur. Mais Alfred Hirscheim restait imperturbable.

– Le président Clemenceau vient de me l'apprendre.
– Ah, le..., dit le général, surpris.
– Ce que je voudrais savoir, c'est si son état risque d'évoluer ou non.
« Risque » ? Durand fronça les sourcils.
– Que voulez-vous dire ? demanda d'Anglions, que la réflexion surprenait aussi.
– Peut-on espérer qu'il retrouvera la mémoire un jour ?
– Les médecins ne savent pas. Ils pensent que sa seule chance, c'est de revoir sa famille et qu'alors, retrouvant les siens, la mémoire lui revienne. En tout cas, en partie. Actuellement, il n'a aucun souvenir de son histoire personnelle. Il ne sait plus son nom, il ne sait plus rien de ses parents mais il parle couramment l'allemand, assez bien le russe, et les médecins qui l'ont examiné estiment qu'il est instruit et qu'il a probablement suivi des études littéraires. Votre fils a fait Normale sup, n'est-ce pas ? Et il est bien bilingue en allemand ?

Alfred Hirscheim ne répondait rien. Il gardait son visage attentif et impénétrable. Brune d'Anglions pensa : Sans doute est-il paralysé par l'émotion. Il reposa la question :

– Il est bien bilingue en allemand ?

Hirscheim approuva d'un hochement de tête. Le général poursuivit :

– Il a été retrouvé enterré jusqu'au cou dans un trou d'obus le 14 juillet 1918 au bois du Cameroun près de Souain dans la Marne mais il ne portait sur lui aucune indication de son identité ni de son grade. Les médecins ont cherché bien sûr à provoquer un réveil de sa mémoire mais sans résultat probant jusqu'à présent. Il a toutefois mentionné deux prénoms. Le premier, masculin, Maurice, se trouve être celui d'un sergent de la 12e compagnie à laquelle appartenait votre fils au sein du 23e d'infanterie. Il s'agit de Maurice Cerfeuil. Malheureusement, ce soldat est porté disparu à ce jour. Le second prénom, féminin, est celui, si je ne me trompe, de votre fille : Marguerite.

Durand remarqua qu'à cet instant, pour la première fois, le regard d'Hirscheim se troubla, il battit des paupières, sa mâchoire inférieure se crispa, en même temps qu'il serrait les poings.

– Nous n'avons pas voulu, reprit le général Brune d'Anglions, vous déranger pour rien ni surtout vous donner de faux espoirs. Aussi, nous avons demandé aux services de la VIIe Région militaire de nous adresser des photos du soldat amnésique. Nous les avons reçues ce matin. Elles sont là, sur cette table. Si vous voulez...

Alfred s'avança jusqu'à la table et se pencha sur les photos. Il demeura ainsi plus d'une minute, immobile, regardant fixement les portraits d'un jeune homme maigre aux cheveux courts. Ce visage, mon Dieu, ce visage ! Ce n'était pas seulement celui de Charles... c'était le portrait craché de son père, Otto von Hecke ! Son père tel qu'Alfred l'avait connu dans les années 90 à Strasbourg... Sur ces photographies,

c'était saisissant. Il sentait son sang cogner dans ses tempes, une bouffée de chaleur, son cou gonflait et rougissait. Il devait se maîtriser, se ressaisir, cacher ce qu'il éprouvait. Durand s'était approché pour l'observer et rien ne lui avait échappé. Alfred Hirscheim, toujours penché, ferma les yeux, inspira lentement, puis se tourna vers les deux généraux qui attendaient sa réaction.
– C'est très difficile, vous savez.
– Nous comprenons, c'est un moment très bouleversant, nous comprenons. Mais je suis certain que le fait de vous revoir, vous, sa famille...
– Pardon, général, mais je suis bouleversé... *parce que...* CE N'EST PAS MON FILS. Il répéta en fixant les deux hommes l'un après l'autre droit dans les yeux comme pour mieux les convaincre : Ce n'est pas mon fils.
– Vous en êtes sûr ? insista Brune d'Anglions.
– Tout à fait sûr. Pas le moindre doute.
– C'est incroyable, lâcha malgré lui le général.
– Pourquoi ?
– Parce que en voyant les photos, vous avez eu l'air si... Vous êtes resté comme ça...
– Je vous l'ai dit : cela m'a bouleversé, parce que ce n'est pas mon fils, ce n'est pas *notre* fils.
– Pourtant, tous ces éléments : la date de la disparition, le lieu, le prénom de votre fille, son instruction, ses connaissances en histoire, en littérature, et votre fils a fait Normale sup, et il est bilingue en allemand...
Alfred Hirscheim planta ses yeux gris dans ceux du général et répliqua de sa voix métallique sur un ton à la fois outragé et menaçant :
– Que voulez-vous dire exactement, général ? Que vous

êtes mieux placé que moi pour reconnaître mon fils ? Non seulement j'ai la déception et la tristesse de découvrir que ce n'est pas mon fils, mais en plus vous nous avez donné le faux espoir que c'était lui. Ma femme va être bouleversée encore plus que moi. Il ajouta en associant du regard Joseph Durand : Peut-être devrais-je aller raconter au président Clemenceau avec quelle humanité le chef du service d'aide aux familles parle aux parents d'enfants disparus ?

Brune d'Anglions, affolé et consterné, se confondit en excuses. Il n'avait pas voulu... C'est qu'il avait tellement espéré lui apporter une bonne nouvelle... Hirscheim salua et prit congé d'un air digne et accablé.

Tu en as trop fait, mon coco, beaucoup trop, se dit Durand en le regardant partir.

Il avait une petite idée derrière la tête en demandant un entretien privé au Tigre. Oh ! Une idée vague encore, une pensée d'espion qui anticipe le placement de ses pions comme un joueur de go. Tout dépendrait de la réaction de Clemenceau et de ce qu'il lui dirait. Il lui fallait au moins son accord tacite.

Le vieil homme le reçut à sept heures du soir. Il était tassé, courbé derrière son bureau, en train de relire des notes. Avec son bonnet de laine sur la tête et ses gants gris, il semblait comme toujours transi de froid. Sous l'éclat blafard de sa lampe de travail, on aurait dit une vieille chouette. Il croulait sous le travail et la perspective des négociations de paix avec Wilson et Lloyd George le mettait déjà de mauvaise humeur. Ce pasteur protestant avec ses quatorze commandements et ce serpent en tweed ne voudront jamais admettre que les Allemands n'obéissent qu'à la force et que

la seule façon d'instaurer une paix durable avec eux, c'est de leur enlever jusqu'au dernier canon. Wilson et l'Anglais, ils n'ont pas vu leur pays dévasté pendant quatre ans !...
— Je vous écoute, général. Dites-moi ce que vous aviez de si urgent à me dire.
— Je ne sais pas si l'on peut dire que c'est si urgent...
— Alors, pourquoi vous avez demandé à me voir ?
— Parce que cela m'a paru intéressant de vous en parler. Mais je comprends que vous êtes très occupé, je pourrai peut-être vous en parler une autre fois.
— Non, maintenant, vous êtes là, allez-y. Vous n'en avez pas pour une heure ?
— C'est à propos de M. Hirscheim.
— Vous osez me déranger pour ça ! C'était pas son fils, je le sais, et alors ?
— Précisément, monsieur, *c'était* son fils. Je suis absolument sûr que c'était son fils, qu'il l'a immédiatement reconnu, il n'a pas pu le cacher. Mais je pense que son fils ne doit pas être son fils. Il se trouve que dans le dossier de son fils que j'avais constitué dans la perspective d'identifier des normaliens bilingues en allemand pouvant nous servir d'agents, j'ai remarqué que ce fils est né en 1891, alors que ses parents se sont mariés en 1893, à Strasbourg.
Clemenceau le considérait maintenant d'un air amusé.
— Non !... Général !... Vous osez me déranger pour ça ! Vous que je croyais un pur esprit, presque un ascète, vous seriez un lecteur de mélodrames pour dames, d'histoires d'amours interdites...
Il fit ce commentaire moqueur avec un regard chargé de sous-entendus car lui aussi avait eu vent des rumeurs qui couraient sur la sexualité de Durand.

— Je ne voyais pas le meilleur espion français perdre son temps à des rumeurs d'alcôve. Vous savez tout le chahut sans intérêt que nous a causé Mata Hari. Enfin... puisqu'on en est là et que ça vous amuse : la femme d'Alfred Hirscheim a fauté avec un officier allemand. Son mariage avec Alfred a sauvé sa réputation. D'autant plus, je crois, qu'elle est fille de pasteur. Mais je n'en sais pas beaucoup plus. C'est un vieil ami alsacien qui me l'a raconté. Bon. Malheureusement, on ne peut pas badiner plus longtemps...

D'un geste de la main, il congédia le général et se repencha sur ses notes. Mais Durand ne bougea pas. Il réfléchissait.

— Son père est allemand... C'est encore mieux... Hirscheim veut se débarrasser de son fils, c'est évident.

— Hein ? (Clemenceau leva les yeux vers lui.) Qu'est-ce que vous racontez ?

— Hirscheim voulait se débarrasser de son fils, il va faire croire qu'il est mort, disparu comme tant d'autres, et maintenant il est sûr qu'on ne le retrouvera jamais. Il devait le détester ; ce garçon devait lui rappeler sans cesse l'ancien amour de sa femme...

— Écoutez, mon vieux, l'interrompit Clemenceau, j'ai autre chose à faire, laissez-moi.

— Puis-je vous exposer l'idée que cette histoire m'a donnée ?

— Quelle idée ?

Le Tigre s'agaçait.

— Je pars dans quelques jours à Berlin pour la mission que vous m'avez confiée, monsieur...

— Je sais, et alors ?

— Alors, j'ai besoin d'hommes capables d'infiltrer le camp ennemi. Au moment où la haine contre nous en Allemagne, vous le savez, n'a jamais été plus grande. L'Allemagne est

en plein chaos et la présence de nos armées en Rhénanie, en Sarre...
— Je sais ! Au fait, Durand !
Le général reprit, de sa voix toujours calme et monocorde :
— Il me faut des hommes et, si possible, des Allemands. La meilleure façon de savoir ce que les Allemands préparent contre nous, c'est d'avoir des Allemands bien informés qui viennent nous le dire. Charles Hirscheim est allemand. À moitié allemand. Il parle allemand sans accent, il était à l'école allemande, à Strasbourg, il connaît la culture allemande, d'après son professeur d'allemand de Normale sup dont il était le plus brillant élève — et son père était un officier allemand, d'après vous-même.
— Il est amnésique si je ne me trompe. Il ne sait plus qui il est, ni qui sont ses parents, il ne reconnaît plus personne. Alors, comment pourrait-il connaître la culture allemande ?
— Eh bien, j'ai pu parler aujourd'hui au téléphone avec un jeune médecin qui s'intéresse à son cas depuis deux mois et c'est tout à fait singulier. D'un côté, il semble avoir effacé, suite au choc, toute trace d'identité personnelle, à tel point qu'on a cru au début qu'il était un simulateur, mais il n'a pas changé depuis l'armistice et, par ailleurs, il avait même demandé à retourner au combat avec ses camarades. Puisqu'il n'était plus personne, il voulait au moins défendre son pays et il parle sans cesse de son ami Maurice mort à ses côtés, c'est presque son seul souvenir de sa vie antérieure. D'un autre côté, il a conservé toutes ses facultés — la plupart de ses connaissances et de ses acquis intellectuels. C'est la raison pour laquelle on est sûr qu'il a fait Normale sup — et une preuve de plus qu'il est bien Charles Hirscheim. Il est curieux de tout, il lit les journaux, dévore les livres. D'après

le médecin, c'est un garçon d'une grande intelligence et le cas le plus incroyable qu'il lui ait été donné de rencontrer depuis le début de la guerre.

À présent, Durand intéressait Clemenceau, qui caressait d'un doigt ses bacchantes en l'écoutant.

— Bien. Donc, c'est un garçon de vingt-cinq ans...

— Vingt-sept. J'ajoute qu'il a eu un comportement exemplaire pendant ses quatre ans de guerre. Promu lieutenant, décoré de la croix de guerre pour acte de bravoure.

— Qu'est-ce qu'il a fait ?

— Alors qu'il était blessé, il est retourné chercher un de ses camarades resté à terre au milieu des tirs ennemis.

— Mais lui l'ignore, n'est-ce pas ? Il ignore qu'il est Charles Hirscheim.

— Oui. Et il est fort possible qu'il continue de l'ignorer puisque son père officiel compte faire comme s'il était mort.

— Dites-moi ce que vous avez en tête exactement. Vous comptez le recruter au 2e Bureau et l'emmener avec vous à Berlin ?

— D'abord, avec votre accord, aller le voir et me faire une idée plus précise. Ensuite, s'il me paraît avoir les qualités requises...

— Voilà, c'est ça, en faire un de vos espions.

— Mieux que ça, monsieur. L'espion parfait. Un militaire allemand parmi les militaires allemands mais au service de la France. Il prendra l'identité d'un mort allemand, d'un de ceux que nous aurons identifiés, et on le fera revenir en Allemagne en le faisant passer pour un prisonnier de guerre. En ce moment, c'est facile. Il y a tant de corps non identifiés et tant de prisonniers de guerre qui ne sont pas encore libérés. Une fois rentré en Allemagne, il manifestera sa volonté de continuer le combat et il intégrera un Freikorps ou restera dans la Reichswehr, en tout cas, il sera là où il faut pour nous donner des informations sur les manigances de l'état-major allemand qui, comme vous le savez, s'organise déjà pour la revanche. On ne pouvait rêver mieux. Ce garçon n'a pas de passé ; s'il se faisait prendre, il ne pourrait trahir personne ni révéler aucun secret, puisqu'il ne connaîtra que ce que nous aurons bien voulu lui dire.

Derrière ses sourcils presque aussi touffus que ses moustaches, les petits yeux perçants de Clemenceau se plissaient. Ce vieux garçon de Durand semblait considérer les êtres avec le seul intérêt du scientifique qui étudie des organismes sous son microscope.

– C'est pour ça que vous vouliez me voir... Alors, je vous dois des excuses, Durand, vous n'êtes pas un lecteur de mélodrames. Vous êtes bien pire.

Il resta un instant pensif, ses petits yeux toujours plissés. Puis il reprit de sa voix rauque et saccadée :

– Bon, bon. Votre idée n'est pas mauvaise... Mais s'il retrouvait la mémoire ?

– S'il retrouvait la mémoire... on ne peut pas prévoir à l'avance ce qui arriverait. On ne peut pas tout prévoir.

– C'est vrai, c'est ce que je pense, dit Clemenceau. Si on attend d'être sûr de tout avant de décider de quelque chose, on peut seulement être sûr qu'on ne décidera jamais de rien.

Quand il est parti, elle était à la fenêtre. Elle l'a vu monter à l'arrière de sa voiture. Cet air toujours digne, cette maîtrise, cette retenue, cette froideur...

Elle est toujours à la fenêtre. Elle n'en a pas bougé de

l'après-midi, tantôt assise un livre à la main mais incapable de lire, tantôt scrutant la cour désespérément vide de leur hôtel particulier. Impossible de rien faire d'autre. Le cœur battant, les mains glacées, la poitrine oppressée. Mon petit Charles ! Que ce soit toi ! Te retrouver enfin ! Bon Dieu, mais qu'est-ce que fabrique Alfred ? Pourquoi est-il si long ? Pourquoi ne revient-il pas ? Elle se ronge les ongles. Plus le temps passe et plus son angoisse devient insupportable. Ô je vous en supplie ! Je vous en supplie !...

Maintenant, la nuit est tombée depuis déjà deux heures, il est plus de sept heures et la voiture rentre enfin dans la cour avec ses deux yeux jaunes. S'il est resté si longtemps là-bas, c'est qu'il a reconnu Charles, c'est qu'il y avait beaucoup de choses à voir, à faire... forcément... Est-ce qu'il est blessé ? Ô mon Dieu !... Est-ce qu'il est mutilé ? méconnaissable ?

Elle s'attend au meilleur – que son fils soit vivant – en même temps qu'au pire – qu'il soit cul-de-jatte ou gueule cassée.

Alfred sort de la voiture, son chapeau sur la tête, gravit les marches du perron, puis Faustine l'entend dans l'escalier. Il ouvre la porte du salon... et apparaît, un masque solennel sur le visage, n'exprimant ni joie ni chagrin, elle comprend que ce n'est pas une bonne nouvelle, elle blêmit, ne respire plus et parvient péniblement à articuler d'une voix blanche :

– Il est blessé ?

Alfred s'avance de deux ou trois pas vers elle, lourd et grave.

– Ce n'était pas lui.

Faustine reste la bouche entrouverte, stupéfaite, incrédule. Elle avait tout imaginé sauf ça. D'une voix monocorde et posée, comme un médecin annonce une mauvaise nouvelle à un malade, Alfred continue :

— Ils ne l'ont pas retrouvé. Ils m'ont montré des photos et ce n'est pas lui. C'est un garçon amnésique qui ne se souvient pas de qui il est ni de sa famille. Mais ce n'est pas Charles. Il ajoute comme pour se justifier : Malheureusement.

— Alors... il est mort ?

— Disons que... plus le temps passe, évidemment...

Elle baisse la tête de côté, ses yeux se remplissent de larmes qui coulent en silence sur ses joues. Comme elle est belle quand elle pleure ! Elle a l'air d'une enfant. Il fait un nouveau pas vers elle. Il serait prêt à la consoler. Il aimerait qu'elle le trouve bon et qu'elle s'abandonne contre lui. Il sent l'effluve discret de son parfum dans son cou. Il pose une main légère sur son épaule. Aussitôt, elle se rétracte, s'écarte, se réfugie dans un coin de la fenêtre comme un oiseau apeuré. Alors, toute la frustration et toute la colère qu'il porte en lui bouillonnent. Il lui en veut. Il la hait.

— J'ai demandé qu'ils poursuivent les recherches. Il conclut, savourant le mal qu'il va lui faire : Mais ils ne m'ont pas laissé beaucoup d'espoir. Il y en a tant qu'on ne retrouve jamais.

Soudain, elle s'arrête de pleurer, sèche ses yeux d'un revers de la main, se tourne vers son mari et le fixe intensément. Deux ennemis face à face.

— Tu ne l'as jamais aimé...

5
Albert, Charles, Gustav...

Tous les jours, c'est pareil ; les jours s'écoulent et les saisons ; il fait des petits travaux, du jardinage, il lit, on le laisse tranquille ; ils ont abandonné depuis longtemps tout traitement, les électrochocs sont un vieux cauchemar ; il y a seulement ce médecin, le docteur Voinel, qui est arrivé depuis l'armistice, passe du temps avec lui, est bon avec tous, il l'aime beaucoup, un grand gaillard de rugbyman qui a été médecin sur le front et qui en a vu et sait de quoi il parle...

On lui répète que bientôt, sûrement, il reverra sa famille, que sa famille le cherche, forcément, et qu'en la revoyant il retrouvera la mémoire. En attendant, on lui a donné un prénom. C'est impossible à la longue de dire toujours : « Hé, toi !... hé, vous !... » Il se dit : C'est comme les chiens perdus, on leur donne des noms. C'est le sergent Chevillard, un des rares qui lui parlait avant l'arrivée du docteur Voinel, qui l'a baptisé. On l'appelle Albert. Chevillard trouve, va savoir pourquoi, qu'Albert, c'est un prénom d'intellectuel. Il dit aussi que c'est un prénom qui peut être aussi bien allemand que français. Il espère seulement qu'il n'est pas un Boche. Mais pourquoi parle-t-il allemand ? À cause de ça, certains le soupçonnent et l'évitent. Pas Chevillard, qui sait que beaucoup de Français instruits parlent allemand.

Il y a moins de monde qu'avant, ça se vide, c'était un hôpital de guerre. *Albert* passe beaucoup de temps tout seul à réfléchir, à marcher. Il aime contempler depuis le bord du lac les flèches pointues des sapins noirs sur la berge opposée. Il aime quand le soleil se couche et donne au clocher de la chapelle la douceur dorée d'un dôme d'église toscane. Toscane, pourquoi ? Peut-être est-il allé en Italie ? Bon sang, si ça pouvait seulement lui tomber dessus d'un coup, tac ! comme la foudre, comme la marmite qui lui a fait perdre la mémoire, si quelque chose pouvait le frapper à nouveau et que tout lui revienne ! S'il pouvait un matin se réveiller en pensant : Je suis Machin-Truc, j'ai vingt ans et ma fiancée m'attend !

Mais voilà, les jours passent, maintenant la chartreuse est sous la neige ; c'est très joli, c'est un paysage de rêve pour fêter Noël.

Noël : il n'en a pas de souvenirs personnels, pas de souvenirs d'enfant – sauf un : une orange posée sur une assiette et il est tout émerveillé devant ce fruit d'une couleur si électrique. Noël lui évoque des maisons éclairées dans la nuit où l'on devine qu'il fait chaud, des enfants qui ouvrent joyeusement leurs cadeaux, une grosse oie rôtie, des petits biscuits alsaciens à la cannelle en forme d'étoiles, des bougies dans une église, une chorale qui chante... Sans doute a-t-il vu ces images dans des livres.

Tous les jours, il fait des efforts : des images, des mots, des dates, des faits lui reviennent et, par association, il reconstruit le monde, l'histoire du monde, la vie de son pays, les différentes classes qui composent la société. Il réclame des livres, on lui en prête, et lire accélère la remise en place dans son cerveau des représentations et des concepts. Il voit, il revoit les cafés des Grands Boulevards parisiens, un amphithéâtre plein d'étudiants penchés qui écrivent, une salle de théâtre où des gens rient, le ventre nu et flasque d'une fille à soldats, depuis le parvis du Panthéon le tapis vert du jardin du Luxembourg, *Le Radeau de la Méduse* au Louvre, et ça lui fait penser à une butte de terre couverte de cadavres aux membres déchiquetés qui parfois remuent encore, derniers sursauts de vie... Oui, il a des souvenirs de sa guerre, des souvenirs du front, ce sont forcément les siens, ceux-là, non ? Ça ne peut pas s'inventer, des souvenirs comme ça... Non, non, ça ne peut pas. Ces images atroces de la guerre, ces odeurs, ces bruits, ces lumières, ces bouts de corps humain... Mais pas de visages, pourquoi ? Pourquoi ne revoit-il pas les visages de ses camarades, à part celui de Maurice ? Pourtant, ils ont dû en vivre des moments forts, tous ensemble ! Il lit tous les jours dans les journaux des récits de soldats et Paul Voinel lui parle de tous ceux avec qui il a passé ces quatre ans et ce sont des instants, des histoires qui ne s'oublient pas ! Pourquoi a-t-il tout effacé, lui, et pourquoi se souvient-il de la bataille de Fachoda, à laquelle il n'a évidemment pas pu participer, et pourquoi sait-il dire : je prendrais bien une tasse de thé en russe ? Il a étudié le russe, l'allemand, l'histoire, quoi d'autre ? La littérature...

Un jour, en lisant les *Pensées* de Pascal que le docteur Voinel lui a passé, il se rappelle subitement sans savoir pourquoi qu'il a lu *Le Rire* de Bergson. Il a beau faire, voilà, sa vie n'est plus que ces bribes de souvenirs et de connaissances qui ne lui disent rien de l'être qu'il était vraiment. Il a été un enfant à qui sa mère offrait peut-être une orange à Noël, mais quel enfant ? Qu'aimait-il, cet enfant ? Que ressentait-il ? Et qui était sa mère ? Qu'éprouvait-il pour elle ? Il sait qu'un enfant, en général, aime sa mère, qu'une mère est, en général, la première femme de la vie d'un enfant, mais pour lui ? Il a été un étudiant sans doute studieux, plongé dans ses livres, timide et rougissant peut-être quand il se trouvait devant la jeune fille rieuse qui lui faisait battre le cœur, brûlant de tout lui dire et n'osant pas... Il a lu des histoires d'amour, mais lui, a-t-il aimé ? Et il était soldat, aucun doute là-dessus, et la guerre le hante comme tous ceux qui en sont revenus, la guerre est là devant ses yeux et sous ses paupières quand il dort et il sait que Maurice est mort, qu'il l'a vu sur le sol, éventré, c'est son seul souvenir, sa douleur, qu'il est sûr d'avoir vécue, oui, sûr, pratiquement sûr, mais le soldat qu'il essaye d'imaginer – lui-même –, lui-même recouvrant de sa gabardine le corps de son ami, était-ce bien lui ? Qui était-il ? Quel homme ? Quand, aujourd'hui, en forêt, il tombe pour ainsi dire nez à nez avec un chevreuil qui le fixe de ses grands yeux tendres, il est ému aux larmes ; d'où lui vient cette émotion ? Que peut-elle lui apprendre sur lui-même ? A-t-il toujours été ému par les chevreuils ? Qui est-il ? Quel homme ?

Ne parvenant pas à savoir qui il est, il essaye de savoir qui sont les autres. Dès les premières semaines, il a appris à distinguer les simulateurs, ceux que la guerre a transformés en tragédiens de talent, plus vrais et plus sincères que des vrais, il y arrivait bien mieux que les médecins qui les traquaient pour les renvoyer sur la ligne de feu mais qui bien souvent prenaient de vrais blessés nerveux pour des faux parce que, les pauvres, ne simulant pas, étaient moins convaincants... Les tragédiens sont partis maintenant, bien sûr, puisque la guerre est finie. On les a vus guérir miraculeusement en quelques jours mais on ne pouvait plus les accuser de déserter ! Il les a vus, ceux-là, repartir souriants, soulagés, sauvés. Plusieurs lui ont dit : « Allez, mon pote, c'est bon, dis-nous comment qu'tu t'appelles, dis-leur que ça y est, ça te revient ! et viens-t'en avec nous regoûter de la vie normale ! »

Les autres, ceux qui sont restés, ne lui parlent pas. En gros, ce sont des fous, comment les appeler ? Des brisés, des vidés, des détruits, des morts de l'intérieur... Les plicaturés sont tous regroupés au fort Saint-André où on les soigne encore, paraît-il. À la chartreuse, c'est l'asile, le dépotoir, enfin, un dépôt provisoire, ils vont le fermer bientôt *et on nous répartira dans d'autres asiles comme on pourra.*

Ils sont une bonne centaine. La moitié ont l'air débile, on ne comprend pas un mot quand ils parlent, souvent leur patois, avec des accents, souvent des plaintes aiguës ou rauques comme des cris d'animaux. Dès qu'ils entendent le moindre bruit ressemblant à un coup de canon, une porte qui claque, le grondement d'un moteur, ils se cachent sous leur lit. L'autre moitié, ce sont les morts-vivants, mutiques, blêmes, la plupart du temps la tête cachée dans les genoux ou tournée vers le mur. Quand il surprend un instant le visage de l'un d'eux, il voit la face épouvantée d'un fantôme qui crie sans émettre un son, il voit la peur et l'horreur et l'enfer, la guerre en eux qui les ronge comme un cancer ; il voit l'indicible : une âme mutilée, aussi insoutenable qu'un corps écorché vif.

Tous les matins, il lit le journal. Tous les matins, le journal parle des poilus héroïques, que Clemenceau vante avec un patriotisme ronflant : « Grâce à eux, la France, hier soldat de Dieu, aujourd'hui soldat de l'humanité, sera toujours le soldat de l'idéal ! » Il y a les morts, « nos grands morts qui nous ont fait cette victoire », et les vivants, les survivants, d'innombrables blessés, les gueules cassées, les gazés, les amputés ; il lit les récits de leurs exploits ; il pense : On peut mettre des jambes de bois, des attelles, fixer des masques sur les visages, mais replâtrer des âmes... Il pense : Ces hommes autour de moi n'ont pas été tués et pourtant ils sont morts. Alors, il croit comprendre (le docteur Roussy le lui a dit et il a raison) : s'il a oublié qui il est, c'est pour se protéger, pour mettre à l'abri l'homme qu'il était avant le carnage, avant la grande boucherie... ; s'il se redécouvrait lui-même, libéré des glaces de l'amnésie, peut-être deviendrait-il fou à son tour, emporté par le déferlement soudain de ses émotions... Pour le moment, il est presque un spectateur, presque extérieur à toute cette histoire..., sauf quand remontent à la surface de sa mémoire des visions du cauchemar...

Car il sait qu'il n'est en quelque sorte qu'anesthésié. La nuit, comme ses voisins de lit, ses rêves le tourmentent. La nuit parfois, comme les autres, il se réveille en hurlant parce qu'il s'est vu marcher sur des cadavres et sur les rats qui les grignotent en se léchant les moustaches avec un air gourmand...

Depuis l'arrivée du docteur Paul Voinel, il se sent toutefois un peu moins tourmenté. C'est le premier médecin qui se préoccupe de lui à la chartreuse de Bonlieu. Autant le docteur Roussy lui faisait peur avec son visage austère et inquiétant de prédicateur protestant, autant le docteur Voinel avec son large sourire, sa carrure d'athlète et ses bras velus lui a inspiré instinctivement confiance. C'est un homme jeune (trente ans environ), qui parle d'une voix tranquille à l'accent ensoleillé du Midi. Il a passé quatre ans au front au sein de la 67e division de réserve et il y a vécu tout ce que les patients gardés à la chartreuse ont pu connaître, toute la violence de la guerre et la compagnie quotidienne de la mort.

Chaque fin d'après-midi ou presque, Voinel lui propose une promenade autour du lac. Il semble s'intéresser tout particulièrement à son cas, mais il faut dire qu'il donne à chacun ce sentiment car il paraît n'être jamais pressé, toujours disponible et attentif.

Dès leur première rencontre, Voinel ne l'a pas questionné comme un médecin. Il l'a abordé d'égal à égal, presque comme un nouveau collègue dont il aurait été désireux de faire la connaissance, s'enquérant de la vie dans cette vieille abbaye délabrée et glaciale. Pour le mettre à l'aise, il lui a parlé de sa propre vie. Il est orphelin de mère depuis l'âge de dix-huit mois et de père depuis l'âge de cinq ans. Dans les tranchées, il a soigné tous les types de blessures possibles et imaginables mais, surtout, il a eu peur. Il lui a avoué que son expérience le hantait et qu'il faisait beaucoup de cauchemars. « Selon la définition de Platon, le courage est la connaissance de ce que l'on doit craindre. Donc, avoir peur et avoir continué chaque jour à avoir peur, de plus en plus peur à mesure qu'on sait ce qu'est la guerre, c'est faire preuve d'un grand courage. Donc, j'estime que les hommes qui ont passé du temps dans les tranchées sont tous – tous – des êtres courageux. »

Avec le docteur Voinel, on se sent en présence d'un semblable, pas d'un médecin et c'est pourquoi *Albert* lui a tout de suite accordé sa confiance. Leurs marches et leurs conversations chaque jour lui font du bien. Même si elles ne lui ont pas permis de retrouver la mémoire, un certain nombre de choses se sont clarifiées dans son esprit. Ici, à la chartreuse, on pense qu'il a fait des études, sans doute Normale sup ou un diplôme de lettres, et c'est vrai qu'il peut citer beaucoup

d'écrivains, beaucoup d'évènements historiques. Cette mémoire-là lui revient de plus en plus.
— Donc, l'autre part de ta mémoire, celle qui est le plus profondément toi, lui dit Voinel qui s'est mis assez vite à le tutoyer, cette autre part va te revenir aussi.
Voinel est convaincu que l'essentiel est de redonner espoir au malade.
— Quel que soit le temps que ça prendra, ne pense pas pendant ce temps que tu n'es plus personne parce que tu ne sais plus ton nom. Tu es toi autant que je suis moi. Tu sens, tu éprouves des émotions, tu aimes ou tu n'aimes pas, exactement comme moi. Et en plus, tu as conservé toutes tes facultés, tes connaissances, tes repères, ta culture, ton langage et, surtout, ton intelligence, tu es extrêmement intelligent. Je ne suis pas du tout inquiet...
— Moi, je le suis, dit le jeune homme. Ma vie est foutue maintenant. Je ne me souviens de rien, de presque rien. C'est comme si j'étais mort ou si j'étais un autre. Qu'est-ce que je vais faire maintenant ? Est-ce qu'on va me laisser croupir ici ou dans un autre asile ?
— D'abord, répond Voinel avec chaleur, on va certainement retrouver ta famille, on te l'a déjà dit, c'est une question de temps. Le docteur Roussy a communiqué aux services de recherche des armées tout ce qu'on sait de ton histoire – et tes photos, bien sûr. Et puis, rien ne s'oppose à ce que tu reprennes une vie normale, une vie personnelle libre. Tu souffres d'une amnésie très singulière mais tu es parfaitement apte à te débrouiller, à travailler. J'en ai parlé au docteur Roussy et il est d'accord, si toi tu en exprimes le désir.
— Je pourrais partir d'ici ?
— Bien sûr.

— Mais pour faire quoi ? Pour vivre où ? Je n'ai pas d'argent. On ne sait pas si j'ai déjà travaillé, on ne sait pas mon grade, quel poste j'occupais pendant la guerre, on ignore mon âge, mon lieu de naissance. J'irais où, pour faire quoi ?

Voinel tente de le calmer :

— Pourquoi tu t'affoles ? Tu sais beaucoup plus de choses que tu ne le penses. Par exemple, tu parles l'allemand couramment et sans accent français. Il est donc probable que tu as vécu en Allemagne. Ou en Alsace ou en Lorraine. Plutôt là puisque tu parles aussi le français. Sauf si ton père travaillait ou avait un lien avec l'Allemagne. Ou bien alors ta mère peut-être.

— Ma mère serait allemande ?

— Je ne sais pas, il y a quelques couples franco-allemands. Mais le plus probable, c'est que tu es d'Alsace ou de Lorraine.

— J'ai un souvenir, c'est peut-être à Strasbourg... Je crois que je suis avec ma mère, dans un appartement. Par la fenêtre je vois les tours de la cathédrale et un homme arrive, ma mère est heureuse, il porte une veste avec des boutons dorés... ça pourrait être une veste d'uniforme d'officier et je me souviens du contact de sa main sur ma tête, je ne sais pas quel âge je peux avoir, trois, quatre, cinq ans ?... Six ans ? Je ne sais pas.

— Tu vois ! s'enthousiasme le docteur Voinel. C'est intéressant. Tu as dû grandir à Strasbourg. Tu es un petit Alsacien ! Et aujourd'hui, l'Alsace est redevenue française ! Quatre ans de guerre mais on a au moins retrouvé l'Alsace et la Lorraine ! Qu'est-ce que tu en dis ?

Il n'en dit rien. Il reste le regard perdu loin à la surface glacée du lac. Quand il parle avec le docteur, quand il lit, quand il laisse filer ses pensées, il lui arrive de se sentir normal, il lui arrive d'oublier qu'il a oublié... et il se sent alors calme, heureux d'être là, en vie, après cette guerre ; mais dès qu'il s'interroge, dès qu'il cherche à forcer les barrières de sa mémoire, il est ressaisi par l'angoisse.

– Par ailleurs, tu as appris le russe et la littérature russe. L'autre jour, tu as dit en me montrant la forêt enneigée : « On pourrait être en Russie. » Peut-être y a-t-il un Russe dans ta famille ? Ou peut-être que tu avais choisi d'étudier cette langue ?

– À quoi ça m'avance tout ça ? Je n'ai rien, rien à moi, pas de biens, pas d'argent. J'ignore tout de l'homme que j'étais. Je n'ai plus... aucune expérience. Qu'est-ce que je peux faire demain comme travail ?

– Compte tenu de tout ce que tu sais, des tas de choses.

Le jeune homme marche tête baissée, tristement.

– Ne t'en fais pas, lui dit Voinel. Je suis sûr que tout va s'arranger. Moi, j'espère être bientôt démobilisé et reprendre ma clientèle à Montpellier. Je pourrais peut-être t'embaucher comme secrétaire ?

Le train qui l'emmenait vers Besançon était plein de soldats démobilisés qui rentraient enfin chez eux. On aurait pu s'attendre à une ambiance joyeuse mais non ; les hommes semblaient ailleurs, lointains, un peu comme des marins qui ont du mal à réaliser que ça y est, ils sont à terre, et se demandent ce qu'ils font là. La plupart somnolaient, leur tête ballottant, secouée par les cahots du train, tandis que défilait un paysage de campagne endormie sous l'hiver, la douceur mélancolique des collines de Bourgogne figées sous une gaze de givre. Ici, la guerre n'avait rien changé : les mêmes prairies, les mêmes bosquets, la même France tendre et lente.

Dans son wagon de première, Joseph Durand se préparait, pesait le pour et le contre à partir des informations dont il disposait, c'est-à-dire, au fond, peu de chose. Savoir à qui on a affaire et pour quoi faire, c'est l'essentiel dans son métier. Ne pas se tromper au départ pour ne pas être trompé plus tard. Or, pour le moment, la seule chose qu'il savait, c'était qu'il allait rencontrer un homme qui *semblait* avoir tout oublié de son identité mais qui *aurait* conservé la plupart de ses connaissances générales, serait lucide, structuré, intelligent – et polyglotte. Cet homme, n'étant personne, pourrait donc devenir un autre... totalement insoupçonnable... celui qu'on voulait... n'avoir d'identité que celle qu'on allait lui donner. C'était ce qui rendait l'opération séduisante. À condition bien sûr que sa personnalité s'y prête. Et à condition qu'il accepte... Oui mais... s'il retrouvait la mémoire ?... Clemenceau a posé la bonne question. S'il est bien Charles Hirscheim, s'il a gardé de celui qu'il était les principaux traits, alors, il a le profil adéquat : curieux, courageux, profondément patriote. Mais quelle sera sa réaction quand je vais lui proposer de prendre l'identité d'un mort allemand ? Enfin, bon, première chose : se faire une idée personnelle. Joseph Durand se sentait excité comme un enfant qui vient de recevoir un nouveau jouet. Plus il y pensait, plus la problématique l'excitait. Au cours de sa longue carrière, il avait personnellement recruté plus de cinquante agents, dont une dizaine d'universitaires et de normaliens, mais jamais un comme celui-là...

Le docteur Gustave Roussy l'attendait sur le quai de la gare avec un colonel du 5e bataillon de chasseurs à pied, protocole oblige pour un général. Les deux hommes grelottaient. Il faisait beau mais le soleil pâle et rasant qui caressait le bord du quai ne réchauffait pas. À sa descente du train, Durand nota le collier de barbe rigoureux, le grand front de penseur et les yeux bruns humides du docteur Roussy. La lassitude, la fatigue se lisaient sur son visage.

Durand et Roussy prirent place à l'arrière d'une Renault noire qui devait les conduire jusqu'à la chartreuse de Bonlieu. Ils s'installèrent sur la banquette, emmitouflés jusqu'aux oreilles dans les couvertures mises à leur disposition, leur chapeau vissé sur le crâne. La route serpentait au sortir de Besançon puis atteignait le plateau enneigé et glissait entre les dos ronds des vieilles montagnes couvertes de forêt.

Ils restèrent longtemps silencieux, assourdis par le bruit du moteur et le sifflement du vent.

Dans la lumière déclinante de cette fin d'après-midi de décembre, Gustave Roussy éprouvait la sensation curieuse et mélancolique qui vous saisit parfois au moment de Noël : le temps soudain paraît alenti et chacun semble attendre la fin de quelque chose et le début d'autre chose, suspendre sa marche et s'interroger : mais pourquoi diable est-ce que je fais ce que je fais tous les jours ? Besoin de prendre du recul, besoin de se retrouver. Cette année, plus que jamais. Après quatre ans de fracas incessant. Quatre ans sans souffler. Quatre ans sans avoir le temps de rien. Ce général venait... pour quelle raison exactement ? Sans doute parce qu'on avait découvert que l'amnésique était le fils d'un homme important. Roussy n'osait pas lui poser la question. Il savait d'expérience que les officiers d'état-major n'appréciaient guère qu'on se montrât trop curieux.

Pour la première fois, il pensait à cet amnésique. Autant

l'avouer, il ne s'en était plus guère soucié depuis qu'il l'avait envoyé à la chartreuse. Après l'échec du traitement électrique, il l'avait pris pour un simulateur parce qu'il n'avait jamais rencontré de cas d'amnésie qui fassent perdre toute conscience de son identité sans affecter en même temps les fonctions intellectuelles et cognitives. À présent, il devait se rendre à l'évidence : ce jeune homme n'avait rien simulé. La guerre était finie et il était toujours amnésique. C'était un cas hors du commun, un cas passionnant pour un neurologue. Mais comment aurait-il pu y consacrer du temps ? Pendant quatre ans, ça avait été l'usine. Des patients toujours plus nombreux, des cadences toujours plus intenses, une pression toujours plus grande du commandement obsédé par la question des effectifs. Il fallait en renvoyer le plus possible et le plus vite possible au front, traquer et dissuader les déserteurs, alimenter la machine. Pendant quatre ans, il avait été pris dans un engrenage, dans une logique plus militaire que médicale. Et dans son for intérieur, il le regrettait.

De temps à autre, il observait du coin de l'œil ce général aux joues roses et lisses, à l'air affable et tranquille, et pensait qu'il ne devait pas avoir vu grand-chose de la guerre depuis son bureau parisien où il avait dû passer ses journées à signer des courriers à des familles inquiètes.

Finalement, après une heure de route, Joseph Durand se décida à parler :

– J'aimerais comprendre un peu mieux ce que c'est que l'amnésie, docteur. Comment, selon vous, cela peut évoluer. Les séquelles que cela peut occasionner.

– On ne sait pas grand-chose, au fond. On en a vu de nombreux cas au cours de la guerre. En général, c'est dû à un choc et en général c'est une perte partielle et temporaire de la mémoire. En général aussi, quand la perte est profonde, quand une personne a oublié jusqu'à son nom et à l'existence de tous ses proches, tout le fonctionnement cérébral est touché, on a alors des hébétés, des gens qui sont incapables de penser et même de se mouvoir, qui sont très semblables à des débiles. Ou alors, parfois, ils ont des hallucinations, des délires. C'est pour ça qu'avec ce soldat, on est en face d'un cas... unique, exceptionnel... et troublant. En apparence, il est normal. Il raisonne normalement, il se situe dans le temps et dans l'espace et même dans l'histoire, il a conservé un savoir général et des connaissances précises dans de nombreux domaines, on peut même dire qu'il est cultivé. Il s'interroge, il cherche de toutes ses forces à retrouver qui il est.

– Quelles conséquences cela a-t-il pu avoir sur sa personnalité, à votre avis ? Je veux dire : est-ce que vous avez noté en lui quelque chose qui le rend différent des autres ? Par exemple, est-ce qu'il lui arrive d'avoir des réactions imprévisibles, surprenantes ? Est-ce qu'il est d'humeur changeante ?

– Le docteur Voinel qui le suit depuis plus d'un mois tous les jours pourra vous le dire mieux que moi. Il ajouta, parce qu'il n'osait pas répondre qu'il n'en savait rien : Pour ma part, je dirais qu'il est plutôt d'humeur égale.

Gustave Roussy saisit l'occasion pour essayer mine de rien d'apprendre à quelle famille appartenait ce garçon.

– Mais ce qui peut réveiller ou bouleverser un amnésique, c'est le moment où lui sont révélées son identité et celle de sa famille. Nous sommes très curieux d'observer la façon dont il va réagir quand vous allez le lui apprendre.

Le général Durand gardait un visage impassible, comme s'il n'avait pas entendu.

– Je disais : ce sera très intéressant d'observer sa réaction

quand il va apprendre qui il est. Poussé par sa curiosité, Roussy insista encore, violant ainsi sa réserve habituelle : Je suppose que c'est parce qu'on a retrouvé sa famille que vous avez fait le déplacement jusqu'ici...
Durand laissa tomber, presque en soupirant :
– Oui... Bien sûr...
Décidément, le général ne voulait rien lui dire. Roussy en resta là et se renfonça dans la banquette de la voiture.

La compagnie du génie affectée à la surveillance de la chartreuse ainsi que le personnel médical se tenaient le petit doigt sur la couture du pantalon pour les accueillir. Il faisait nuit. Ils virent au loin les phares dansants de la voiture crever la forêt. On avait prévenu le commandant : un général de Paris ! Il faut sans aucun doute une affaire de la plus haute importance pour qu'un général de Paris vienne jusqu'au cœur du Jura la veille de Noël sur de mauvaises routes couvertes de neige et de glace.

Il était six heures du soir, c'était l'heure du dîner pour les malades. Le général et le docteur Roussy traversèrent le réfectoire. Joseph Durand était impressionné : tous ces hommes (une centaine), ces « fous », dans leur uniforme de prisonnier en toile écrue, avaient l'air misérable courbés sur leur gamelle, lapant leur soupe comme des chiens sans échanger un mot. Beaucoup tenaient leur cuillère de travers, leurs mains, leurs bras tordus ou déformés ne leur obéissant pas, et la soupe coulait sur leur menton, sur leurs vêtements, sur la table. Certains levaient des têtes hagardes ou débiles à leur passage, d'autres gémissaient, grognaient, marmonnaient. Joseph Durand pensa : La cour des Miracles. Mais une cour

des Miracles où ils ne font pas semblant. Comme en écho à sa réflexion, le docteur Roussy lui précisa :
— La plupart des traumatisés qu'on avait ici pendant la guerre se rétablissaient assez vite. On voyait aussi pas mal de simulateurs mais on les repérait et... on les remotivait, si vous voyez ce que je veux dire. Ceux qui restent encore aujourd'hui, ce sont pour la plupart des psychosés, des gars qui étaient déjà atteints avant la guerre, les combats ont seulement révélé leur maladie. Il y en a qui nous arrivent encore, tous les jours.

Le médecin conduisit le général dans l'ancienne sacristie des moines chartreux — c'était la pièce la moins froide. De grosses bûches flambaient dans une vaste cheminée. Un petit caporal maigrichon vint leur servir un vin chaud qui sentait fort le clou de girofle. Le feu rougissait leurs mains, leurs joues.

Le général Durand vit entrer un athlète au visage aussi carré que ses épaules et un jeune homme mince qui regardait autour de lui d'un air angoissé comme un prévenu pénétrant dans la salle où va se tenir son procès. Durand se leva aussitôt, imité par le docteur Roussy, et salua les deux hommes d'un sourire engageant.
— Bonsoir.
— Bonsoir, mon général. Je suis le docteur Voinel.
— Bonsoir, jeune homme.
— Bonsoir, mon général.

Ils échangent des poignées de main. Le général étudie la physionomie de l'amnésique. Il n'a rien en commun avec Alfred Hirscheim, et pour cause. Si seulement on avait pu se procurer une photo de sa mère et une aussi de son père biologique ! Pour ce qui est de son père, évidemment, il y a

assez peu de chances qu'on découvre son identité. Mais après tout, qui sait ?
Durand remarque que le jeune homme l'examine avec autant d'attention qu'il en met lui-même à l'observer. Très bien, ça. Observateur : qualité primordiale dans notre métier.
Ils s'assoient tous les quatre autour de la cheminée. Durand engage la conversation en expliquant qu'il travaille au ministère de la Guerre et qu'il est chargé de la recherche des disparus. Les deux médecins brûlent de l'entendre dire enfin ce qu'il sait. Mais non. Au contraire, c'est lui qui commence par poser des questions. Il veut savoir tout ce dont le jeune homme se souvient.
Il est frappé par son œil vif, curieux et sensible, par sa syntaxe et son vocabulaire précis, par son évidente intelligence et son air de franchise. Il lit aussi sur son visage une exigence, une détermination, une tension qui se trahissent dans les mouvements de ses lèvres et le plissement de ses arcades sourcilières. Il a enfin dans le regard cette ombre de l'expérience, celle de la violence et de la peur, que Joseph a appris à reconnaître chez les poilus qui ont connu le premier feu. Et puis surtout... sur la photo de classe de Normale sup figurant au dossier, promotion 1913, il est au troisième rang... Les traits se sont durcis, il a beaucoup maigri mais... En le voyant assis en face de lui, Joseph en est sûr : il est bien en présence de Charles Hirscheim, lieutenant au 23e RI, décoré de la croix de guerre en 1917... et retrouvé amnésique en juillet 1918.
Plusieurs fois, il le relance. Est-ce qu'il ne se souvient vraiment de rien ? Aucun souvenir d'enfance ? Aucune image de ses parents ?
— La silhouette de ma mère, enfin, je crois, son parfum...

– Son parfum ?
– Oui, enfin, le fait qu'elle était parfumée.
– Votre ami Maurice, vous pourriez le reconnaître ?
– Peut-être. Je revois son corps face contre terre et, par moments, son sourire, son regard. La gaieté qu'il y avait toujours dans ses yeux. Mais il est mort, je l'ai vu mort.
– Et son nom de famille ?
– Non...
Joseph ne veut pas lui donner d'informations. Il ne lui dit pas que le nom de Maurice était Cerfeuil.
Charles a visiblement fait des efforts pour répondre aux questions. Mais chaque fois c'est pareil, dès qu'on l'interroge, une panique le saisit. Presque un vertige. Ce dont il croit se souvenir – ces quelques fragments, le prénom Marguerite, une chevelure blonde (sa mère ?), une salle de classe, un prof barbu, un lit d'enfant en bois qui grince quand il bouge... –, est-ce que ce sont vraiment des souvenirs personnels ou des souvenirs de lectures comme son amour qui n'était que celui du Grand Meaulnes ?
Maintenant, il se tait. Il attend. Maintenant, cela va être au tour du général de lui dire pourquoi il est là. Il attend, mais sans oser le regarder. Il a peur. Peur de ce qu'il va apprendre. Et il comprend pourquoi il a si peur. Que va-t-il se passer une fois qu'il saura ? Est-ce que tout à coup, comme on le lui a promis, son passé va resurgir, est-ce que tout à coup miraculeusement tout remontera à la surface, à la lumière ? Ou bien... ou bien est-ce que ce sera comme le nom d'un inconnu, sa famille une famille inconnue ? Est-ce qu'il ne va rien se passer ? Il envisage soudain le pire : jamais plus il ne retrouvera son passé, il devra se résigner à vivre le reste de sa vie avec ce vide derrière lui... et accepter comme sienne la

famille qu'on lui aura attribuée alors qu'il n'éprouvera rien pour aucun d'eux... Non ! Non, c'est impossible, c'est impossible, une mère ne s'oublie pas, et quand elle passera ses bras doux autour de lui...

Les deux médecins aussi attendent, avec une curiosité avide, de noter les réactions de leur patient à l'instant où son identité va lui être révélée.

Mais un ange passe et même deux. Le feu craque. Au loin une porte qu'on referme. Joseph Durand reste étrangement silencieux. Puis il demande :

– Y a-t-il une auberge ouverte ce soir pas trop loin d'ici ?
– Une auberge ? dit Roussy, surpris.
– Oui. Où on puisse dîner tranquillement.
– On avait prévu, en fait, un dîner ici, mais si vous le souhaitez...
– Je voudrais emmener ce jeune homme dîner avec moi, en tête à tête.

Les deux médecins sont stupéfaits. En tête à tête ! Sans eux ! Ça les concerne pourtant. Ils sont bien les premiers responsables de ce garçon.

– Il me semble que..., commence Roussy, ce serait bien qu'on vienne aussi. Nous sommes ses médecins, le docteur Voinel le suit. N'est-ce pas, docteur ? Qu'est-ce que vous en pensez ? insiste-t-il en s'adressant au docteur Voinel comme si Charles n'était pas là.

– Je pense qu'Albert... Oui, pardon, dit Paul Voinel en se tournant vers le général à sa droite, c'est comme ça que nous l'appelons tous ici. On ne peut pas vivre sans avoir de nom, n'est-ce pas ? Il se tourne ensuite vers le jeune homme dont le regard exprime la méfiance : C'est à toi de décider.

Charles hésite. D'un côté, il ne voudrait pas faire de peine au docteur Voinel mais de l'autre... Il lève les yeux vers le général. Il aime bien son visage rond et cordial, impeccablement rasé, ses grands yeux bruns et brillants, son crâne lisse sur lequel sont alignées bien parallèles de rares mèches grises. Charles l'imagine les disposant soigneusement chaque matin à petits coups de peigne précis comme des chaînettes d'argent sur le présentoir de soie d'un bijoutier. Il est propre et rose et ses grands yeux tranquilles... Si l'on oublie son uniforme et qu'on ne considère que son visage, il a quelque chose d'un moine. Pourquoi cette idée me vient-elle maintenant ? Et pourquoi un moine ? Que se passe-t-il donc dans mon cerveau ? Est-ce que c'est normal que ça fonctionne comme ça ?

– Je crois, dit-il, que j'aimerais mieux être seul avec le général.

La salle de l'auberge du Hérisson est presque déserte. Une table près du bar à l'entrée, où trois paysans discutent devant une bouteille vide. Cela sent le feu de bois, le gruyère de comté cuit, l'oignon grillé, la graisse et le vin. C'est une salle tout en bois que le temps, le poêle et la cuisine ont noircie. Deux lampes à huile et quelques bougies projettent des lueurs falotes qui font danser les ombres. (Il n'y a pas encore l'électricité.) Charles et Joseph Durand sont assis près du poêle. La patronne a insisté :

– Mettez-vous là, messieurs, où que vous aurez ben chaud.

Tout agitée par l'arrivée de ce général, elle se montre aux petits soins. C'est une grosse femme rougeaude couverte de petits vaisseaux sanguins rouges et bleus qui ont percé la peau tannée de son visage.

– Qu'est-ce que vous nous conseillez, patronne ?

– Ici, tout est bon, mon général. C'est mon mari et moi qu'on fait tout. Tout fait de la maison avec que les bonnes choses des fermes d'ici. On a la côte de cochon gratinée au comté... la croûte paysanne, patates, oignons, lardons, crème, comté... Ah ! ça, c'est la spécialité de mon homme. Oui, prenez don' la croûte, général, avec du vin jaune, qu'vous m'en direz des nouvelles.
– Bon, bon, moi, je vais essayer ça. Et vous ? (Charles acquiesce de la tête.) Alors, deux.
– Et du vin jaune ?
– Va pour le vin jaune.
La patronne, aussi vite que le lui permettent ses vieux pieds fatigués, disparaît en cuisine. « Deux croûtes, Paulin ! » Elle revient aussitôt avec une bouteille de vin jaune. « Et voilà ! » Elle remplit leurs verres puis disparaît à nouveau.

Pendant ce temps, Charles et Joseph se sont observés en silence. Joseph sait que leur relation est d'emblée inéquitable et qu'elle doit, hélas, le rester. Hélas car il éprouve pour ce garçon une sympathie spontanée qu'il ne s'explique pas. Charles aurait l'âge d'être son fils mais Joseph n'a jamais été préoccupé par le fait de ne pas avoir d'enfant ; il pourrait même dire sans mentir qu'il n'a jamais eu le moindre désir de paternité, peut-être parce qu'il n'a pas été élevé par son père... Enfin, peu importe. Il chasse cette pensée incongrue et revient à son sujet. Lui sait presque tout de Charles. Presque tout ce que le jeune homme rêverait certainement de savoir. Depuis des semaines, Joseph a étudié la vie de Charles, de sa famille, mais il a aussi examiné le recensement des morts allemands sur le sol français jusqu'à trouver celui qu'il lui fallait : le mort idéal... Ce qu'il s'apprête à dire maintenant, il se l'est répété plusieurs fois. Il doit se montrer convaincant. Il se sent un peu dans la peau du vendeur devant un nouveau client, bien décidé à lui faire acheter ce manteau, le plus cher de la nouvelle collection. Tout va dépendre de la réaction de Charles. Concentre-toi. C'est le moment d'être habile.

Charles n'ose pas dire un mot. À quoi peut-il bien penser ? *Je suis incapable d'imaginer ce qu'on peut éprouver dans la même situation.*

— Je vous ai proposé qu'on se voie seul à seul parce que je me doute que c'est un moment très troublant pour vous. Vous vous demandez ce que je vais vous apprendre et... je vais être franc — direct —, je ne saurais pas comment vous dire les choses autrement...

Joseph se racle la gorge puis boit une gorgée de vin. Charles le fixe calmement. Il se demande ce qu'annonce un tel préambule.

— Vous n'êtes pas le seul dans ce cas. Je veux dire : amnésique. Nous avons entrepris toutes les recherches possibles pour vous identifier, retrouver votre famille. Je ne vous cache pas que beaucoup de familles sans nouvelles de leur fils se manifestent. Mais... vous n'avez été reconnu par personne. Pour le moment.

Durand se tait et observe l'effet de ses paroles. Le jeune homme paraît surpris puis déçu qu'il ne dise rien de plus.

— Comment ça, « pour le moment » ? Je ne comprends pas. Vous voulez dire que... vous êtes venu de Paris pour m'apprendre que... qu'on ne sait toujours rien...

La patronne réapparaît et leur dépose deux plats fumants.

— Et voilà ! Bon appétit, messieurs !

Charles pense soudain : *Ruy Blas*, Victor Hugo ! Puis : pourquoi est-ce que je me souviens de ça ?

– On sait tout de même un certain nombre de choses. On pense que vous êtes alsacien et que vous avez grandi en parlant les deux langues. On pense que vous avez fait des études supérieures en histoire et en littérature. Vous êtes certainement issu d'une très bonne famille.
– Et cette très bonne famille est tellement préoccupée par ma disparition qu'elle ne se manifeste pas ?
– Vous savez, les situations sont si compliquées, il y a tant de disparus, de morts qui resteront à jamais sur les champs de bataille. Les familles sont bouleversées. Peut-être que votre père ou un frère ou une sœur infirmière – qui sait ? – sont encore mobilisés, blessés... Ce sont des centaines de milliers d'hommes dont on est sans nouvelles.
– Et vous êtes venu pour me dire ça ! À moins que moi tout seul je n'aie une illumination, à moins que je ne retrouve la mémoire... sinon, tant pis, c'est ça ?
– Je comprends ce que vous éprouvez.
– Oh, non ! Vous ne comprenez pas, s'écrie Charles. Comment pouvez-vous comprendre ? Comment pouvez-vous savoir ce que ça fait d'être incapable de penser à quelqu'un que vous aimez, de voir son visage, son sourire, de savoir que quelqu'un vous aime et vous attend ?
Ce qu'il ressent soudain, c'est une infinie solitude. Il est moins qu'un enfant, moins qu'un nouveau-né. Quand il voit le jour, un nouveau-né entend la voix de sa mère, sent son odeur, on le couche sur sa peau et, bientôt, le doux lait fade de son sein coule en lui. Puis le nouveau-né entend la voix de son père qui le prend fièrement dans ses grandes mains et le brandit comme le trophée d'une victoire : mon fils ! Mais lui... ce sacrement d'amour, ce baptême... perdu sur un champ de bataille... effacé... Jusqu'à la vieillesse, jusqu'à

la mort, on sait qu'on est fils de quelqu'un... aussi sûr qu'une boussole indique le nord...

— Vous, vous êtes ici, vous faites votre travail. Je ne sais pas ce que vous avez vécu pendant cette guerre. Mais ailleurs, il y a quelqu'un, votre femme, vos enfants, vos parents, même un chien ou un chat...

Il vide son verre. La chaleur sucrée du vin jaune lui fait du bien. Joseph le regarde et songe à la joie qui l'attend, lui, chaque soir, quand il revient du ministère et découvre Bavard devant la porte de son appartement, ronronnant et miaulant de plaisir. Sa mère lui a trouvé ce petit chat de gouttière il y a huit ans. C'était un chaton tout juste sevré. Elle le lui avait offert, parce qu'elle se faisait du souci de savoir son fils unique toujours seul à Paris. Peu après, elle était morte, et Bavard est devenu non seulement l'être au monde que Joseph aime le plus mais aussi un lien entre sa mère et lui.

— Je pense, dit-il après avoir gardé le silence encore un moment, qu'il est temps pour vous de quitter cet asile. Ce n'est pas une vie. Vous êtes là avec des gens, avec des hommes qui ont perdu la raison, mais vous, vous n'êtes pas fou. Ce n'est pas une vie d'être enfermé ici. Est-ce que vous en avez parlé avec votre médecin ?

— Avec le docteur Voinel ? Oui. Il pense aussi que je dois reprendre une vie normale. Il m'a proposé de m'aider à trouver une activité dans sa région. Il va retourner à Toulouse.

— Et vous avez pensé à quoi ?

— À l'enseignement. Je suis bilingue.

— Professeur d'allemand ?

— Oui.

— Vous croyez que beaucoup de gens vont vouloir que leurs enfants apprennent l'allemand maintenant ? Après

cette guerre ? après toutes les horreurs que les Boches nous ont fait subir ?
— Je ne sais pas... Vous pensez que tous les Français détestent les Allemands ?
— Vous ne les détestez pas, vous ?
En disant cela, Joseph pense : Comment pourrait-il détester ou aimer qui que ce soit s'il n'a plus d'expérience personnelle ?
Charles réfléchit avant de répondre :
— J'ai un souvenir. Un souvenir qui m'épouvante chaque fois qu'il me vient. Mais je vous l'ai raconté tout à l'heure. Un assaut et mon ami Maurice mort à côté de moi, sa tête couverte de boue. Cette horreur, oui, la mort. Je sais que Maurice était mon camarade. Ça, je le sais. Enfin, oui, oui, ça, j'en suis sûr. Mais à part ça... Je me souviens de la défaite de Sedan, de l'annexion de l'Alsace-Lorraine, et je lis les journaux, je sais ce que les Allemands ont fait mais... Je n'ai pas vraiment de sentiments personnels. C'est-à-dire que je ne peux pas dire que je ressente personnellement de la haine. Ni de l'empathie, bien sûr. Quand vous étudiez les guerres napoléoniennes par exemple, vous ne pensez pas, enfin, vous ne pensez plus aujourd'hui : ces salauds de Russes. Eh bien... Mais cela doit vous paraître très choquant, pardonnez-moi, mon général. Je suis français, vous me dites que je suis très certainement français, alors, normalement, je dois...
— Ne vous excusez pas. Dans votre situation, c'est tout à fait compréhensible.
Et Joseph pense encore : C'est mieux que tout ce qu'on pouvait espérer. Un type qui n'a rien contre les Allemands risque moins qu'un autre de se trahir.
— Si je suis alsacien... alors, je suis peut-être allemand ?

Mais oui, je suis peut-être allemand ! Vous êtes sûr que je ne suis pas allemand ?

– Vous avez été retrouvé le 14 juillet en plein dans les lignes alliées et avec l'équipement de l'armée française. Vous n'auriez pas eu aux pieds des chaussettes et des godillots de l'armée française si vous étiez allemand. Non, non, rassurez-vous, vous êtes français, dit Joseph en souriant et en remplissant à nouveau leurs verres, vous êtes français. Ça aussi, c'est sûr.

Joseph a toujours été capable de faire deux choses en même temps, comme sa mère, et, qui plus est, il est gourmand, si bien qu'il a déjà avalé plus de la moitié de son plat, tandis que Charles, débordé par ses émotions, a à peine entamé le sien.

– Mangez, ça va être froid. Pendant ce temps-là, je vais vous expliquer la véritable raison de ma présence ici et pourquoi je voulais vous parler en tête à tête. Il était d'abord très important pour moi de vous rencontrer, de me faire une idée personnelle. Tous les médecins qui vous ont examiné nous ont fourni des rapports détaillés. Mais... j'ai une certaine habitude des hommes et je préfère toujours me faire mon idée personnelle. Tout le monde est d'accord sur plusieurs choses. Vous êtes un jeune homme intelligent et une personnalité saine. Votre amnésie n'a altéré en rien vos capacités intellectuelles ni votre comportement. C'est d'ailleurs le fait que vous soyez – comment dire ? – aussi normal qui fait de vous un cas hors du commun. Mais je crois qu'on ne sait encore pratiquement rien du fonctionnement du cerveau, n'est-ce pas ?

– En tout cas, moi, je ne sais rien du fonctionnement de *mon* cerveau.

Joseph plaisante :
— Remarquez, moi non plus, je ne sais rien du fonctionnement du mien.

Ils se mettent à rire, encouragés par les deux verres de vin jaune qu'ils ont chacun déjà bus.

— Je ne sais pas si ça peut vous rassurer mais moi non plus je ne comprends pas pourquoi je me rappelle certains détails de ce que j'ai pu faire il y a plusieurs années et pourquoi j'oublie l'heure à laquelle je dois prendre mon train alors que je l'ai déjà vérifiée deux fois dans la journée.

Ils rient encore. Joseph les ressert. L'alcool, son plat chaud et la proximité du poêle l'ont mis en nage. Des gouttes de sueur coulent sur ses tempes et son front. Ses joues brillent comme deux pommes. Ses quelques cheveux gris sont collés autour de ses oreilles cramoisies. Charles dit :

— Au moins, vous savez quel âge vous avez...
— Hélas !
— Moi, j'aimerais bien le savoir.
— Comme quoi, tout est relatif. Il y a un âge où on aimerait mieux l'oublier. Quand on comprend de façon certaine qu'on en a moins devant que derrière.

Ils mangent et ils boivent quelques minutes sans plus échanger un mot. Puis Joseph, cherchant le regard de Charles, rompt le silence :

— J'ai une offre à vous faire. Pas en mon nom personnel, mais au nom du gouvernement. (Charles le considère d'un air incrédule.) Oui... Il se trouve que – dans la période très particulière que nous vivons (il insiste avec un peu d'emphase), dans cette période cruciale pour l'avenir de l'Europe, l'avenir de la paix – vous pourriez avoir un rôle

important à jouer et rendre un grand service aux intérêts de la France.
Charles ouvre des yeux ronds. En quoi pourrait-il rendre un quelconque service à la France, lui ? Joseph lui répond d'abord par un sourire puis s'explique :
– Je vais tout vous dire. Je travaille pour l'état-major. Les Alliés vont se réunir pour fixer les conditions de la paix. Les conditions qui s'appliqueront en particulier à l'Allemagne. Je suis chargé d'organiser à Berlin une mission militaire pour superviser le rapatriement des prisonniers de guerre et pour s'assurer que les Allemands ne chercheront pas secrètement à nous tromper. On a des raisons de penser, en effet, compte tenu de la mentalité allemande, qu'ils n'accepteront jamais leur défaite et chercheront par tous les moyens à prendre leur revanche.
– Vous voulez dire que la guerre n'est pas finie ?
Joseph sourit encore.
– Je veux dire que nous devons faire en sorte que les Allemands ne puissent pas préparer une nouvelle guerre. Pour cela, nous avons besoin de savoir ce qui se passe exactement dans leurs rangs, au sein même de leur armée. Il nous faudra des preuves pour convaincre nos alliés, en particulier les Américains, d'intervenir à nos côtés pour forcer l'Allemagne à désarmer et à renoncer véritablement à toute nouvelle agression.
– Donc, on n'est pas sortis de la guerre. Vous préparez déjà la nouvelle guerre au moment même où vous allez négocier la paix.
– Disons les choses autrement : pour avoir la paix, nous voulons être sûrs de pouvoir éviter la guerre. Vous savez ce que disait Clausewitz : « Les pires erreurs sont celles que

nourrissent les bons sentiments. » Mais peut-être que Clausewitz ne vous dit rien.
— Oh, si ! *De la guerre.* L'analyse par Clausewitz des guerres napoléoniennes le conduit à théoriser l'art de la guerre : « La guerre n'est que la poursuite de la politique par d'autres moyens. »
— Bravo ! Une indication de plus des études que vous avez suivies.
— Oui, j'ai dû étudier l'histoire, mais Clausewitz était prussien. J'étais peut-être un étudiant allemand ?
— Encore une fois, je vous assure que non.
— Comment pouvez-vous en être si sûr ? J'étais peut-être un espion infiltré dans les lignes ennemies. Pourquoi souriez-vous ?
— Parce que vous êtes un jeune homme très intelligent. Parce que c'est précisément ce que nous recherchons, des jeunes gens intelligents, et pour faire précisément ce que vous venez d'imaginer.
— Vous me proposez... de devenir un espion ?
Joseph ferme un instant ses lourdes paupières derrière ses grosses lunettes. Un sourire mystérieux éclaire son visage. Charles pense : Bouddha.
— Nous avons besoin de gens qui parlent allemand couramment, mieux : qui puissent passer pour de véritables Allemands. Nous avons besoin d'informateurs au sein des milieux nationalistes et de l'armée allemande. Et pour être encore plus précis, nous avons besoin d'agents au sein des corps francs.
— Qu'est-ce que c'est ?
— Ce sont des groupes d'ex-soldats de l'armée allemande. Suivant les conditions de l'armistice, les Allemands doivent

démobiliser et démilitariser. Pour contourner cette obligation, ils créent des milices soi-disant privées et soi-disant pour faire face à des situations d'urgence, c'est-à-dire pour lutter contre une possible invasion bolchevique et pour mater les insurrections communistes. Dans ces milices, on trouve tous les plus radicaux, les plus violents. Et on pense que c'est avec ces milices que l'état-major allemand compte préparer la revanche. Je ne vais pas vous mentir, ce que je vous propose est dangereux...
– Dangereux ?
– Très dangereux. Je comprendrais très bien que vous refusiez... et que vous préfériez enseigner l'allemand.

Jouer sur l'idée : « Alors, mon grand, en seras-tu capable ? », c'était risqué mais habile.

Charles réfléchit en mangeant puis demande simplement :
– Qu'est-ce qui vous fait croire que je pourrais être à la hauteur ?
– Vous êtes un soldat courageux – un soldat qui a déjà une grande expérience de la guerre. On vous a retrouvé dans une des pires zones de combats, vous avez pris part à l'une des batailles les plus terribles.
– Et ça vous permet de penser que je serais courageux ?

La tête ronde du général s'éclaire d'un nouveau sourire de bouddha.
– L'expérience m'a appris qu'on ne peut jamais juger un homme par avance. Mais, en même temps, mon flair me trompe rarement.

La patronne les observe derrière le bar. Il n'y a plus qu'eux dans son auberge.
– Elle a sommeil, je crois. Alors ? Qu'est-ce que vous décidez ? Vous acceptez ?

– Quitter cet endroit, avoir un but, une mission, une responsabilité... être utile à mon pays..., ça redonnera peut-être un sens à ma vie. J'accepte.
– Merci.
– Concrètement, qu'est-ce que je devrai faire ?
– Vous allez prendre l'identité d'un lieutenant allemand.
– D'un lieutenant allemand ! Mais je ne pourrai jamais passer pour un lieutenant allemand.
– On va vous y préparer, vous former. Ne vous en faites pas, on ne va pas vous lâcher comme ça. Mais vous saurez vite. Vous êtes un soldat, sans doute un officier, vous avez fait la guerre. On va vous enseigner tout ce qu'un officier allemand est censé connaître. On a déjà trouvé celui que vous allez être.
– Comment ça ?
– Un lieutenant mort à Verdun qu'on a identifié grâce à sa plaque militaire. On sait que les services allemands n'ont pas signalé sa mort à sa famille, seulement sa disparition. Vous rentrerez en Allemagne en prétendant que vous étiez en fait prisonnier de guerre et que vous avez réussi à vous échapper. Compte tenu du bordel incroyable qui règne – des milliers de cadavres de toutes nationalités qu'on ne pourra jamais identifier et les sept cent mille prisonniers civils et militaires qui se trouvent encore dans des camps français –, personne ne saura qu'en réalité vous êtes mort en 1916, pardonnez-moi : que le lieutenant Gustav Lerner est mort.
– Gustav Lerner ? C'est celui que je dois devenir ?
– Il réunit les meilleures conditions. Vous vous ressemblez physiquement. À notre connaissance, il était fils unique. Son père, Theobald Lerner, est aussi mort au combat – en 1914, dans la Marne – et sa mère vit seule à Hanovre. Vous serez

donc un jeune officier prisonnier de guerre évadé – un héros – et vous rentrerez en Allemagne.
– Dans quelle ville ?
– Nous ne savons pas encore. Cela va dépendre de l'évolution de la situation. L'Allemagne est en pleine ébullition. Ça rend les choses extrêmement incertaines pour le moment. Beaucoup de soldats se mutinent et rejoignent les rangs des bolcheviks, on ne sait pas ce qui peut se passer, mais nous ne pensons pas que l'Allemagne puisse basculer dans le communisme, parce que le nouveau pouvoir peut compter sur les corps francs.
– Vous en êtes sûr ?
– On n'est jamais sûr de rien en politique. C'est pour ça que nous devons savoir ce qui se passe vraiment au sein de l'armée allemande démobilisée, l'état d'esprit des officiers de retour dans le Reich. Votre mission sera celle-là : recueillir le plus d'informations possible sur ce qui se passe.
– Et comment je ferai pour vous transmettre ces informations ?

Sa question paraît enchanter Joseph Durand.
– Alors, vous êtes pressé de vous mettre au travail ?

6

Le mensonge

Il passa sa dernière nuit les yeux grands ouverts, à se tourner et se retourner sous sa couverture, incapable de rester plus de trois minutes immobile dans la même position. Il sentait son ventre agacé de tiraillements électriques. Il ne cessait de penser à tout ce que le général lui avait dit.

Il était aussi terriblement excité à l'idée de voir Paris. Il avait en tête les images de la capitale élégante d'avant-guerre, de la Ville lumière de la Belle Époque, avec ses cafés ombragés sur les boulevards où des dames en toilette et des messieurs fumant la pipe ou le cigare causaient en terrasse. Il rêvait d'aller à l'Opéra voir les danseuses comme sur les tableaux de Degas et d'arpenter les salles humides et fatiguées du Louvre pour y admirer les Italiens de la Renaissance. Était-il jamais allé à Paris ? Y avait-il vécu ?

Le dortoir de la chartreuse, celui-là même qu'occupaient les moines autrefois, accueillait environ cinquante malades. Les autres étaient répartis dans des pièces plus petites. Comme chaque nuit, des gars assaillis de cauchemars remuaient et gémissaient. *Pour eux, la guerre n'est pas finie... Finira-t-elle un jour ?* Charles avait pour voisin de lit un homme tout maigre qui, à son arrivée, les premières nuits, se jetait sur le sol en hurlant « Planquez-vous, à terre, vite ! » et rampait sur les coudes et les genoux, les mains sur la tête. Dans cette longue salle pleine de traumatisés qui avaient tous la même expérience épouvantée du front, ça foutait une trouille terrible d'être réveillé en sursaut par ses hurlements. Alors, désormais chaque soir, le personnel le ligotait à son lit et lui faisait avaler un somnifère, ce qui ne l'empêchait pas de pousser parfois un cri désespéré à vous glacer les os.

À six heures du matin, Charles avait déjà bouclé son havresac beige de poilu. Il faut dire qu'il ne possédait pas grand-chose : quelques chaussettes, chemises et caleçons, deux pulls, un pyjama, une petite trousse de toilette, une seconde paire de chaussures et un second pantalon en velours côtelé bleu, plus les quelques livres qu'on lui avait donnés.

Le petit déjeuner était toujours servi à sept heures et il faisait donc encore nuit quand il se rendit à la cantine en passant à pas pressés sous les arcades gothiques de l'ancien cloître bénédictin. Il s'attabla et se réchauffa les mains à son bol fumant de café d'orge qui dégageait une odeur de pain fadasse.

Le sergent Chevillard, qui surveillait la salle, vint le saluer de sa bonne voix chantante :

– Alors, Albert, paraît que tu nous quittes. Paraît même que tu t'appelles plus Albert. (La nouvelle avait circulé vite.) Content pour toi. Comment qu'tu t'appelles alors ?

Charles s'y attendait, il s'y était préparé, il savait que, comme convenu pendant le dîner, le général révélerait aux médecins, à son retour à la chartreuse, sa soi-disant identité française. Et le voilà donc un homme inconnu, ignorant tout de celui qu'il est réellement, devant se faire passer en France pour un Français et en Allemagne pour un Allemand ! Zéro multiplié par deux...

Je ne suis qu'un autre, n'importe quel autre, et c'est égal que je sois un Allemand ou un Français. Je suis sans doute le seul pour qui ce soit égal aujourd'hui. Comme un comédien qui endosse un rôle, qui devient un personnage... Non, c'est encore autre chose. Un comédien sait toujours qui il est, un comédien sort de scène pour redevenir lui-même. Tandis que moi, qui je suis ? Personne, zéro... Pour les autres, celui qu'on me demande d'être... Je vais mentir. À partir de maintenant, je vais mentir. Mais quand on ment, on cache quelque chose, quelque chose qu'on connaît et qui se trouve dans le passé, dans un passé plus ou moins proche. On ment seulement parce qu'on a en mémoire une vérité passée. Donc, en mentant, je commence à redevenir un homme comme les autres ! Ou alors, je ne mens pas : je suis n'importe qui !

Cette idée le faisait sourire. Il sourit en répondant à Chevillard et Chevillard pensa que c'était de la joie de savoir enfin qui il était :

– Je m'appelle Léon Bargue.

– Léon Bargue ! Léon ! Je m'attendais pas. Enfin, je m'attendais à rien. Pour moi, t'étais Albert. C'est fou ce qu'on devient vite quelqu'un ! Pour moi, t'étais Albert. Faut dire qu'c'est moi qui t'avais baptisé. (Le sergent Chevillard riait de bon cœur.) Enfin, Léon, c'est bien aussi. Qu'équ'ça te fait d'être Léon ?

Il ne suffisait pas de mentir, il fallait développer. Charles avala une gorgée de café d'orge avant de répondre :

– Je ne sais pas... C'est bien de connaître son nom. C'est bien de savoir qu'on a des parents.

– Ah bon ? Tu sais qui sont tes parents ?

– Oui. C'est même comme ça qu'on m'a retrouvé. On leur a montré une photo. Enfin, à ma mère. Mon père est mort.

– Ah, merde. Et ta mère ?
– Elle s'appelle... (Il hésita un instant.) Louise. Elle habite à Bordeaux. Mon père était négociant en vins.
– Et tout ça, ça te rappelle quéque chose à toi ? Ça te fait revenir des...
– Non.
Chevillard posa une main affectueuse sur son épaule.
– T'en fais pas ! Quand tu vas être chez toi, tout va te revenir. C'est pas un nom ou une photo qui peut, c'est le vrai, ta mère en vrai, tes amis en vrai, leurs voix, leurs sourires. Et pis chez toi, ta maison, tes affaires, les endroits que tu connais, les odeurs de chez toi. C'est tout ça. Tu verras, ça sera comme si tu te réveilles.
– J'espère.
Chevillard lui tendit la main et Charles vit ses yeux devenir humides. *Alors, cet homme s'est un peu attaché à moi ?* Lui aussi se sentit ému.

De retour au dortoir, il trouva Blanche, l'infirmière, qui l'attendait. Ce n'était pas son prénom, il ignorait son prénom, on lui disait mademoiselle mais il s'était plu à la baptiser de la couleur de son uniforme. C'était une fille de vingt ans très mince, très discrète, d'un abord plutôt froid et distant. Elle avait des lèvres fines, un nez droit, des yeux gris encadrés par de très longs cils noirs. Elle portait ses cheveux noirs soigneusement tirés en arrière et bien tenus sous sa coiffe blanche.
– Vous devez venir en bas tout de suite, vous allez partir.
– Je suis prêt.
– Vous n'avez rien oublié ?
– Que voulez-vous que j'oublie ?
– Bien, alors, suivez-moi.

Il chargea sur une épaule son havresac et la suivit. Elle retint la porte du dortoir sur son passage. Leurs deux corps s'effleurèrent et Charles crut sentir la souplesse tendre du sein de Blanche. Un corps de femme. Il lui sembla qu'il avait dû en connaître un. Mais peut-être pas. Il se prit un instant à imaginer la forme que devaient avoir ses seins, leur couleur... En descendant l'escalier, elle lui dit d'une voix plus douce qu'à l'ordinaire :
— Je suis heureuse pour vous.
— Merci.
— J'espère qu'en revoyant tous ceux qui vous aiment vous serez enfin guéri.

Ils entrèrent dans la salle où le général lui avait été présenté la veille. Le docteur Voinel l'y attendait. Il vint à sa rencontre.
— Alors, ça y est, dit-il de sa voix chaude et enjouée, tu nous quittes ! Je n'aurai plus personne avec qui avoir une conversation intéressante ! J'imagine que tu n'as pas dû fermer l'œil de la nuit.
— Tu t'en doutes.
— Moi non plus je n'ai pas beaucoup dormi. D'abord, le médecin en moi, je l'avoue, brûlait de curiosité. Et en même temps j'étais triste. Triste de penser que nous n'irions plus marcher ensemble autour du lac. Donc, tu vois, doublement égoïste. Bien sûr, je sais que c'est ce qui pouvait t'arriver de mieux. C'est ce que je souhaitais. Mais raconte-moi. Est-ce que depuis que tu sais ?...
— Non.
— Ton nom... ta mère... Bordeaux... cela n'éveille rien en toi ?
— Non. Pour l'instant. Mais je suppose que...

Charles s'interrompit. En face de Paul Voinel avec son air de bon géant, il mentait pour la première fois et c'était un peu difficile. Paul était l'homme dont il était le plus proche, son seul ami ; oui, le seul qu'il pouvait considérer véritablement comme son ami, la personne au monde à qui il aurait le plus aimé se confier, confier ses sentiments profonds. Paul voulait l'aider, Paul l'avait d'emblée traité comme un homme normal. Il ne le reverrait plus jamais, sans doute, et il le quittait en lui mentant. Mais, comme l'avait très bien deviné le général Durand, il était attiré par l'aventure, par ce saut dans l'inconnu. Il voulait échapper à son inexistence, et quoi de mieux pour cela que de se jeter dans l'action ?

– Est-ce que tu pourrais avoir un lien de famille avec Charles Bargue ?

– Charles Bargue ?

– C'était un peintre et un lithographe dont Van Gogh s'est exercé à copier les dessins.

– Mon père s'appelait Émile, il était négociant en vins.

– C'est curieux qu'étant bordelais tu parles si bien l'allemand. Vous avez dû vivre avec ton père en Allemagne avant la guerre ?

– En Alsace, à Colmar.

– Ah, voilà.

Gustave Roussy entra soudain avec Joseph Durand. Il marchait toujours de son pas déterminé, quasi mécanique. Il se planta devant Charles, le prit amicalement par le bras et le gratifia d'un sourire lui aussi mécanique. Il le fixait de ses yeux bruns intenses et brillants.

– Eh bien, voilà une bonne nouvelle ! J'espère que vous ne garderez pas un trop mauvais souvenir de tout ce que vous avez vécu ici. Et surtout, j'espère que vous allez bientôt recouvrer la mémoire. Je vous ai fait une lettre de recommandation pour un collègue de Bordeaux, le docteur Jean Abadie. Je vais lui écrire de mon côté. Je vous conseille de le voir. Je ne sais pas comment se passera votre réadaptation une fois que vous serez dans votre famille. Mais, en tout cas, n'hésitez pas à aller le consulter si vous vous sentez éprouvé nerveusement ou déprimé ou angoissé...

Ils sortirent dans la cour où la voiture les attendait, son moteur hoquetant et fumant dans le froid sec. Le jour pointait seulement, découpant dans un ciel d'acier la tête de roche ronde du Belvédère de l'aigle qui surplombait le lac.

Charles échangea avec le docteur Roussy une poignée de main toute militaire. Il ne savait que lui dire.

– Au revoir, docteur.

– Au revoir... Roussy voulut se montrer chaleureux : Au revoir, Léon... ou... caporal Bargue. Il était caporal, c'est bien ça ? demanda-t-il au général, au passé, comme on parlerait d'un mort.

Durand esquissa un sourire mi-figue, mi-raisin.

– Et il l'est toujours.

– Oui, bien sûr, dit Roussy d'un air un peu pincé.

Charles allait aussi serrer la main du docteur Voinel quand celui-ci ouvrit ses bras d'athlète et l'attira contre sa poitrine. Il le garda quelques secondes le nez dans sa gabardine de grosse laine, la joue écrasée contre un de ses boutons métalliques.

– Je viendrai te voir à Bordeaux. Écris-moi.

Charles eut soudain les larmes aux yeux. Il s'engouffra dans la Renault où le général s'était déjà installé. Le chauffeur démarra aussitôt. La voiture parcourut la longue allée blanche entre les haies de sapins noirs. Charles se retourna et vit, à travers la bulle étroite de la vitre arrière, la silhouette massive de Paul Voinel qui ne bougeait pas et les regardait s'éloigner.

7

L'Oiseau de feu

Les locomotives fumaient sous la verrière sale et grasse de la gare de Lyon où tout un peuple gris bourdonnait en s'agitant le long des quais, tandis que, tel un théâtre doré, le Buffet de la gare scintillait au-dessus du grand hall de tout l'éclat de ses lustres allumés. Le Paris que Charles allait découvrir était ainsi triste et gai. Dans des rues crasseuses s'affairait un peuple maigre, de belles avenues d'avant-guerre avaient perdu leurs arbres, abattus et transformés en bois de chauffage, mais les Grands Boulevards, leurs brasseries, leurs salles de spectacle affichaient une insolente richesse, conforme aux images qu'en avait Charles. Le ventre de Paris, les Halles, grouillait de mendiants, de rats et de pigeons qui chipaient des bouts de viande, des épluchures de pommes de terre, des fruits, mais de luxueux équipages dans des voitures rutilantes, ignorant la misère, défilaient rue de Rivoli, place de la Concorde, sur les Champs-Élysées et l'avenue du Bois*. Le deuil avait frappé la moitié des femmes qui, voilées de noir, longeaient les murs tels des fantômes, mais l'autre moitié, avides de plaire, d'être désirées et dignes de la réputation des

---

* Qui s'appellera Foch dix ans plus tard.

Parisiennes, déambulaient tout en hanches et en poitrine, avec des regards qui promettaient derrière de longs cils de biche. Les riches et les cocottes trottaient, coiffées, poudrées. Même les pauvres se coloraient d'un foulard ou d'une fleur au chapeau. La mort et la vie allaient ensemble dans les rues.

On croisait des enfants faméliques, des soldats épuisés, des estropiés, des culs-de-jatte, des gueules cassées, sans nez, sans yeux, sans bouche, grimaçant témoignage de l'enfer ; çà et là, des trous d'obus de la Grosse Bertha, des poubelles crevées, de vieux trams grinçants et tressautant, à bout de souffle, des chevaux malingres dont les sabots se tordaient entre les pavés descellés. On croisait aussi des dandys aux chaussures étincelantes, des enfants aux joues roses sentant bon la lavande, des femmes aux lèvres rouges sentant le patchouli, et il y avait des cafés aux boiseries fraîchement cirées, des toilettes de soie et de dentelle fine dans des vitrines, les pelouses bien tondues des Champs-Élysées et la grande roue devant la tour Eiffel, d'où s'envolaient les rires des enfants.

Charles passa les quatre jours de son séjour à Paris à se promener, tantôt avec le général Durand, tantôt seul, observant avidement, dévorant tout des yeux comme un affamé. Joseph ne voulait pas que sa jeune recrue restât longtemps dans la capitale. Nul ne savait si la vision d'une rue ou d'un bâtiment n'allait pas lui rendre la mémoire mais, après tout, cela pouvait se produire n'importe où ; comme l'avait dit Roussy, le fonctionnement cérébral restait si mystérieux. Mais il y avait un autre risque : que quelqu'un, un ancien ami, un prof de Normale sup, voire sa mère ou sa sœur, croisât Charles et le reconnût. C'était peu probable, certes, mais le peu probable peut toujours arriver, surtout quand on espère qu'il n'arrivera pas ! Le seul dont il n'y avait rien à craindre, c'était Alfred Hirscheim. Celui-là changerait plutôt de trottoir…

Joseph logea son protégé dans un petit hôtel à deux pas de chez lui, rue Lavoisier. Il voulait garder le plus longtemps possible son existence secrète : il ne l'emmena pas dans les bureaux du SR au ministère de la Guerre. L'état-major lui allouait un budget pour sa mission à Berlin. Mais la somme prévue s'avérait insuffisante, il devait négocier une rallonge. Il avait déjà recruté trois agents baptisés des codes D1, D2 et D3 (D pour Deutschland). Charles serait donc D4 sur les feuilles de frais. Il lui expliqua qu'il recevrait une solde et qu'il aurait droit aussi à des défraiements. Il aurait un compte à Berlin au nom de Gustav Lerner. Dans la capitale allemande, la France n'allait avoir officiellement qu'une mission militaire, tout comme d'ailleurs la Grande-Bretagne, chargée de superviser la bonne application des accords d'armistice ainsi que le rapatriement des prisonniers de guerre.

– Là-bas, je serai la seule personne à qui vous rendrez compte. Sauf si les événements nous conduisent à faire autrement.

Joseph pensa : Il y a toujours un « sauf si » dans nos métiers…

– Par sécurité, même à Paris, il n'y aura aucun dossier vous concernant. À part moi, deux ou trois personnes au maximum sauront qui vous êtes. Pourquoi souriez-vous ?

– Si deux ou trois personnes et vous-même savez qui je suis, je serais ravi que vous me le disiez.

Un instant, Joseph Durand fut pris d'un doute. Est-ce que le jeune homme pouvait croire qu'il lui cachait la vérité ?

Peut-être. Cette pensée le mit mal à l'aise. L'espion idéal... vraiment ?
Hormis ses vêtements militaires, Charles n'avait rien. Il lui fallait des habits civils pour visiter Paris et sortir dîner. Durand le conduisit aux Galeries Lafayette. La façade du grand magasin boulevard Haussmann était pavoisée des guirlandes scintillantes de Noël et d'une immense pancarte lumineuse « Honneur à Wilson ». Woodrow Wilson était arrivé à Paris tel le messie, acclamé par une foule impressionnante, pleine de ferveur et d'espérance. Cela avait agacé passablement Clemenceau qui n'avait jamais eu droit à un tel enthousiasme et qui se mit dès lors à appeler le président américain Jésus-Christ et à railler ses fameux « Quatorze Points » : « Dieu lui-même s'est contenté de dix commandements ! »
En découvrant l'intérieur du magasin, l'imposante charpente métallique Art nouveau, l'escalier inspiré de celui de l'Opéra Garnier et la coupole de verre baignée de lumière dorée, Charles pensa : Les grands magasins, *Au bonheur des dames*, le second Empire...
– Combien y a-t-il de grands magasins à Paris ? demanda-t-il au général. Le Bon Marché, la Samaritaine, la Belle Jardinière...
– Le Printemps. Au moins cinq.
Un vendeur obséquieux vint s'occuper d'eux au rayon des vêtements pour hommes. Charles choisit une chemise de flanelle blanche et un complet de ville en laine gris. Joseph insista pour lui offrir une autre chemise, des chaussettes et des caleçons, ainsi qu'un gilet de couleur crème.
Alors que le vendeur marquait les ourlets du pantalon et les retouches de la veste, Charles se vit soudain petit enfant avec sa mère, robe rouge bourgogne, cheveux blonds noués

en chignon qui faisaient une grosse boule de soie dorée... et ses yeux bleus tout humides de joie et un sourire, des pommettes roses, des lèvres roses... Une couturière ajuste du tissu pour lui faire des culottes courtes et lui ne voit que la beauté de sa mère qui lui sourit, qui l'aime... Mais son visage ? Elle n'a pas de visage ! Des yeux, des lèvres, son sourire mais pas de visage. À cet instant, Charles ferme les yeux pour se souvenir mais plus il se concentre, plus il cherche et plus ça devient flou, comme un reflet dans une eau trouble.

Joseph l'invita à dîner à la Brasserie des Capucines qui, comme tous les cafés des Boulevards, était pleine comme une ruche. Charles se dit que depuis le second Empire, la même animation devait y régner chaque soir : des rires, des éclats de voix, le bruit des bouchons de champagne... mais à présent ce qui surprenait, c'était la diversité des langues. La conférence de la paix attirait à Paris le monde entier : pour la première fois dans l'histoire, des hommes de toutes cultures, de toutes religions, de toutes couleurs, faisaient connaissance. À la table voisine de celle de Charles, un maharadjah à collier de barbe argenté, coiffé d'un turban orange orné d'une émeraude grosse comme un œuf de caille, dînait entre un colonel américain aux grands yeux bleus et à la large bouche rigolarde de trompettiste de jazz et un Anglais raffiné aux sourcils aussi touffus que sa moustache noire, vêtu d'un impeccable costume trois pièces en tweed. C'était le maharadjah de Patiala, Son Excellence Bhupinder Singh, le colonel Theodore Roosevelt Junior, fils du président Theodore Roosevelt, et le jeune économiste John Maynard Keynes, membre de la délégation britannique à la conférence de la paix. Des trois, l'Anglais était le seul à n'avoir pas fait la guerre. Mais ce qui les passionnait ce soir-là, c'était l'avenir,

et Charles, qui ignorait bien sûr qui ils étaient, tendait l'oreille. C'est ainsi qu'il apprit qu'on s'apprêtait à découper l'empire des Habsbourg et à créer en Europe de nouveaux pays au nom du grand principe du président Wilson, le droit des peuples à disposer d'eux-mêmes. L'Anglais s'interrogeait avec l'ironie mondaine d'un diplômé de Cambridge :
— Quand le président parle d'autodétermination, il pense à quoi : à la race ? au territoire ? à la langue ? Et qu'est-ce qui fait une nation ? Une citoyenneté commune comme aux États-Unis ou une origine ethnique commune comme en Irlande ? Les Français veulent une Pologne indépendante et qui ait un accès à la mer. Mais le long de la Baltique, il n'y a pas de Polonais, il y a des Allemands et des Lituaniens. Et si la Pologne est indépendante sur une base ethnique, alors, il faut aussi que la Slovaquie le soit, pourquoi la rattacher à la partie tchèque ? Et l'Ukraine ? Où mettre ses frontières ? Qu'est-ce qui fait de vous un Ukrainien ?

Joseph, qui ne parlait que quelques mots d'anglais, remarqua que Charles s'était mis à écouter attentivement les propos de ce gentleman moustachu.

— Vous comprenez ce qu'ils disent ?
— Pas tout, mais presque.
— Alors, vous parlez aussi anglais.

Charles fixa le général d'un air surpris. Mais oui ! Il comprenait l'anglais. Il avait écouté la conversation sans même y penser ! Jusqu'à présent, il lui arrivait de réfléchir en allemand et il lui venait parfois en tête des mots russes, mais jamais il ne lui était arrivé d'utiliser l'anglais ni de se demander s'il connaissait cette langue. Alors qu'il avait dû suffisamment l'étudier pour comprendre *selfdetermination, citizenship, ethnicity*... À la guerre, les soldats anglais et français se retrouvaient, dans

certains cas combattaient ensemble, il y avait même des corps franco-anglais, il l'avait lu dans les journaux. Est-ce qu'il avait parlé anglais pendant la guerre ?
　Ils avaient dîné tôt. Ils rentrèrent à pied par les boulevards. Pour un mois de janvier, la nuit paraissait étonnamment douce. Il avait plu pendant qu'ils dînaient et les trottoirs luisaient d'un éclat de plomb. Une petite troupe de poilus en gabardine, casque et bottes, campait place de l'Opéra. Charles se demanda s'ils étaient là pour assurer une quelconque surveillance ou s'ils venaient d'arriver du front et s'apprêtaient à être démobilisés. Ces soldats traînaient, les mains dans les poches, certains la pipe à la bouche, d'un air désœuvré autour de leurs fusils dressés trois par trois sur le bitume comme des branches pour un feu de camp. Derrière eux, singulier contraste, les hautes fenêtres de l'Opéra baignaient dans la lumière argentée des lustres. Charles s'arrêta pour admirer l'édifice.
　– Vous êtes déjà allé à l'Opéra ?
　– Je ne sais pas.
　– Vous aimeriez y aller ?
　– Oh oui ! Beaucoup.
　– Je vais essayer d'avoir des places.
　– Vous pourriez ?
　– Je vais essayer. Je crois que les Ballets russes donnent *L'Oiseau de feu* de Stravinski.
　– Les Ballets russes..., répéta lentement le jeune homme, tandis que lui revenaient une fois encore en mémoire des images comme sorties des pages d'un livre scolaire mais qui ne le renvoyaient à aucune expérience personnelle.
　Il se représentait des danseuses en tutu blanc avec des

robes bouffantes de tulle blanc et des plumes blanches dans les cheveux. Peut-être une photographie dans une revue.

Le lendemain, ils assistèrent à une représentation de *L'Oiseau de feu*. Joseph jouait mal du piano et chantait faux, comme il le confia lui-même à Charles, mais il adorait la musique. Il avait découvert la modernité de Stravinski avant la guerre. Il garda les yeux fermés quasiment pendant tout le spectacle. Charles crut qu'il dormait. Le jeune homme, au contraire, regardait d'un air fasciné les danseurs s'entrelacer dans des costumes plus colorés les uns que les autres. Les danseuses évoquaient des princesses des *Mille et Une Nuits*. Le rôle de l'oiseau de feu était tenu par une danseuse qui portait sur la tête une coiffe gigantesque figurant un plumage carmin et orangé. Son costume avait toutes les couleurs du feu, depuis le jaune de ses collants jusqu'au rouge brun de son justaucorps qui épousait sa minuscule poitrine et sa taille étroite. Et elle ondoyait, et elle bondissait, et elle s'envolait, et Charles s'émerveillait qu'un corps pût si bien reproduire les contorsions des flammes.

De l'herbe, un pré. Des coquelicots, oui, c'est ça, pétales rouge orangé fragiles comme un voile de crêpe. Et des pâquerettes. Un petit vent chaud souffle, le pré descend en pente douce vers un ruisseau où boit un saule. Elle danse. Elle tourne sur elle-même et fait voler sa jupe et m'appelle et rit. Elle a six ans, sept ans, je ne saurais pas dire, mais déjà une femme, une femme qui rit pour séduire, mais qu'est-ce que j'en sais ? Qui est-elle ? Mon Dieu, qui est-elle ? Où est-ce que ça s'est passé ? Est-ce que ça s'est passé ?

De retour dans sa chambre d'hôtel après cette soirée à l'Opéra, Charles se déshabilla, fit une toilette de chat au lavabo puis enfila rapidement son pyjama de grosse toile écrue du centre neurologique et se blottit dans son lit en position fœtale car l'hôtel était à peine chauffé. La tête enfoncée dans son oreiller, il fixait des ombres sur le mur. La danseuse, son corps souple et gracieux. Il se sentait si seul. Pour la première fois, il éprouvait physiquement le manque, le désir d'un corps chaud contre le sien, d'une chevelure mêlée à la sienne, d'une main serrée dans sa main. Ah ! Tenir dans ses bras la danseuse oiseau dans les coulisses de l'Opéra ! La surprendre dans sa loge les épaules nues, s'approcher d'elle, respirer l'odeur de sa peau...

Plus tard dans la nuit, il lui apparut qu'en réalité il n'était pas seul, qu'il ne pouvait pas être seul. Sa mère, son père, un frère, une sœur, des amis, une fiancée ou une femme peut-être... Il y avait forcément quelqu'un qui pensait à lui, quelqu'un à qui il manquait ; quelqu'un en France, ici à Paris peut-être, était en train comme lui en ce moment même de fixer les ombres de la nuit et de rêver qu'un jour il revienne... Forcément. Cette pensée l'apaisa et il s'endormit.

Faustine et Alfred Hirscheim ne se dirent pas un mot en rentrant de l'Opéra. Assis côte à côte sur la banquette de cuir caramel de la luxueuse Chenard et Walcker quatre cylindres, la seconde voiture d'Alfred, celle du soir, dont il était très fier, ils étaient perdus dans leurs pensées. Des pensées toutes différentes : Alfred, un fin sourire sur le visage, savourait la conversation qu'il avait eue à l'entracte avec le marchand d'armes Basil Zaharoff, qui venait de lui faire miroiter des affaires juteuses. Bien que son nom semblât russe, Zaharoff était grec. C'était un grand séducteur au regard appuyé, enve-

loppant, qui portait beau à soixante-dix ans. Avec son bouc argenté taillé en pointe, son crâne luisant et ses costumes de lord anglais, il avait l'air fascinant et inquiétant du maître des enfers. Il proposait à Alfred de revendre au gouvernement d'Elefthérios Venizélos les canons et les mitrailleuses de l'armée française qui ne serviraient plus à rien, et surtout d'investir dans le pétrole. Zaharoff comptait sur le fait qu'Alfred Hirscheim avait accès à Clemenceau pour lui faciliter les ventes d'armes. En échange, il lui promettait 5 %.
De son côté, Faustine se sentait seule comme jamais. Les rues étaient pleines de soldats qui rentraient. À chaque fois qu'elle en voyait, son cœur battait plus fort et elle les dévisageait fiévreusement. Sans doute n'aurait-elle jamais la preuve qu'il était mort. Mais après tout... Et s'il était prisonnier de guerre en Allemagne ? Les prisonniers rentraient mais ils étaient des centaines de milliers. Et puis, qu'est-ce que cela allait changer ? S'il était vivant, elle l'aurait su, il aurait trouvé le moyen de lui écrire. Alors, tué par un Allemand ?... par un obus allemand ?... par un gaz allemand ?... Son regard... Son bon regard... Quand il était parti en août 14, quand il s'était retourné vers elle une dernière fois... Ce jour-là, c'était tellement évident : il avait *son* regard, ce même regard qui l'appelait, qui s'accrochait à elle de toutes ses forces, qui aurait voulu l'emporter avec lui, ne jamais la quitter... Est-ce qu'Otto était mort aussi ? tué par un Français ?

Le bord du Rhin, les eaux lourdes du fleuve, l'herbe grasse, l'écorce du marronnier qui me gratte le haut du dos, j'ai si chaud, j'ai les joues rouges. Son regard... son nez qui frémit, son désir... Il caresse mes cheveux. Mes doigts effleurent un bouton doré de son uniforme. Qu'est-ce que tu es en train de faire, mon Dieu, tu es complètement folle !

Elle avait dans son sac – elle l'avait toujours sur elle – la seule lettre qu'Otto lui ait écrite, enfin, la seule qu'elle ait reçue... à Strasbourg. Le 2 juillet 1903. Il lui disait qu'il avait un enfant, un fils, qu'il avait aussi appelé Charles, plus exactement Karl, Karl-Ludwig.

Seigneur... Est-il vivant ? Sont-ils vivants ? Cet enfant, quel âge peut-il avoir maintenant ? A-t-il fait la guerre ?

Le chauffeur d'Alfred sortit de la voiture pour ouvrir la porte cochère de leur hôtel particulier. Pour la seule et unique fois du trajet, Alfred se tourna vers Faustine et lui dit :

– J'ai passé une excellente soirée. Ce Grec, Zaharoff, c'est un personnage, vous ne trouvez pas ?

Faustine ne répondit pas. Elle se contenta de hocher la tête.

Marguerite venait de rentrer. Ils la trouvèrent dans le salon, tout excitée.

– Wilson va nous recevoir !

C'était une jeune fille de vingt-deux ans, toujours pas mariée au grand dam de son père qui l'adorait et rêvait de lui trouver un beau parti, surtout maintenant que la guerre était finie. Mais elle l'inquiétait de plus en plus. Elle avait de mauvaises fréquentations. Elle avait coupé court ses magnifiques cheveux blonds. À part ses cheveux et ses yeux bleus, elle ressemblait plus à son père qu'à sa mère. Comme lui, elle était petite, le nez busqué, et n'avait pas de menton. Elle était tonique, vive et rigolote, déjà ronde et bien en chair, pas jolie, mais sa gaieté et son enthousiasme la faisaient en général remarquer.

– Wilson ?

– Le président des États-Unis !

– Tu vas être reçue par le président des États-Unis, toi ?

— Pas moi. Mais une délégation de femmes dont je fais partie.
— Et qu'est-ce que vous demandez ?
— L'égalité hommes-femmes, le droit de vote des femmes. Millicent vient de l'obtenir en Angleterre pour plus de six millions de femmes.
— Qui c'est, ça, Millicent ?
— Millicent Fawcett ! Vous ne connaissez pas Millicent Fawcett ?
— Jamais entendu parler.
— Eh bien, Millicent est une femme exceptionnelle et c'est la présidente de notre délégation.

Alfred émit un bref soufflement exprimant qu'il trouvait le sujet futile et sans intérêt.

— Tu ferais mieux de penser à te marier.
— Papa ! J'ai vingt-deux ans...
— Justement ! Le temps passe et...
— Je n'ai pas l'intention de me marier.

Alfred poursuivit sans l'écouter :

— D'autant qu'il y a énormément de femmes pour très peu d'hommes maintenant... surtout pour les bons.

À cette allusion aux morts de la guerre, Faustine baissa la tête. Elle prit un mouchoir dans son sac et se moucha.

— Tous ceux que je te présente, tu les repousses.
— Je ne veux pas me marier.
— Toutes ces idées qu'on vous met dans la tête !... Ces suffragettes hystériques...

Marguerite rétorqua aussi sec :

— Vous êtes trop vieux, papa. Mais le monde est en train de changer.

Elle le fixait d'un air de défi. Faustine pensait qu'ils

avaient le même caractère tous les deux, une certaine dureté ; ils étaient très orgueilleux.
— Enfin, dit Alfred en enfonçant les mains dans les poches de son pantalon, pourquoi voulez-vous les mêmes métiers que les hommes, les mêmes responsabilités que les hommes ? La nature ne nous a pas faits pareils.
— Et la nature nous a faites comment, d'après vous ?
— Tu sais bien... Enfin, c'est naturel. Les femmes sont faites pour porter la vie. Mais si !
— J'aime mieux ne pas discuter avec vous. C'est comme de vouloir apprendre le Code civil à un diplodocus.
Faustine s'écria :
— Marguerite !
Alfred, qui pardonnait toujours tout à sa fille, se maîtrisa.
— Depuis que tu fréquentes ces femmes... tu es devenue très impertinente. Je te rappelle que tu me dois...
— Je ne vous dois plus rien. Je ne suis plus une enfant. Je suis une femme adulte. Je gagne ma vie.
— Même pas de quoi te loger ! Tu habites ici, je te rappelle.
— Très bien. Je pars demain matin.
— Et tu iras où ?
— Je me débrouillerai, j'ai des amis.
— Ces femmes ? Ces femmes qui ne ressemblent même pas à des femmes pour certaines d'entre elles !
— À quoi est-ce qu'elles ressemblent, alors ?
— À des hommes. D'ailleurs – d'ailleurs – on n'en a pas envie, de femmes comme ça.
— On n'en a pas envie ! Comme si on était des plats qu'on commande dans un restaurant !... Mais arrêtons cette discussion. Ça ne sert à rien. Il y a des cas qui sont désespérés.
Faustine, qui s'était assise près de la cheminée, se sentit

obligée d'intervenir, mais elle le fit de sa voix douce et triste, sans autorité et sans véritable irritation :
— Enfin, Marguerite, qu'est-ce qu'il vous prend ? Vous parlez à votre père.
— Oh, vous, s'emporta Alfred en se tournant vers Faustine, ne vous mêlez pas de ça !
— Comment osez-vous parler à maman sur ce ton ? s'écria Marguerite d'une voix cinglante. Et vous, maman, comment pouvez-vous tolérer qu'il vous traite de cette façon ?
Alfred était devenu rouge de colère. C'était la première fois que sa fille s'opposait aussi ouvertement à lui et il se sentait désemparé face à cette furie dont le visage hostile lui semblait soudain celui d'une étrangère. Ne sachant plus comment réagir, il se mit à taper du pied comme un enfant qui pique une rage. Puis, pour ne pas perdre complètement la face, il glapit d'une voix blanche :
— Ça suffit, maintenant, hein ! Ça suffit !
Cette scène l'avait surpris comme une agression au coin d'une rue. Il regardait sa fille, sa petite fille bien-aimée, comprenait qu'elle lui échappait, qu'elle était en train de lui échapper pour toujours, et cela le bouleversait. Tout l'amour qu'il n'avait pu partager avec sa femme, il l'avait inconsciemment reporté sur cette enfant, et voilà qu'à présent elle réagissait presque en ennemie.
Incapable de soutenir plus longtemps son regard, il baissa les yeux et sortit du salon en claquant la porte. Il se réfugia dans son bureau où il se servit une eau-de-vie qu'il avala cul sec. Le front appuyé au carreau glacé de la fenêtre, il se mit à fixer le halo blanchâtre d'un réverbère. C'est ces femmes, c'est à cause de ces femmes qui lui ont bourré le crâne avec leurs idées de folles ! Ses pensées couraient dans tous les sens.

Que sont-elles en train de se dire maintenant dans le salon ? Sûrement du mal de moi. Faustine est encore plus distante depuis que je lui ai dit qu'on n'a pas retrouvé Charles. Elle espère encore. Est-ce qu'elle pourrait penser que je lui ai menti ?

Une calèche passa en cahotant sur le pavement. Le cheval fumait comme une locomotive dans la nuit froide. Alfred Hirscheim, toujours à sa fenêtre, eut soudain une idée. Tant que Charles est porté disparu, Faustine peut espérer. Ce qu'il faut, c'est lui ôter tout espoir. Et la solution existe : obtenir que Charles soit officiellement reconnu « mort pour la France ». Je vais écrire en ce sens à Clemenceau. Le Tigre ne pourra pas me refuser cette petite consolation.

Il se voyait déjà, le papier à la main. Il se raclerait la gorge, chausserait ses lunettes et, d'un ton solennel, funèbre, lirait la mauvaise nouvelle à sa femme assise à sa place habituelle au coin de la cheminée. Il verrait ses yeux clairs se remplir de larmes, elle cacherait son visage dans ses mains. Il savourait déjà sa victoire. Car, sans même se demander pourquoi, il ressentait cela au fond de lui-même comme une victoire.

Il songea alors que cette mort officielle allait aussi lui donner une chance de reprendre la maîtrise de sa fille. Marguerite devenant légalement son unique héritière, il lui proposerait, non, il lui demanderait de diriger avec lui la banque. Si elle s'est mise à écrire dans un journal, c'est parce qu'elle cherche à exister, à s'affirmer face à moi, mais je la connais, ce qu'elle désire, c'est occuper une fonction de pouvoir, une fonction d'homme, et la plus haute possible. Directrice d'une banque : quelle Française pourrait en dire autant ? Et même dans le monde ? Tiens, il faudrait que je me renseigne : y a-t-il dans le monde une seule femme à la tête d'une banque ? Quel symbole ! Quelle position cela lui donnerait par rapport à toutes ces excitées qui prétendent se battre pour les droits des femmes ! Oui, voilà comment je dois m'y prendre : en flattant sa vanité ! C'est toujours le meilleur moyen d'arriver à ses fins. Une fois qu'elle aura accepté, je la tiendrai à nouveau. Car il n'avait pas l'intention, bien sûr, de lui céder véritablement sa place un jour – en tout cas, pas avant longtemps.

Il se resservit un vieux calva et s'alluma une pipe. Son verre à la main, en soufflant des ronds de fumée bleutée, il sourit. En plus, « mort pour la France », ça donne droit à une pension militaire pour les parents quand le fils n'est pas marié. Il n'y a pas de petits profits.

À la sortie d'Alfred, la mère et la fille ne se sont pas parlé tout de suite. Le feu qui craquait et soupirait et le tic-tac de la pendule Empire creusaient le silence. Marguerite sentait rouler le sang dans ses oreilles et ses joues brûlantes et rouges de colère. Elle s'appliquait à respirer lentement pour se calmer. Elle en voulait à sa mère de ce qu'elle estimait être sa faiblesse vis-à-vis de son père mais elle lui faisait aussi pitié et elle souffrait de la voir pliée dans son fauteuil, penchée vers le feu, telle une mater dolorosa (c'était l'image qui lui venait). Les femmes ne devaient plus accepter ces vies soumises qui les rendaient malheureuses. Sa mère symbolisait à ses yeux la condition de la femme et justifiait tous les combats qu'elle menait au sein de son journal, *L'Action féministe*. Pour elle-même, elle rêvait d'un destin à la Clara Zetkin, cette Allemande qu'elle admirait et qu'elle allait prochainement rencontrer, une existence à la fois libre et engagée.

De son côté, Faustine pensait à sa propre mère mariée à dix-neuf ans à un pasteur de quinze ans plus âgé qu'elle. Ils n'avaient eu qu'un seul enfant pour la raison assez probable qu'ils avaient dû bien vite ne plus coucher ensemble. Sans doute ne s'aimaient-ils pas. Il semblait que l'histoire se fût répétée de sa mère à elle et Faustine espérait que Marguerite connaîtrait un autre sort. Mais cela passerait sûrement par une rupture avec son père, avec sa famille, et, donc, elle ne la verrait plus et se retrouverait encore plus seule puisqu'il était à peu près certain que Charles... Non, Charles n'est pas mort ! Une voix intérieure lui répétait que Charles ne pouvait être mort...

– Maman, lui dit soudain Marguerite en s'asseyant près d'elle, maman, vous êtes malheureuse.

Ces mots lui vinrent spontanément et surprirent Faustine qui se redressa dans son fauteuil, les deux mains agrippées à ses cuisses à travers le tissu de sa robe.

– Ne t'en fais pas, tout va bien. C'est juste que je n'aime pas que tu fâches ton père. Tu sais bien que ça ne sert à rien de le provoquer.

– Mais je ne l'ai pas provoqué, je lui ai parlé du mouvement des femmes auquel je participe.

– C'est ça.

– Vous devriez d'ailleurs y participer aussi.

– Moi ? Ce n'est pas de mon âge.

– Millicent Fawcett est plus âgée que vous.

– Tu comptes vraiment partir ?

– Certainement. Je pense même que j'ai attendu trop longtemps.

– Tu ne devrais pas agir sous le coup de la colère.

– Ce n'est pas de la colère. J'ai dit ça ce soir mais j'y pense depuis longtemps.

Faustine tourna son visage vers le feu. Marguerite posa la main sur celle de sa mère qu'elle trouva glacée.
— Mais vous, je ne vous quitte pas, maman.
— Tu dis ça !... Mais je sais bien... Mais c'est normal aussi...
— Non, je ne vous quitte pas. Nous nous verrons tous les jours.
— Va te coucher maintenant.
— Je n'ai pas sommeil.
— Alors, laisse-moi.
— Vous m'en voulez ?
— Non, je ne t'en veux pas.
— Alors, qu'est-ce qui ne va pas ?
— Rien, Margot.

Mais elle se mit à pleurer et Marguerite vit les larmes perler et s'écouler sur ses joues. Son menton tremblait, ce qui marquait davantage encore les rides autour de sa bouche. Marguerite avait horreur des larmes mais elle surmonta sa répugnance et vint enlacer sa mère.
— Maman, ma petite maman...

Elle resta près d'elle contre son fauteuil à lui caresser les bras. Faustine finit par lui dire :
— Cela va faire plus de huit mois maintenant.

Elle s'essuya les yeux et, soudain calme et grave, déclara d'une voix qui exprimait à quel point elle vivait tout entière dans cette certitude :
— Charles n'est pas mort.

Marguerite s'écarta malgré elle. Bien qu'elle voulût trouver les mots qui consoleraient sa mère, elle se sentait agacée. Elle aimait son frère, certes, ou plus exactement elle ne l'avait jamais détesté. Ils avaient six ans d'écart et n'avaient jamais été proches. Ils ne jouaient pas ensemble, ne se confiaient aucun secret. Ils cohabitaient simplement, sans se disputer mais sans complicité, sans affection véritable. Du moins, c'était ainsi que Marguerite percevait à présent leur relation. Il faut dire que ses liens avec son frère s'étaient encore distendus avec la guerre. Charles ne lui avait écrit qu'une carte postale pour chacun de ses anniversaires et Marguerite était sûre que c'était parce que sa mère lui avait à chaque fois rappelé de le faire. La jeune fille ne souffrait donc pas de l'absence de son frère mais du chagrin que cette absence causait à sa mère.

Elle savait que les disparus au front se comptaient par centaines, par milliers peut-être. Quand ses parents avaient-ils reçu cette information qu'un disparu correspondant au signalement de Charles avait été retrouvé ? En septembre dernier. Six mois déjà. Et malheureusement, ce n'était pas lui...

Tout à coup, une idée lui vint qui la fit frémir, car c'était terrible d'avoir une idée aussi épouvantable : et si son père avait menti en affirmant que le soldat qu'on lui avait présenté en photo n'était pas Charles ? Elle s'en voulait d'avoir une pensée pareille mais la question était : pourquoi une telle pensée avait-elle pu lui venir ? Son père n'avait jamais aimé Charles. Il ne pouvait s'empêcher de le critiquer, de le rabrouer à toute occasion. Je crois qu'il était jaloux de l'amour que maman lui portait. Quand maman se rongeait les sangs parce qu'elle était sans nouvelles, papa répondait qu'il était normal de se battre pour son pays. Et même de mourir pour lui. Arrêtez ! suppliait maman. Et dans ses yeux passait je ne sais quel message que mon père comprenait parce qu'il avait alors un petit sourire par lequel il semblait lui dire : « Eh oui ! Nous deux savons très bien de quoi il s'agit. »

Marguerite était persuadée qu'il y avait dans le couple de ses parents une blessure secrète. Peut-être que sa mère était tombée enceinte de Charles et avait dû épouser son père tout en comprenant qu'ils n'étaient pas faits l'un pour l'autre ? Une chose était sûre : d'aussi loin que remontaient ses souvenirs, elle ne les avait jamais vus heureux ensemble.

– Pourquoi n'allez-vous pas au ministère de la Guerre, maman ?

– Pour quoi faire ?

– Pour qu'ils relancent les recherches. Ils ont un dossier, n'est-ce pas ? Papa y est déjà allé une fois.

– Oui, mais ce n'était pas Charles, hélas.

– Vous en êtes sûre ?

Faustine se raidit, ses yeux soudain d'une étrange fixité, le dos cambré, les muscles tendus. Un animal aux aguets.

– Imaginez qu'il se soit trompé…

– C'est impossible. Des photos de Charles. Si c'était Charles…

Marguerite lisait dans le regard de sa mère, entendait dans sa voix qui s'était mise à trembler que l'abominable possibilité qu'elle venait de lui suggérer lui avait déjà traversé l'esprit à elle aussi.

– Je suis sûre que vous y avez déjà pensé vous-même, insista-t-elle.

– Oui, lâcha Faustine dans un souffle, et Marguerite devinait que non seulement sa mère y avait déjà pensé, mais qu'elle y pensait tous les jours.

– Alors, il faut aller au ministère. Il faut voir le dossier, les photos.

– Oui, dit Faustine, à qui cette perspective redonnait un

peu d'espoir. Oui, répéta-t-elle. (Elle se leva et s'adossa à la cheminée.) C'est une bonne idée, merci.

— Enfin, maman, je vous aime et je serais si heureuse si Charles était retrouvé.

— Je vais dire à ton père qu'il s'est peut-être trompé et qu'il faut qu'on redemande à voir le dossier.

— Quoi ! s'écria Marguerite, vous voulez en parler à papa !

— Il sait à qui s'adresser. Il connaît le président Clemenceau.

Marguerite prit les mains de sa mère et la fixa droit au fond des yeux. Faustine se troubla. Elle savait ce que sa fille allait lui dire.

— Si vous lui en parlez, vous risquez de ne jamais voir le dossier de Charles.

Saisies l'une et l'autre par le poids des mots que venait de prononcer Marguerite, devenues en quelque sorte par ces mots complices d'une même idée dont la signification était aussi lourde que le projet d'un crime, elles restèrent un moment sans plus rien se dire. *Le haïr au point de... souhaiter sa mort !* De longues minutes passèrent, puis Marguerite demanda tout bas :

— Vous avez peur de lui ?

— Non, se défendit aussitôt Faustine en tressaillant, pourquoi j'aurais peur de lui ?

— Bon. Alors, nous irons demain au ministère. Mais surtout, qu'il ne se doute de rien.

— Bien sûr.

8

Donc, mort pour la France

Le lendemain, à neuf heures, comme tous les matins immuablement à la même heure, Alfred Hirscheim arriva au siège de sa banque boulevard des Italiens. Mais ce jour-là, à sa descente de voiture, il ordonna à son chauffeur de repartir immédiatement porter boulevard Saint-Germain, au cabinet de Clemenceau, la lettre qu'il avait écrite à son réveil à six heures.

Alfred avait le sentiment d'avoir bien commencé sa journée. Il se fit servir un café par son maître d'hôtel et, confortablement assis derrière son immense bureau d'acajou recouvert d'un sous-main de cuir vert, se plongea dans la lecture de *L'Écho de Paris* qui s'ouvrait sur un vibrant appel à prendre des mesures pour enrayer la crise de dénatalité que la guerre n'avait fait qu'aggraver. « En 2112, écrivait l'auteur de l'article (M. Auburtin, le président du Conseil d'État), si le fléau n'est pas immédiatement et énergiquement arrêté, il ne restera plus en France de Français d'origine. » Et ce n'est pas Marguerite qui va arranger la situation ! songea Alfred en soupirant. Sur la même page, il apprit que Clemenceau devait aussi traiter le problème de la guerre contre les bolcheviks, les revendications du Hadjaz sur la péninsule Arabique, la détermination des sanctions contre l'Allemagne, la création de la Ligue des Nations souhaitée par Wilson et le vote d'un projet de loi contre les profiteurs de guerre... Hum, hum... Quelle est encore cette idée socialiste ? Il lut attentivement l'article. Seront punis – un à cinq ans, au plus, 10 000 à 100 000 francs – ceux qui, avec ou sans moyens frauduleux, auront spéculé sur les prix des denrées et des marchandises de première nécessité (grains, farine, boissons, combustibles, etc.). Bon, bon, cela ne le concernait pas vraiment. Lui se consacrait à de plus grosses entreprises. Et puis, de toute façon, une banque ne peut pas être un profiteur de guerre puisque la vocation même d'une banque, c'est de savoir profiter en toute circonstance... Une banque fonctionne de la même manière en temps de paix qu'en temps de guerre. On lui confie des valeurs et elle accorde des crédits et contribue ainsi à soutenir l'économie. C'est très noble, au fond, très noble, en temps de paix comme en temps de guerre. Parfois, Alfred se représentait en dieu multiplicateur et redistributeur. Il y avait un côté magique, démiurgique, dans son métier, qui le mettait en joie. La banque était le métier le plus... aérien... oui, c'est ça... le plus sublimement éthéré au monde. Bien plus qu'un peintre qui emploie de vraies couleurs ou qu'un écrivain qui utilise des mots pour raconter une histoire, le banquier, lui, n'a recours qu'à l'abstraction et au sentiment. Pour créer, il compte sur la confiance, sur la crédulité humaine. Un dieu, donc, un illusionniste, un grand manipulateur.

    Alfred Hirscheim se reprit à penser à sa rencontre avec Basil Zaharoff. Ils devaient se revoir dans quelques jours. C'était vraiment un personnage, ce Zaharoff, avec ce charme tout à la fois slave et méridional. Il voulait qu'Alfred participe à deux de ses projets. Les ventes d'armes aux Grecs, bon, ça sentait plutôt bon. Armer les patriotes du Premier ministre grec Elefthérios Venizélos pour leur permettre de récupérer une part des dépouilles de l'Empire ottoman que les Alliés allaient dépecer à la faveur des traités de paix. Avec les richesses prélevées sur les Turcs, les Grecs paieraient les armes. Le pactole serait formidable car on achèterait à bas prix aux Anglais et aux Français tous les surplus d'armes et de munitions dont ils ne savaient plus que faire maintenant que la paix était revenue et on les revendrait au prix fort aux Grecs. Le seul risque, songeait Alfred en sirotant son café, c'était le décalage entre le temps de l'achat des armes et celui de leur paiement par les Grecs. Mais Zaharoff était grec, ami intime de Venizélos, donc mieux placé que quiconque pour s'assurer qu'on serait payé. Donc, pas d'inquiétude, bonne affaire. En revanche, le second projet paraissait plus incertain. Il s'agissait de financer une société franco-britannique d'études, de recherches et d'exploitation du pétrole en Algérie. Basil Zaharoff, qui était aussi l'ami de Clemenceau (de qui n'était-il pas l'ami ?), prétendait que le Tigre serait prêt en tant que chef du gouvernement à autoriser un contrat de concession en exclusivité pour trente ans à cette société, à la condition qu'elle comporte au sein de son conseil des Français de confiance. « Votre nom s'est naturellement imposé, avait dit Zaharoff à Hirscheim. Avec vous, je suis certain que Georges sera rassuré. » Georges, peut-être, mais lui, Alfred, se sentait moins sûr. Le pétrole, on en parlait, on en rêvait, on jurait que l'Algérie en était pleine..., mais si, finalement, on ne trouvait rien ? On ne serait jamais payé de nos investissements ! Et il en fallait ! Il sentait se réveiller en lui la maladie chronique du banquier : l'allergie au risque. Il n'était pas un aventurier, ça, jamais. Il aimait les affaires solidement garanties, pas les coups de dés. Mais en même temps, si Clemenceau comptait sur lui... Il n'allait pas se mettre le Tigre à dos. Il ne pouvait pas se le permettre. Surtout au moment où il sollicitait un nouveau petit service... Un instant il s'assombrit à la pensée que Clemenceau avait naturellement des sujets bien plus graves et urgents à régler que son histoire de fils « mort pour la patrie ». Allons, il ne va pas s'en occuper en personne mais il inscrira « oui » en marge, sur sa lettre. Toutefois, il ne serait peut-être pas inutile qu'il apprenne que son bien dévoué Alfred Hirscheim participe au projet des pétroles algériens.

Au verso de *L'Écho de Paris*, il y avait la rubrique préférée d'Alfred, le carnet du jour. Un faire-part le fit sourire : « La vicomtesse de Montfort, née Castel, a mis au monde un fils, Hubert. » Nulle mention du vicomte. Il n'est pas dans le coup ? À moins qu'il ne soit mort à la guerre, ce qui est moins drôle. Plus bas figurait la section consacrée aux disparus. « Prière aux personnes pouvant donner des renseignements sur... Charles... Ducoulombier, classe 98, 243ᵉ d'infanterie, disparu le 10 juin 1915... d'en aviser sa femme, Mme... » Les femmes espèrent toujours. Pourvu que ça ne soit pas long pour notre Charles à nous !

Alfred sursauta soudain, comme piqué par une guêpe : Mais s'il retrouvait la mémoire ?...

Une demi-heure après Alfred, Faustine et Marguerite quittèrent à leur tour l'hôtel particulier de la rue de Grenelle. Un taxi les attendait devant la porte cochère. Le chauffeur était bougon et rouge avec des cheveux noirs lissés à la brillantine qui faisaient des bouclettes grasses sur sa nuque. Il meugla :

– J'vous emmène où ?

– Au ministère de la Guerre, rue Saint-Dominique.

Il démarra. Sa grosse tête de taureau dodelinait au rythme des secousses de la voiture.
– Vous cherchez vot' fils ?
Marguerite répliqua sèchement :
– Ça ne vous regarde pas.
– J'demandais, se justifia la voix bourrue, parce que je sais ce que c'est. Moi, c'est mes deux fils qu'ils m'ont pris et il y en a qu'un qu'ils ont retrouvé. Cochonnerie de chienne de guerre ! La fierté, le sort le plus beau, l'honneur, le courage des héros, cause toujours ! Mon Gaston, il a même pas sa croix sur son trou. Un trou quéque part à Verdun, v'là tout ! Et moi... si j'avais pas été blessé l'hiver 14... Tiens, regardez ça !

Tout en conduisant, il tendit tout à coup son bras droit vers l'arrière et ouvrit grand sa main sous les yeux des deux femmes qui découvrirent qu'il lui manquait l'auriculaire et l'annulaire.
– À quoi ça tient, la vie, hein ? À deux doigts, c'est le cas de le dire !
– Je vous plains, dit gentiment Faustine, vous avez eu bien du malheur.

Le chauffeur se tut et Faustine ne vit plus désormais que cette main estropiée, agrippée au volant comme une pince de crabe. Elle frissonnait non de froid mais d'agitation. Tout en elle vibrait d'impatience et d'appréhension. Marguerite lui prit la main. Glacée, toujours glacée. Faustine s'était maquillée plus que d'ordinaire, ce qui figeait les traits de son visage et lui donnait un peu l'air d'une geisha. Elle s'était habillée très grande dame : jupe de laine grise près du corps descendant à mi-mollet, chemisier de soie blanche, veste d'épais velours carmin à boutons de nacre, long manteau de cachemire crème, collier de perles et boucles d'oreilles assorties. Marguerite comprenait que sa mère voulait impressionner les militaires.

Effectivement, un garde en faction à l'entrée les fit entrer avec tous les égards dans la grande cour d'accueil et les conduisit au bureau du concierge, qui les reçut avec encore plus de déférence. Marguerite pensa : Maman est si racée, elle inspire le respect, elle a toujours inspiré le respect.

— Mon fils est porté disparu depuis juillet de l'année dernière mais un dossier a été ouvert par le général Brune d'Anglions. (Faustine se souvenait de son nom.) Nous souhaiterions le voir.

— Le général a été muté, madame, il ne travaille plus ici.

— Alors, celui qui le remplace, dit Marguerite. Le nouveau responsable du service d'aide aux familles. Nous voulons refaire le point avec lui. Nous avons des éléments nouveaux à communiquer. Nous voudrions le voir.

— Maintenant ?
— Oui.
— Vous avez rendez-vous ?
— Non.
— Alors, vous devez prendre rendez-vous. Adresser un courrier en expliquant votre demande.

— Mais mon frère a déjà un dossier ici. Il doit bien y avoir quelqu'un qui peut nous recevoir ?

— Sans rendez-vous c'est impossible, madame. Des centaines de milliers de familles en France sont malheureusement dans votre situation. Vous imaginez bien qu'on ne peut pas recevoir comme ça tous ceux qui se présentent.

Faustine, s'appuyant des deux mains sur le bureau du concierge, se pencha brusquement vers lui. Tout son corps tendu exprimait sa détermination.

– Je suis Mme Alfred Hirscheim, mon mari est le président de l'Union nationale des banques, un ami du président Clemenceau, qui a personnellement ordonné les recherches pour notre fils.
– Mais, bredouilla le concierge, si vous êtes bien... euh... cette personne, pourquoi vous n'avez pas pris rendez-vous ?
– Parce que j'ai quelque chose d'urgent à voir avec le responsable de notre dossier.
Le concierge était de plus en plus embarrassé. Il n'était qu'un simple caporal et craignait de commettre une erreur en dérogeant à la consigne de ne laisser entrer personne sans rendez-vous.
– Pardon, madame, risqua-t-il d'une voix hésitante, mais qui me dit que vous êtes... la dame que vous me dites ?
– Si vous ne nous croyez pas, siffla Marguerite, menaçante, appelez le cabinet du président et demandez-leur si le nom de Hirscheim leur dit quelque chose.
Le pauvre garçon, que ces deux dames manifestement riches impressionnaient, s'excusa aussitôt :
– Ce n'est pas la peine, madame, naturellement. Je vais vous faire conduire.
Il sortit de son bureau, héla un garde qui accourut et les accompagna jusqu'au service d'aide aux familles. En traversant la cour pavée, Faustine se tordit la cheville et poussa un cri de douleur. « Ça va, maman ? » Elle refusa de s'arrêter et se remit à marcher en boitant.

Peu après, le chauffeur d'Alfred Hirscheim se présenta au bureau du concierge avec sa lettre. Le concierge la prit sans y accorder une attention particulière. Des dizaines de plis arrivaient chaque jour adressés au président Clemenceau. Mais, quelques minutes plus tard, en emportant la pile de courrier pour aller la déposer au cabinet de la présidence, son regard tomba sur la carte de visite attachée à l'enveloppe : « Alfred Hirscheim, président de l'Union nationale des banques. » Nom de Dieu ! Heureusement qu'il avait laissé entrer sa femme ! Et pourvu qu'elle soit bien reçue là-bas !

Or elle ne l'était pas. Un secrétaire, qui était très occupé à recopier des lettres, toujours les mêmes, aux veuves et aux parents de soldats, consentit de mauvaise grâce à s'interrompre et fit aux deux femmes la même réponse que le concierge :

– Il faut écrire et solliciter un rendez-vous.

Marguerite, furieuse de ce nouveau refus, répliqua :

– Très bien. En ce cas, nous allons informer M. Clemenceau de la façon dont nous avons été traitées.

– M. Clemenceau ? fit le secrétaire avec une moue dubitative et légèrement narquoise.

– Parfaitement, c'est un ami de mon mari. Il l'a reçu pour parler de notre fils.

Faustine redisait la même chose qu'au concierge mais d'un ton encore plus affirmatif et coupant, si bien que le secrétaire ne se le fit pas dire deux fois.

– Excusez-moi, je vais voir qui peut vous recevoir. Je reviens dans un instant.

Et, la tête baissée, l'air soucieux, il disparut dans la pièce voisine.

Les deux femmes attendirent debout dans le bureau traversé par les courants d'air. Faustine était inquiète.

– Et s'ils essayent de téléphoner à Alfred pour vérifier ?

– Mais non, mais non, ils vont seulement rechercher le dossier.

Vingt bonnes minutes s'étaient écoulées lorsque enfin un officier très élégant, aux cheveux poivre et sel frisottés sur les tempes, entra d'un pas impeccablement militaire, exécuta le salut réglementaire en claquant des talons et en inclinant la tête, se présenta – «Lieutenant-colonel de La Choupinerie» –, puis invita Faustine et sa fille à le suivre. Une fois dans son bureau, il les pria avec toute la politesse requise de bien vouloir s'asseoir. Il leur proposa même du café, qu'elles refusèrent.

– Je viens de parler au téléphone au général Brune d'Anglions qui se souvient parfaitement de la visite de votre époux. Nous avions cru identifier votre fils en la personne d'un amnésique mais votre époux a été formel, ce n'était malheureusement pas lui.

– Justement, dit Faustine, mon mari a maintenant un doute. C'est pourquoi je suis venue avec ma fille. Pourrions-nous revoir les photographies?

– Non, pour la bonne raison que le soldat en question a depuis été reconnu par sa famille.

Faustine semblait frappée comme si on lui avait appris la mort de son enfant. Ses longs cils battaient devant ses yeux et le masque de son visage paraissait fondre pour n'exprimer plus qu'une pathétique consternation. Et c'était une vieille femme que le lieutenant-colonel voyait à présent assise en face de lui, décomposée et malheureuse.

Marguerite insista :

– Pouvons-nous tout de même voir son dossier? Son dossier doit être toujours ouvert puisqu'on ne l'a pas encore retrouvé.

– Eh bien...

La Choupinerie marqua un temps. Il n'y avait justement

plus de dossier au nom de Charles Hirscheim. En même temps que Brune d'Anglions, plusieurs cadres du service avaient été mutés. Il semblait qu'à la faveur de ces changements, certains dossiers aient été clos. À vrai dire, La Choupinerie ignorait pourquoi. Il venait de prendre ses fonctions et n'était pas encore très au fait. Mais une chose était sûre : les dossiers étaient bien classés par ordre alphabétique et il ne restait plus trace de celui de Charles.

– Eh bien, finit-il par dire d'un air contrarié, mis à part sa disparition, nous n'avons rien. Mais nous continuons les recherches. Est-ce que, de votre côté, vous auriez de nouveaux éléments à nous communiquer ?

– Que voulez-vous qu'on ait ? dit Marguerite en s'énervant. On n'était pas au front avec lui.

– Bien sûr. Je pensais à un détail le concernant, se justifia le lieutenant-colonel, toujours calme et poli. Un détail physique, par exemple, ou un objet, un bijou, ce genre de chose.

– Tout ce qu'on sait, on l'a déjà communiqué, c'est dans le dossier, je suppose.

– Bien sûr, bien sûr... Vous savez, vous pouvez compter sur nous. L'armée française n'oublie aucun de ses soldats. Qui plus est, un officier. Nous faisons et nous allons faire encore, je vous assure, tout ce que nous pouvons.

Voyant le visage défait, brisé de Mme Hirscheim, il ajouta d'une voix compatissante :

– Je comprends à quel point c'est éprouvant pour vous, cette incertitude... les jours qui passent... Je comprends.

Georges Clemenceau, fidèle à la discipline ascétique et à l'hygiène de vie qui le maintenaient en pleine forme à soixante-dix-sept ans, se levait tous les jours avant six heures, faisait rapidement sa toilette à l'eau froide dans la petite salle de bains attenante à sa chambre, puis ses exercices de gymnastique avec le câble Sandow fixé au mur, enfin, prenait le petit déjeuner que lui préparait sa bonne : une soupe de gruau, des légumes, une pomme cuite et du café. Une fois rassasié, il allait avec son chien humer l'air du matin dans son petit jardin surplombant l'avenue qui descend depuis la rue de Passy jusqu'au Trocadéro. Au fond de ce jardin suspendu, il avait installé des poules qui, ce jour-là, dormaient encore car c'était l'hiver et il faisait nuit.

À six heures et demie, le vieil homme se mettait à son bureau pour préparer ses dossiers de la journée et réfléchir calmement. Il mesurait la difficulté de sa tâche en même temps qu'il était convaincu d'être le seul à pouvoir l'accomplir. Ce n'est pas ce couillon de Poincaré... Il n'avait pas de mots assez cruels contre le président de la République. Il répétait volontiers : « Il y a deux choses absolument inutiles au monde. La première, c'est l'appendicite ; la seconde, c'est Poincaré. » Mais personne n'échappait à ses sarcasmes (Wilson était « Jésus-Christ » et Lloyd George « trompeur comme Napoléon »), ce qui fit écrire à Keynes que Clemenceau « avait une illusion, la France, et une désillusion, l'humanité ». Il ajoutait, avec une ironie typiquement british : « à commencer par les Français et par ses collègues ». En réalité, le Tigre était plutôt *sans* illusions, lucide et pragmatique, et, pour le moment, sans amertume, car il était avant tout un homme de pouvoir et, comme tous les hommes de pouvoir, il jouissait de l'exercer.

Ce matin du mercredi 19 février 1919, il méditait sur la stratégie à adopter lorsque Wilson et Lloyd George, qui venaient de rentrer dans leurs pays pour des raisons électorales, reviendraient s'asseoir à la table de la conférence de la paix. Depuis le début de la conférence, se disait Clemenceau, on a perdu notre temps à vouloir traiter de tout et on s'est noyé dans les grands principes. Moi, je n'ai rien contre la Société des Nations, si Wilson y tient tellement, mais enfin, ce n'est pas ça qui garantira jamais la paix en Europe. C'est ce qu'il y a de pire, les idéalistes ! Et puis, à côté de lui, il y a le serpent anglais. Eux, la seule chose qu'ils veulent, c'est récupérer les meilleurs morceaux de l'Empire ottoman et les terres russes du Sud, ils ne pensent qu'à « l'Empire » et à la route des Indes. L'Europe pour eux, ça n'a qu'un seul intérêt : pouvoir écouler leurs marchandises ! C'est pour ça qu'ils ne veulent pas affaiblir l'Allemagne : business, business ! *Back to normalcy !* Cela dit, les Américains, tu enlèves les grands discours humanistes et en dessous, c'est pareil. Ils veulent fourguer leurs surplus de guerre aux Boches, ils ne pensent qu'à leurs dollars.

Il passait d'une pensée à une autre. Tout à coup, il se mit à rire.

En plus, Lloyd George est un âne en géographie. Il croyait que la Nouvelle-Zélande – la Nouvelle-Zélande, un membre de l'Empire ! – se trouvait à l'ouest de l'Australie ! Ha, ha ! Ha, ha !

Ce qu'il faut, c'est que l'Allemagne paye. Qu'elle paye pour ce qu'elle a fait. Et c'est d'abord à nous qu'elle doit des réparations. Il faut que je les emmène visiter les champs de bataille pour qu'ils se rendent compte. On dit que je veux briser l'Allemagne, mais non ! Je ne désire rien tant pour mon pays que la paix avec l'Allemagne. Mais pour une paix durable, il faut que les deux veuillent la paix, et les Allemands…

Sur son bureau, Clemenceau trouvait toujours les journaux

de la veille au soir qu'il parcourait tout en réfléchissant. Le quotidien *La Presse* rendait compte des débats houleux au parlement de Weimar. Le négociateur de l'armistice, Matthias Erzberger, était violemment pris à partie. Il se justifiait en déclarant que Foch ne lui avait laissé aucune marge de négociation. Il précisait : « N'oubliez pas ce fait qui n'est pas négligeable : nous avons perdu la guerre. » Qu'un Allemand le reconnaisse, songeait Clemenceau, c'est déjà considérable. Surtout quand on sait que ce même homme écrivait deux ans plus tôt qu'il y aurait « plus d'honneur à détruire la ville de Londres tout entière qu'à laisser couler le sang d'un seul soldat allemand sur le champ de bataille » et qu'il ne fallait « pas se soucier de violer les droits de l'homme si cela permettait d'obtenir la victoire ». Que de chemin parcouru ! Oser dire que le grand Empire germain est vaincu ! Oser l'avouer devant l'Assemblée, devant un peuple qui voudrait faire comme si, au contraire, il n'avait pas perdu ! Mais c'est pour ça qu'il ne faut pas non plus pousser trop loin nos exigences. Foch est stupide avec son intransigeance. Il me reproche d'avoir signé l'armistice trop tôt. Il voulait qu'on signe quand on serait dans Berlin. Il oublie que pour ça il aurait fallu faire durer les souffrances et les morts. Combien de morts pour arriver jusqu'à Berlin ? La France a déjà assez donné quand même ! Maintenant, c'est à moi de négocier et d'obtenir le bon résultat !

Sur ce, déterminé et alerte comme chaque matin, Georges Clemenceau se leva, passa dans son entrée où l'attendait son officier de sécurité, l'inspecteur Decaudin, qu'il salua, puis enfila son gros pardessus de laine, se coiffa de son bonnet de police en drap gris et s'arma de sa canne. Sa voiture, une magnifique Rolls Royce noir cuivré aux pneus blancs que lui

avait offerte le roi George V, était garée devant la porte de son immeuble, 8, rue Franklin, moteur en marche, prête à partir.
— Bonjour, Paul, mon vieux, comment ça va ?
— Très bien, monsieur, merci, répondit le chauffeur qui, d'ailleurs, ne s'appelait pas Paul mais Antoine Conjat, ce dont personne ne se souvient, car l'histoire, c'est ainsi, s'intéresse peu aux petits qui sont au service des grands.

D'après sa photo parue dans les journaux le 20 février 1919, la seule qu'il y aurait jamais de lui dans la presse, Paul était un militaire rondouillard au visage jovial barré d'une fine et longue moustache.

La Rolls descendit la rue Franklin jusqu'au carrefour de Passy. Un jeune homme blond aux cheveux lissés en arrière, vêtu d'un pardessus marron clair, se tenait sur le terre-plein central du rond-point. C'est curieux, pensa Georges, j'aurais juré qu'il était déjà là hier. Il est tout pâle. Il a bien mauvaise mine.

Au moment où la voiture qui roulait assez vite s'engageait boulevard Delessert, le jeune homme sortit de sa poche un pistolet automatique et tira. La première balle atteignit la voiture par l'aile gauche, elle brisa les deux vitres avant, égratignant Paul au nez et à la joue.

— Fonce, fichons le camp ! s'écria Decaudin, tandis qu'il tentait de répliquer et visait par la fenêtre le jeune homme qui courait vers la voiture en déchargeant méthodiquement son arme qu'il tenait sans trembler au bout de son bras tendu.

À l'arrière, Clemenceau marmonna : « Le con, il va me rater. » Une seconde plus tard, une balle le touchait au niveau de l'épaule droite. Des agents de police qui gardaient la rue Franklin ainsi que des commerçants s'étaient élancés à la poursuite du meurtrier. Ils parvinrent à le maîtriser. Une petite foule s'était formée.

Hors d'atteinte, Paul stoppa et sauta hors de la voiture pour voir si son patron était touché. Clemenceau lui ordonna calmement : « À la maison », en lui indiquant d'un faible geste du bras de remonter le boulevard. Arrivé devant la porte de son immeuble, il descendit tout seul de voiture, appuyé sur sa canne. Son valet Alfred, sa bonne, l'inspecteur Decaudin et le lieutenant Richard qui était accouru pendant la fusillade s'empressèrent autour de lui sur le trottoir. « Ce n'est rien, ce n'est rien », répétait-il pour les rassurer. Mais quand Richard le prit par le bras droit, il lui dit affectueusement :
– Fais attention, mon garçon, tu me fais mal.

Quelques minutes plus tard, devant sa bonne affolée à la vue du sang qui tachait ses vêtements, il accueillit le premier médecin qui avait été appelé au secours par ces mots :
– Ah, merci, docteur. Mais ce n'était vraiment pas la peine de vous déranger pour si peu.

Le lendemain, il cracha du sang. Une radiographie montra qu'une balle s'était logée tout près du poumon droit sous l'omoplate. Pour autant, il n'avait pas de fièvre, disait se sentir bien, souriait, plaisantait : « C'est une sensation que je n'avais encore jamais éprouvée. Je n'avais encore jamais été assassiné. » Il voulait absolument reprendre au plus vite ses activités, refusait de rester couché, faisait le tour de son jardin en croquant un carré de chocolat et vérifiait si ses poules avaient pondu. On lui lisait les messages qui arrivaient du monde entier. « Même le pape ! Ah ça, si même le pape m'aime maintenant, ça valait le coup ! »

Émus par l'attentat, tous les journaux, y compris ceux qui d'habitude lui étaient hostiles, firent de Clemenceau un portrait élogieux. Plus que jamais, il était « le père la Victoire », celui qui, selon le mot de Winston Churchill, « incarna le plus pleinement l'âme vaillante de la Nation française luttant pour la liberté ». Au moment où il jouait la partie la plus cruciale de sa carrière, celle qui déterminerait l'avenir de la France, cette tentative d'assassinat tombait d'une certaine façon à point. Le vieux Tigre en était conscient et les vers de La Fontaine lui revenaient en mémoire :

« Quand le malheur ne serait bon
Qu'à mettre un sot à la raison,
Toujours serait-ce à juste cause
Qu'on le dît bon à quelque chose. »

Le meurtrier, Louis Émile Cottin, surnommé Milou, était un anarchiste adhérent de la Fédération communiste. Il avait de grands yeux bleus humides, des lèvres charnues, un visage bien tranquille, encore adolescent, quelque chose d'un Saint-Just. L'enquête détermina qu'il avait agi seul. Selon son propre témoignage, il avait voulu mettre ses actes en accord avec ses pensées et punir le président du Conseil, coupable à ses yeux de « ne pas s'occuper assez de la classe ouvrière » et d'avoir prolongé la guerre qui, « sans lui, se serait achevée plus tôt ». Il n'éprouvait aucun remords apparent, sauf celui d'avoir causé du chagrin à sa mère malade. Il fut condamné à mort le 14 mars 1919 (moins d'un mois après son attentat !), mais Clemenceau intervint pour que sa peine fût commuée en dix années d'emprisonnement : « On vient juste de gagner la plus terrible des guerres de l'histoire et voilà un Français qui manque sa cible six fois sur sept à bout portant. Bien sûr que ce garçon doit être condamné, mais pour mauvais maniement d'une arme dangereuse et pour absence totale de compétence. Je suggère qu'on l'enferme pendant au moins huit ans et qu'il s'entraîne au tir tous les jours. »

Devant le général Durand, il renchérit de sa voix rocailleuse et narquoise : « C'est quand même terrible qu'après quatre ans de guerre, il se trouve encore un Français pour tirer aussi mal. »

Joseph Durand n'en revenait pas qu'un homme de soixante-dix-sept ans qui vivait désormais avec une balle dans le corps ait pu reprendre une activité normale, c'est-à-dire dans son cas une activité folle, tout juste une semaine après avoir été blessé.

Il était plus de sept heures du soir et le Tigre le recevait dans son bureau du ministère de la Guerre, debout aux côtés de son fidèle chef de cabinet, le général Mordacq. Il paraissait peut-être un peu fatigué et plus vieux encore qu'avant, les tempes plus resserrées, les yeux plus enfoncés dans les orbites sous ses sourcils broussailleux, mais toujours aussi vifs et scrutateurs. Et il restait aussi pressé et râleur que d'habitude. Bref, il était en pleine forme.

– Wilson rentre d'Amérique, on va se remettre à discuter. Poussé par les Anglais, il ne veut pas admettre que l'Allemagne représente un réel danger. Alors, il me faut... il me faut du concret. Vous comprenez, Durand ?

Joseph comprenait très bien et il inclina affirmativement la tête. Clemenceau l'aimait bien, ce vieux garçon au visage rond, à l'air doux, qui n'avait pas d'âge et semblait n'être d'aucune époque mais dont toute la personne attentive exprimait l'intelligence.

– J'ai lu – tenez, c'est sur mon bureau, là – les rapports du

Quai d'Orsay. Comme toujours, il n'y a rien dedans. Alors, pour s'informer sur l'Allemagne, on n'a que les journaux et on sait ce que ça vaut la plupart du temps. Enfin, il y a quand même quelques bons journalistes dans quelques bons journaux. Je lis que la majorité des Allemands refusent de reconnaître leur défaite. Les nationalistes viennent d'assassiner Kurt Eisner, et pourquoi ? Il l'a dit lui-même, il s'y attendait, il a dit : « Je viens de signer ma condamnation à mort. Ils ne me pardonneront jamais d'avoir admis la responsabilité de l'Allemagne et dit publiquement qu'elle devait se repentir et réparer. » Ils prétendent pour excuser leur crime qu'Eisner était spartakiste, mais c'est faux, il avait déclaré en janvier qu'il ne voulait en aucun cas d'une victoire des spartakistes à Berlin. Je crois que le chaudron en Allemagne est en ébullition et qu'on a à faire à des menteurs et à des hypocrites avec ces sociaux-démocrates de Weimar. Je crois qu'il y a en ce moment une totale duplicité : le jeune agneau républicain bêle tendrement pour nous attendrir et éviter la punition, tandis que le loup prussien dans les forêts du Nord aiguise ses crocs. Alors, Durand, moi, je compte sur vous et j'ai l'impression que ça n'avance pas beaucoup, notre affaire.

– Si, Monsieur le président. Le poste à Berlin compte déjà quatre personnes.

– Je ne vois passer que des notes sur le retour des prisonniers de guerre.

– Il faut un peu de temps. Le professeur Haguenin, que vous avez vous-même voulu, est en train de nouer des contacts avec les patrons – Gustav Krupp, Carl von Siemens, Paul Silverberg, en particulier. Tous sont pleinement enthousiastes à l'idée de reprendre les relations commerciales avec la France.

– Vous avez déjà vu des patrons qui ne soient pas enthousiastes à l'idée de gagner de l'argent ?
Durand s'autorisa un petit rire approbateur.
– Mais c'est bien votre idée que cela favorisera le rétablissement d'une relation pacifique entre les deux pays, n'est-ce pas, monsieur ?
– Oui, oui. Mais il ne faut pas non plus rêver. On n'a encore rien fixé et toute l'Allemagne pense déjà à la prochaine guerre.
– C'est peut-être un peu exagéré.
– Exagéré ! On leur a tellement rabâché qu'ils sont une race supérieure. Il s'est même trouvé des savants allemands pour démontrer *scientifiquement* que la France devait être battue en 70 parce que le Français est d'une race inférieure à l'Allemand ! C'est pour ça qu'ils n'arrivent pas à comprendre qu'on les a vaincus. Vaincus par une race inférieure !
– On n'était pas seuls, fit remarquer le général Mordacq.
– Oui mais c'est l'idée. Les Allemands sont d'abord antifrançais.

Sans contredire le grand homme, le général Mordacq, toujours simple et posé, ramena la conversation sur un terrain moins général et moins politique. C'était précisément sa simplicité et sa clarté qu'appréciait Clemenceau, qui lui faisait confiance au point de déclarer pendant la guerre : « Je n'ai plus besoin de carte des opérations, j'ai Mordacq. »
– Joseph, où en sommes-nous de l'infiltration de notre jeune amnésique ? Comment doit-on l'appeler ?
– Je propose qu'on lui donne son identité allemande : lieutenant Gustav Lerner.
– On parle bien du fils d'Alfred Hirscheim, c'est ça ?
– Oui, monsieur.

— Vous savez qu'Hirscheim vient de m'écrire pour me demander que son fils soit officiellement reconnu « mort pour la France » ?

Joseph l'ignorait mais cela ne l'étonnait pas et il dit d'un ton pince-sans-rire :

— Bel exemple d'amour paternel.

— Comme vous dites.

— Ça nous arrange plutôt, dit Mordacq. Mort pour la France, vivant pour l'Allemagne.

— C'est vrai, approuva Clemenceau. Nous savons maintenant que Hirscheim veut se débarrasser de son fils. Et nous savons qu'il ne sait pas que nous le savons. Ça pourra être utile.

Clemenceau avait en tête la société franco-britannique des pétroles en Algérie que fondait Basil Zaharoff, cette charmante crapule. J'ai le moyen désormais, songeait-il avec satisfaction, de m'assurer à tout jamais de la loyauté d'Alfred Hirscheim. Il est au conseil d'administration de la société de Zaharoff et, avec ce qu'on sait maintenant, il va m'être d'une fidélité parfaite.

— Est-ce qu'il est en Allemagne à présent, cet agent ? Rappelez-moi son nom, dit Mordacq.

— Gustav Lerner.

— Lerner. Il est opérationnel ?

— Pas encore. Il est en train d'être formé au château de Vayette. Dans deux ou trois semaines, on l'introduit en Allemagne. Il me retrouvera à Berlin.

— C'est si long que ça ?

— Il faut qu'il assimile tout ce qu'est censé connaître un officier allemand qui a fait la guerre, qui a été prisonnier de guerre et qui rentre au pays.

— Comment ça, qui rentre au pays ? s'étonna Clemenceau.

On ne libère pas encore les prisonniers de guerre. Surtout les militaires. Pas un ! On les garde. C'est un moyen qu'on va utiliser pour forcer les Boches à réparer.

— Je le sais, monsieur. Et Haguenin vient de faire une note sur la colère des Allemands contre vous à ce propos.

— Je me fous de ce que les Boches pensent de moi.

— C'est vrai, dit Mordacq, que tous les journaux allemands dénoncent unanimement un marchandage barbare qui bafoue les droits des prisonniers.

— Barbare, ça leur va bien !

C'était dans ces moments où il s'énervait, où sa bouche s'entrouvrait et dévoilait ses dents dans un rictus crispé sous ses moustaches, que le Tigre méritait vraiment son surnom.

— Gustav Lerner, dit Charles, va s'évader de son camp d'officiers à Épinal. Enfin, plus exactement, il racontera qu'il s'en est évadé, ce qui le rendra encore plus crédible aux yeux des Boches.

— Qui s'occupe actuellement de sa préparation ? demanda Mordacq.

— Un Allemand, enfin, Alsacien d'origine, qui est de notre côté depuis le début de la guerre.

— Vous êtes certain qu'il est de confiance ?

— C'était un de nos meilleurs informateurs dans les lignes ennemies. Il y a toujours ce risque dans notre métier, vous le savez bien, d'être trompé par celui qui trompe. Mais à ce jour, on n'a eu qu'à se louer de Klaus Kühn.

— Klaus, grommela Clemenceau, ça ne paraît pas très alsacien comme prénom.

— Son vrai prénom est Nikolaus mais il utilise exprès son diminutif pour faire plus allemand.

— Ah, bien. J'espère qu'avec toute l'équipe dont vous allez

disposer maintenant à Berlin, vous allez me dégoter mieux que des articles de journaux sur la haine que j'inspire outre-Rhin. Je suis sûr que les Boches ne veulent pas désarmer et qu'ils mijotent quelque chose, mais il me faut des preuves, voyez-vous, sinon Wilson et Lloyd George ne bougeront jamais. Je veux que l'armée américaine reste à nos côtés pour défendre nos frontières et pour intervenir en Allemagne en cas de menace.

– Je pense, dit Joseph, que j'enverrai Lerner rejoindre l'armée de von der Golz qui combat les bolcheviks dans les pays Baltes.

– C'est vrai qu'on est toujours en guerre dans ce coin et que c'est un sacré merdier. Foch me dit que sans l'armée allemande, les Baltes et l'Armée blanche seraient déjà écrasés par les bolcheviks. En même temps, von der Golz rêve de créer là-bas un État germanique balte et vous imaginez s'il gagne, s'il prend le pouvoir..., toute l'Allemagne se lèverait derrière lui. On a le choix entre les Rouges ou les Boches. La peste ou le choléra. Un cauchemar.

– C'est pour ça, monsieur, qu'on doit surveiller ce qui se passe là-bas. Les Allemands qui se battent dans la Baltique sont les plus nationalistes, les plus acharnés, les plus fanatiques. Une bonne partie sont des jeunes – et même des très, très jeunes – qui rêvent de venger l'Allemagne. Pour l'état-major allemand, la guerre balte, c'est un test. On a déjà infiltré un homme dans un des corps francs de von der Golz, le plus réputé, la Division de fer.

– La Division de fer... Et qu'est-ce qu'il nous apprend, votre homme ?

– Actuellement, plus rien. On est sans nouvelles. Il est possible qu'il ait été tué, mais c'est très dangereux d'écrire et peut-être qu'il se manifestera plus tard. On prend des risques

en envoyant des hommes dans la Baltique, c'est certain
– d'abord parce que c'est la guerre –, mais, pour tenter de
percer les plans des généraux allemands, on n'a pas trente-six
solutions. Au sein de l'armée de von der Golz, Lerner sera
insoupçonnable. Tous les von Machin-Chose auront spontanément confiance en un valeureux officier évadé de France et
se portant aussitôt volontaire sur le front de l'Est. Un vrai
brevet de vertu patriotique. Et s'il survit à cette guerre, alors,
on tiendra un excellent petit cheval de Troie.

– Tout votre plan est sûrement très intéressant, Durand,
mais ça va prendre des mois, des années peut-être, si je
comprends bien, et moi, pendant tout ce temps-là, je vais
devoir me débrouiller tout seul avec les Anglais et les Américains, sans rien d'autre pour les convaincre que mon intime
conviction. Moi, j'espérais des résultats plus rapides. Je vous
l'ai toujours dit, Mordacq, on n'est pas aidés par les militaires !

– Monsieur le président, le renseignement, c'est un travail
qui prend du temps.

– Mais je sais, je sais, ne le prenez pas personnellement.
C'est comme ça. En politique, on se retrouve toujours
enchaîné, qu'on le veuille ou non, à la réalité. Bon, allez,
Durand : *nach Berlin !* Qu'on y voie au moins un général
français, ça fera plaisir à Foch !

En sortant du bureau du Tigre, Joseph aperçut, assis dans
l'antichambre, un élégant visiteur du soir à la barbe argentée
taillée en pointe. À son passage, l'homme leva les yeux et le
salua d'un bref sourire, auquel il répondit poliment. Il avait
reconnu Basil Zaharoff.

9

La préparation

Ça l'a pris le matin au réveil : une démangeaison mal placée. Au début, il a pensé qu'une araignée l'avait piqué dans son sommeil. Il a baissé son caleçon. C'était enflé, bien rouge sur ses couilles et autour. Il s'était gratté en dormant. À l'entraînement de gymnastique, ça ne s'est pas arrangé. Comme chaque jour, il a fallu courir une heure et le frottement de son pantalon a douloureusement aggravé la situation. Charles a tenu bon mais a dû s'arrêter plusieurs fois, les jambes écartées, pour tenter d'apaiser un peu l'irritation. Toute la journée, il a lutté pour ne pas céder au désir de se gratter. C'était là, brûlant et obsédant, entre ses jambes, au point de l'empêcher de penser à autre chose. Et quand il pissait, c'était à hurler. À la séance de tir de l'après-midi, il a pris grand soin de ne pas poser son bassin sur le sol. Il se tenait appuyé sur les coudes et les genoux, le derrière relevé, comme suspendu en l'air. L'adjudant-chef qui dirigeait la séance n'a heureusement pas remarqué cette position non réglementaire ; les deux autres tireurs, concentrés sur leur cible, non plus.

Le soir, à six heures, il dîne au mess des officiers avec Klaus Kühn. Le mess est installé dans les salons du château de Vayette, un château du XVIIIe siècle remanié au XIXe, qui domine la vallée de la Sée en Normandie, à soixante-dix kilomètres environ du Mont-Saint-Michel. La demeure a servi de maison de convalescence pour officiers dès le début de la guerre. Sa situation secrète, noyée dans le bocage, loin du front, a séduit le 2e Bureau, qui, sous couvert de son classement en maison de repos, s'est mis à l'utiliser comme centre de stage secret pour certains de ses agents.

Pendant le dîner, la démangeaison devient tellement forte que Charles ne peut s'empêcher de se tortiller et de se frotter les fesses sur son siège comme un chien galeux.

– Qu'est-ce que tu as ? lui demande Klaus.
– Je ne sais pas. Ça me gratte.
– Où ça ?
– Ben... là..., répond Charles en baissant la tête.

Klaus Kühn sourit. Il a compris.

– Les petites femmes de Paris.

Il réprime un sourire mais Charles rougit. C'est la première fois qu'il éprouve de la honte.

Elle avait un jupon blanc sous une jupe noire, une culotte blanche bouffante sous le jupon, une chatte noire épaisse comme la fourrure d'une chatte, une peau de lait, des tétons presque bruns et la bouche rouge, en cul-de-poule. Elle n'a pas voulu qu'il l'embrasse. Elle lui a dit : « T'es sûr qu't'as déjà été avec une fille, toi, mon lapin ? » Il a dit oui. Il n'en sait rien mais il n'allait pas lui raconter sa vie – son absence de vie... Elle lui a fait signe à Saint-Lazare. Elle lui a plu avec ses grands yeux noirs et son cou de cygne blanc. Ils sont montés dans sa mansarde, c'était vraiment sous les toits, on ne pouvait se tenir debout qu'au milieu. Elle sentait très, très fort le patchouli, c'était une odeur qu'il reconnaissait et qu'il pouvait nommer, mais où, sur qui l'avait-il sentie ? Il a tenu deux minutes en elle. Ça a jailli de lui à toute vitesse : une décharge brutale, chaude et délicieuse. Il y avait une bassine à moitié remplie d'eau et un bout de savon. Elle lui a dit qu'il pouvait se savonner. Elle s'est rapidement lavée avec une vieille éponge, debout à côté de lui, les jambes écartées au-dessus de la bassine ; puis elle s'est rhabillée. Il a rebouclé son pantalon. Elle lui a dit au revoir, a refermé sur lui sa porte. En bas, dans la rue, il s'est senti triste. C'était la veille de son départ pour le château de Vayette.

Klaus Kühn ne pose à Charles aucune question indélicate. Rien de déplacé chez lui, jamais. Toujours du tact, de la discrétion. C'est un homme de quarante ans tout blond, les cheveux plaqués sur les tempes, séparés en deux par une raie impeccable. Il bichonne une paire de moustaches fines et tient la plupart du temps entre ses lèvres pâles une cigarette plantée dans un fume-cigarettes à bec noir. Son allure aristocratique est accentuée par son monocle doré qu'il utilise pour lire le menu ou un article de journal. Il n'est pourtant que le fils d'un marchand de vins d'Obernai et le petit-fils d'un éleveur de porcs. C'est sans doute pour le faire oublier qu'il cultive ce style princier.

– C'est comment ? Très inflammatoire ?
– Oui.
– Le zizi en chou-fleur ?

Klaus ne met aucun humour dans sa question et Charles lui répond « Oui ».

– Il faut que tu voies un médecin. Il ne faut pas laisser traîner ça.

Le lendemain, après une nuit le cul dans une cuvette d'eau froide, Charles voit le médecin-major, un vieux de la vieille, blasé, bourru, mais énergique et précis :
— C'est la chaude-pisse, mon pote. La chtouille. Mais bon, estime-toi heureux, c'est pas la syphilis. Tu vas te frotter avec cette crème, partout, hein, même dedans, et puis je vais te faire une injection.

À la vue de la seringue, Charles se sent mal. Le médecin, qui le pique assis, le voit blanchir d'un coup et tomber dans les pommes. Sans doute cette peur des piqûres vient-elle de son enfance, c'est pourquoi il s'est laissé surprendre.

Quand Charles rouvre les yeux, la grosse face du médecin bougonne au-dessus de lui :
— Ça a fait la guerre, ça a été au front, ça a été courageux à ce qu'on m'a dit, et ça part comme une femme pour une petite piqûre. C'est pourtant pas ça qui te fait souffrir.

Dans la journée, Charles ressent déjà une amélioration. Le lendemain, cela devient tout à fait supportable et, au bout de quarante-huit heures, il a l'air guéri mais le médecin lui demande de poursuivre son traitement pendant encore dix jours.

Charles s'inquiète :
— Est-ce que ça peut revenir ?
— Bien sûr, ça peut, lui dit le médecin. Aussi, la prochaine fois, mets une capote anglaise.
— Une capote anglaise ?
— Tu sais ce que c'est qu'une capote quand même ? Tu sais pas ce que c'est qu'une capote ! Mais où tu as vécu, mon grand ? On ne vous en distribuait pas dans les BMC ?
— Les BMC ?

— Les bordels de campagne.
— Si, peut-être, répond Charles en marquant une hésitation, mais je n'y suis jamais allé.
— Alors, c'est à Paris que t'as chopé la chtouille ? C'est ce que j'ai toujours dit, moi. Le pire, c'est Paris. Au moins, dans les bordels militaires, on examine les filles avant pour vérifier si elles sont bonnes au service. Si on n'avait pas contrôlé, on aurait peut-être perdu la guerre. Remarque, les Boches, c'était comme nous, pas mieux. La syphilis n'a pas de patrie.

Charles a sa propre chambre au premier étage dans l'aile gauche du château, à côté de celle de Klaus Kühn. Le soir, il reste tard à sa fenêtre à scruter les ombres du parc où les grands chênes encore nus, leurs bras noirs tendus sous la lune, paraissent des géants implorant la venue du printemps. Sans cesse il s'interroge : Qu'est-ce que j'ai bien pu vivre avant ? Si j'ai vingt-huit ans, quelle(s) femme(s) j'ai connue(s) ? Une ou plusieurs ? Est-ce qu'une autre femme, avant ou pendant la guerre, aurait pu me transmettre cette maladie ? C'est peut-être une résurgence ? Est-ce que j'ai aimé un jour ? Qu'éprouve-t-on quand on aime ? Autre chose que cette excitation, que cette faim qui m'a poussé dans sa mansarde ? Chaque homme ici a son histoire, ses liens et ses racines, qui lui donnent sa place dans le monde et le rassurent. Chaque homme peut dire « je suis né là, j'ai cet âge, mes parents... ». Chaque homme peut parler de ceux qu'il aime. Chaque homme, sauf moi.

Heureusement, durant la journée, Charles n'a pas le temps de méditer sur son sort et tout ce qu'il apprend l'allège même de son tourment. Il faut dire que c'est amusant d'entrer dans la peau d'un autre. Depuis son arrivée à Vayette, il est comme un acteur qui travaille une pièce et creuse le personnage qu'il va jouer. Il répète les gestes, les mots, les ordres, les réactions d'un officier de l'armée du Reich. Il mémorise tout ce que le 2e Bureau a pu recueillir comme informations sur la personne et la vie de Gustav Lerner. Son père était officier. Il a été tué durant la bataille de la Marne au début de la guerre. Sa mère vit seule à Hanovre. Gustav Lerner a été choisi pour deux raisons : la première, c'est que l'armée allemande ignore qu'il est mort puisque ce sont les Français qui l'ont retrouvé grièvement blessé. Il est mort dans un hôpital militaire français. Les services de l'état-major français ont omis de le signaler à ceux de l'état-major allemand, ce qui n'est pas très correct, mais à la guerre, beaucoup de choses ne le sont pas.

La seconde raison qui a conduit au choix de Gustav Lerner, c'est que, grâce à la photo prise de lui quand il était blessé et à une photo trouvée dans son portefeuille le montrant en uniforme aux côtés d'une femme plus âgée qui doit être sa mère, il se trouve être, parmi les Allemands recensés par le 2e Bureau, celui dont la physionomie se rapproche le plus de celle de Charles, à une différence près : sa moustache fine soulignant la forme de sa bouche au lieu, comme c'est souvent le cas, de l'estomper. Charles s'est donc fait pousser une moustache qu'un barbier lui a taillée à l'identique et il ressemble désormais de façon troublante au jeune officier allemand. Il est seulement plus maigre, mais quoi d'étonnant à ce qu'un homme qui a combattu à Verdun et qui est resté trois ans prisonnier de guerre rentre amaigri ?

Klaus Kühn est chargé de préparer Charles à la première phase de sa mission : le retour en Allemagne du lieutenant Lerner. Il lui décrit d'abord la vie qu'il a passée dans le camp d'Épinal. Il lui recommande de ne pas hésiter, quand on l'interrogera sur ses conditions de détention, à noircir le tableau et à présenter les gardiens français du camp comme des brutes haineuses. On ne l'en croira que davantage et on l'admirera encore plus de s'être évadé. Klaus lui raconte son évasion. « Tu travaillais avec tes camarades sur le chantier d'une voie ferrée. Le soir, à l'heure du retour au camp, qui est, en fait, une caserne militaire, tu t'es caché dans un bois de sapins. Tu as marché dans la montagne, tu y as passé plusieurs jours et plusieurs nuits. Tu es descendu dans la plaine d'Alsace à la hauteur de Colmar. (Klaus montre à Charles son trajet sur une carte.) Par prudence, tu as contourné la ville de Colmar et franchi le Rhin non par un pont mais, à la nuit tombée, sur une barque de pêche que tu as volée. Tu t'es retrouvé dans le village allemand de Sasbach mais tu as aperçu une patrouille de Français. Tu t'es caché dans une grange. Tu as attendu la nuit suivante pour reprendre ta marche. Tu as été surpris par un paysan mais c'était un aimable paysan badois qui t'a indiqué le meilleur chemin pour atteindre Offenburg. De là… tu as pris le train pour Berlin, là où se trouvait casernée avant la guerre ton unité du 12e régiment à pied de la garde de la première division de l'Empire que dirigeait, pendant le conflit, Eitel-Frédéric de Prusse, l'un des fils de Guillaume II, surnommé par les soldats « la folle du régiment ». (Tous les détails peuvent servir et Klaus n'en omet aucun.) « Après, tu seras probablement démobilisé. Les Alliés ont imposé, parmi les conditions de l'armistice, la démobilisation instantanée des soldats de la Deutsches Heer. Dès ton arrivée à Berlin, tu devras prendre contact avec le général Durand, qui te donnera ses instructions. A priori, l'idée serait que tu te portes volontaire pour intégrer un Freikorps mais c'est le général qui décidera. »

Charles cherche à se représenter quel homme pouvait être Gustav. Malheureusement, Klaus n'en sait pas long. Patriote, oui, à l'évidence. Lerner a choisi de faire son service militaire en 1913 parmi les élèves officiers. Il a donc débuté la guerre en tant qu'aspirant. Trois mois plus tard, après avoir été blessé deux fois, il a été promu lieutenant. Il y a fort à parier qu'il était très impressionné par la personnalité de son père, militaire de carrière, tué en septembre 1914 alors qu'il commandait son régiment de cavalerie. Parmi les effets personnels qu'on a retrouvés dans l'uniforme de Gustav, il y avait un carnet dans lequel il confiait son désir de partir en Afrique après la guerre. Il y avait aussi, en édition française, *Les Trois Mousquetaires* d'Alexandre Dumas.

– C'est intéressant, dit Charles. Rêve d'aventure, comprend le français. En même temps, ça prouve à quel point il est difficile de prendre l'identité de quelqu'un d'autre. Vous connaissez peu de choses de la vie de cet homme. Si je rencontre un de ses camarades – donc, un de mes camarades – et qu'il me dit, par exemple : « Alors, ta sœur, elle a accouché ? » D'ailleurs, est-ce qu'il a des frères et sœurs ?

– Ça ne fait pas partie des informations dont on dispose.

– Tu vois !

– Mais ça fait trois ans que tu as disparu. Il est normal que tu ignores beaucoup de choses – et aussi que tu aies changé après toutes ces épreuves – et puis, tu peux prétendre que tu as été choqué par un obus à Verdun et que tu as perdu en partie la mémoire.

Charles goûte la saveur du propos. Il n'aura pas à se forcer pour être convaincant.

Mais Klaus, lui, ignore que Charles est amnésique. Durand, méfiant par principe, ne communique jamais aucune information qui ne soit pas strictement indispensable. Klaus sait seulement que Charles s'appellerait en réalité Léon Bargue et serait alsacien.

Souvent, le soir, après le dîner, ils font le tour du parc du château de Vayette et Charles en profite pour lui poser des questions personnelles auxquelles Klaus, qui cultive la discrétion, prend soin de faire des réponses brèves. Mais Charles est tenace et petit à petit apprend que Klaus, qui parle le français avec l'accent alsacien, a été colonel dans les uhlans prussiens, qu'il a été sur le front puis à l'état-major de la IIe armée.

– Comment faisais-tu pour communiquer avec les services de renseignements français ?

– J'avais des relais, je n'étais pas seul, répond Klaus avec prudence.

– Tu veux dire qu'il y avait d'autres Allemands qui... (Charles cherche le mot juste et n'en trouve pas d'autre que :) travaillaient contre leur camp ?

Comme s'il avait reçu une gifle, Klaus réplique :

– Quel camp ? Tu oublies que je suis alsacien. Mon père est un Alsacien né en France. Et moi, j'ai toujours voulu que l'Alsace redevienne française.

– Mais tu es entré dans l'armée allemande.

– J'ai fait mon service militaire, je n'avais pas le choix.

– Oui, mais tu es devenu officier, tu as fait carrière. Quand as-tu intégré l'armée ?

Klaus le considère d'un air circonspect mais le visage de Charles n'exprime qu'une curiosité franche. Depuis le premier instant, ce jeune homme le surprend. Il a quelque chose de... différent, de... candide. Tout paraît l'intéresser et l'étonner. Il lui fait un peu l'effet d'un petit enfant qui roule de grands yeux en touchant ses jouets. Pourtant, il a fait la guerre ! Mais peut-être est-ce une attitude soigneusement trompeuse ? Non, non, son intuition lui dit que non. Et puis, pourquoi faire preuve d'une telle méfiance envers lui ? Après tout, on lui a confié la mission de le préparer pour l'infiltrer dans l'armée allemande. C'est donc que la Maison* lui fait confiance.

– Tu poses trop de questions, lui répond Klaus en souriant. Il va falloir que tu apprennes à être plus réservé. On se trahit autant par ses questions que par ses réponses.

– Je cherche seulement à comprendre. Moi aussi, je suis alsacien.

– Oui, mais toi, si j'ai bien compris ce qu'on m'a dit, tu es resté français par ton père et ta famille s'est installée à Bordeaux.

– Tu n'étais pas obligé de t'engager dans l'armée allemande.

– Non, je n'étais pas obligé.

Ils se sont arrêtés au bord de l'étang en forme de cœur dont la surface noire et cuivrée luit sous la lune argentée. On entend la nuit respirer, la profondeur du silence dans la nuit qui vous enveloppe comme une eau douce et que seuls quelques bruits de la nature, le grincement d'un tronc, le saut d'un poisson hors de l'eau, le cri d'une chouette, dérangent un instant. Charles a une sensation de déjà-vu. Qu'a-t-il déjà vécu de semblable ? Ce silence ? une même attente dans le silence ? De son côté, Klaus réfléchit, hésite, puis dit à voix basse comme on confie un secret :

– On ne connaît pas l'histoire à l'avance. Quand je me suis

---

* C'est ainsi que les agents appelaient le 2e Bureau.

engagé, à vingt ans, en 1899, je n'envisageais pas que l'Alsace pût redevenir française. Et, d'ailleurs, je ne pensais pas à la politique. J'avais soif d'aventures et je rêvais d'être officier. J'étais passionné d'équitation. Quand la guerre a éclaté, j'ai réalisé que j'allais devoir tuer des Français, des Alsaciens, peut-être... On m'a d'abord envoyé sur le front de l'Est, mais à l'été 15, tout mon régiment a été basculé à l'Ouest. C'est là que j'ai saisi une occasion qui m'a permis de ne pas combattre. Ils avaient besoin, à l'état-major de la IIe armée, de traducteurs-interprètes pour leur traduire les documents qu'ils récupéraient côté français et pour questionner les officiers français faits prisonniers. C'est comme ça que j'ai pu commencer à travailler pour la France.

– Comment ?

– Un jour, un prisonnier m'a offert une de ses cigarettes, on a bavardé et on a découvert qu'on était tous les deux d'Obernai. Les officiers étaient gardés dans des camps à part – plus confortables que ceux des simples soldats. Ils n'avaient rien à faire de la journée, à part lire et un peu de sport. Moi, je devais sympathiser avec eux pour essayer d'obtenir des informations. À un moment, l'officier d'Obernai m'a dit : « Te fatigue pas, je sais pourquoi tu es là. C'est pour nous tirer les vers du nez, pour apprendre ce qu'on mijote en face. » C'est à cet instant-là que j'ai compris ce que je pouvais faire. Je lui ai répondu : « C'est vrai, c'est exactement pour ça. » Et je lui ai dit qu'étant alsacien comme lui, j'aimais la France et ne voulais plus que l'Alsace soit sous domination allemande. Alors, Lucien – il s'appelait Lucien – m'a dit : « Écoute, je ne sais pas si je dois te croire mais je vais le faire quand même et je vais te proposer quelque chose : tu me passeras des informations, si tu en as, et moi, je les transmettrai en écrivant à ma famille. » Il a ajouté : « Comme ça, maintenant, je vais savoir assez vite si j'ai eu raison de te faire confiance. Si on me met au trou demain, c'est que j'aurai eu tort. » Voilà. Voilà comment j'ai travaillé pour la France – et me suis fait un ami !

Sensible au fait que Klaus lui ait raconté son histoire, Charles est tenté de lui confier la sienne tandis qu'ils reprennent leur marche vers le château mais Joseph Durand l'a mis en garde : « Personne ne doit soupçonner ce qui vous est vraiment arrivé. Votre meilleure protection, c'est d'être un autre. »

– C'est étrange, dit Charles, le sentiment patriotique, quand on y réfléchit. C'est un peu comme la foi. On l'éprouve mais on ne sait pas vraiment pourquoi.

– Comment, s'écrie Klaus, surpris par cette réflexion, mais moi, je sais très bien pourquoi je me sens plus français qu'allemand ! Les Alsaciens sont beaucoup plus liés à la France qu'à l'Allemagne et puis, ce ne sont pas les Français qui ont voulu cette guerre.

– Oui, dit Charles, mais ta mère était allemande, n'est-ce pas ? Et quand tu vivais en Allemagne, quand tu es devenu un officier allemand, tu n'étais pas malheureux.

– Qu'est-ce que tu veux dire exactement ? Que tu doutes de ma sincérité ?

– Non. Je pense à moi-même. Je suis à moitié alsacien, dit Charles en songeant que ce doit être exact, je suis né en Alsace, comme toi, j'y ai appris deux langues, j'ai deux langues maternelles. Cette guerre... cette guerre... Je lis les journaux allemands que tu me donnes. Le retour des soldats, des blessés... et puis, les morts, les disparus, les veuves... C'est le même malheur des deux côtés, non ?

– Le malheur, oui. Mais c'est le Kaiser et sa folie

impérialiste qui ont entraîné le monde à la guerre. C'est lui qui a déclenché la guerre et les Alliés n'ont pas eu d'autre solution que de se défendre et de se battre pour sauver la paix et la démocratie.
— Sans doute.
Klaus considère Charles d'un air intrigué. Décidément, ce jeune homme est singulier. Qu'est-ce qui a bien pu le pousser à accepter cette mission en Allemagne, à partir risquer sa vie là-bas, alors même qu'il vient de la risquer sur les champs de bataille, si ce n'est l'amour de la patrie ? À moins que ce ne soit le goût du risque, de l'aventure ? C'est vrai que pour certains — il en a vu — la guerre, ou plus exactement l'excitation du danger, devient une drogue. Mais ça ne lui ressemble pas. Ou alors, l'argent ? Bon, de toute façon, aujourd'hui, ce n'est pas son problème. Joseph Durand l'a chargé d'une seule responsabilité : celle de préparer ce jeune officier à devenir l'exemplaire lieutenant allemand Gustav Lerner.

Tout au long de sa préparation, Charles reçoit une formation technique. Klaus lui explique le fonctionnement d'une montre à gousset contenant un appareil photo capable de prendre des micro-clichés d'un millimètre carré. L'objectif se trouve dans le remontoir. On provoque le déclic en appuyant sur le boîtier. L'appareil peut prendre jusqu'à trente-sept photos. Chaque photo peut contenir une page de mille mots. Et, en plus, ça donne l'heure !
Klaus lui remet aussi des lunettes foncées et lui montre comment il peut y dissimuler des bouts de pellicule photo.
Charles apprend à écrire sous les timbres, à l'encre rose. Et sur les cordes qui servent d'emballage aux colis. Ce sont de vieilles techniques, donc assez connues des deux camps. Il

est plus sûr d'écrire en langage codé. Un petit livre contient le système de codage. Charles doit connaître le principe de fonctionnement de ce code et mémoriser le plus de mots-clés possible car il serait trop risqué qu'il emporte le livre. « En marchant aujourd'hui dans la forêt, j'ai vu un hibou » veut dire par exemple : « Aujourd'hui, j'ai fait une rencontre intéressante. » « Merci pour le chocolat » signifie : « Dans ce colis se trouvent des informations. » Charles passe ses dernières soirées à apprendre par cœur, en allemand bien sûr, ce vocabulaire détourné.

Toutefois, le SR du 2ᵉ Bureau a prévu le trou de mémoire. « Dans ce cas-là, lui dit un adjudant-chef spécialisé dans les techniques de transmission, il y a une solution de secours. C'est aux Anglais qu'on a piqué ça. Vous écrivez normalement mais à l'encre invisible. Seulement, pas n'importe laquelle. La plupart du temps, en mission, impossible d'avoir sur soi un flacon d'encre rose ou d'encre invisible. En plus, toutes les encres chimiques sont détectables aux vapeurs de chlore et les Allemands passent beaucoup de courriers dans ce détecteur. Par contre, ils ne pensent pas encore à l'encre la plus naturelle du monde, à l'encre que vous pouvez, je crois, vous procurer facilement où que vous soyez : le sperme. Vous y trempez une plume ou un crayon bien taillé et vous écrivez, mais vite ! Avant que ça sèche. À la réception, on passe une lampe à ultraviolets sur le papier et hop ! on lit. Oui, oui, je sais, moi aussi, ça m'a fait sourire la première fois. Mais c'est l'idéal pour un espion : l'autonomie. »

Pour parachever sa formation, Charles est initié à quelques situations extrêmes. Un artificier lui apprend le maniement des explosifs, au cas où il devrait se livrer à un acte de sabotage, et un adjudant l'entraîne à passer des clôtures électriques de 40 000 volts : on écarte les fils à l'aide d'un tonneau de bois puis on se faufile à l'intérieur de ce tonneau.

– Et si on n'en trouve pas ?

– On peut aussi utiliser une pince à manche de verre pour cisailler les fils.

– Et si on n'en a pas ?

– On peut enfiler une combinaison spéciale en caoutchouc.

– Et si on n'a rien de tout ça ?

L'adjudant éclate de rire.

– On prie pour qu'il y ait une coupure de courant ou alors, on essaye de passer par la porte.

10

Les voix de 1919

Il était revenu comme il était venu : il avait traversé l'Atlantique avec sa seconde femme, Edith Bolling, sur le *George Washington*. Les époux ne se quittaient pas, passaient le plus clair de leur temps dans la vaste cabine présidentielle et sortaient, le matin et le soir, bras dessus, bras dessous, humer l'air sur le pont. Ils avaient débarqué à Brest le 13 mars 1919, comme ils l'avaient déjà fait trois mois plus tôt jour pour jour, le 13 décembre 1918, une date, pensait-il, qui allait lui porter chance (car le 13 était son chiffre porte-bonheur, le nombre de lettres composant son nom et son prénom). Mais depuis son arrivée triomphale en France, attendu et accueilli comme le messie, depuis son entrée dans un Paris en liesse où la foule massée place de la Concorde agitait des fanions américains et brandissait son portrait à son passage dans sa belle voiture noir laqué, depuis ces derniers jours de la dernière année de la dernière guerre qu'on allait appeler, d'ailleurs, « la der des ders », depuis ce Noël et ce Nouvel An optimistes – voici la paix pour le monde, voici le nouvel ordre que je propose au monde, pardon, que les États-Unis d'Amérique proposent au monde, un ordre international basé sur le droit et sur des principes justes : la liberté, la démocratie, le droit des peuples à disposer d'eux-mêmes, l'adhésion de tous à une Société des Nations chargée de résoudre pacifiquement les conflits afin que la paix règne enfin sur la terre, amen (il était profondément chrétien et, avec son port altier, son air digne de professeur, ses petites lunettes cerclées de métal, ressemblait à un austère *preacher* de la Nouvelle-Angleterre) –, oui, depuis ces heures où le ciel si longtemps bouché, gris, noir, ensanglanté de l'humanité paraissait s'éclaircir et même s'ouvrir, depuis l'ouverture, en janvier, de la grande conférence de Paris qui, pour la première fois depuis la fin de l'Empire romain, réunissait les représentants du monde entier, depuis quelques semaines, donc, depuis hier – mon Dieu, comme cela semble loin ! une éternité ! –, Woodrow Wilson trouvait que tout avait changé, que tout était devenu compliqué, déprimant, en Europe comme en Amérique. À Washington, les Républicains venant de remporter les dernières élections, le Congrès lui était devenu hostile et ne se souciait plus que de petits intérêts égoïstes et marchands, le business et rien d'autre, pfeu ! À Paris, les Français, les Anglais, les Italiens ne pensaient qu'au passé, prisonniers de leur histoire, incapables de concevoir un monde nouveau. Tous les jours, David Lloyd George et Georges Clemenceau lui rejouaient l'éternelle rivalité franco-britannique, la perfide Albion contre le Coq arrogant. Sans parler de Vittorio Emmanuele Orlando, le Premier ministre italien, petit homme râblé, couronné d'épais cheveux argentés, qui se trouvait très élégant dans ses costumes très ajustés et qui ne cessait de marchander l'adhésion de l'Italie à la SDN en échange de Fiume, allant même jusqu'à se mettre à pleurer comme un enfant (et il avait fallu le consoler !). Si l'Italie quittait la conférence, le front uni des Alliés explosait et les Allemands risquaient d'en profiter pour refuser le traité qu'on s'apprêtait à leur présenter. Fiume, ce bout de terre et son port sur l'Adriatique, pas loin de Venise : Orlando l'a promis à son peuple et c'est devenu au sortir de la guerre l'enjeu de la fierté nationale, mais à Fiume, il n'y avait pas que des Italiens, beaucoup de Hongrois et de Croates y vivaient et, si on cédait aux Italiens, un incendie risquait de se rallumer au sud de l'Europe. (On avait fait quatre ans de guerre pour moins que ça, pour un type assassiné à Sarajevo.) En Amérique, l'opinion réclamait le retour rapide des boys à la maison, on avait assez perdu d'hommes, on n'était pas les gendarmes du monde. À l'Est, la guerre faisait rage en Russie, à ses frontières, dans les pays Baltes, sur les terres d'Ukraine, et la révolution communiste menaçait l'Allemagne, touchait la Hongrie. Lloyd George, qui dormait mal, avait confié à Woodrow qu'il avait fait un cauchemar dans lequel le royaume succombait au bolchevisme. Un Lénine cockney s'installait à Downing Street et un Trotski au War Office, et des commissaires du peuple sanguinaires faisaient régner la terreur à Manchester, à Glasgow, à Leeds !... Sa terrible angoisse d'une contagion bolchevique en Europe jusqu'aux îles Britanniques contribua à forger sa conviction qu'il ne fallait pas trop punir l'Allemagne, pour éviter de la voir s'écrouler sous les coups des révolutionnaires. C'était le dernier rempart. En même temps, Lloyd George voulait que le royaume de Sa Gracieuse Majesté obtienne sa part des réparations que verserait l'Allemagne et se battait pour que ces réparations incluent les pensions aux veuves et aux orphelins parce que, autrement, les seuls grands bénéficiaires seraient la France et la Belgique, théâtre des combats et victimes des ravages de la guerre. Wilson pensait de Lloyd George : Il n'a aucun principe, même pas les siens.

Clemenceau, lui, avait des principes ou, plus exactement, il en avait un : la France devait se protéger de l'Allemagne, l'ennemi absolu, l'hydre dont les têtes féroces repousseraient jusqu'à ce qu'on les ait coupées toutes. Il n'avait que cette idée et se moquait au fond du reste. Il parlait sans cesse de « notre plus beau sang versé » et, à chaque fois qu'on tentait de nuancer un peu le tableau, s'écriait dans sa moustache de vieux phoque grincheux : « Venez donc avec moi visiter les champs de bataille et les hôpitaux, venez voir les gueules cassées ! » Le Tigre était encore plus énervant que Lloyd George et, certains jours, Woodrow le détestait. En ce mois de mars 1919, c'était même une forme de haine qu'il éprouvait envers lui. Il était persuadé que, parce qu'il refusait de céder à ses exigences, Clemenceau organisait contre lui une violente campagne de presse. En effet, la presse française massivement, presque unanimement anti-allemande, semblait désormais convaincue que Wilson était le premier responsable du piétinement des discussions devant aboutir au traité punissant l'Allemagne. Plus insupportable encore, on se moquait de lui dans les journaux. « Lisez ça ! hurla-t-il à sa femme un jour au petit déjeuner en agitant d'une main tremblante un journal du matin, il paraît que je viens de découvrir que le printemps arrive toujours après l'hiver ! Mais pour qui se prennent-ils, ces Français ? Ils croient qu'ils ont gagné la guerre, mais sans nous, ils l'auraient perdue. Leur victoire est une fiction. Les Français sont stupides, mesquins, fous, pas fiables, tricheurs ! C'est impossible de traiter avec eux. »

Plusieurs fois déjà, Woodrow avait menacé de quitter la conférence et de rentrer à Washington. Ce n'était pas que du bluff, c'était une tentation. Il se sentait extrêmement fatigué depuis son retour. L'opposition des Républicains à sa Ligue des Nations l'avait beaucoup affecté. Sa femme s'inquiétait. Elle trouvait qu'il avait vieilli de dix ans – alors qu'il n'avait que soixante-deux ans –, il serrait tout le temps les mâchoires. Il avait un tic à l'œil droit. Depuis toujours, il souffrait de violentes migraines, violentes au point de l'aveugler, et de différents désagréments comme des hémorroïdes. En 1906, il avait perdu son œil gauche. Ici, à Paris, usé par les débats, les négociations, les revendications sans fin des uns et des autres, il était plus nerveux, crispé et irritable que jamais, mais bien décidé à ne pas perdre la partie. Bon Dieu de bon Dieu ! Il n'allait pas se laisser embobiner par ces vieux renards rusés de politiciens européens !

Wilson, Lloyd George, Clemenceau et Orlando : les Quatre Grands, comme on les appelait, se réunissaient en général dans l'hôtel particulier alloué à Wilson place des États-Unis ou bien à l'hôtel Crillon place de la Concorde.

Cette après-midi-là, c'était place des États-Unis dans le salon, au coin du feu. Ces réunions, où se discutait le sort du monde, se déroulaient sans protocole et sans programme bien précis, avec la seule assistance d'une poignée de conseillers qui prenaient en note ce qui se disait en se tenant discrètement en retrait et n'intervenaient que s'ils y étaient invités.

Les Quatre Grands finissaient de prendre le café. Lloyd George, le plus jeune, le plus alerte, tentait de dérider les trois autres quand on annonça l'arrivée du général Foch. Cela ne fit que renfrogner les physionomies de Wilson et Clemenceau. Ce dernier était pourtant à l'initiative de sa venue – il comptait en jouer, nous allons voir comment –, mais il ne supportait plus l'air crâne et l'assurance méridionale du chef de guerre qui avait de plus en plus tendance à se prendre pour le sauveur de la France.

Foch (soixante-sept ans) était petit, brun, mat, rien d'impressionnant dans l'allure. Des yeux gris rêveurs lui donnaient une apparence pensive mais, dès qu'il se mettait à parler, on sentait tout le feu qui brûlait en lui.

Il fit en entrant le salut militaire. Wilson s'empressa de dire qu'on attendrait l'arrivée du général Tasker H. Bliss, son représentant au Conseil suprême de guerre interallié, que présidait Foch.

– Pourquoi n'êtes-vous pas venu avec lui ? demanda Clemenceau au militaire.

– Parce que j'ignorais qu'il était aussi invité, répondit sèchement Foch.

La réunion promettait... Affable, Lloyd George offrit un café à Foch. Il le lui servit lui-même avec un charmant « s'il vous plaît » prononcé en français. Il n'avait pas trop à se forcer pour être aimable. D'abord, il arborait en permanence un masque de politesse amusée. Sa moustache dessinait un sourire et une flamme dansait toujours dans ses yeux malicieux. D'autre part, il aimait bien Foch pour deux raisons : la première tenait à son origine sociale – le général venait comme lui d'un milieu modeste –, la seconde était qu'il agaçait Clemenceau.

Orlando, bon vivant, fit aussi l'effort de mettre le général à l'aise :

– Dites-moi, mon général, avez-vous vu un bon spectacle dernièrement à Paris ?

– J'ai vu *Phi-Phi*.

— *Phi-Phi* ? Qu'est-ce que c'est que ça ? Je ne sors pas, vous savez, pratiquement pas.
— Moi, je sais ce que c'est, dit David Lloyd George. C'est une opérette française où les filles dansent toutes nues.

Prompt à répondre dès qu'il se sentait un tant soit peu visé, même pour rire, Ferdinand Foch repartit :
— Je crois qu'il n'y a pas que les Françaises qui dansent nues à Paris. Votre conseiller le général Wilson* m'a invité l'autre jour à un bal à l'hôtel Majestic.
— Ah. Et vous avez vu nos petites femmes anglaises danser le fox-trot. Charmantes, n'est-ce pas ?
— Oui, dit Foch. Mais il y a une chose que je ne m'explique pas. Pourquoi les Anglaises ont-elles la plupart du temps un visage si mélancolique alors qu'elles ont un derrière si souriant ?

Orlando éclata de rire, tandis que Lloyd George se contentait d'un rire poli. Clemenceau, qui avait toujours froid, se tenait dos au feu et ne semblait pas entendre. Toutefois, il ne put dissimuler la lueur rieuse qui s'alluma dans son regard. Mais il resta à l'écart de la conversation. Il se réservait pour plus tard. À la fenêtre, semblant contempler les arbres de la place, sa tasse de café à la main, Wilson ignorait ses hôtes.

Enfin, Tasker Bliss arriva. C'était un homme élancé d'allure assez décontractée qu'on aurait volontiers imaginé gouverneur colonial sous les tropiques.

Aussitôt, Clemenceau invita Foch à commencer son intervention. Wilson, agacé que le Français se permette encore une fois de lancer la séance à sa place, et dans son propre salon, prit un air plus pincé que jamais. Il resta debout dans

---

* Général anglais, homonyme sans lien avec Woodrow Wilson.

une pose affectée, appuyé au dossier d'un fauteuil, alors que tous les autres s'étaient assis. Il plissait ses petits yeux derrière ses lunettes et contractait tant ses mâchoires que ses dents grinçaient.

Foch, constatant que Wilson ne s'asseyait pas, pensa plus respectueux de rester debout, mais Clemenceau le pria de s'asseoir. Foch sentait la tension qui régnait. Il hésita une seconde. Le plaisir de ne pas obéir au Tigre l'emporta. Ravi, Wilson fit un pas vers le général.

– Bien, général. Nous vous écoutons. Dites-nous comment les choses se passent avec les Allemands.

– Mal, Monsieur le président. Plus les jours passent, plus ils sont convaincus qu'ils n'ont pas perdu la guerre, et moins ils supportent la présence de nos troupes en Rhénanie.

– Vous voulez dire, feignit de s'étonner Lloyd George d'un ton ironique, que les Huns sont hostiles à nos troupes ?

– En fait, il y a surtout deux choses qui les choquent. La première, c'est que nos soldats ont tout ce qu'il leur faut à manger et à boire, alors qu'eux n'ont presque rien. La deuxième, c'est les Africains et les Nègres.

– Pardon ? fit Wilson.

– La plupart n'ont jamais vu d'hommes des colonies ni de Nègres américains. Ils sont indignés de les voir défiler fièrement devant leurs maisons. Autrement, en Rhénanie, en Sarre ou de l'autre côté du Rhin jusqu'à Cologne, les gens ne sont pas ouvertement hostiles aux Français. Ils ne voudraient pas devenir français mais ils souffrent depuis longtemps de l'autoritarisme prussien. C'est pourquoi la solution pour assurer notre sécurité face aux Boches consiste à créer un ou des États de Rhénanie indépendants, qu'on intègrerait dans une fédération défensive regroupant la Belgique, le Luxembourg et la France.

– C'est la politique de Mazarin que vous nous proposez là, dit Orlando. Diviser les États allemands pour assurer la sécurité aux frontières de la France.

– Si vous voulez. Il faut que le Reich n'ait plus jamais aucune frontière commune avec nous.

Clemenceau, ne pouvant s'empêcher de l'asticoter, le reprit :

– Dites l'Allemagne, Foch, en théorie, ça n'est plus le Reich.

– Il faut créer un cordon sanitaire autour de l'Allemagne. N'oublions pas qu'ils sont 75 millions et nous seulement 40.

– Quarante quoi ? dit Wilson.

– Quarante millions de Français.

– Vous oubliez les Anglais.

– Et les Américains, ajouta Lloyd George.

– Sans cette barrière de protection, les Boches seraient à Paris avant même que vous ayez franchi la Manche. La Rhénanie doit être indépendante. C'est indispensable. Ensuite, il faut forcer effectivement le Reich à désarmer.

– C'est ce qui est convenu dans les accords d'armistice que vous venez de renouveler, n'est-ce pas, mon général ? dit Lloyd George.

– Oui, mais c'est ce qu'ils ne font pas. Leurs troupes rentrent triomphalement. Vous savez comment le président Ebert les a accueillies à Berlin : « Gloire à vous qu'aucun ennemi n'a pu vaincre ! » Et vous savez pourquoi ils croient qu'ils ont gagné ?

– Pourquoi ? demanda Orlando.

– Parce que la guerre a eu lieu en France, pas en Allemagne. Parce qu'ils n'ont pas vu un seul soldat étranger envahir leur pays.

– Sauf en Rhénanie, fit Wilson.
– Sauf en Rhénanie.
– Bien, bien, dit Clemenceau, secrètement enchanté parce qu'il savait ce qui allait venir. Et que nous proposez-vous de faire alors ?
– Occuper l'Allemagne, répondit Foch tranquillement.
– Vous voulez dire : occuper toute l'Allemagne ? s'inquiéta Wilson.
– C'est la seule façon de les obliger à démilitariser. Ils ne comprennent que la force.
– Mais on ne peut pas faire ça, articula lentement Lloyd George sur le ton d'un homme qui tenterait d'apaiser un forcené en crise.
– C'est une question de volonté et de choix politique, répliqua Foch, toujours avec autant d'assurance.
– Mais l'Allemagne est un baril de poudre. Les insurrections bolcheviques se multiplient. Le nouveau pouvoir démocratique tient à peine en place. Je suis d'accord qu'il y a un état d'esprit dangereux là-bas et qu'il faut priver durablement l'Allemagne de toute possibilité de nous agresser à nouveau, mais il ne faut pas non plus qu'elle s'effondre et qu'elle bascule dans le communisme.
– Pour qu'elle ne bascule pas dans le communisme, il faut qu'on aille se battre contre les bolcheviks en Russie.
– On a déjà des troupes sur le terrain.
– Des broutilles.
– Vous pensez qu'il en faudrait combien pour les battre ?
– Au moins un million.
– Un million ! s'écria Lloyd George en abandonnant soudain son flegme habituel. Et vous pensez qu'après quatre ans et demi de la pire guerre qu'on ait jamais connue, on peut

relancer comme ça un million d'hommes dans une nouvelle guerre ?
— Mais on est en guerre !

La voix de Foch se faisait de plus en plus affirmative et affirmée et Lloyd George pensait : On m'avait dit que c'était Cyrano de Bergerac, mais c'est pire, c'est Napoléon !

— On est en guerre, répéta le généralissime français, et si on ne la gagne pas vraiment en écrasant les bolcheviks et en neutralisant les Boches, alors, il n'y aura jamais de paix, tous les traités que vous pourrez préparer et signer ne vaudront rien. Tant qu'il reste des braises...

Ce petit homme habité par un volcan et si sûr de son fait commençait à indisposer Wilson autant que Lloyd George. Ah, ces Français ! Pas un pour rattraper l'autre ! Le président américain se tourna vers son général, Tasker Bliss.

— Mon général, que pensez-vous de l'analyse du général Foch ?

Tasker Bliss était un officier de soixante-cinq ans féru de culture classique qui lisait dans le texte *Les Guerres du Péloponnèse* de Thucydide et qui était tout à fait francophile. Il répondit en se caressant le bout des doigts de la main gauche avec sa main droite :

— Je partage l'analyse du général Foch. La guerre n'est pas finie.

Une lueur de plaisir brilla dans les yeux de Foch. Il ne s'attendait pas à ce qu'un général américain, en face de son président, soutienne le point de vue d'un Français. La suite de la réponse de Bliss lui plut beaucoup moins :

— Toutefois, je ne pense pas que le bolchevisme soit le cœur du problème et qu'il faille nous lancer dans une grande guerre là-bas. On ne gagne jamais en Russie contre les Russes,

c'est trop grand. Souvenez-vous de Napoléon, ajouta-t-il en se tournant vers Foch.
– Je ne suis pas le seul à penser comme ça, réagit Foch en ne le laissant même pas finir sa phrase. Votre ministre de la Guerre, M. Churchill, pense exactement comme moi.
– Nous écoutons le général Bliss maintenant, s'agaça Wilson.
Foch s'empourpra et se figea, les bras le long du corps, raide et crispé. Bliss reprit :
– La révolution a pris en Russie parce que les paysans et les soldats épuisés, affamés, désespérés ont cru que c'était leur seul espoir. Lénine leur a dit : vous aurez la paix et vous aurez la terre. Si on veut empêcher que la révolution se propage en Europe et éviter une nouvelle guerre, il faut aider les peuples, améliorer leurs conditions d'existence, les aider à se nourrir, à se reconstruire, à faire du commerce avec nous – et non pas les punir ni envahir leur pays.
Clemenceau, sarcastique, laissa tomber de sa voix enrouée :
– Je ne m'attendais pas à trouver tant d'idéalisme dans l'armée américaine.
– On peut être idéaliste et réaliste, rétorqua Wilson.
– Je ne crois pas être idéaliste, dit Tasker Bliss. Pour vous dire même le fond de ma pensée, je suis pessimiste. Je crois que les nations qu'on essaye d'engloutir finissent toujours par resurgir plus virulentes encore qu'avant et alors, dès qu'elles refont surface, elles vous sautent à la gorge.
Personne ne prit le temps de s'appesantir sur cette réflexion. Lloyd George, ne ratant jamais l'occasion d'avoir de l'esprit, plaisanta aussitôt :
– Pour ma part, je ne me doutais pas que l'armée américaine formait des philosophes.

— C'est parce que vous autres Européens avez une fâcheuse tendance à imaginer qu'il n'y a que vous qui sachiez penser, dit Wilson. Bien, trancha-t-il en se tournant successivement vers Foch puis vers Bliss, messieurs les généraux, nous vous remercions pour vos contributions.
— Comment ! s'écria Foch, mais je n'ai pas encore tout dit ! Je comptais aussi vous parler de la question des dommages de guerre allemands et des réparations.
— Chacun son travail, mon cher Foch, dit Clemenceau. Vous, la guerre, nous, la paix. Et les réparations, c'est une des conditions de la paix, pas de la guerre.
Se sentant rabaissé, touché dans son orgueil, Foch siffla :
— Ah ! très bien. Eh bien, puisque c'est comme ça...
Il claqua des talons, inclina la tête d'un coup bref, recula d'un pas, pivota sur lui-même et sortit sans un regard à qui que ce soit. Tasker Bliss salua aussi et suivit Foch.
Il y eut un instant de silence. Wilson soupira et s'assit dans son fauteuil habituel entre Lloyd George, qui se tenait presque tout le temps les deux mains entourant un de ses genoux, et Clemenceau, qui, lui, posait toujours ses mains gantées de part et d'autre de son corps et s'adossait tout au fond de son fauteuil, ce qui lui donnait l'air d'un vieux monsieur rabougri et à moitié endormi. Mais naturellement, comme tout bon félin, il ne dormait que d'un œil. Ce pauvre Woodrow, pensa-t-il en jubilant intérieurement, le fou l'a épuisé.
Wilson dit effectivement d'une voix fatiguée :
— Voulez-vous qu'on fasse servir le thé ?
Il sonna et une gouvernante s'empressa.
— Vous avez vu, lâcha Clemenceau avec un geste du bras pour indiquer la porte par où était sorti Foch, voilà à quoi j'ai droit tous les jours.

– Comment pouvez-vous le supporter ? demanda Lloyd George.
C'était la question que le Tigre, à l'affût, espérait.
– Que voulez-vous, David ? ronchonna-t-il. Les Français le prennent pour un héros, le vainqueur de la Grande Guerre. C'est pourtant moi qui suis allé le rattraper par la peau du cou dans les poubelles de l'état-major. J'avais le choix entre Pétain, qui me disait que tout était foutu, et le fou, qui criait qu'il fallait se battre coûte que coûte. Je me suis dit : Alors, Foch ! Sans moi, il ne serait rien du tout. Mais le peuple le voit comme un sauveur, la presse le porte aux nues.
– Il a de la chance, glissa Wilson.
– Le peuple a besoin d'idoles. C'est idiot mais c'est comme ça. Et Foch le sait. J'ai toujours pensé qu'il ne fallait jamais laisser le pouvoir à un militaire. On en a déjà fait l'expérience en France et on a vu ce que ça a donné, n'est-ce pas ? dit-il en souriant à Lloyd George.
– Que voulez-vous dire, Georges ? Que Foch pourrait arriver au pouvoir en France ?
– Dans la situation actuelle, tout est possible. Je suis au pouvoir tant que la Chambre me soutient, c'est-à-dire tant que les Français acceptent ma politique. Si je sortais de nos discussions avec un plan de paix trop défavorable à la France, si l'opinion avait le sentiment que je suis incapable d'obtenir un accord garantissant la paix et la sécurité de la France, alors je serais contraint de partir et ce n'est plus avec moi que vous auriez à discuter mais avec Foch et avec ses idées d'invasion, d'annexion et de croisade antibolchevique. Remarquez, peut-être que moi, j'y gagnerais a posteriori : vous me regretteriez.
– Personne ne souhaite une chose pareille, dit Lloyd George. Quelles que soient nos divergences, nous avons

conscience que ce que nous essayons de faire est difficile et nous sommes tous les représentants de démocraties, donc, nous devons tous composer avec nos opinions publiques.

Ils firent une petite pause en buvant leur thé et en bavardant de sujets plus légers, comme le temps. Ce fut le seul moment où Orlando, qui ne parlait pas l'anglais et n'avait pas son traducteur ce jour-là, parut suivre la conversation. Il s'étonnait qu'après un hiver si doux le début du printemps fût si froid. Clemenceau, qui souffrait d'un eczéma chronique, se grattait les paumes par-dessus ses gants.

– Bien, fit Wilson. Maintenant, je propose que nous avancions. On ne peut plus traîner, inutile de se perdre en abordant trop de questions en même temps. Le premier enjeu, c'est de finaliser le traité de paix avec l'Allemagne et nous sommes d'accord, je crois, depuis le début de la conférence, depuis le 25 janvier, pour que le préalable à toute paix soit la création de l'outil de la paix mondiale, à savoir la Ligue des Nations. Sans la Société des Nations, sans l'adhésion de toutes les nations aux mêmes principes définis dans les Quatorze Points, il n'y aura pas de paix durable.

– Nous sommes d'accord, répondit Clemenceau d'un air matois, les conditions de la paix avec l'Allemagne et la création de la Société des Nations sont liées. Pour la France, il serait impossible naturellement d'approuver la SDN sans un accord sur l'Allemagne.

– Comment ! s'écria le président américain. Mais vous m'avez assuré que vous souteniez la création de la Ligue des Nations.

– Oui. Et je n'ai pas changé. Mais cela implique qu'on règle aussi de façon pratique le problème germanique.

– En somme, vous marchandez. C'est pour ça qu'on ne progresse jamais. Vous marchandez toujours.
– Parce que vous, vous trouvez que vous ne marchandez pas ? Vous dites que les Américains sont désintéressés, que vous ne demandez pas de réparations à l'Allemagne, mais lesquelles pourriez-vous demander ? En revanche, vous voulez que nous autres, Anglais, Français, on vous rembourse vos prêts.
– C'est une réflexion mesquine et impropre, s'indigna Wilson, dont le visage, sur lequel se peignait une expression de dignité offensée, devenait encore plus pâle et gris. Dans notre cas, il ne s'agit pas d'une punition qu'on voudrait vous infliger.
– Vous appelez les réparations une punition ?
– Non, pas exactement, mais je veux dire que...
– Les Allemands, le coupa Clemenceau, sont les coupables de la guerre, les agresseurs, et eux, même quand ils sont les agresseurs, ils n'ont aucun scrupule à infliger aux vaincus des réparations astronomiques. Aux Russes, l'année dernière, par le traité de Brest-Litovsk, une indemnité de 600 millions de dollars, plus une partie de leur territoire plus grande que la France, où vivent 50 millions de personnes. Et en 1870, qu'est-ce qu'ils ont fait ? Ils nous ont condamnés à payer 5 millions de francs-or et tant qu'on n'a pas eu payé le dernier centime, ils ont occupé le pays, et pas qu'un petit bout, pas la Rhénanie ! Sans parler bien sûr de l'Alsace et de la Lorraine. Et en 1815...
– Monsieur le président, dit Wilson, l'œil et la voix métalliques (alors que d'habitude il disait Georges), vous ne comptez pas nous refaire toute l'histoire à l'envers ?
– Dans mon malheureux pays, Monsieur le président,

répliqua le Tigre, dans mon pays ravagé par la violence ennemie, il y a des centaines de villages où personne n'a encore pu remettre le pied, il y a des églises, des châteaux, des trésors en ruine, des usines détruites, des mines noyées et effondrées, des charniers qui vous feraient vomir. Tout le nord, de la Manche à l'Alsace, est un désert noir, une grande fosse commune. La mort, la mort, la mort partout, à chaque pas. Et dans Paris – vous ne les avez pas vus, les gueules cassées, les gazés, les estropiés, les traumatisés ?

– Allons, allons, dit Lloyd George, je crois que nous sommes tous conscients des atrocités et des désastres de cette guerre et tous convaincus que l'Allemagne et l'Autriche-Hongrie menées par le Kaiser et par l'empereur sont responsables – et elles seules. Par ailleurs, nous sommes aussi tous d'accord pour créer la Ligue des Nations. Au fond, nous sommes d'accord sur l'essentiel. Je propose qu'on reprenne point par point les questions principales du traité. Tout d'abord, la démilitarisation de l'Allemagne. Sur ce point, mon cher Georges, je crois que nous étions déjà arrivés à un compromis.

– Oui. Qui ne plaît pas à Foch ni à Poincaré, mais qui me paraît acceptable, dans la mesure naturellement où sa mise en œuvre sera supervisée effectivement par nous.

Ce « dans la mesure naturellement » agaça à nouveau Wilson, mais Lloyd George poursuivit comme si de rien n'était :

– Donc, concrètement, l'armée allemande sera réduite à 100 000 hommes, 15 000 marins. Pas d'aviation ni de tanks ni de blindés ni d'armes lourdes ni de dirigeables ni de sous-marins – et toutes les armes lourdes existantes devront être détruites ainsi que toutes les fortifications sur le Rhin. Par ailleurs, les associations de vétérans et les cadets seront interdits.

— Voilà.
— Bien. Maintenant, les réparations. Le premier point, nous en sommes tous d'accord, consiste à ce que l'Allemagne reconnaisse qu'elle a le devoir de supporter les conséquences de son agression.
— Parfaitement, dit Wilson. Ça, c'est une question de principe.
— Bien. Une fois cela acquis, une question se pose. Comment calculer le montant des réparations ? Il faut prendre en compte deux aspects : le montant des dommages, d'une part, la capacité de l'Allemagne à payer, d'autre part. Je suis convaincu qu'il ne faut pas ruiner l'Allemagne. On a intérêt à ce que son économie se redresse. On y a tous intérêt. Il faut pouvoir faire du commerce avec elle.
— Ah oui, bien sûr, le commerce...
— Je ne pense pas qu'à mon pays, Georges. La France aussi y a intérêt. Et les États-Unis. Et l'Italie, ajouta-t-il aimablement pour Orlando, qui avait décroché depuis longtemps.
— Mais certainement, dit Clemenceau. D'ailleurs, je vais vous dire. Dans mon dos, il y a Foch, Poincaré, la Chambre, la presse et même l'immense majorité des Français qui voudraient plus et plus et plus. Moi, je suis réaliste. Il ne faut pas se tromper de priorité. Ce n'est pas le peuple allemand qu'il faut frapper, c'est l'armée et son état-major. Ce n'est pas l'économie allemande qu'il faut ruiner, c'est l'état d'esprit belliciste des Allemands.
— Ah là, mon cher ami, je suis enfin d'accord, dit Wilson en se redressant dans son fauteuil.
— Tant mieux. Moi, par contre, je suis un peu inquiet. La dernière fois que vous m'avez appelé « mon cher ami », c'était pour me demander de baisser le montant des répara-

tions réclamées par la France. J'ai déjà accepté de le baisser de plus des trois quarts. Je ne peux pas aller au-delà. Si je vais au-delà, je suis un chef de gouvernement mort.
– Je vais vous dire ce que je pense, dit Lloyd George. À ce stade, n'arrêtons pas une somme précise. Restons sur l'essentiel. Un : nous faisons reconnaître par l'Allemagne le fait qu'elle est seule responsable et doit payer. Deux : nous nous entendons sur les dommages de guerre qu'il faut prendre en compte dans le calcul.
Il se racla brièvement la gorge.
– Sans omettre les destructions sur le terrain, en France, en Belgique, en Serbie, nous pensons – tout Westminster le pense, je dois vous dire – qu'il faut tenir compte des victimes humaines et intégrer le coût des pensions aux veuves et aux orphelins.
– Je suis d'accord, dit Wilson.
– Eh bien moi, dit Clemenceau, je suis un peu étonné. Vous nous expliquez qu'il ne faut pas écraser l'Allemagne et vous proposez qu'elle paye les pensions de guerre, c'est-à-dire une fortune.
– Je suis comme vous, Georges, je ne peux pas signer un texte que mon Parlement refuserait d'approuver. On me renverrait. C'est pour ça que je répète que, pour le moment, il faut présenter à l'Allemagne un texte qui définit les principes de sa responsabilité mais sans fixer de montant précis.
Wilson secouait la tête, incrédule.
– Ce n'est pas très carré.
– Mais David est tout sauf carré, dit Clemenceau, narquois.
– Vous me trouvez rond ?
– Vous n'avez pas de forme, comme un caoutchouc. On

vous prend par un bout ou par un autre et vous changez de forme.
– Il y a un adjectif pour ça : souple. Et je crois, glissa Lloyd George d'une voix sucrée, que c'est une qualité pour négocier avec un vieux métal tel que vous.
– Vieux, je vous l'accorde. Et même bien trop vieux pour s'offrir le luxe d'attendre que dans cinquante ans les réalités soient peut-être différentes. Moi, je me soucie d'aujourd'hui et des vingt prochaines années. Au-delà, je ne peux pas.

Wilson regardait Clemenceau qui se grattait ses mains de laine, les yeux à demi clos, les paupières gonflées et tombantes comme ses moustaches. Parfois, il le trouvait... émouvant. Il portait en lui les siècles d'histoire de la vieille Europe.

L'Américain se tourna vers l'Anglais.

– Mon cher David, si vous présentiez à Georges la proposition militaire dont nous avons discuté l'autre soir.

Le Tigre releva un peu les paupières.

– Eh bien voilà, Georges. Nous comprenons votre préoccupation : la sécurité future de la France, et nous vous offrons d'inclure dans le traité l'engagement conjoint des États-Unis et de la Grande-Bretagne d'être à vos côtés, sans délai, en cas d'agression boche. Par ailleurs, pour faciliter l'intervention des troupes britanniques et pour renforcer nos liens, je vous propose la construction d'un tunnel sous la Manche.

– Un tunnel ? fit Clemenceau avec une moue indéfinissable.

– Oui.

– J'apprécie, bien sûr. Mais il faudrait d'abord, sur une période d'au moins cinq ans, une présence militaire alliée en Rhénanie ainsi que l'interdiction aux troupes allemandes de

stationner à moins de cinquante kilomètres des bords du Rhin.
Woodrow Wilson se redressa dans son fauteuil comme un automate.
– Mais vous en voulez toujours plus !
– Pas du tout, répliqua Georges. Je répète ce que j'estime depuis le début indispensable à la sécurité de mon pays, à celle de la Belgique et, en définitive, à notre sécurité à tous.
– Mais c'est la Société des Nations qui assurera notre sécurité à tous.
Clemenceau le regardait en souriant comme on considère un enfant naïf.
– Mais parfaitement ! Et vous, vous faites traîner, vous faites traîner sur cette question ! Vous dénigrez mon projet, vous n'y croyez pas.
– Je le soutiens, mais...
– Attendez, attendez, intervint à nouveau le diplomate Lloyd George. Reprenons notre discussion méthodiquement. Ce que nous voulons – et devons tous –, c'est régler d'abord la question allemande.
– Parfaitement, approuva Wilson en s'agitant, c'est un crime de piétiner, de perdre son temps comme ça quand la paix du monde dépend de nous.
Une goutte de sueur perlait sur sa tempe et le tic de son œil droit s'aggravait au point de secouer sa joue et de tirer le coin de sa bouche. Orlando, qui ne pouvait rien faire de mieux qu'observer, remarquait la physionomie de plus en plus inquiétante du président. Lloyd George continuait :
– Un accord de paix ne peut être qu'un ensemble équilibré de compromis, nous le comprenons tous, n'est-ce pas ?
– Vous avez un auteur anglais qui a bien résumé ce que

vous dites, Monsieur le Premier ministre, dit Clemenceau. *Words, words, words…*
Lloyd George ignora son sarcasme.

– Figurez-vous que j'ai passé l'autre week-end avec Hankey, Kerr et Henry Wilson* dans un hôtel, charmant d'ailleurs, à Versailles, et on a joué à un jeu de rôle. Il fallait incarner le point de vue de chaque pays, allié et ennemi, se mettre à la place de chacun et confronter les points de vue. Henry Wilson – que vous appréciez, je crois, Georges (le vieil homme acquiesça) – a joué successivement l'Allemagne puis la France. Il a résumé ainsi le point de vue allemand, fondé sur les rapports de nos observateurs sur place : « Nous, Allemands, nous pensons que les Alliés veulent anéantir l'Allemagne en tant que puissance. Donc, nous allons nous tourner vers la Russie dès que nous pourrons et former une alliance d'intérêt avec les bolcheviks qui sont comme nous maintenant les parias de l'Europe. » Que pensez-vous de son analyse ?

– Je pense, dit Clemenceau, qu'il a entièrement raison. À ceci près qu'on ne sait pas encore qui l'emportera des bolcheviks ou des armées blanches. Tout cela plaide dans le sens de ce que je ne cesse de répéter, à savoir qu'il faut se donner les moyens de contrôler vraiment l'armée allemande.

– Attendez, Georges. Henry Wilson a défendu votre point de vue, le point de vue français, avec une conviction qui nous a profondément touchés. Il a dépeint les pertes, les atrocités, l'angoisse vécue par les civils, le désespoir des familles et la peur que ça recommence un jour. Et donc, ce que vous dites,

---

* Les trois principaux conseillers de Lloyd George à la conférence de Paris.

la raison pour laquelle il faut faire en sorte que ça ne puisse plus arriver.

– Très bien, dit Clemenceau. Et l'Angleterre ? Qui a joué l'Angleterre ? À moins que vous ne vouliez nous faire croire qu'elle n'a pas d'intérêts particuliers à défendre...

– Pas du tout. C'est Hankey qui a résumé ce que voudraient la majorité des Anglais, dont les lords et les députés. Punir l'Allemagne mais sans la briser, sinon, elle succombera au péril bolcheviste et alors toute l'Europe sera gagnée par la révolution. Il nous faut une Allemagne qui rentre dans le concert des nations et qui soit en mesure à brève échéance de rejoindre la Société des Nations.

– Je suis d'accord, approuva Wilson, il faut soutenir une Allemagne démocratique.

– Mais il faut être réaliste et lucide avant tout, insista Clemenceau.

– Vous avez raison, dit Lloyd George. Voilà pourquoi je crois que la seule paix durable possible sera une paix modérée. On peut décider de priver l'Allemagne de ci ou de ça mais au bout du compte, si c'est pour que les Boches se sentent humiliés, injustement punis, et qu'ils trouvent tous les prétextes pour dénoncer le traité qu'on aura voulu leur imposer, alors on aura échoué, on aura travaillé pour rien.

– Sans doute. Mais tout est dans le ci ou ça.

– On ne peut pas punir l'Allemagne pour tout. Je dis : attention. Attention surtout à la question des frontières. Si on redécoupe l'Allemagne, si des millions d'Allemands se trouvent rattachés à des nations étrangères, que ce soit à l'est, à l'ouest ou au sud, on risque de recréer les conditions de nouveaux conflits et ce seraient les communistes qui en profiteraient. N'oublions pas qu'ils veulent conquérir le monde par la force.

Donc, je plaide pour une paix qui ne fasse pas de l'Allemagne notre éternelle ennemie mais notre alliée contre une nouvelle menace encore plus terrible.

— Oui, bon, mais concrètement, concrètement ! On en revient toujours à ça : concrètement ?

— Concrètement, je ne dis pas que l'Allemagne ne doit pas perdre une partie de son territoire — mais pas trop non plus. Que la Pologne ait un accès à la mer, oui, mais en veillant à ce que le moins d'Allemands possible se retrouvent citoyens polonais malgré eux. Que la Rhénanie soit démilitarisée, oui, mais qu'elle reste allemande. Enfin, bien sûr, ils doivent payer les réparations, leur armée doit être réduite à une simple police, leur marine au rang d'une puissance de troisième ordre, et ils doivent abandonner toutes leurs colonies.

— Ah ! J'en étais sûr ! J'en étais sûr ! rugit Clemenceau qui, s'appuyant sur sa canne, bondit carrément de son fauteuil. J'en étais sûr : leurs colonies ! Leur marine ! Et en même temps vous osez dire : épargnons ce pauvre vaincu ! Si vous trouvez la paix trop sévère, Monsieur le Premier ministre, alors, rendez à l'Allemagne ses colonies, sa flotte, ses sous-marins ! Et n'essayez pas d'imposer aux nations continentales — la France, la Belgique, la Pologne, la Bohême — des concessions territoriales en faveur de ceux qui les ont si durement frappés. Quel cynisme ! Tout le cynisme anglais ! Vous faites semblant de vous situer au-dessus des partis alors que vous ne pensez qu'à vos petits intérêts. Une paix modérée ! Il faut vraiment tout ignorer de l'esprit allemand pour s'imaginer qu'ils nous remercieraient. Tout ce que nous déciderons, ce sera toujours trop, injuste, scandaleux. Ils ne comprennent et ne comprendront que la force — que le rapport de force. Mais ce n'est pas ce qui compte pour vous. Vous ne voulez pas de troupes en Allemagne. *Back home et business as usual !* Vous préférez le business avec les Allemands et vous ne voulez pas d'une France forte, ah non ! Et même saignée comme elle l'a été... Quel cynisme ! Quel cynisme ! Sans oublier la pension des petites veuves anglaises ! Vous cherchez tous les moyens pour rafler des parts du gâteau ! Et ça joue les rois Salomon !

– Vous ne voulez pas m'entendre, Georges, dit Lloyd George en se levant à son tour sans se laisser impressionner par les rugissements du Tigre. Je viens de dire que la Rhénanie doit être démilitarisée, que...

– Mais moi je dis que cela ne suffit pas. Il faut élargir la zone démilitarisée, il faut que vos armées, britannique et américaine, occupent la zone avec nous, il faut qu'on mette en place une commission militaire de désarmement à travers toute l'Allemagne pour s'assurer qu'ils désarmeront vraiment, il faut que les Polonais aient la Silésie, avec ses mines, et un large couloir jusqu'à la Baltique, car c'est eux notre rempart contre les bolcheviks. Et il faut que la Sarre devienne française.

– La Sarre maintenant !

Wilson, plus raide que jamais, se leva lui aussi. Son visage grisâtre semblait frissonner.

– C'est infernal avec vous, c'est toujours plus.

– Mais nom de nom, je ne cesse de répéter la même chose. La Rhénanie, la Sarre. La Sarre a une histoire française. Saarlouis a été construite par Louis XIV et la Sarre était française pendant la Révolution et l'Empire.

– Mais c'était il y a cent ans !

Orlando, le seul qui était encore assis, rejoignit les autres au centre de la pièce et, semblant pour une fois avoir compris,

tenta une plaisanterie, en français, pour détendre l'atmosphère :
— C'est dommage qu'on ne puisse pas réclamer sur la base de ce qui existait il y a deux mille ans parce que alors mon pays serait beaucoup plus grand. Ici, ce serait chez moi, par exemple. En Angleterre aussi !

Lloyd George rit poliment. Wilson esquissa un sourire (il comprenait mal le français). Seul Clemenceau garda son air renfrogné.

— De toute façon, dit Wilson, une Sarre française, c'est contraire aux Quatorze Points.

— Eh bien alors, répliqua Clemenceau, je refuse une paix sur la base de vos sacro-saints Quatorze Points !

— Eh bien moi, je refuse une paix française.

— Vous êtes pro-allemand !

— Vous voulez que je reparte en Amérique ?

— C'est moi qui vais partir !

Orlando et Lloyd George se précipitèrent pour retenir le Tigre qui se dirigeait déjà, la canne en avant, vers la sortie. Lloyd George le rattrapa même par la manche de sa veste.

— Une Sarre autonome. Avec les mines et le sous-sol donnés à la France. Pour compenser la perte des mines détruites par les Boches dans le nord de la France.

Clemenceau s'immobilisa. Il venait de remporter un point et, en joueur expérimenté, il savait qu'il devait l'empocher tout de suite. Quelques mètres derrière lui se tenait le vieux Wilson. Son corps semblait pétrifié et son visage de cire. Le Tigre s'approcha de lui.

— Je vous présente mes excuses. Je me suis emporté.

Il se retourna vers Lloyd George pour lui indiquer que ses excuses s'adressaient aussi à lui.

– Nous sommes alliés, nous avons souffert ensemble. Les Tommies sont venus donner leur vie avec les nôtres sur le sol français. Nous vous devons une reconnaissance éternelle et je ne l'oublierai jamais. De même, Woodrow, je n'oublie pas les liens qui unissent les États-Unis d'Amérique et la France. Nos deux républiques sont nées des mêmes idées. Nous sommes les fils de La Fayette et de Washington.

Wilson, touché, inspira profondément. Ses mains tremblaient légèrement le long de son corps.

– Je n'oublie pas non plus, dit-il, quelle civilisation nous défendons en défendant la France. Les principes qui m'inspirent, ce sont ceux qui ont fait la grandeur de la France.

Ils se séparèrent ce soir-là sur ces belles paroles, sans que rien soit réglé, le sachant tous les quatre et chacun se plaignant en privé de l'ingratitude ou de l'intransigeance des autres.

Deux jours plus tard – on était début avril – il neigeait ! Wilson était tombé malade. Du fond de son lit, il s'exaspérait de se voir encore et toujours moqué et maltraité dans la presse française. Furieux, il faisait savoir une fois de plus qu'il s'apprêtait à rentrer en Amérique et qu'il avait fait appareiller le *George Washington*, ce qui lui valut ce commentaire du Tigre, repris par la presse : M. Wilson se comporte en cuisinier qui garde toujours une casserole au feu. Tous les jours, il menace de partir.

La même semaine, la presse, avec l'approbation tacite du président de la République Raymond Poincaré et l'approbation assumée du général Foch, accusait Clemenceau de faiblesse dans les négociations.

Dès qu'il fut remis, Wilson fit une dernière proposition : les mines de Sarre à la France, la Rhénanie démilitarisée, l'engagement anglo-américain d'intervenir aux côtés de la France en cas d'agression.

Clemenceau, que Wilson appelait « le chien de chasse qui ne lâche jamais sa proie », réclama un geste supplémentaire, que la France ait le droit d'occuper militairement la Rhénanie sur trois zones : pendant cinq ans sur la zone la plus éloignée de la France, pendant dix ans sur la zone intermédiaire et pendant quinze ans sur la zone frontalière. Wilson et Lloyd George acceptèrent. Aussitôt, les attaques contre Wilson dans la presse française cessèrent...

11

Le retour du lieutenant Lerner

Le voilà donc, Gustav Lerner, lieutenant au 12ᵉ régiment à pied de la garde de la première division de l'Empire, que l'on croyait mort et qui est bien vivant, évadé du camp d'Épinal, salauds de Français ! Le voilà avec sa fine moustache, ses yeux noisette, ses cheveux châtain clair divisés par une raie bien droite et dégageant son large front, tel qu'il apparaît sur la photo de lui officier à côté de sa mère, mais certainement vieilli et marqué par ces presque cinq années d'absence. Le voilà dans les habits civils que lui ont généreusement donnés de gentils paysans allemands bons patriotes (en fait, un agent du 2ᵉ Bureau), dans la ferme tout près du Rhin où il a passé la nuit caché au fond d'une étable, entre deux bottes de paille, derrière les bêtes (il a bien appris ce qu'il doit dire si un militaire ou un policier allemand l'interroge). Le voilà dans la gare d'Offenburg. Il a dans ses poches juste assez pour payer son billet, le reste de la dernière solde qu'il a touchée pendant la guerre. (Le 2ᵉ Bureau, qui s'efforçait de tout prévoir, avait estimé que le lieutenant Lerner ne devait rentrer en Allemagne qu'avec le minimum indispensable afin d'être crédible.)

La gare est une petite maison de brique et de crépi blanc

mais elle s'enorgueillit quand même de quatre voies. Des voyageurs attendent sur les quais où souffle un vent vif encore chargé d'hiver. Il a plu tout à l'heure – une brève averse –, le ballast noir et les rails rouillés sont luisants et gras. Au loin, on devine les rondeurs enneigées de la Forêt-Noire que lèche un ciel lourd. Le printemps tarde encore.

Il faisait nuit quand Charles a été déposé à l'entrée de la ville par Victor, l'agent du 2ᵉ Bureau. Ils sont venus en voiture, il leur a fallu à peine une petite heure pour parcourir la vingtaine de kilomètres qui séparent Strasbourg d'Offenburg. Sur la route, ils ont croisé quelques paysans, une charrette cahotante tirée par un cheval. Puis Charles a traversé la petite ville à pied jusqu'à la gare en observant les commerçants qui ouvraient leurs boutiques, les enfants encore ensommeillés sur le chemin de l'école, les vieilles femmes qui se rendaient à la messe comme de noirs fantômes lents et silencieux et les jeunes femmes au pas élastique dont les regards clairs faisaient sourdre en lui un frissonnement chaud. Une chose le frappa : l'absence de soldats. À Paris, il avait vu un peu partout les démobilisés déambulant dans leurs vieux uniformes. À Strasbourg, on croisait des militaires à tous les coins de rue, l'armée française victorieuse s'installait en masse. Mais en face, à peine le pont traversé, plus un uniforme, ni français ni allemand. Charles avait lu tous les jours des articles sur l'occupation de la Rhénanie par les armées alliées, mais les troupes stationnaient plus au nord, essentiellement dans la Sarre. Quant aux Allemands qu'on suspectait de ne pas démobiliser, nulle trace ici, sinon dans une rue un jeune homme sans bras et dans la gare un homme à qui on ne pouvait plus donner d'âge tant son visage était défiguré : il n'avait plus de nez ni de lèvre supérieure, si bien qu'il semblait grimacer, babine retroussée, comme une hyène, et il portait un bandeau sur l'œil gauche.

Quand le train arrive, cet homme monte dans le même wagon que Charles. Il est accompagné par sa femme, dont le corps paraît encore jeune alors que son visage a prématurément vieilli. Elle est grande, large et ferme, et gravit d'un bond souple les deux marches de fer du wagon. Mais son visage tendu, sa bouche au pli amer expriment la tristesse et tous ses cheveux sont gris. Charles pense qu'ils ont dû devenir gris d'un seul coup. Il hésite à s'asseoir une ou deux rangées plus loin pour ne pas avoir en face de lui pendant tout le voyage la dérangeante vision d'une gueule cassée mais il croise le regard de la femme qui semble lire dans ses pensées. Elle le considère sans reproche mais avec une infinie tristesse et, soudain, Charles a honte. Il esquisse un sourire et demande, bien que personne ne lui dispute la place :

– Est-ce que je peux m'asseoir là ?

– Bien sûr, répond la femme, qui range son sac de voyage dans le filet à bagages.

Elle s'assoit ensuite à côté de son mari qui garde la tête tournée vers elle comme pour dissimuler à Charles sa grimace tragique. Le pauvre homme lui présente son profil sans nez, la peau rouge de son cou et de son oreille décollée et des mèches blondes de cheveux fins formant une maigre couronne autour de son crâne dégarni. Charles est ému par ce misérable couple. La femme a l'air digne et emprunté. Elle se tient les jambes serrées sous sa jupe de grosse laine vert foncé. Elle porte un chemisier à col rond sous une veste de tailleur assortie à la jupe : ses habits du dimanche sans doute. Elle a plié soigneusement son manteau sur ses genoux. L'homme a fait de même. Il est vêtu, lui, d'un costume noir (cravate

noire, chemise blanche). Ils voyagent certainement pour une grande occasion. Comme il lui est plus facile de la regarder elle, Charles remarque qu'elle a les yeux vert foncé, de la même couleur que son tailleur. Un peu exorbités, on dirait deux billes de verre dans son visage pâle.
 Maintenant, le train traverse une forêt de sapins en grinçant, sifflant et criant. De petits nuages de fumée défilent le long des fenêtres du compartiment. La femme fixe droit devant elle la place restée vide à côté de Charles et son expression est aussi muette que celle d'une statue. L'homme garde également la même position, tourné vers sa femme, comme si elle était sa seule et dernière protection. Le cou en avant, comme suppliant, il a l'air... Charles pense : d'une gargouille. (Il a été fasciné à Paris par les gargouilles de Notre-Dame.) Il se souvient qu'il en a vu, des gueules cassées, dès ses tout premiers instants d'homme amnésique, quand il a ouvert les yeux dans la grande salle blanche de cet hôpital militaire. Au fond, c'est même un de ses rares souvenirs personnels. Les hommes vivent avec les souvenirs de leur enfance, de leur jeunesse, avec des images, des odeurs, des voix qui les ramènent aux jours heureux, et ces souvenirs les aident à vivre. Son souvenir à lui sent l'alcool à 90°, le chloroforme et la javel, et le premier visage qu'il revoit, penché sur lui, c'est celui du médecin qui l'a examiné. Comment s'appelait-il ? J'ai oublié. Mais qui a le sort le plus enviable : cet homme sans visage ou moi sans mémoire ? Charles s'entend répondre : Je donnerais tout pour avoir une femme à mes côtés, une famille... Comme si elle lisait encore en lui, la femme pose à cet instant une main tendre, apaisante, sur la main sèche et osseuse de son mari.
 Un vieux contrôleur à l'accent souabe prononcé (les « se »

allemands devenant «le», par exemple) passe contrôler les billets. Il est bourru et gorgé de son importance et prend son travail très au sérieux, ce qui, compte tenu de sa face rouge et ronde et de sa grosse moustache, lui donne un air comique.
— Vos billets, s'il vous plaît. (Charles lui tend le sien.) Ach... Berlin ! Long voyage. Vous savez que vous devez changer à Stuttgart ?
— Oui.
Il poinçonne ensuite les billets du couple. Charles voit qu'il évite de regarder l'homme en face. La femme lui demande :
— Vous savez comment on doit faire pour aller de la gare de Stuttgart jusqu'à l'hôpital ?
— Oui, madame, naturellement. C'est juste à côté. Quand vous arrivez, vous prenez la Kronenstrasse à droite jusqu'à la Kriegsbergstrasse que vous prenez à gauche, et vous y êtes, c'est à peine à trois cents mètres. Il ajoute, pris d'un élan de compassion : C'est un très bon hôpital. Il ajoute encore : C'est l'armée qui vous aide ?

L'homme émet un grognement railleur et tourne sa face de mort-vivant vers Charles et le contrôleur. Son horrible rictus de charognard ne s'efface jamais et il ne cesse de lire dans le regard des autres l'épouvante qu'il suscite. C'est cette épouvante qui le terrifie et l'empêche de fixer qui que ce soit plus d'une seconde. Il se détourne aussitôt et reprend sa position, la tête tournée vers sa femme, qui, après qu'il a grogné, s'écrie :
— L'armée !... Non, bien sûr que non. On n'a même pas de pension. On n'en aura sans doute jamais. Ils n'en ont rien à foutre qu'on soit vivants ou morts.

Charles note ce « on » qu'elle emploie comme si elle avait été soldat elle aussi.

– Mais non, réagit le contrôleur, c'est pas vrai ! Mon fils aussi il est rentré. Bon, lui, il avait rien. Il a dû rendre l'uniforme et tout, tout de suite. Mais tout ça, c'est à cause des conditions de l'armistice. C'est des cochons, ces Français ! Parce qu'on allait la gagner ! Deux mois de plus et on gagnait !

– Gagner ou perdre…, dit la femme d'une voix tremblante d'émotion, et, désignant son mari : Est-ce qu'il y a quoi que ce soit qui valait ça ?

Le contrôleur, gêné, baisse la tête.

– Bien… eh bien… bon voyage, messieurs dame. Nous arriverons à Stuttgart dans moins d'une heure et demie.

Il passe dans le compartiment suivant.

Charles tente de s'adosser plus confortablement à la banquette de bois. Il cale sa tête dans l'angle et ferme les yeux mais ne parvient pas à se débarrasser du visage macabre de la gueule cassée. Cette vision se mêle bientôt à celle d'un champ de bataille éclairé en pleine nuit comme en plein jour par les éclats blancs et jaunes de la mélinite et du TNT. Il entend le fracas assourdissant des obus qui déchirent le sol et font gicler par vagues de plusieurs mètres de haut de la boue lourde et grasse comme si des dizaines de volcans jaillis ensemble des tréfonds de la terre crachaient tous en même temps de la lave noire. De la lave noire et du sang. Charles revoit soudain ses mains couvertes de sang… et rouvre les yeux en secouant la tête. La femme l'observe. Elle paraît à nouveau avoir compris, deviné.

– Vous n'avez pas de bagages ?

Il est surpris. Pourquoi lui pose-t-elle brusquement cette question. Elle lui sourit et c'est un sourire bienveillant et qui

la rajeunit en redonnant un instant à son visage une rondeur qu'il a perdue.
– Non, je n'ai pas de bagages.
– Vous revenez de là-bas ?
– Oui.
– Pourquoi seulement maintenant ? Je croyais que tous nos soldats étaient déjà rentrés.
– J'étais prisonnier.
– Ah.
Il hésite puis, se rappelant qu'il est en Allemagne et que personne ne va le lui reprocher, il précise :
– Je me suis évadé.
L'homme alors se tourne vers lui et dit d'une voix chuintante en essuyant d'un revers de la main la bave qui coule de sa bouche :
– Vous chétiez où en Franche ?
– Prisonnier, à Épinal.
– C'est où ? demande la femme.
– Dans les Vosges.
– Moi, chétais dans les Flandres, dit l'homme.
– Comment vous avez fait pour arriver en Allemagne ? demande la femme.
– J'ai marché dans les montagnes en me cachant, j'ai traversé le Rhin de nuit dans une barque, des paysans m'ont donné ces vêtements.
L'homme le considère de son œil unique, sans plus chercher à se cacher.
– Quelle arme ? demande-t-il.
– Douzième de garde à pied, 1re division.
– Choichante-treichième artilleur de la trente-chètième. J'ai pris dans les Flandres.

— Moi, j'étais à Verdun. C'est là que j'ai été fait prisonnier. J'ai eu de la chance.
— Moi auchi j'ai fait Verdun et j'ai eu de la chanche. Mais j'ai pris dans les Flandres, en cheptembre. Deux mois avant la fin.
Il ne se plaint pas. Il résume simplement les faits et Charles se demande ce qu'il peut bien éprouver au fond de lui. Ne devrait-il pas être en colère comme sa femme ? Peut-être l'explosion, la guerre ont-elles aussi détruit en lui ses émotions ? Elles ont bien détruit ma mémoire. Charles éprouve une douloureuse compassion pour cet homme et cette femme si humbles assis l'un contre l'autre dans ce train brimbalant, et l'image d'une pietà lui vient à l'esprit.
— Il va avoir une prothèse pour le nez, explique simplement la femme. Et aussi un chirurgien va opérer sa lèvre. (Elle caresse la main de son mari.) Et ça sera beaucoup mieux.
Ses yeux s'embuent de larmes. Elle inspire puis sourit. Charles lui rend son sourire.
— J'en suis sûr. Tout ira bien.
— Vous habitez à Berlin ?
— Non. Mais mon régiment est à Berlin.
— Vous n'êtes pas marié ?
— Non.
Tout en répondant, il se répète qu'il est à présent Gustav Lerner, lieutenant de l'armée allemande. Il faut que ça devienne un automatisme : mes prénoms de baptême (Gustav, Arno, Theobald), mon adresse, mes parents, mes études... mes amis : inventer ? Gustav. Gustav Lerner ! Et il se sent comme un élève se récitant sa leçon.
La femme pense, quant à elle : Comme il est beau ! Beau

comme mon Hans l'était autrefois, avant... avant cette putain de saloperie de guerre ! Elle baisse la tête, ferme les yeux. Il était si séduisant dans son uniforme tout neuf vert-de-gris, avec son casque à pointe sous le soleil d'été. Il avait seulement trop chaud, il suait à grosses gouttes, mais il était si fier. Il serait là bien avant Noël comme le grand-père en 70. Paris n'était pas loin. Quand il est rentré, personne ne l'a reconnu. Le plus atroce, c'étaient les filles qui se sont enfuies horrifiées en criant : « Ce n'est pas papa ! »

À Stuttgart, Charles a trois heures d'attente avant son train pour Berlin. Il sort de la gare. Sur le parvis, il achète un bout de pain noir à une vendeuse à la sauvette. Il le grignote en arpentant la Schlossplatz, la Königstrasse, le cœur commerçant de la ville, et constate que les boutiques sont à moitié vides. Derrière la vitrine d'un boucher, cinq pauvres morceaux de viande. Juste à côté, un épicier vend des fanes de pommes de terre en précisant sur un morceau de papier : « aussi bien que du tabac ». Au coin d'une rue, une vieille femme fouille une poubelle et en sort des restes de tissus déchirés qu'elle fourre aussitôt dans le sac de toile qu'elle porte en bandoulière. Plus loin, trois enfants hâves mendient. Charles leur donne la moitié de son pain, ils se jettent dessus comme des chiens affamés. Tiens, justement : on ne croise pas un chien, ni un chat, est-ce qu'ils les ont tous mangés ? Est-ce que toute l'Allemagne est aussi misérable ? Des mendiants, des pauvres, il en a vu aussi à Paris. Mais les boutiques n'étaient pas aussi dégarnies.

Il entre dans un petit café où fume un poêle à charbon. On lui sert au bar une bière claire qui mousse à peine, ressemble à de l'urine. À côté de lui, un homme dans un manteau troué aux manches et tout élimé sirote un café de glands avec un ersatz de sucre. Il a une grosse moustache tombante qui lui mange toute la lèvre supérieure, des yeux noirs enflammés derrière les fentes étroites de paupières gonflées et des petits vaisseaux violets strient ses joues. Il s'adresse au patron, un gros homme rougeaud bien calé derrière son bar :

– Tu sais quoi ? On s'est fait piquer not' lard dans le train, retour du village ! Et tu sais par qui ? Par les gendarmes ! J'ai dit : « Mais c'est ç'ui de l'oncle à ma femme, il a une femme. » Le sergent m'a demandé son nom, en plus. Paraît que tout ça, c'est interdit, du vol, du barbotage ! Tout le monde doit toucher pareil, même ration, pas un gramme de plus ! Mais moi, je te le dis, tout ça, c'est les gendarmes qui se goinfrent à not' place.

À une table près du poêle, un vieil homme hirsute avec des yeux de poisson frit trempe dans une bière. Il se tient le menton dans sa chope, la tête dans les mains, le dos voûté, et tord son cou vers le comptoir. On dirait une tortue. Il surenchérit sur ce que vient de dire le moustachu :

– Qu'en plus, les rations, ils les baissent. Deux cent cinquante grammes de viande par semaine, 20 grammes de beurre, 100 grammes de gruau. C'est pas chrétien ! Ils pensent qu'on va tenir combien comme ça ? Pour quoi qu'c'est qu'nos garçons sont morts ? Pour qu'ceux qui restent y crèvent de faim ?

Une femme emmitouflée dans son manteau, les cheveux tirés en chignon sous un châle noir, prend part à son tour à la conversation :

– Il a raison. Si vous saviez ce que je vis depuis que mon homme est mort là-bas ! J'ai perdu dix kilos, j'ai perdu ma place à l'usine sous prétexte qu'il faut les rendre aux hommes maintenant qu'ils sont rentrés. Moi, je veux bien quand on a son homme et qu'c'est lui qui va vous nourrir, mais moi, je suis seule, je suis veuve, et qu'est-ce que j'y gagne ? C'est pas une pension... c'est minable ce qu'ils nous donnent. On se demande bien pourquoi on s'est sacrifié.

– Si je peux me permettre, dit un homme à une autre table, un monsieur bien mis, en costume, vous en parlez comme si c'était vous qui aviez fait la guerre, mais c'est votre mari qui est mort, ce sont les hommes qui sont partis, il ne faudrait quand même pas l'oublier. Moi, je m'en suis bien sorti avec l'épaule cassée, je ne pouvais plus tirer mais ce qu'on a vécu au front...

– Parce que vous pensez qu'ici, ç'a été une partie de plaisir ? s'écrie la femme. Mon mari m'écrivait que la plupart du temps, il ne se passait rien, il s'ennuyait, tandis que nous, on s'échinait comme des ânes ici.

– Comment vous pouvez oser comparer ! C'est bien lui qui est mort, non ? Et si vous saviez ce qu'on a vécu là-bas !

– Et nous ici ? À trimer pour les gosses en même temps qu'on tremble à tout instant parce qu'on ne sait pas si l'homme, il est encore de ce monde, et un jour, on reçoit le courrier de l'armée...

Sa voix se brise et elle se met à sangloter, mais le monsieur en costume ne se laisse pas attendrir et lui reproche encore son égocentrisme et son ingratitude, ce qui provoque un réflexe de solidarité féminine d'une autre veuve :

– On a tous souffert. Mais ceux qui sont morts ne souffrent plus, eux ! Tandis que nous...

– C'est vrai, dit un chauve trapu fumant la pipe, moi, c'est ma femme qui est morte ici en mettant au monde not' fils.

Sa voix se brise comme celle de la femme et il s'essuie les yeux en tétant toujours sa pipe.
— On sait, Gerhard, on sait, lui lance le patron depuis son comptoir. (Il se tourne ensuite vers Charles et lui glisse à l'oreille :) Il en parle tout le temps. C'est pour que je lui verse une goutte de mon vieux kirsch. Ça a marché une fois, alors, il recommence.
— Qu'est-ce tu dis ? grogne le chauve d'un air suspicieux.
— Rien, rien.
— T'aurais pas une goutte de ton vieux kirsch ?
— Malheureusement...
Charles paye sa bière. Le patron, qui aurait l'âge d'être son grand-père, lui dit d'un ton paternel :
— Tu n'es pas d'ici.
— Non. Je suis de passage.
— Tu vas où ?
— À Berlin.
— Tu es de Berlin ?
— Non, mais mon régiment.
— Ah oui ? Quel régiment ?
Charles se dit que cette question est pour les hommes comme un signe de ralliement.
— Douzième de garde à pied, 1re division.
— Ah ! Notre chère vieille garde impériale ! Et tu es démobilisé ?
— Pas pour le moment.
— C'est pour ça que tu vas à Berlin ? Pour toucher ta solde de démobilisation ?
Charles se souvient de la recommandation du général Durand : à tout instant et en face de chacun, affirmer son patriotisme.

– Je suis lieutenant. J'étais prisonnier de guerre en France et je me suis évadé. Et je veux être encore utile à mon pays.
Le patron, tout à fait surpris et admiratif, s'écrie :
– Voilà un homme ! voilà l'Allemagne !
Puis, l'œil brillant de reconnaissance, il lance à Charles :
– Vrai ! Un gars si jeune ! T'es lieutenant ? (Charles hoche la tête avec un sourire modeste.) Tiens, je t'offre un verre avant que t'y ailles. Un petit coup de blanc de ma réserve.
– Ah oui, bonne idée ! fait Gerhard aussitôt.
– Non mais pas pour toi.
Le patron remplit un verre sur le comptoir et le pose devant Charles. Il s'en sert un à lui aussi.
– Allez, lieutenant, santé ! Des jeunes gars comme vous, c'est ce qu'il nous faut pour redresser l'Allemagne. Ah ! C'est des gars comme ça qui redonnent espoir. Être encore utile, se battre encore ! Moi, je n'ai pas pu. Trop vieux, trop malade, mais je sais, on allait la gagner, cette guerre, si on n'avait pas été trahis au dernier moment par des saletés de politiciens lâches et pacifistes. Là-bas, justement, à Berlin, bien au chaud, c'est là-bas qu'ils ont tout décidé, ces salauds. Mais moi, je vous le dis : un jour, bientôt...
– Bientôt quoi ? fait le moustachu au bar à côté de Charles. On ne va pas remettre ça, et puis quoi encore ? On a déjà bien assez dégusté comme ça.
Charles se sent obligé par politesse de vider son verre, bien qu'il trouve ce vin blanc acide et vinaigré.
– Il est bon, hein ? On dit que les Français font les meilleurs vins mais on se défend bien chez nous.
– Oui, oui, merci, dit Charles en reposant son verre sur le comptoir. Merci beaucoup.

– Pas de quoi ! Alors, bon voyage à Berlin et... on compte sur vous !

Charles redescend vers la gare par un autre chemin que celui qu'il a pris à l'aller. Des blessés de guerre, comme s'ils s'étaient donné le mot, semblent surgir de partout, à pied ou en fauteuils roulants, poussés par des femmes, et Charles comprend tout à coup pourquoi il en voit tant : il longe l'hôpital. Un homme a rabattu la capuche de sa capote militaire par-dessus un chapeau noir pour dissimuler au mieux sa face mais cela lui donne l'air encore plus terrifiant d'un lépreux. Un autre, coiffé d'un chapeau de chasse vert orné d'une plume et portant un masque de cuir, pourrait aussi bien se rendre à un bal masqué. Charles s'efforce de les croiser comme s'ils étaient des passants ordinaires.

Le train pour Berlin part avec du retard. Il est six heures et la nuit tombe. Charles a faim, très faim même, il a fini depuis longtemps son bout de pain, mais il lui reste si peu d'argent (le 2e Bureau a été si prudent) qu'il a préféré ne rien s'acheter pour le dîner. Il tiendra jusqu'à Berlin, jusqu'à ce que le général Durand, avec lequel il doit prendre contact dès son arrivée, ou quelqu'un de son service, lui remette de l'argent. Pour cette nuit, rien d'autre à faire que se caler la tête contre la fenêtre, fermer les yeux et essayer de ne pas penser à de la nourriture !

Or, cela sent la viande. Oui, pas de doute, et l'odeur lui rappelle même celle d'une boucherie dont il revoit tout à coup le comptoir de cuivre, les saucissons et les jambons pendus à des ficelles, les rôtis et les volailles derrière une vitre froide contre laquelle il frotte son nez de petit garçon, et la grosse planche gauchie où le boucher en tablier blanc ensanglanté frappe à grands coups virils des escalopes.

Il hume cette odeur qui le fait saliver. En vérité, c'est assez vague, sensible seulement quand la fumée de charbon se fait moins prégnante. D'où cette odeur peut-elle provenir dans le wagon ? Charles prend de petites inspirations en dressant le nez comme un animal. En face de lui se tient un vieux couple très digne, très ridé et très fatigué, en costume de deuil. Ils dodelinent de la tête au rythme des secousses du train comme deux marionnettes au bout de leurs fils.

Sur la banquette à côté de lui, une jeune femme essaye de s'endormir. C'est une brune à la peau mate. Elle pourrait être italienne. Joli profil, nez droit, lèvres bien dessinées, charnues, menton bien rond, le tout posé sur un cou dodu émergeant d'un chemisier blanc à col plat. Elle porte un tailleur de laine grise, des bas noirs et des chaussures noires à talons larges. Elle a glissé sous la banquette sa valise en carton.

Charles, qui continue de sentir des effluves et voudrait bien savoir d'où ils proviennent, se lève pour observer la totalité du wagon par-dessus les dossiers des banquettes. Il ne surprend que des têtes calmes ou endormies. Personne n'est occupé à manger quoi que ce soit. Poussé par la curiosité, il traverse le wagon en reniflant puis revient s'asseoir à sa place et c'est là qu'il retrouve l'odeur de viande ! Il hume à nouveau en prenant de lentes et profondes inspirations. Cela vient de la jeune brune. Mais oui, mais oui ! Comme elle semble dormir, Charles n'y résiste pas et se penche pour la respirer : sa poitrine sent... le lard ! Le lard fumé ! Le vieux couple roule des yeux de chouette en le voyant la tête presque fourrée entre les seins de la jeune femme. Quand il se redresse, Charles découvre leurs mines effarées et leur fait une grimace navrée. Il devient rouge jusqu'aux oreilles. Puis il repense à la conversation entendue au café. Elle a caché du lard sous son corset parce qu'elle s'est dit qu'on n'oserait pas la fouiller là.

Il se carre contre la paroi pour essayer de dormir enfin. Il somnole, de brèves images naissent en lui et se succèdent comme dans un kaléidoscope. De temps en temps, le train jette dans la nuit un sifflement strident.

Quand il se réveille, Charles sent la tête de la jeune femme brune contre son épaule. Dans son sommeil, elle s'est pelotonnée contre lui, cherchant sans doute instinctivement de la chaleur. C'est peut-être pour ça qu'il a rêvé qu'il serrait sa mère dans ses bras. Elle avait un visage dans son rêve mais à l'instant, alors qu'il vient d'ouvrir les yeux, il l'a déjà perdu !

Le train freine en grinçant douloureusement. Les tampons des wagons s'entrechoquent. La jeune femme se réveille et, confuse de s'être ainsi abandonnée dans son sommeil, s'écarte en s'excusant :

– Oh ! Pardon, monsieur, je suis désolée.

– Mais non, pas du tout. (Il lui décoche un grand sourire.) Comme ça, on s'est tenu chaud !

Elle lui sourit aussi.

– Oui mais quand même !

Les deux chouettes les regardent encore. Le train s'est arrêté dans une petite gare. Sous un maigre réverbère du quai tremblote, tel un feu follet, un halo blanchâtre qui crève à peine le brouillard et la fumée de la locomotive. Personne ne descend mais quelques voyageurs montent. Le chef de gare siffle déjà le départ. Tandis que le train s'ébranle, un jeune géant (vingt-cinq ans tout au plus), emmitouflé dans sa gabardine de soldat, son havresac sur le dos et sa musette sous le bras, s'installe de l'autre côté du couloir central sur la banquette vis-à-vis de celle de Charles. Assis, il est le seul dans le wagon à dépasser largement le dossier. Il doit mesurer au moins un mètre quatre-vingt-dix mais c'est tout autant la largeur de ses épaules qui impressionne. Il souffle et tape dans ses mains pour se réchauffer. Il sort de sa musette un casse-croûte, un véritable festin : du pain, un carré de margarine dans du papier et du jambon fumé. Il se beurre un morceau de pain avec son couteau militaire. Il remarque que Charles et la jeune femme brune dévorent son repas des yeux et, très spontanément, leur propose de partager.

– Vous en voulez ? dit-il d'une voix grave et chaleureuse. Tenez ! Il y en a bien assez.

La jeune brune refuse en secouant la tête.

– Non, c'est votre dîner.

– Oh ! Mais ça va. J'ai pas très faim. J'ai pas arrêté de bouffer chez ma mère.

Il se lève et tend la moitié de sa tartine à la jeune femme et l'autre moitié à Charles.

– Vous aussi. Allez ! Ça me fait plaisir.

Charles fait mine à son tour de vouloir refuser mais sans aucune conviction.

– Merci, non...

– Vous allez me vexer ! Allez ! Prenez ça !

Et il leur dépose sur les genoux les parts de sa tartine.

– Merci beaucoup, dit la jeune fille, mais je suis gênée.

– Merci beaucoup, bredouille Charles.

En allant se rasseoir, le géant croise le regard des chouettes auxquelles il n'avait jusque-là pas prêté attention. Un peu gêné parce qu'il ne lui reste plus qu'un tiers de son casse-croûte, il leur demande quand même poliment :

– Vous en voulez aussi ?
– Non, non, merci, nous avons dîné avant de partir.
Le géant cette fois n'insiste pas. Ouf ! Il croque à pleines dents dans son pain et son jambon qu'il engloutit. Il a aussi une gourde remplie de bière dont il avale une grande rasade. Il rote, sans gêne, comme s'il ne s'en rendait même pas compte. Le couple de chouettes échange un jugement silencieux qui fait sourire Charles. Ensuite, le géant s'assoupit. La jeune brune, tournant à moitié le dos à Charles, enfouit la tête dans le creux de son bras et paraît elle aussi s'endormir. Il flotte toujours autour d'elle ces effluves de lard.

Plus les heures passent, plus le froid remplit le wagon comme de l'eau dans une baignoire et gagne petit à petit des pieds jusqu'à la tête. À chaque arrêt – car le train s'arrête souvent et une personne ou deux montent ou descendent à chaque fois –, l'air glacé de la nuit s'engouffre brutalement, saisissant les voyageurs au point que, par contraste, au cours des quelques minutes qui suivent le nouveau départ, le wagon leur paraît se réchauffer, mais cette délicieuse sensation ne dure pas et on se sent irrésistiblement saisi jusqu'aux os.

Un peu avant deux heures du matin, le train atteint Erfurt, la destination finale du vieux couple qui disparaît silencieusement. Charles, transi, les fesses et le dos endoloris, ne supporte plus de rester assis sur sa banquette et préfère piétiner à l'entrée du wagon dans la petite partie réservée aux malles et gros bagages. Le géant le rejoint.

– Il fonce, ce train. C'est pas comme les trains de troupes qui se traînaient à des quinze kilomètres à l'heure. Cigarette ?

Charles acquiesce poliment.

– Merci.

Le géant sort son tabac, son papier et roule deux ciga-

rettes. Il allume la première avec une allumette d'une boîte de la Deutsches Heer et la passe à Charles, qui la prend comme s'il avait peur de se brûler et la garde bêtement entre ses doigts.
— Ben vas-y, tire dessus, dit le géant, et j'allumerai la mienne à la tienne. Me dis pas qu't'as jamais fumé ?
— Je ne sais pas, répond Charles sans réfléchir à ce qu'induit sa réponse.
Comment savoir s'il a déjà fumé ? Ce geste ne lui rappelle rien. Pourtant, ce sont des gestes automatiques comme boire ou manger.
— Ça alors, tu sais pas ! T'as jamais fumé, là-bas ?
— Euh... si, bien sûr.
— Alors... qu'est-ce que t'attends ?
— Euh... que tu allumes la tienne.
— Tu sais bien que là-bas on se l'allumait par l'autre parce que ça faisait du bien de se passer le feu comme ça. Comme de se tenir par l'épaule ou de se serrer quand on a froid. C'est de l'amitié.
— Oui, oui, bien sûr.
Charles lui sourit et porte la cigarette à ses lèvres.
— Vas-y maintenant, tire, dit le géant en aboutant à celle de Charles sa propre cigarette qu'il tient plantée dans sa bouche.
Charles inspire une bouffée et s'étouffe, tousse à petits coups.
— Ben, mon gars, pourquoi que tu le dis pas que tu fumes pas ? Je me serais pas vexé.
— Mais si, mais si. C'est juste que j'ai un peu mal à la gorge.
Il tire une nouvelle fois mais très prudemment sur sa cigarette et recrache aussitôt la fumée, sans se remettre à tousser. Il ajoute, croyant devoir se justifier encore :

– Et puis, là-bas, on n'en avait pas.
– Hein ! Mais c'était la seule chose qui manquait pas trop. T'étais où, toi ?
– Au front, on avait du tabac, bien sûr. Mais j'ai été fait prisonnier et au camp, ils ne nous en donnaient pas, explique Charles en improvisant totalement.
– Putains d'enfants de salauds ! grogne le géant. Raconte, demande-t-il, très intéressé, raconte : t'étais où ?
– Dans un camp pour officiers à Épinal.
– Officier ! T'étais officier ! s'écrie le géant, impressionné, et il se redresse comme s'il allait se mettre au garde-à-vous.
Il a une bonne tête de plus que Charles.
– Lieutenant. Douzième de la garde impériale, 1re division.
– Et même aux officiers, ils filaient pas de tabac, putain...
– Tu sais, en France aussi, ils n'ont plus grand-chose.
– On va quand même pas les plaindre, les *Wulewuhs** ! Mais je croyais que ces salauds gardaient encore tous nos prisonniers de guerre ?
– C'est vrai, mais je me suis évadé.
– Wouah ! Quand ça ?
– Il y a quatre jours.
– Wouah ! Chapeau, mon pote ! Il s'interrompt puis demande en s'excusant presque : Vous préférez que je vous dise vous ?
– Mais non, pourquoi ?
– Parce que moi, je suis sergent. Septième d'infanterie, 4e division bavaroise. Sergent Hans Beck.

---

* Un des surnoms argotiques donnés par les Allemands aux Français pendant la guerre.

– Lieutenant Gustav Lerner. Mais appelle-moi Gustav.
– Appelle-moi Hans.
Ils se saluent en claquant virilement les paumes de leurs mains l'une contre l'autre.
– T'es le premier officier que je tutoie. T'es sûr que...
– Ne t'en fais pas. Ce n'est pas comme si on était encore en guerre.
– Mais on est en guerre ! Ils ont envahi la Rhénanie, à l'est, les Polacks nous pillent et nous incendient, et en Courlande, on se bat contre les bolcheviks.
– Bien sûr, dit Charles.
Ils fument en silence, puis Hans lui demande :
– Vous êtes sûr que c'est bien si je vous dis tu ? Quand même, vous êtes officier...
– Avec certains de mes hommes, on se tutoyait. On était d'abord des camarades. On était dans la même tranchée, on risquait notre vie pareil, non ? (Charles se surprend lui-même, à si bien improviser. Il vient de reprendre les mots du docteur Voinel qui lui racontait ses souvenirs du front.) Et puis, on se rencontre dans ce train, on a le même âge. Allez !
Hans tire sur sa cigarette et recrache avec détermination la fumée vers le plafond.
– On n'a pas fini le boulot, déclare-t-il, faut le finir. On ne va pas accepter de se laisser traiter comme des vaincus par les *Calmüser**. On n'a pas été vaincus. C'est pour ça que je vais à Berlin : pour m'engager dans les corps francs et partir dans la Baltique.

---

* Autre surnom argotique donné par les Allemands aux Français pendant la guerre.

Charles, sa cigarette se consumant entre ses doigts, se dandine d'une jambe sur l'autre pour tenter de se réchauffer.
— Et toi, demande Hans, qu'est-ce que tu vas faire maintenant ? Tu rentres dans ta famille ?
— Je ne sais pas encore très bien. Je regagne mon régiment à Berlin. Je vais d'abord leur signaler que je suis toujours vivant.
— Et après ?
— Ça va dépendre de ce qu'ils me proposent. Je ne veux pas quitter l'armée.
— Eh bien, tu vas être foutrement déçu. Je vais te dire ce qu'ils vont te proposer, moi : rien du tout ! Ta démobilisation. Cinquante marks de prime pour retourner dans le civil et 15 marks de frais de route, plus ta capote, tes godillots, ton linge. Enfin, c'est peut-être un peu mieux pour un officier, mais même les officiers, j'en connais, ils partent. C'est à cause de ces traîtres qui ont signé l'armistice et tout accepté comme des lâches. On n'a plus le droit d'avoir une armée, fini ! On est le seul pays au monde maintenant qui a plus le droit d'avoir une armée ! Si tu veux servir encore, c'est dans les Freikorps que ça se passe et c'est là-haut où on se bat contre les Rouges qu'il faut que tu ailles. En plus, je suis sûr qu'un lieutenant comme toi ils seraient preneurs. Viens les voir avec moi à Berlin.
— Peut-être, pourquoi pas ? répond prudemment Charles, qui ignore ce que le général Durand va lui demander de faire. Je dois d'abord aller trouver mon chef de corps.
— En plus, là-haut, poursuit Hans, on peut gagner gros, tu sais. J'ai lu dans *Le Tambour** qu'après, quand on aura

---

* Journal de la Reichswehr.

écrasé les bolcheviks, on pourra s'installer. En récompense, on nous donnera des terres, des fermes. Et en plus, il paraît que les filles de là-bas sont superbes.
– Tu n'as pas de femme ?
– Non, répond Hans avec une brève secousse de la tête comme pour chasser la question. Et toi ? Pas marié ?
– Non.
– Tu avais quelqu'un avant la guerre ?
Charles hoche négativement la tête. Il s'aperçoit une fois de plus qu'à chaque instant il est amené à inventer la vie de Gustav Lerner. Pourvu qu'il ne tombe jamais sur quelqu'un qui l'ait personnellement connu !
– Même pas une bonne amie ? insiste Hans.
– Non.
– Et ta famille ?
– J'ai ma mère. Mon père est mort au début de la guerre pendant la bataille de la Marne.
– Tu as des frères et sœurs ?
– Non...
– Fils unique. Chez nous, on est quatre. Les autres vivent tous à la ferme avec mes parents. J'ai deux sœurs et un frère qui n'est pas allé à la guerre parce qu'il est débile.
– Débile ?
– Il comprend rien, quoi, il peut à peine parler. Il faut du temps pour s'habituer à comprendre ce qu'il dit. Il peut rien faire à part chercher des œufs au poulailler, des trucs comme ça.
– Tes parents, qu'est-ce qu'ils en disent que tu repartes déjà te battre ?
– Ils ont rien à en dire, c'est moi qui ai décidé. Moi, à quatorze ans, je suis parti à l'usine à Stuttgart. Dis-moi, ton

régiment, demande-t-il soudain, il avait droit à un bordel de campagne, quand même ? (Charles le regarde d'un air surpris.) Me dis pas qu't'as jamais pu tirer un coup pendant quatre ans !
— Si c'est ce que tu veux savoir, j'ai déjà vu des prostituées, oui.
— Des prostituées !..., répète Hans comme si Charles venait de prononcer un mot savant. Tu es bizarre. Enfin, je veux dire : ça se voit que, toi, tu es de la haute. Qu'est-ce que tu as fait comme études ?
— J'ai intégré l'école des officiers pendant mon service militaire. Quelle heure est-il ? (Il regarde sa montre.) Je propose qu'on essaye de se reposer un peu.
— Je propose qu'on essaye, répète encore Hans avec une moue amusée.

Ils se rassoient à leurs places. Charles plonge ses mains dans les poches de son manteau. La jeune brune se tient recroquevillée en boule, les pieds sur la banquette, ses bras autour de ses jambes, la tête entre ses genoux. Elle a l'air d'un oiseau noir transi de froid sur une branche.

Vers six heures du matin, à l'arrêt de Trebbin, à une trentaine de kilomètres de Berlin, des gendarmes en uniforme vert, sabre d'un côté, revolver de l'autre, montent dans le train et commencent à contrôler les voyageurs à l'autre extrémité du wagon. Mon Dieu, pense Charles, la jeune fille... Deux gros Brandebourgeois qui sont montés à l'arrêt précédent avouent spontanément leurs pommes de terre. Les trois gendarmes posent à chacun la même question : « Est-ce que vous transportez de la nourriture ? » À l'exception des Brandebourgeois, tous répondent non, mais les gendarmes fouillent les bagages et trouvent des saucisses, des pois, du

chou, des œufs. Dans la valise en carton de la jeune brune, ils découvrent carrément, bien emmaillotée dans un drap, une tête de cochon ! L'un des gendarmes la fourre dans le grand sac de jute dans lequel ils récupèrent tout ce qu'ils confisquent. Son collègue, qui semble être le chef, s'attarde près de la jeune femme en la reniflant comme l'avait fait Charles.
— Tu caches encore autre chose ?
La malheureuse, effrayée, répond d'une voix tremblante, les lèvres serrées, en clignant des paupières :
— Non...
— Menteuse ! Qu'est-ce que tu caches sous tes vêtements ?
— Rien...
— Fais voir ! Allez ! Tu sais bien que c'est interdit de trafiquer.
— Je ne trafique pas...
— Allez ! Ouvre-moi ce manteau, allez ! Ou tu préfères que je le fasse moi-même ?
Charles intervient :
— Enfin, c'est une femme, vous n'allez pas !...
Le chef l'écarte, le repousse d'un geste agacé.
— C'est une trafiquante et elle le sait très bien, c'est pour ça qu'elle le cache. Elle compte faire du profit sur le dos des gens qui crèvent de faim. C'est interdit, interdit par la loi. Allez, sors-moi ce que tu caches !
— Laissez-moi, je vous en supplie !
Le chef tire brutalement sur le manteau de la jeune femme et fait sauter l'un des boutons.
— Arrête de te débattre !
Hans bondit alors sur le chef, l'empoigne, le retourne face à lui en rugissant :

– Putain d'enfant de salaud !

Il l'arrache du sol à bout de bras aussi facilement que si c'était un gosse. Le chef gigote et la terreur se lit dans son regard. Charles s'est interposé entre lui et la fille. Les deux autres gendarmes se jettent sur Hans qui, tout en secouant le chef, se cabre et se débat comme un cheval furieux. La fille extrait de son corsage un gros bout de lard fumé.

– Prenez-le, arrêtez, prenez-le ! crie-t-elle en pleurant.

Soudain, le chef applique le canon de son pistolet sur le ventre du géant et souffle d'une voix tremblante de rage :

– Tu me lâches ou je te crève !

Hans le lâche brutalement. Le chef manque de perdre l'équilibre mais ne baisse pas son arme. Les deux autres ont aussi dégainé.

– Mains en l'air !

Hans obéit.

– Menottes !

L'un des deux gendarmes lui passe les menottes. Le chef fait signe à la jeune femme réfugiée derrière Charles de lui donner son lard.

– Pourquoi vous lui prenez tout ce qu'elle a ? dit Hans. Elle a bien le droit d'avoir quelque chose à manger.

– Ta gueule !

Secoué par ce qui vient de lui arriver, le chef est hors de lui et respire fort. Les gendarmes poussent Hans vers le wagon suivant qui est en tête de train.

– Où l'emmenez-vous ? demande Charles.

– Au poste, à Berlin.

– Vous n'allez pas le mettre en prison ?

– On va se gêner !

– Pas pour un bout de lard !

– Pas pour ça, mon garçon. Mais il a voulu tuer un représentant de la loi.
– Vous savez qui vous arrêtez ? Un soldat. Un vétéran de la guerre. Un sergent.
– Et alors ? Moi aussi, je suis sergent, réplique le chef.

Sous les regards impressionnés de tous les voyageurs, les gendarmes sortent avec Hans menotté qui juge plus intelligent de ne plus protester. La jeune femme qui sanglote encore dit à Charles :
– C'était pour mon frère. Ils n'ont rien à manger.

12

Premiers pas dans Berlin

Dans la fumée des locomotives qui râlent et soupirent au bout des quais, les voyageurs fatigués s'écoulent lentement. Certains ploient, vacillent en traînant leurs malles ou leurs valises, d'autres les confient à des porteurs. La jeune brune descend facilement les trois marches de son wagon. Charles lui tend la main pour l'aider. Elle refuse.
– Vous ne voulez pas que je vous aide ?
– Non, merci.
Il marche à ses côtés. Elle est pâle. Il remarque pour la première fois son front volontaire, bombé. Une petite chèvre.
Au bout du quai, les gendarmes sont en train de remettre Hans à des schupos. Cédant à une impulsion, Charles se précipite soudain vers eux.
– Alors, mon vieux, tu te languis déjà de moi ?
Le visage de Hans s'illumine dès qu'il le voit.
– On peut savoir ce qu'il se passe ? demande Charles. Où est-ce que vous emmenez mon ami ?
– D'abord, on se présente, on dit bonjour, ordonne un schupo d'une voix menaçante.
– Pardon, monsieur. Bonjour, monsieur.
– Caporal !

– Bonjour, caporal. Lieutenant Gustav Lerner.
– Vous êtes lieutenant ? s'inquiète le schupo, surpris.
– Première division, 12ᵉ de la garde, répond Charles d'un ton sec et volontairement assuré.
Le caporal paraît embarrassé, tout autant que le chef des gendarmes. Ils échangent des regards, hésitent.
– On l'emmène au poste de l'Alexanderplatz. Vous comprenez, euh, il a agressé le sergent dans l'exercice de ses fonctions.
– Et vous en avez été témoin, lieutenant, ajoute le sergent. Il se racle la gorge et pose la question qui le taraude : Pardon, lieutenant, mais, euh... pourquoi vous nous avez pas dit tout à l'heure dans le train que vous êtes lieutenant ?
– Parce que j'étais en civil et parce que je respecte naturellement la loi, répond Charles en inclinant légèrement la tête de côté avec un petit air impertinent.
Les policiers et gendarmes s'interrogent toujours. Hans se tient coi mais savoure leur embarras. Le caporal grimace, fronce les sourcils.
– Qu'est-ce qui... euh... nous prouve que vous êtes vraiment lieutenant ?
Charles ouvre son manteau et, d'un geste rapide, tire de sa poche intérieure son Militärpass au nom du lieutenant Lerner. Il le leur met sous le nez. Le petit groupe en uniforme s'agite comme des pigeons à qui on vient de jeter du grain. Charles, de plus en plus assuré, les contourne en faisant claquer les talons de ses chaussures sur le sol et vient toucher du pied le grand sac de nourriture qu'un des gendarmes tient derrière lui.
– Et ça ? Qu'est-ce que vous comptez en faire ?
Le chef, se redressant presque au garde-à-vous, s'empresse de répondre :

— On va tout remettre au service de l'Office du ravitaillement.
— Ah oui. Oui, oui, dit Charles d'un ton ironique avec un sourire entendu.
— Mais naturellement !
Tous les autres hochent la tête à l'appui du chef.
— Je suggère, poursuit Charles, la pointe du pied toujours sur le sac, que vous laissiez mon ami Hans, qui n'a, en somme, fait de mal à personne et qui a bien compris sa faute, j'en suis sûr, et qu'en échange vous gardiez ça.
Le chef jette deux coups d'œil rapides à droite et à gauche vers ses collègues et répond d'un air soulagé :
— D'accord.
— Parfait. Enlevez-lui ses menottes.
Un schupo s'exécute.
— Attendez !... (Les *pigeons* s'agitent à nouveau.) J'allais oublier la tête de cochon. Vous permettez ?
Il ouvre le sac et en retire la tête de cochon emmaillotée dans son linge.
— Eh bien, messieurs, je vous salue.
Il prend le temps de bien fixer le chef au fond des yeux. Il est ravi de ce qu'il vient de faire, d'avoir osé.
— Mes respects, mon lieutenant ! s'écrie le chef en se mettant cette fois carrément au garde-à-vous.
Les autres l'imitent et font aussi le salut militaire.
— Viens, Hans, suis-moi.
Hans ne se le fait pas dire deux fois et ils s'en vont à grands pas, allègres et joyeux.
— Je m'en serais voulu de t'avoir laissé à ces crétins.
Hans suit son sauveur comme un chien fidèle. Il rayonne de plaisir et de reconnaissance.

– Attends, qu'est-ce que tu fais ? Pourquoi tu marches si vite ?
– Il faut qu'on retrouve la jeune fille du train.
– Tu veux lui rendre sa tête de cochon ?
– Oui.
– Ah ! Tu es vraiment un type, toi, un type !... Je croyais pas qu'on en faisait encore des comme toi.

Les voyageurs affairés se croisent dans le grand hall d'entrée d'inspiration florentine qui a des airs de salle de bal avec ses arcs, ses voûtes et ses baies vitrées. Tout à coup, Charles se souvient de la grande scène du bal de *Guerre et Paix*, quand la jeune fille – comment s'appelle-t-elle déjà ? Ah oui ! Natacha – tombe amoureuse du prince. Ici aussi, dans ce hall froid, la foule valse et une histoire s'écrit : celle du personnage qu'il invente, le lieutenant Lerner à la recherche d'une jeune fille brune pour lui rendre sa tête de cochon !

Elle est introuvable dans le hall. Ils sortent sur la Potsdamer Platz zébrée de rails où vont et viennent les tramways blancs à côté de quelques autobus bondés et d'automobiles pétaradantes. Découvert depuis cette place, Berlin semble une très grande ville plus industrieuse que Paris – et plus propre. Enfin, à toute première vue, car la place a été soigneusement nettoyée, mais là-bas, de l'autre côté, le long d'un petit panthéon de style romain à quatre colonnes, on aperçoit un tas de gravats, de morceaux de pierre, de vitres brisées, de plâtre et de planches qui témoigne des récents affrontements entre les spartakistes et les Freikorps.

Soudain, Hans, qui domine largement toutes les têtes, s'écrie :
– C'est elle, là-bas, c'est elle !

Elle attend à l'arrêt d'un tramway. Ils se mettent à courir vers elle.
– Mademoiselle ! Mademoiselle !
Il y a trop de bruit. Elle ne les entend pas. Son tramway arrive. Elle s'apprête à y monter.
– Mademoiselle ! Attendez !
Elle est déjà sur le marchepied à l'arrière du tram quand elle finit par les entendre et les voir. Charles brandit comme un trophée sa tête de cochon et Hans la regarde gaiement, son long visage de géant arrondi par un sourire triomphal.
La jeune femme éprouve une telle joie qu'elle en a les larmes aux yeux.
– Oh ! Mon Dieu... Oh ! Mon Dieu ! Comment vous remercier ?
Dans le tram, le contrôleur s'impatiente.
– Alors ? On monte ou pas ?
– Non, non, pardon, vous pouvez y aller, répond-elle en sautant sur le trottoir. Puis, à Charles et Hans : Comment vous avez fait ?
Hans, la voix débordante d'enthousiasme, répond à la place de Charles :
– Il a dit qu'il est lieutenant et il leur a fait peur.
– Je suis si heureuse ! Comment vous remercier ?
Charles secoue la tête en souriant. Pas de remerciements.
– Pas de cochon pour des cochons ! s'exclame Hans.
La jeune femme rit.
– Voilà !
– Mais on ne s'est pas présentés, dit Charles. Lieutenant Lerner.
– Sergent Beck. Mais vous pouvez m'appeler Hans.
– Merci encore. Merci pour tout ! dit la jeune femme, qui

semble brusquement très pressée, prête à partir à pied sans attendre le prochain tram.
— Et vous ? Comment vous appelez-vous ? demande Hans.
— Franziska. Au revoir. Et encore merci.
— Mademoiselle !
Hans la retient par le bras.
— Mademoiselle ! reprend-elle d'une voix moqueuse. Vous pensez que je ne suis pas mariée ?
— Vous êtes mariée ? dit Hans, déçu.
— Ce n'est pas une question qu'on pose à une inconnue !
Franziska lève la tête vers lui d'un air espiègle. Hans devient tout rouge.
— Mais vous n'êtes plus une inconnue, bafouille-t-il.

Charles s'amuse de voir ce géant si timide en face d'une femme et cette femme, qui semblait vaincue tout à l'heure dans le train, éprouver la joie d'être belle et désirée, éprouver son pouvoir de femme sur un homme. Puis il pense : Les hommes de mon âge ont presque tous eu une expérience amoureuse...
— Est-ce qu'on pourrait se revoir ? ose encore Hans au moment où un nouveau tram arrive.
Franziska s'écrie en sautant sur la plate-forme arrière :
— Si on est promis à se revoir, alors, on se reverra sûrement.
Et elle rit de toutes ses jolies dents.
— Mais comment ? J'ai pas votre adresse.
Le tram repart déjà. Hans court derrière.
— Franziska comment ? Quelle est votre adresse ?
La jeune fille rit toujours, rit de le voir courir et lui crie tandis que le tram accélère :
— 15, Goethestrasse.

— Goethestrasse ? À Berlin ?

Lancé sur sa voie dans une avenue bordée d'arbres, le tram s'éloigne. Hans, essoufflé, s'arrête, son havresac et sa musette à la main. Il se retourne et voit Charles qui rit lui aussi. Il le rejoint en se lamentant :

— C'est trop con !

— Mais elle t'a donné son adresse.

— Une rue, mais dans quelle ville ? Et je sais même pas son nom ! Alors que j'ai senti que je lui plaisais.

— Tu as senti ça ?

— Moi, elle me plaît. Donc, je dois lui plaire aussi plutôt. Quand c'est animal comme ça, en général, c'est dans les deux sens.

— Ah oui ? fait Charles, qui n'en a pas la moindre idée.

Puis, il suggère : Elle est peut-être chez son frère.

— Son frère ?

— Elle a parlé de son frère. La tête de cochon, c'est pour lui.

— Alors... alors, c'est peut-être la Goethestrasse à Berlin, l'adresse de son frère. Il y a sûrement une Goethestrasse à Berlin. Mais oui, mais c'est ça ! Il faut que je trouve un plan de la ville.

Il réfléchit une fraction de seconde puis, comme frappé par une idée lumineuse, fonce vers la gare sans un mot d'explication ni d'adieu à Charles qui, le voyant détaler, songe à un envoûté, en même temps que lui revient l'image de Meaulnes désirant à tout prix retrouver Yvonne de Galais. Dans le Jura, il a lu – ou plutôt, sans doute, relu – le roman d'Alain-Fournier, espérant que sa lecture réveillerait en lui un souvenir.

Hans fait soudain demi-tour et revient en courant.

— Oh ! Pardon, Gustav ! J'allais m'enfuir comme un voleur. Après tout ce que tu as fait pour moi ! Qu'est-ce que tu vas faire, toi, maintenant ?
— Me présenter à mes supérieurs.
— Et où qu'tu comptes crécher ce soir ?
— Je ne sais pas. À la caserne, sans doute.
— Pourquoi tu viendrais pas chez moi ? Enfin, chez nous. On a tout un immeuble dans le quartier de Kreuzberg. Viens, on te trouvera un lit. 145, Wilhelmstrasse.
— De quoi tu parles exactement ?
— Mais de la Division de fer du major Bischoff. C'est là qu'on loge tous ceux qui se sont portés volontaires pour rejoindre nos troupes en Lettonie.
— Mais moi, je n'en fais pas partie.
— Pas encore ! lui lance le géant d'un air blagueur. Je dirai que tu es un ami et que tu ne sais pas où pieuter ce soir. Enfin, c'est toi qui vois. En tout cas, tu sais où me trouver. J'y serai au moins deux jours. Maintenant, je te laisse, il faut que j'y aille. Je voudrais pas passer à côté de l'amour de ma vie ! Allez, salut, Gustav ! Mes respects, mon lieutenant ! 145, Wilhelmstrasse !

Il retraverse à toute allure le parvis de la gare. Charles le suit.

— Qu'est-ce que tu fais ? Tu veux venir avec moi ?
— Non, mais il me faut un plan à moi aussi.
— Mais tu connais Berlin ? s'étonne Hans.
— Bien sûr, répond Charles précipitamment, mais c'est une grande ville et ça fait cinq ans que je n'y ai plus mis les pieds.
— Ah oui, je comprends, dit Hans en se dirigeant vers un guichet dans le hall.

Une fois son plan acheté, Charles, qui n'avait plus que quelques marks et aucune idée des prix, n'avait pas voulu risquer de se payer un trajet en métro ou en tram jusqu'au Grand Hotel de l'Alexanderplatz. C'était l'adresse à laquelle il devait se rendre et, de là, demander à passer un appel téléphonique (qu'il devrait forcément payer) à l'hôtel Adlon où logeait le général Durand.

Il avait donc fait le trajet à pied depuis la Potsdamer Platz et sa première impression fut désolante : Berlin lui parut un cadavre de pierre. Dès qu'on s'éloignait de la gare, qu'on quittait les grands axes, la ville était morte. Rues mornes et silencieuses, fenêtres aux vitres sales ou brisées, murs humides aux peintures craquelées et, surtout, les restes de la semaine sanglante de mars qui avait fait 1 200 morts en six jours entre les Rouges et les unités des Freikorps : des impacts de balles sur les façades et des trottoirs encombrés de déchets de toutes sortes. Charles remarqua à plusieurs reprises des traces de sang séché. Des douilles de balles gisaient un peu partout. La guerre était là. L'Allemagne en guerre était là. D'ailleurs, on croisait sur les avenues des uniformes vert pâle ou vert-de-gris. Des patrouilles armées fières de leur importance, arrogantes, arrêtaient les passants pour les fouiller quand bon leur semblait. Les passants contrôlés étaient les plus pauvres, des ouvriers, des employés et des ex-soldats fraîchement démobilisés, laissés sans rien et qui traînaient en haillons, ou encore des enfants au regard creusé par la faim qui mendiaient sans manteau, les mollets nus malgré le froid, tandis que de riches Berlinois en long manteau et chapeau passaient d'un air digne et compassé. Quelques autos astiquées avec soin, aux chromes étincelants, se suivaient en ronronnant le long des tramways, mais on voyait encore beaucoup de calèches et de charrettes attelées à des chevaux de trait. Charles vit même un petit chariot de pommes de terre tiré par un grand bouvier bernois. Dans la vitrine d'un boucher, des viandes appétissantes, une dinde, un jambon, le firent saliver. Il y avait une queue de quinze mètres depuis l'entrée de la boutique. Des femmes bien habillées, les mains dans un manchon, et deux ou trois vieillards serrés dans leurs laines, emmitouflés jusqu'au cou, patientaient calmement.

Le Grand Hotel, construit dans les années 1870-1880, de style néo-Renaissance, trônait sur l'Alexanderplatz, dont tous les bâtiments massifs et majestueux affirmaient la grandeur de l'Empire. On trouvait notamment une rotonde abritant une fresque de trente-six mètres de long sur près de cinq de haut célébrant « la victoire de Sedan »* qui entraîna la capture de Napoléon III et la fin du second Empire.

Mais comme un signe des temps, comme pour lui signifier que tout changeait et que la grandeur n'était plus, Charles découvrit que l'entrée principale du Grand Hotel et son vaste hall d'inspiration égyptienne avaient été transformés en cinéma. On accédait désormais à la réception de l'hôtel par ce qui était auparavant la porte de service. La conciergerie n'avait plus rien de chic : un comptoir ciré noirci au bout d'un couloir étroit aux murs fatigués, tapissés de vieilles toiles poussiéreuses, où flottait une entêtante odeur de moisi. Derrière le comptoir, le concierge figé dans une veste noire élimée et graisseuse leva mollement son visage violacé quand Charles s'approcha de lui.

---

* Que les Français appelaient « le désastre de Sedan ».

– Vous désirez ?
– Bonjour, monsieur. Je voudrais téléphoner.
– Où ça ?
– À Berlin. (Il sortit le papier sur lequel était noté le numéro.) À ce numéro.
– Ce sera 50 pfennigs pour trois minutes, puis 10 pfennigs par minute. Vous n'êtes pas client de l'hôtel ?
– Non.
– Normalement, c'est un service réservé aux clients mais bon, l'hôtel va fermer...
– Définitivement ?
– Il ne vient plus personne. Quelques voyageurs de commerce, mais pour cent quatre-vingt-dix chambres... Ce sera dans la cabine, là.

Il indiqua à Charles une cabine en bois. Le jeune homme alla s'y installer en se disant que le général Durand n'avait certainement pas choisi cet hôtel au hasard. Peu de fréquentation, un lieu mourant, pratiquement oublié, en même temps facile à trouver au centre de Berlin. Le concierge lui cria :
– Vous avez la communication.
– Allô ?
– Allô, j'écoute. Hôtel Adlon à votre service. Que puis-je pour vous, monsieur ?
– Je voudrais la chambre numéro 245.
– Bien, monsieur. Qui désirez-vous ?
– M. Joseph Durand. De la part du docteur Bruder. (C'était ainsi qu'il devait se présenter.)
– C'est cela. Voici, monsieur.

Le téléphone resta muet quelques secondes puis la voix du général lui demanda en allemand, avec un fort accent français :

– Allô ? Docteur Bruder ?
– Lui-même. Bonjour, monsieur Durand.
– Je vous propose que nous nous retrouvions dans une heure au Konditorei und Café Moritz dans la Mulackstrasse, au numéro 29. Ce n'est pas très loin pour vous. Cela vous convient ?
– C'est parfait, répondit Charles, qui n'avait pas la moindre idée de l'endroit où cela pouvait se trouver.
– Alors, à tout à l'heure.
Le général raccrocha. Charles sortit de la cabine, donna un mark au concierge qui lui rendit la monnaie. Il déplia ensuite son plan de Berlin.
– Pardonnez-moi, je ne suis pas de Berlin. Pourriez-vous m'indiquer la Mulackstrasse ?
– Bien sûr. Ce n'est pas loin.
Le concierge pointa la rue sur la carte.
– Tenez, c'est là. En sortant, vous prenez à droite par la Münzstrasse, puis la troisième à droite, l'Alte Schönhauser Strasse, et c'est la deuxième à gauche, là, vous voyez ?
– Oui. Merci beaucoup. Bonne journée !

Le Konditorei und Café Moritz est une salle sombre à dominante brune : un parquet foncé, des murs tendus de velours gaufré de couleur miel, des tables pour deux à quatre personnes à plateau de marbre, des chaises et un bar en bois presque noir. Cela sent la cire, le propre, la goulasch au paprika, le café et le tabac. L'établissement n'est qu'à quelques minutes de marche de l'Alexanderplatz. Charles n'a eu aucun mal à le trouver. Une grosse dame ronde nouée dans un tablier blanc l'accueille d'une voix chantante et chaleureuse aux intonations yiddish.

– Bonjour, jeune monsieur ! Vous venez déjeuner ?
– Je viens retrouver quelqu'un.
– Il est déjà là ?
La salle est à moitié pleine et, comme elle n'est pas grande, Charles constate qu'il est le premier.
– Je ne le vois pas.
– Il va arriver. Je vais vous installer.
Des serveurs en costume noir vont et viennent, leur plateau au bout des doigts, agiles et aériens entre les tables. Les clients sont des bourgeois bien mis et Charles, par comparaison, a conscience de la pauvreté de son apparence. En l'installant à une table près de la baie vitrée, la serveuse l'examine. Ses joues pas rasées, ses cheveux qui rebiquent en épis, son teint pâle et fatigué, et ses vêtements... Au lieu de lui demander ce qu'il veut consommer, elle lui dit d'abord d'une voix tendrement maternelle :
– Vous rentrez de la guerre ?
Il lève les yeux vers elle, surpris.
– Oui.
Elle lui sourit.
– Mes trois fils ont fait la guerre. Seulement un est revenu.
Son regard se brouille un instant.
– Vous voulez manger quoi, mon garçon ?
Il n'a pas le temps de répondre. Joseph Durand, comme surgi de nulle part, se tient derrière la serveuse, son chapeau et ses gants à la main.
– Guten Tag, Herr Bruder !
Quelques minutes plus tard, ils dégustent une goulasch fumante avec de belles cuillères à soupe en plaqué argent. Au début, ils se parlent à peine. Charles est affamé et Joseph se contente de quelques questions brèves, auxquelles le jeune

homme répond entre deux bouchées. Le général a choisi ce restaurant parce qu'il est toujours bien fréquenté à l'heure du déjeuner. Les commerçants et les notables du quartier (avocats, médecins, éditeurs…) s'y retrouvent, en majorité des juifs. Rien de mieux que le brouhaha des conversations pour être tranquille et, effectivement, toutes les tables sont maintenant occupées et Charles peut raconter son voyage en train et sa rencontre avec Hans sans que personne se soucie d'eux.

Après un café avec des pâtisseries à la cannelle, aux noisettes et au miel (le général, encore plus rondouillard et lisse qu'à Paris, a insisté : vous avez sûrement encore faim après ce long voyage !), ils quittent le restaurant sous l'œil intrigué de la serveuse qui se demande ce que ce Français chauve aux joues roses de bébé peut bien faire avec un soldat allemand. Mais c'est peut-être un Suisse ?

Ils marchent en direction de la Spree. Charles calque son pas sur celui de Joseph.

– C'était bon ?

– C'était délicieux. Merci beaucoup.

Après une centaine de mètres, voyant qu'ils sont seuls, le général dit à voix basse :

– Bien. Je propose que nous passions au français, ce sera plus facile pour moi.

Charles réalise que, depuis son entrée en Allemagne, il a parlé en allemand sans avoir une seule fois songé qu'il était en train de le faire. Mieux : il n'a cessé de réfléchir en allemand. Dans le train, en quelle langue a-t-il rêvé ? Il passe inconsciemment, automatiquement, d'une langue à l'autre. Sans doute est-ce normal qu'aucune des deux ne soit pour lui une langue étrangère puisque aucune n'est associée à des repères personnels, étant donné qu'il flotte toujours dans la même obscurité !

Comme s'il lisait dans ses pensées, Joseph Durand lui demande :

— Dites-moi d'abord, mon garçon, où en êtes-vous ? Est-ce que des choses vous reviennent ?

— Non, mon général. Parfois, je crois me souvenir de quelque chose, mais après, ça redevient très vague. Et même avec le temps, le peu que j'avais cru retrouver a tendance à s'estomper. J'essaye de ne plus penser à mon passé, c'est trop... c'est trop... vertigineux. C'est comme si j'essayais de me pencher au-dessus d'un puits pour voir mon reflet dans l'eau et au lieu de cela, je vois un noir profond. Je préfère essayer de vivre.

Joseph se tourne soudain vers Charles et pose les deux mains sur ses épaules. Il paraît ému et sur le point de lui dire quelque chose mais, finalement, aucun son ne sort de ses lèvres. Il se contente d'un sourire encourageant.

Ils se remettent à marcher. Ils traversent la place de la Bourse sur laquelle piétine un groupe de cinq soldats casqués et armés. Des sabots claquent sur le pavé. C'est une calèche. Puis une voiture s'approche en vrombissant.

— Vous êtes toujours partant ?

— Oui, mon général.

— Bien. Vous fumez le cigare ?

— Je n'en sais rien, répond Charles en se rappelant qu'il a vécu dans le train une situation similaire avec Hans.

Joseph comprend ce qu'il veut dire et lui sourit encore.

— Bien sûr. Vous voulez essayer ?

— Non, merci.

— Ça vous dérange si j'en fume un ?

– Je vous le dirai quand vous l'aurez fait.

Joseph rit. Dans une des poches de son manteau, il trouve son étui à cigares, en sort un, le coupe avec ses dents, recrache le bout brun, puis, avec un briquet militaire rond en métal argenté sur lequel est gravée une tête de lion, allume l'autre bout du cigare. Il inspire voluptueusement sa première bouffée. Ils ont atteint le bord de la Spree. La rivière charrie une eau sombre et cuivrée. La façade d'une maison est criblée de balles.

– Eh oui, mon garçon ! Berlin vient de connaître deux insurrections en deux mois. Partout dans le pays, les bolcheviks essayent de prendre le pouvoir, et vous savez qui sont les bolcheviks ? D'anciens soldats, des marins désespérés, des gars qui étaient des ouvriers avant. En face, les Freikorps les combattent, et vous savez qui sont les Freikorps ? Presque les mêmes. Des gars désespérés qui rêvent eux aussi d'une révolution. Nationalistes et communistes, au fond, ils ont beaucoup plus en commun qu'on ne pourrait le croire.

Joseph recrache lentement un long nuage de fumée bleutée. Sur le quai, au bord de l'eau, un homme pêche.

– Pour le moment, notre problème, c'est que nous ignorons ce qui se trame véritablement au sein de ces groupes, et nous devons le savoir, c'est fondamental pour notre sécurité. Conformément aux accords d'armistice, les Allemands sont censés réduire leurs effectifs mais on n'a pas les moyens de les contrôler et, pire, on constate qu'au lieu de désarmer, ils reforment une nouvelle armée qui ne dit pas son nom : les Freikorps justement. Mais il nous faut des preuves, les preuves qu'ils nous trompent et qu'au lieu d'accepter la paix, ils préparent une nouvelle guerre. C'est pour ça qu'en priorité, nous devons infiltrer l'armée et les Freikorps.

– Et si on obtient des preuves, qu'est-ce qu'il se passera ?
Joseph Durand lui adresse un regard d'intelligence.
– Très bonne question. Peut-être rien. C'est ce qui peut arriver avec les politiques : qu'ils choisissent de ne rien faire, en connaissance de cause. Mais au moins, nous, on aura fait notre boulot. Notre métier, c'est ça : fournir du renseignement, informer, prévenir. Après, on ne peut rien de plus.
– Qu'est-ce que vous attendez de moi précisément ?
– J'allais y venir. Dans un premier temps, que vous vous engagiez dans la Division de fer de Josef Bischoff. Ça tombe bien, c'est même inespéré que ce sous-officier que vous avez rencontré dans le train vous l'ait proposé. C'est la meilleure façon de vous introduire. On va vous prendre pour un vrai patriote et pour une tête dure. Un officier qui s'échappe d'un camp français et qui, aussitôt, se porte volontaire pour combattre dans la Baltique...
Charles marque un instant de surprise. Joseph guettait sa réaction.
– C'est ma mission ?
Le général le laisse réfléchir. Il attend un peu pour lui répondre. Il l'observe.
– En somme, ce que vous me demandez, c'est d'aller faire la guerre aux bolcheviks ?
– Vous êtes libre. Tout ce que vous acceptez de faire à notre service, vous le faites et vous le ferez toujours librement. Vous n'êtes lié par aucun contrat et nous ne vous en ferons jamais signer. Rappelez-vous bien : tout repose entre nous sur la confiance. Je vous fais confiance. Vous en savez déjà beaucoup et si vous vouliez, par exemple, nous trahir auprès des Boches, je n'y pourrais rien.
– Mais enfin, mon général, pour qui me prenez-vous ?

– Je veux seulement vous exprimer que vous êtes libre.
– Mon général, je n'ai jamais dit que je n'acceptais pas.
– Très bien alors... Une fois que vous ferez partie de la Division de fer et, donc, que vous serez un de ses cadres, vous devrez vous rapprocher le plus possible du commandement, c'est-à-dire du général von der Golz, du major Bischoff et de leur état-major. Von der Golz rêve d'un État balte germanique et de la restauration d'une Russie tsariste à laquelle l'Allemagne pourrait s'allier. Ce sont les Anglais qui ont cru bon d'utiliser les forces allemandes contre les bolcheviks. Maintenant, ils s'aperçoivent comme nous de la menace. Le ministre de la Guerre allemand, Gustav Noske, nous dit que von der Golz agit seul, qu'il échappe à leur autorité, mais nous, nous pensons qu'ils mentent et que von der Golz est soutenu secrètement par le haut commandement.

– Et comment, selon vous, je pourrais me rapprocher de von der Golz ?

– Je n'en sais rien. Je ne sais pas comment se passent les choses là-bas. Je sais seulement qu'il y a l'équivalent d'une division de l'armée allemande, soit environ vingt mille hommes. Peut-être que vous n'obtiendrez aucune information utile. Ce sera à vous de vous débrouiller. Vous voyez, je ne vous raconte pas d'histoires. Je pense que le fait que vous parliez russe pourra vous aider. Il est probable qu'ils aient besoin d'officiers parlant russe. Mais je ne vous cache pas que vous allez plonger dans l'inconnu. Nous avons déjà essayé d'infiltrer un homme, un Allemand passé dans nos rangs pendant la guerre.

– Comme Klaus Kühn ?

– À peu près. Malheureusement, nous sommes sans nouvelles.

— Il est mort ?
— Pas forcément. Peut-être qu'il lui est impossible de communiquer avec nous pour le moment ou qu'il n'a rien d'intéressant à nous apprendre. Parce que communiquer, c'est toujours un risque qu'on prend. Là-bas, vous serez seul. Vous êtes toujours partant ?
— Mon général, je vous ai répondu.
— Bien.

Joseph tire d'une poche de son manteau une feuille de papier pliée en quatre.

— Vous nous écrirez à cette adresse, au nom qui figure sur ce papier. Bien entendu en utilisant le code ou de l'encre invisible et en signant de n'importe quel prénom sauf du vôtre.

Charles prend la feuille et la lit. Joseph anticipe ce qu'il va lui demander :

— Les deux autres adresses sont celle de la logeuse à qui on a loué une chambre pour vous — mais peut-être n'en aurez-vous pas besoin pour le moment si vous habitez avec votre camarade sous-officier à la Division de fer. Et l'autre adresse en bas de page, c'est celle de la banque où vous pourrez ouvrir un compte. Vous demanderez Leonard Lubinski en disant que vous êtes un ami de Rainer Schnittel — le nom que je vous ai indiqué avec l'adresse. Par ailleurs…

Joseph regarde autour de lui et constate qu'il n'y a personne à la ronde. La partie du quai où ils se trouvent maintenant est déserte. Charles, imitant le général, se livre à la même observation. Il pense : Il faut que ça devienne un réflexe. Joseph sort une autre enveloppe de son manteau.

— Voici de quoi subvenir à vos besoins. Une fois que vous aurez ouvert votre compte en banque, nous vous ferons des virements de façon à ce que vous n'ayez jamais de difficultés. Mais vous devez aussi vous présenter à votre régiment pour réclamer votre solde. Il ne faut pas qu'ils puissent avoir le moindre soupçon à votre sujet.

– Naturellement.

– La 1re division a été supprimée. Officiellement en tout cas. Donc, vous devriez être immédiatement libéré et ils devraient vous verser votre solde. Cela dit, il paraît que souvent ils ne la versent pas, ou avec beaucoup de retard. Ils n'ont plus d'argent.

– Je sais. Et c'est aussi pour ça que d'anciens soldats comme Hans s'engagent dans les Freikorps de la Baltique. Il m'a dit qu'on leur a promis une parcelle de terre ou une ferme en cas de victoire.

Le général écrase ce qui reste de son cigare contre le parapet de pierre humide qui borde le quai.

– Vous avez des questions ?

– J'en ai une, mon général. Comment s'appelle l'Allemand dont vous êtes sans nouvelles ?

– Paul Schmitz.

– Et quel poste occupe-t-il ?

Durand sourit.

– C'est le cuisinier personnel de von der Golz. Bon. Maintenant, l'heure est venue de nous séparer. Moins on peut nous voir ensemble, mieux c'est, n'est-ce pas ? Ah ! Si. Encore une chose. Vous servez la France. Vous pouvez être fier de ce que vous faites.

Il lui saisit la main et la presse chaleureusement. Il a conscience de la banalité convenue de ce qu'il vient de dire et en face de ce regard attentif et doux, il se sent un peu mal à l'aise. Ce garçon lui fait confiance. Il n'a personne au monde, songe-t-il avec une certaine émotion.

Charles considère, lui, la grosse tête ronde et chauve du général, ses grands yeux de poisson derrière des verres de myope qui l'observent d'un air grave.

Joseph lui dit enfin :
– Au revoir, mon garçon. Bonne chance !
– Au revoir, mon général.

Joseph s'éloigne mais, après une dizaine de mètres, il se retourne et demande en allemand :
– À propos, vous avez votre montre ?

Charles comprend, sort la montre-appareil photo que Klaus Kühn lui a donnée et répond comme si c'était un passant qui lui avait demandé l'heure :
– Il est deux heures et demie.

Joseph hoche la tête avec un sourire complice.

Pour une fois, au ministère de la Guerre, ils n'avaient pas mégoté sur la dépense. Il était logé dans le plus prestigieux hôtel de Berlin, l'hôtel Adlon ; sa chambre donnait sur la porte de Brandebourg et sur le palais Beauvryé, siège de l'ambassade de France qui était encore fermée et sans ambassadeur en 1919. C'était une chambre luxueuse, verte, dotée de l'eau courante, chaude et froide, et d'une superbe baignoire aux robinets de cuivre étincelants. Ce détail ravissait Joseph qui s'empressait, tous les soirs en rentrant, de se faire couler un bain et d'y glisser son corps rond et glabre en soupirant d'aise, les yeux mi-clos, sa pipe fumante à la bouche.

À la vérité, il devait ce confort aux diplomates de sa mission, Émile Haguenin et Ambroise Got, qui s'étaient installés dans cet hôtel dès avant son arrivée à Berlin et qui avaient convaincu le chef de cabinet du ministre des Affaires étrangères qu'il était indispensable pour l'efficacité de la mission d'être logé en plein centre, en face de l'ambassade. Leur demande ne se justifiait en rien mais très peu de Français se trouvaient à Berlin et personne à Paris ne pouvait contredire les deux diplomates.

Le général avait donc la chance de vivre dans un décor début de siècle raffiné et tranquille où le fracas du monde extérieur, dès qu'on franchissait les portes de l'hôtel, semblait s'évaporer miraculeusement. Ici, les grandes fortunes, les grands patrons, les grandes familles de l'aristocratie prussienne, les vedettes et les hommes politiques continuaient comme à la Belle Époque de se rencontrer au fumoir, à la bibliothèque, au jardin d'hiver, à la salle à manger sous les lustres de cristal de Bohême et au bar dans les fauteuils de cuir sous le regard blasé du pianiste qui s'évertuait à égrener les notes les plus légères, les moins dérangeantes possible. L'hôtel Adlon restait un centre du pouvoir et, de ce point de vue, il n'était pas inutile d'y séjourner. Le personnel, comme la plupart des clients, se montrait à l'égard des Français d'un respect et d'une courtoisie exemplaires, mais en maintenant une distance souvent plus que polie.

Toutefois, il arrivait de rencontrer des Allemands qui n'avaient rien contre le dialogue avec des Français. Un soir, au fumoir, Joseph Durand avait eu une intéressante conversation avec Walther Rathenau, industriel et fondateur du Deutsche Demokratische Partei, un homme très élégant qu'il avait trouvé charmant et qui lui avait confié dans un excellent français en faisant rouler sa cigarette entre ses doigts fins : « Il faut tourner la page et signer ce traité. Il est temps de penser à l'avenir plus qu'au passé, et plus vite l'Allemagne s'y mettra, mieux ça vaudra. »

Joseph repensait à ces propos en trempant dans son bain après son rendez-vous avec Charles. Quelle attitude fallait-il adopter vis-à-vis de l'Allemagne à présent ? Bien sûr, l'armée et toute la droite, massivement monarchiste, attisaient l'amertume, la colère et l'esprit de revanche dans l'opinion publique mais, au moment où ce pays se dotait d'une république et d'un système démocratique, n'aurait-il pas fallu soutenir le Parlement et le gouvernement de Weimar, considérer qu'il s'agissait d'hommes neufs pour un régime neuf et, donc, au lieu de les traiter en ennemis, leur faire confiance, leur exprimer qu'on savait distinguer l'Allemagne impérialiste de la nouvelle Allemagne démocratique d'aujourd'hui ? Joseph n'aurait jamais confié à quiconque des idées aussi progressistes, d'autant moins qu'autour de lui, tout le personnel français partageait les mêmes préjugés. Les diplomates Haguenin et Got, qui étaient bilingues et bons connaisseurs de l'Allemagne, considéraient comme Clemenceau que les Allemands, tous les Allemands, ne comprenaient que la force et l'autorité. Ambroise Got affirmait que « les Germains » étaient « par nature un peuple moutonnier » et Émile Haguenin qu'il fallait que « nous les surveillions, nous les dominions et nous les éduquions ». Donc, Joseph gardait pour lui ses interrogations. Un militaire est là pour obéir, point. Je ne suis pas un politique. Laissons la politique à ceux dont c'est le métier.

Son chat, Bavard, s'était juché sur le rebord de la baignoire, comme à son habitude, profitant de la bienfaisante vapeur chaude sans le désagrément insupportable du contact de l'eau. La petite bête rousse le fixait en clignant lentement des yeux en signe de soumission confiante. Tout à coup, Joseph fut traversé par une pensée si forte qu'elle le fit se redresser dans son bain comme Archimède, les yeux écarquillés : Charles allait peut-être mourir dans la Baltique et c'était lui, un officier qui n'avait jamais combattu dans les tranchées, qui l'envoyait là-bas. Enfin, Joseph… ! se corrigea-t-il aussitôt, tu sais très bien que tout agent risque sa vie et tu ne l'as pas forcé. Ce qui le troublait, c'était qu'une telle pensée ait pu lui venir. Une pensée de bonne femme. Le genre de pensée qui ne l'avait jamais effleuré avant, en aucune circonstance. Mais il revoyait le visage doux et confiant du jeune homme et, malgré lui, quelque chose lui pinçait le cœur. Un sentiment voisin de celui qu'il avait pour son chat.

13

Les volontaires

La caserne qui abrite le 2e régiment de la garde à pied date de l'époque napoléonienne. On la trouve au sud de la ville. Un long bâtiment grisâtre, uniforme, imposant et triste. À l'entrée (une simple porte à un seul battant qui pourrait être celle d'une habitation), un garde coiffé du casque à pointe mais dont le pantalon trop large tirebouchonne et tombe sur ses fesses, lui donnant une allure clownesque et pathétique, demande pour la forme à Charles pourquoi il vient.

– Je veux voir le chef de corps.
– Le chef de corps...
– Lieutenant Gustav Lerner. Je suis du 2e régiment. Je rentre de France.
– Ah..., dit le garde qui s'en fout. Les bureaux du colonel sont au premier, porte en face de l'escalier.

Charles grimpe les marches deux à deux. Ses pas résonnent dans la cage d'escalier. À part ce bruit, il n'entend rien. Il frappe à la porte, personne ne lui répond. Il frappe à nouveau, attend, refrappe une troisième fois et la porte, qui était mal fermée, s'entrouvre alors en grinçant sous la poussée de son index. Il l'ouvre davantage et découvre une pièce vide ou, plus exactement, vidée, comme l'indiquent les taches claires

laissées sur le mur par deux armoires qu'on a retirées. Il ne reste qu'un bureau et une chaise. Au fond, une autre porte est ouverte. Charles appelle poliment :
– Il y a quelqu'un ?
À ce moment-là apparaît un vieux colonel en uniforme accompagné d'un caporal qui porte trois classeurs de papiers poussiéreux. Le colonel a tout dans sa posture du hobereau prussien dressé à se tenir cambré, la tête relevée, le regard toujours bien accroché à la ligne d'horizon. Ses yeux gris acier injectés de sang éclairent une face rosée et fatiguée dont les joues pendent comme les babines d'un bouledogue.
– Non, il n'y a plus personne. Plus personne, voyez-vous. Ici, on ferme. Ici comme ailleurs. Qui êtes-vous ? Qu'est-ce que vous faites là ?
Charles, qui ne s'attendait pas à une pareille entrée en matière, se met au garde-à-vous.
– Lieutenant Gustav Lerner, 2e régiment, 14e compagnie.
Le colonel le jauge une seconde avec une moue perplexe.
– Alors, c'est ça, les nouveaux uniformes ?
– J'ai été fait prisonnier de guerre, mon colonel, à Verdun, en décembre 1916. À l'armistice, ils m'ont transféré dans un camp pour officiers dans les Vosges. Je me suis évadé.
– Tu t'es évadé ? C'est bien, ça.
– J'ai réussi à passer en Allemagne en allant à pied jusqu'au Rhin, j'ai traversé…
– Très bien, très bien, le coupe le colonel d'un ton impatient.
Charles essaye tout de même de continuer :
– Donc… j'ai pris le train et… me voilà. Je regagne mon unité. Il est normal que… je vienne me faire porter rentrant et que je… enfin… je suis un officier de l'armée allemande.

— Oui, mais l'armée allemande : fini, terminé ! Un siècle de victoires et on n'a jamais perdu – et terminé, terminé ! Supprimée par ces salopards de députés ! Notre grande 1re division ? Supprimée la première ! Depuis quatre mois, des milliers et des milliers de démobilisés. Les gars retournent à la vie civile – tu signes un bout de papier, merci, adieu et débrouille-toi avec ça pour retrouver du travail ! Les gars font quatre ans de guerre, les gars se battent pour sauver le Reich, les gars reviennent avec une main ou un poumon en moins, et salut ! On veut plus te voir, tu n'existes plus, et tout ce que tu as fait, tu peux te le mettre dans le cul ! Alors tu vas faire pareil, mon vieux. Le kapo va te faire signer, et salut ! J'espère que t'as de la famille, j'espère que t'as au moins ça ! Et bonne chance pour te trouver un boulot dans le civil !

Le colonel a le front en sueur et le souffle court de s'être à nouveau emporté car il s'emporte chaque fois quand il parle de la destruction de sa glorieuse armée. Il se souvient de tous les défilés en grand uniforme avant la guerre devant l'empereur. Notre pauvre empereur qui a dû fuir en Hollande pour ne pas finir aux mains des Rouges (ils sont partout) ! Ah, que le Reich était beau, avant ! Le colonel a passé toute la guerre ici dans son bureau de Berlin à administrer les effectifs. Il y avait bien des morts et des blessés, normal, mais jamais, jamais l'Allemagne n'aurait perdu la guerre, et ce sont les Rouges qui l'ont contrainte à cette humiliation. Même au sein de l'armée, il y avait des Rouges ! Quelle honte ! Quelle décadence ! Et maintenant, voilà, l'Allemagne est brisée, l'Allemagne est piétinée, l'Allemagne pourrit de l'intérieur, rongée par le cancer communiste !

Le colonel, perdu dans ses pensées rageuses et funèbres,

tourne le dos à Charles et s'en va lourdement, sans le saluer, vers son bureau qu'il devra bientôt quitter pour toujours.

Trois heures plus tard, Herr Gustav Lerner, ancien lieutenant de la Deutsches Heer rendu à la vie civile, a déjà rejoint les effectifs de la Division de fer. Il a retrouvé Hans, ravi qu'il ait choisi de s'engager, et il a touché son nouvel uniforme, un casque à pointe, des chaussures de marche neuves qui sentent bon la cire, un pistolet Mauser, une cartouchière, des jumelles à prismes et une sacoche à cartes...
La plupart des volontaires pour le front balte sont jeunes, même très jeunes, et n'ont jamais fait la guerre. On trouve beaucoup de cadets de seize à vingt ans, chassés de leurs écoles qui viennent d'être supprimées sur ordre des vainqueurs, des fils de bourgeois ou de petits nobles, mais aussi d'ouvriers, attirés par la perspective d'une solde et (surtout) par cette fameuse promesse d'un lopin de terre. Il y a peu de cadres : quelques sous-officiers, une poignée d'officiers, dont un lieutenant-colonel qui supervise les recrutements, les arrivées et les départs, organise les futurs bataillons et les compagnies qui vont s'intégrer à la Division de fer.

D'emblée, Charles s'est vu confier une compagnie, une trentaine d'hommes, une liste vite établie par le lieutenant-colonel qui n'a fait aucune difficulté pour y inscrire le sergent Hans Beck.

Charles et Hans font figure de vétérans au milieu de tous ces jeunes qui, au foyer du casernement, au rez-de-chaussée, les entourent chaleureusement, une chope de bière à la main. Certains ont le visage poupin, couvert de boutons d'acné, d'autres ont déjà les joues et le menton piqués de poils durs qui leur donnent une apparence plus virile, et on sent à la façon dont ils se caressent les mâchoires du bout des doigts d'un air pensif qu'ils en sont fiers.

Quelques-uns seulement, dont les cinq sous-officiers affectés à la compagnie, ont connu le front, et cela se voit à l'expression tout à la fois plus dure et plus placide de leur visage. Ils n'ont pas trente ans mais savent quelque chose qui ne s'apprend que là-bas et qui définitivement vous arrache à l'enfance. Au milieu de toute cette petite foule de jouvenceaux, ils sont les « vieux ».

Dans la salle blafarde éclairée par une seule ampoule qui pend au plafond, Charles raconte son évasion. Tous l'écoutent religieusement, pleins d'admiration pour ce nouveau lieutenant qui a combattu sur les deux fronts et qui a réussi à fausser compagnie à ces bâtards de *Calmüser*.

Pour le moment, ces jeunes recrues sont encore loin de la guerre. Demain ils partiront, mais ce soir ils veulent profiter de la grande ville, s'amuser, faire la fête. Berlin ! Les nuits de Berlin ! Ses salles chaudes et enfumées, ses orchestres de bal et ses filles suaves...

Hans conduit Charles à sa chambre, une chambre d'officier, pour deux personnes. Lui en tant que sergent n'a droit qu'à un dortoir pour dix. C'est la première fois depuis que Charles est arrivé au casernement qu'ils se retrouvent seuls tous les deux. Hans en profite pour lui raconter sa déconvenue de la journée. Il n'a trouvé personne dans la Goethestrasse au numéro 15 ni même aux autres numéros. Il a remonté toute la rue et questionné tout le monde. Nul n'avait jamais vu une jeune fille correspondant à celle du train qui serait venue apporter une tête de cochon à son frère. « Une tête de cochon, vous dites ? » avait fait un badaud hirsute aux joues creuses d'un ton plus qu'intéressé. L'évocation de la tête de cochon, explique Hans, allumait tous les regards, beaucoup plus que la description d'une belle brune aux yeux sombres, mais, avec ou sans tête de cochon, ma Franziska, ça ne disait rien à personne. Si ça se trouve, elle ne s'appelle même pas comme ça ! Ah ! Tu vois, Gustav, aujourd'hui, il n'y a plus personne d'honnête !

Ce n'était pas exactement le mot approprié mais Hans manquait de vocabulaire pour exprimer ses sentiments et voulait seulement dire qu'il était déçu.

– Les femmes, Gustav, on peut jamais avoir confiance.
– Tu en as connu plusieurs ?
– Oui.
– Mais une très sérieusement ?
– Aussi. Et c'est pour ça que je te le dis.

Hans soupire. Un soupir profond et grave. Il ferme les yeux quelques secondes puis les rouvre et regarde dans le vague. Enfin, il dit :

– On était fiancés. Je lui écrivais toutes les semaines. Je ne sais pas bien écrire à part mon nom et quelques mots mais le feldwebel m'aidait et je lui écrivais. À ma première permission, on a parlé de notre mariage pour quand je reviendrais la prochaine fois. Sauf qu'à ma deuxième permission, la garce s'était mariée au patron de la scierie qu'était veuf, un vieux de cinquante ans, mais il y a que l'argent qui compte pour elle. Les femmes, il y a que ça qui comptent pour elles, insiste-t-il amèrement. C'est pour ça que je me dis qu'on est mieux entre mecs. Au moins, on peut être amis. Les filles, c'est bon pour la gaudriole.

– Et une famille ?
– Une famille ? ricane Hans. Chez moi, on était quatre gosses avec mon père qui se crevait à l'usine et ma mère à la plonge dans un restaurant. Un restaurant chic. On était dans

une petite maison à côté de l'usine, dans la cité ouvrière. Des maisons, tu sais, collées l'une contre l'autre, salon, cuisine en bas, et deux chambres en haut. Tu connais pas ça, toi, hein ? On dormait à trois dans la même chambre et ma petite sœur avec les parents. Alors moi, tu vois, une famille !... Plus tard, peut-être. Plus tard, si j'avais une belle ferme avec des bêtes en Courlande. En tout cas, ça sera pas avec cette salope de Franziska ! Bon. Pose tes affaires. Ici, il y a une salle de bains, si tu veux te laver, c'est au bout du couloir. Je reviens dans une heure et ce soir, on va se payer du bon temps, qu'est-ce que tu en dis ? On m'a donné l'adresse d'un cabaret. D'accord ?
– D'accord.
– Alors, à tout à l'heure. Moi aussi, je vais me faire beau.

La chambre est tapissée d'un tissu ocre poussiéreux et fané. Autrefois, c'était un immeuble familial et chaque étage est divisé en deux grands appartements bourgeois, dont les salons et les salles à manger servent maintenant de chambrées. Charles range son paquetage dans une vieille armoire acajou branlante dont la porte s'ouvre en couinant. Deux lits de bois sont alignés contre les murs. Au-dessus d'une cheminée, un miroir au tain rongé par l'oxydation reflète la lumière fade d'une lampe de chevet posée sur une table entre les deux lits. Charles prend le peigne fourni dans son paquetage et s'avance devant la glace. Il commence à se peigner avec application, redessinant sa raie habituelle sur le côté gauche, tirant sur l'épi rebelle qui persiste à se dresser à l'arrière de son crâne comme une crête d'oiseau. Et voilà qu'un souvenir lui revient : un petit garçon sérieux comme un pape est juché sur un fauteuil dans un salon de coiffure, un drap de coton noué autour de son cou le couvre jusqu'aux genoux. Un coiffeur s'acharne à dominer son épi tandis qu'il l'observe dans la glace. À côté du coiffeur, il y a une élégante femme blonde, une mère fière de son enfant et qui l'admire. Cette fois, ça y est, il voit son visage et il en est sûr : c'est sa mère ! Ses yeux clairs, ses cheveux relevés dégageant son front haut, son visage doux et gracieux, ses pommettes roses, son nez pointu, ses lèvres bien dessinées, ses oreilles dont les lobes tirent vers le bas sous le poids de longues boucles d'oreilles et ce sourire de jeune fille ingénue... Il est bouleversé. Mais déjà l'image de sa mère dans le miroir se trouble, il voudrait la retenir à la surface mais elle s'efface comme celle d'un noyé... Il fouille fiévreusement le miroir de ses grands yeux écarquillés, d'une fixité hypnotique. Reviens, reviens !

Petit à petit, il se calme, son cœur cogne moins fort. Au moins, je la reconnaîtrai, si je la rencontre, je la reconnaîtrai.

Dans le miroir usé, il n'y a plus que sa propre image, grise et métallique. Et moi ? Est-ce qu'elle me reconnaîtrait, moi ? Bien sûr. Oui, mais... Il s'examine : de face, de profil. Le profil droit, le profil gauche. Un nez pointu. Comme ma mère. Oui, c'est ça ! Mais cette moustache... celle de Gustav Lerner. Sur la photo, la photo jaunie que j'ai vue de lui, c'est presque moi, moi en plus jeune. On peut changer si vite. La guerre, ces années de guerre, elles sont sur mon visage. Si j'ai cet air grave... Elles seraient sur le visage de Gustav aussi. Cet homme est mort mais je lui ressemble et pour les autres je suis lui. Après la guerre, ce pourrait vraiment être lui. Est-ce qu'un de ses camarades, est-ce que son meilleur ami, est-ce que son frère ou sa sœur ou sa mère pourrait me prendre pour lui, prendre pour lui le revenant qu'on leur présenterait comme étant lui ? Les visages s'effacent, hein, tu vois bien. Ses proches ne préféreraient-ils pas croire vivant celui qu'ils aiment même s'ils le trouvaient changé, différent de celui de leur souvenir, plutôt que d'accepter qu'il soit mort à jamais ? De question en question, Charles en vient à celle-ci : cet homme que je vois est moi mais il n'a pas de nom ni de passé. En même temps, cet homme est aussi un autre qui est mort mais qui, lui, a un nom et un passé et qui peut vivre pour lui-même et pour les autres. Ne serait-ce pas en étant cet homme que je pourrais exister, construire ma vie, aimer et être aimé ? Pourquoi perdre mon temps à espérer un miracle improbable (cela fera bientôt un an que j'ai perdu la mémoire), alors qu'on m'offre une vie ? Oui mais... au fond de moi, je saurai toujours que je ne suis *pas* Gustav Lerner... Seulement, qui je suis ? Quel est mon caractère ? Suis-je bon ou méchant ? Indulgent ou cruel ? Généreux ou radin ? Courageux ou lâche ? Qu'est-ce que j'aime ? Qu'est-ce que je n'aime pas ? Qui j'aime ? Qui je déteste ?

Soudain, devant son visage immobile, énigmatique comme un masque, une idée se fait jour lentement en lui. S'il est ici, dans ce casernement, à Berlin, ici, ce soir, parmi tous ces volontaires impatients, ignorants de ce qui les attend, ce n'est pas parce qu'il serait le jouet docile et indifférent du projet d'un autre mais parce qu'il est comme eux volontaire, comme eux en quête de lui-même. Oui, s'il est arrivé jusque-là, c'est parce qu'il l'a voulu, qu'il le veut, poussé par le besoin furieux de savoir. En plongeant dans la guerre, en risquant sa vie, *il saura*. Il saura qui il est. Forcément. Car, alors, chacun apprend son courage ou sa faiblesse, sa dignité ou sa bassesse, son humanité ou sa barbarie. Personne ne peut tricher, mentir, face au feu, à la mort. La peur vous révèle tout. Toute la littérature le dit, tous les récits d'anciens combattants de Napoléon, de Sedan, de Fachoda... C'est dit dans tout ce qu'il a lu. Celui qu'il a été sur un premier champ de bataille, il le sera de nouveau sur un second. Forcément.

14

Au Rote Hund

C'est une petite salle longue et basse au bout de laquelle, sur une scène minuscule, joue un orchestre en costume traditionnel tyrolien. Reconnaissables à leurs uniformes, les Freikorps composent la moitié de la clientèle. La future section du lieutenant Lerner vide des bocks ou sirote des Gilka*. Sous l'éclairage tamisé des lampes aux abat-jour rouge foncé, les breuvages, bière, kummel, Black & White, ont tous la même teinte jaune pisseux. Des civils des deux sexes se saoulent aussi. Les femmes s'ennuient et déambulent, solitaires ou par deux, fardées et décolletées, tandis que les hommes se vautrent massivement sur les chaises, les tabourets autour du bar et les vieux sofas adossés aux murs, au velours rouge râpé piqué de trous de cigare et taché d'alcool. Sur scène, entre deux morceaux, les musiciens réclament à boire et le patron leur envoie des fines.

Hans a jeté son dévolu sur une grande liane aux seins avantageux et aux lèvres épaisses dont les joues craquent sous la couche de crème et de poudre dont elle s'est tartinée. Cette femme qui doit avoir trente ans (mais son maquillage la

---

* Eau-de-vie de carvi, spécialité allemande du nom de son inventeur.

vieillit) passe son temps à ricaner bêtement et à trébucher sur ses talons hauts. Elle s'amuse à titiller comme une chatte avec sa patte le torse du géant qui s'efforce de rire avec elle mais garde obstinément les yeux plongés dans ses seins. Soudain, elle lui caresse la joue et lui glisse quelque chose à l'oreille. Ça doit être quelque chose d'important et d'engageant car Hans, à son tour, lui parle à l'oreille. Elle lui répond aussitôt, toujours à l'oreille. Hans vient alors trouver Charles qui l'observait, accoudé au bar devant un whisky.

– T'aurais un biffeton à me filer ? Je te le rendrai sur ma solde.

– Il te faut combien ?

– Cinq marks.

Charles sort quelques billets de sa poche, en donne un à Hans.

– Oh ! Merci, Gustav ! Merci. Je te revaudrai ça.

Et le géant, tout heureux, le visage illuminé par un sourire triomphant, file retrouver sa liane qui l'entraîne vers la sortie du cabaret.

Des serveurs invitent les buveurs attablés au pied de la scène à se lever pour déplacer les tables et libérer une piste de danse. L'orchestre attaque un fox-trot, un air que la fin de la guerre a rendu populaire, *Silberfuchs* (le renard argenté). Des couples se mettent à sautiller l'un autour de l'autre tels des agneaux au rythme syncopé de la musique. Ils se tiennent par les épaules et secouent frénétiquement leurs jambes de côté. Une jeune fille qui buvait toute seule près de Charles lui propose de danser. Charles ne l'avait pas remarquée. Il découvre un visage enfantin, mutin, qu'un petit nez retroussé et de bonnes joues souriantes rendent tout à la fois tendre, touchant et drôle, mais ses yeux d'un bleu profond dans les

fenêtres de paupières tombantes et cernées, ses yeux empreints de gravité contredisent cette première impression spontanée de gaieté.
— Je ne sais pas danser, dit Charles, troublé.
— Le fox-trot ? Ça ne fait rien. C'est une nouvelle danse qui vient d'Amérique. C'est très facile, je vais vous apprendre.
Il la suit jusqu'à la piste de danse. De taille menue avec des formes douces, elle marche en se déhanchant. Elle est sensuelle. Charles est séduit par ses petites épaules rondes et la cambrure de son dos que dévoile sa robe. Elle a une peau blanche parsemée de taches de rousseur. Sa chevelure blond vénitien, lisse et lourde, est nouée en deux tresses rassemblées sur le dessus de sa tête. Quelques mèches folles caressent sa nuque. Arrivée sur la piste, elle se plante devant Charles et s'écrie joyeusement :
— Je vous montre, on fait comme ça.
Elle saute sur une jambe en envoyant l'autre fouetter l'air puis change de jambe et rebelote ! Tous les danseurs s'évertuent à reproduire à peu près les mêmes mouvements. Charles pense : des marionnettes.
— Allez, à vous ! Avec moi !
Elle le prend par les épaules et chaloupe autour de lui.
— On prend appui sur la jambe gauche et hop ! on lève la droite. Et on inverse, hop, hop !
Il l'imite maladroitement. Elle rit.
— Bravo ! Mais si ! Continuez, c'est bien.
Les autres autour d'eux gigotent comme des possédés. Charles fait de son mieux, avec bonne volonté et surtout parce qu'il goûte la pression des mains de la jeune fille sur ses épaules et le frottement furtif de sa poitrine contre la sienne.
Quand la musique s'arrête, toute la salle applaudit. Charles

est en nage, la jeune fille souffle. Elle le prend par la main et le ramène au bar alors que l'orchestre attaque un nouvel air. Maintenant, elle se tient carrément contre lui.

– Tu m'offres un verre ? On peut se tutoyer, je pense qu'on a le même âge. Quel âge as-tu ?

Charles fait l'effort de se souvenir de l'âge de Gustav :

– J'ai vingt-six ans.

– Ah ! Tu es très vieux, s'esclaffe-t-elle. Moi, vingt et un. Tu t'appelles comment ?

– Gustav Lerner, et toi ?

– Luise Hinkel. Tu es officier. Tu reviens de la guerre ?

– Et j'y repars. Je vais rejoindre nos troupes dans la Baltique où on se bat contre les Rouges.

– Tu n'aimes pas les Rouges ?

– Tu les aimes, toi ?

– Moi, je m'en fous, répond prudemment Luise. Bon, alors, on picole ?

– Qu'est-ce que tu bois ?

– Une Gilka, et toi ?

– Ben... pareil.

– Patron, deux Gilka !

– Ça roule, ma poule ! répond le barman, un rondouillard moustachu roux comme un écureuil.

En posant les deux verres, il lui dit avec un clin d'œil appuyé :

– Dis donc, ça a l'air de bien se présenter, aujourd'hui !

– Qu'est-ce qui se présente bien ? demande Charles.

Le barman éclate de rire. Luise le foudroie du regard. Il se ressaisit.

– Ce qui se présente bien, c'est la soirée. On a une belle salle, ce soir, et moi, j'suis bien fier de servir les bons soldats et de vous servir, mon lieutenant. Bravo ! Moi, je dis bravo ! Des comme vous, c'est ce qu'il nous faut. Moi, je dis : j'aime pas les Rouges. Moi, je les aime pas, moi. Quand qu'c'est qu't'es un vrai Allemand, de sang allemand, tu les aimes pas, les Rouges. Ç'ui-là qui les aime, c'est pas un vrai Allemand, c'est un traître. Moi, j'suis un vrai Allemand, main sur le cœur. J'ai fait la guerre, moi aussi, en 14. Alors, moi, j'vous dis, mon lieutenant : respect !

Des couples se sont formés. Un bourgeois poivre et sel, sans veste, sa chemise blanche tendue par son gros ventre et ses bretelles, trempe son menton dans l'opulente poitrine d'une grosse blonde dont le large derrière déborde de sa chaise. À une autre table, c'est un petit oiseau blond et maigrichon aux cheveux coupés court, qui cherche d'une main habile des miettes dans l'entrejambe d'un jeune guerrier encore adolescent.

Comme pour se justifier, se conférer une forme d'engagement patriotique aux yeux de Charles, Luise lui explique qu'elle est couturière dans un atelier qui fabriquait des pantalons pour la Deutsches Heer. Après avoir dansé à nouveau – un one-step, cette fois –, elle lui déclare qu'elle a chaud, beaucoup trop chaud dans ce cabaret bondé et enfumé, et lui propose d'aller marcher sur l'avenue. Il fait un froid piquant, ils marchent vite. Elle veut qu'il lui raconte sa vie et Charles, en faisant le récit de son évasion, se demande si elle est ou non une prostituée. Si elle l'était, perdrait-elle son temps à marcher et bavarder avec lui à minuit passé ? Elle semble l'écouter avec admiration. Mine de rien, elle l'a conduit à travers la ville jusqu'à chez elle, devant la porte d'une maison de trois étages au fond d'une ruelle obscure. Elle s'arrête et déclare :

— Voilà. J'habite là.

Elle se tient plantée face à lui comme sur la piste de danse. Elle pose de la même manière ses mains sur ses épaules et lui tend ses lèvres. Charles l'embrasse et ne pense plus à rien qu'à cet insupportable et merveilleux plaisir qui se répand en lui comme le feu par le simple attouchement d'une langue agile et chaude.

— Tu veux monter chez moi ? Il ne faudra pas faire de bruit. C'est tout petit. Il y a mon fils de trois ans qui dort avec moi et mes parents dans l'autre chambre, mais si tu me promets de ne pas faire de bruit…

— Tu as un fils. Alors, tu es mariée ?

— Je suis veuve. Il est mort à Verdun. Et il n'a jamais vu son fils.

Ému à cette pensée, Charles s'écarte et la regarde avec compassion. Il se sent coupable d'avoir pu supposer qu'elle était une prostituée alors que cette pauvre fille si jeune est déjà veuve et doit élever seule un petit garçon. Mais Luise, comprenant qu'elle vient de doucher l'ardeur de son bel officier, réagit aussitôt :

— Il est mort depuis trois ans et nous sommes vivants, Gustav. Tu es vivant et tu vas repartir à la guerre. Je suis vivante et tu me plais et j'ai envie de toi. Viens !

Elle glisse ses doigts dans les siens et l'entraîne, ils montent l'escalier étroit et raide jusqu'au dernier étage. Elle ouvre la porte et se retourne vers Charles, l'index sur ses lèvres. Chut ! Dans l'obscurité, Charles distingue d'abord la pièce principale avec la table de salle à manger, un quart de miche de pain dans un panier sur la table, puis, à gauche en entrant, une minuscule cuisine, à droite, une horloge dont le tic-tac cuivré creuse le silence. Ils avancent prudemment comme des voleurs. Tout à coup, patatras ! Charles bute dans le camion de bois à roulettes du petit garçon. Le jouet s'en va cogner contre la porte de la chambre des parents. Luise et Charles se figent, écoutent, serrés l'un contre l'autre au milieu du salon. Puis Luise à pas de loup va fermer la porte de la chambre. Elle tend l'oreille encore quelques secondes et, rassurée, conduit enfin Charles dans sa chambre. Ils entendent la respiration paisible et profonde de l'enfant endormi. Le lit de Luise est collé contre le mur du salon. Elle déshabille Charles et l'aide à dégrafer sa robe. Quand ils sont nus, elle se couche et l'attire sur elle. Il a oublié sa chaude-pisse, ne pense qu'à son désir, et l'idée de se protéger comme le lui a recommandé le médecin ne l'effleure même pas ; elle ne lui en parle pas non plus.

Tout de suite après, aussi vite et simplement qu'elle s'est déshabillée, elle se relève, renfile sa robe et aide Charles à retrouver ses vêtements dans le noir. Pendant qu'il se rhabille, elle lui demande en chuchotant :

– Tu aurais quelque chose à me donner ?

Charles ne comprend pas tout de suite.

– Mon père est malade et il n'a plus de travail, ma mère travaille avec moi à l'atelier mais tout est très cher et on ne peut pas vivre avec les rations, c'est tellement dur. Toi, tu es officier. (Elle insiste.) Toi, tu es officier, tu peux bien me donner un billet ou deux, peut-être même cinq marks, tu voudrais bien ?

Cinq marks ! Justement cinq marks ! Charles la considère avec un mélange de surprise, de déception et de tristesse. De son côté, Luise, en voyant sa réaction, paraît blessée.

– Alors va-t'en, si c'est ça ! C'est déjà assez humiliant comme ça !

Charles comprend. Elle a faim. Ils ont faim. Dans sa robe au cabaret, elle faisait illusion mais on sent ses côtes et les os de son bassin quand on est couché sur elle. Il puise dans ses poches et lui donne dix marks. Il replie sa petite main sur les billets. Elle lui dit merci et voudrait l'embrasser mais il se détourne pour partir. Elle le raccompagne à la porte de l'appartement. Elle lui redit merci. Il lui répond merci. Elle le regarde descendre l'escalier.

Au 145 de la Wilhelmstrasse, on se lève tous les jours à six heures comme dans toutes les casernes. Charles n'a dormi que trois heures et d'un sommeil tourmenté. Il se traîne jusqu'aux salons du rez-de-chaussée qui servent de cantine et fait la queue pour recevoir devant la porte de la cuisine son petit déjeuner. Ici, il n'y a pas de mess.
Même la glorieuse Division de fer souffre de la cherté des vivres. Un succédané de café est arrosé de lait aqueux et bleuâtre et chacun n'a droit qu'à deux tranches de pain molasse avec deux doigts de margarine rance, un navet bouilli et une cuiller de miel artificiel, c'est-à-dire un ersatz de sucre de betterave.

Une heure plus tard, Charles se retrouve sur le toit de l'immeuble avec le lieutenant qui partage sa chambre et cinq sous-officiers, dont Hans. C'est un immeuble bourgeois rococo. Le toit de tuiles en pente douce domine légèrement les immeubles voisins. On voit et on entend la ville qui s'éveille.
Le lieutenant s'appelle Friedrich von Melck. Il doit avoir le même âge que Charles mais la dureté de ses traits le fait paraître plus âgé. Il a des yeux verts extrêmement clairs, indé-

chiffrables. Les traits anguleux de son visage semblent avoir été taillés dans un bloc de marbre, même ses oreilles sont petites et aiguës comme des silex, et la peau bien lisse et rose de son crâne sous un voile de cheveux blonds presque blancs tondus ras accentue l'apparence plus minérale qu'humaine de ce jeune homme élancé, svelte et musclé. C'est lui qui a entraîné les autres sur le toit pour joindre l'utile à l'agréable : un petit exercice de tir aux pigeons et quelques pigeons rôtis au déjeuner ! Depuis plusieurs mois, c'est devenu assez habituel à Berlin de faire la chasse aux pigeons et les civils autant que les militaires s'y sont mis. Ce ne sont pas les armes qui manquent. On en trouve à vendre pour pas cher à presque tous les coins de rue.

Les deux lieutenants, respect du grade oblige, vont tirer les premiers. Un couple de pigeons est repéré sur un des toits d'en face au pied d'une cheminée. Charles et Friedrich visent soigneusement, bras tendu. Charles touche son pigeon en plein cœur, le volatile chute du toit comme une pierre. Friedrich en revanche rate son coup et l'oiseau, paniqué, volette en tous sens à l'angle du toit puis perd de l'altitude parce qu'il a été blessé par des éclats de tuile. Vexé, furieux d'avoir manqué sa cible, Friedrich tente de tuer le pigeon en vol. Il vide son chargeur jusqu'à ce que la pauvre bête s'écrase au sol. Les coups de feu claquent, résonnent, réfléchis par les murs, provoquant la fuite de tous les autres oiseaux et l'affolement des passants. La dernière balle fauche à un mètre du pigeon un vieux monsieur en manteau noir, coiffé d'un feutre noir. L'homme s'effondre dans le caniveau, tandis qu'à côté de lui, le pigeon est agité de soubresauts. « Oh ! mon Dieu ! Oh ! non… », s'écrient, presque tous en chœur, Charles et les sous-officiers.

Depuis le toit, à une quinzaine de mètres de hauteur et à une trentaine de mètres de distance, la scène paraît presque irréelle. Comme toujours après le feu, ce qui frappe, c'est le silence. Friedrich, les mâchoires crispées, son pistolet brûlant au bout de son bras, semble pétrifié. Dans la rue, personne n'ose encore se précipiter vers le corps du vieux monsieur de peur d'être à son tour frappé.

Charles se ressaisit le premier et ordonne :
– Dépêchons-nous, il n'est peut-être que blessé.
Friedrich reprend aussitôt ses esprits. Il agrippe Charles par l'épaule de sa veste.
– Tu ne comptes pas y aller !
– Mais si !
– Pour qu'on nous accuse ?
– Mais il faut le secourir s'il est blessé.
– S'il est blessé, des gens vont le secourir, mais pas nous. De toute façon, c'est sûrement un Rouge, dans ce quartier, c'en est plein. Tiens, regardez !

Un homme et une femme entourent le vieux monsieur qui est étendu sur le dos. Une flaque de sang s'élargit autour de son corps. Le pigeon crève à côté dans le caniveau. D'autres passants s'approchent prudemment, un attroupement se forme. Leurs voix sont indistinctes mais on devine à leur agitation et en voyant deux personnes repartir en courant qu'elles veulent appeler des secours.

– Il faut qu'on y aille, insiste Charles.
Friedrich le retient toujours et gronde d'une voix menaçante :
– Tu veux me dénoncer ? Tu veux me dénoncer, c'est ça ? On part à la guerre demain, on appartient au même corps et toi…

– On n'est pas obligés de dire que c'est nous, suggère un sous-officier, le plus gradé, un Feldwebel.
– C'est ça ! T'es con ou quoi ? gronde encore le lieutenant.
– Mais on est des militaires, dit Hans. On ne peut pas laisser comme ça en pleine rue un homme...
– On peut ce qu'on veut.
Un autre sous-officier, un sergent, s'écrie :
– V'là les flics ! Attention, ils cherchent, ils regardent en l'air.
– Planquez-vous, putain, planquez-vous ! Qu'est-ce que je vous disais ? Rentrons, bande d'idiots !
Friedrich les entraîne vers la fenêtre du grenier, invisible depuis la rue. Ils se reculent tous mais leurs visages expriment la consternation.
– Enfin, on ne va pas faire toute une histoire pour une balle perdue. C'est moi, ça aurait pu être vous. Et même s'il est mort, combien il y a eu de morts à Berlin depuis le début de l'année ? Combien, rien que depuis début mars ? Plus de mille, deux mille peut-être. Parce que c'est la guerre, les gars. Parce qu'on est en guerre contre les Rouges. C'est pour ça qu'on part demain, et je vous jure que vous en verrez d'autres là-haut. C'est pour ça qu'on existe ! C'est pour ça que les Freikorps existent ! Pour remettre de l'ordre ! Pour sauver le Reich !
Les sous-officiers ne disent rien, n'osent plus rien dire. Il a raison, c'est ce qu'on ne cesse de leur répéter : on est en guerre, à l'intérieur comme à l'extérieur. Mais Charles fait observer d'un ton glacial :
– Sauver le Reich ? En tuant n'importe qui ?
À cet instant, Friedrich devient son ennemi. Il le fixe de

ses yeux métalliques et siffle entre ses lèvres minces comme un cobra prêt à mordre :

— Va me dénoncer ! Vas-y ! Puisque visiblement tu crèves d'envie de le faire !

Charles se contient. Il croise le regard de Hans qui le soutient et qui hésite.

— Je ne te dénoncerai pas. Évidemment.

— Et vous autres ? interroge le lieutenant en se tournant vers les sous-officiers.

— Mon lieutenant, c'était un accident.

— C'est ça. Bien.

Après le déjeuner, Charles et Hans prennent le café avec d'autres dans les salons du rez-de-chaussée. Tous parlent de leur départ prévu à quatre heures du matin à la gare de Stettin, la gare du nord de Berlin, d'où partent tous les trains pour les côtes de la mer Baltique. Deux garçons très jeunes, anciens cadets, qui reviennent de promenade, racontent à leurs camarades ce qu'ils ont appris :

— Le vieux qui a été tué ce matin par les Rouges, eh bien, c'était un juif. Il avait le magasin de chaussures dans l'Obentrautstrasse.

— Ah ! Tant mieux, fait quelqu'un.

15

Le traité de Versailles
(le point de vue allemand)

La photo est connue : le 7 mai 1919, dans l'immense salon d'apparat du Trianon Palace resplendissant de miroirs et de lustres, dont les huit hautes fenêtres sont baignées par un vif soleil de printemps, tous les représentants des pays vainqueurs sont assis derrière des tables tendues de feutre vert, alignées sur trois côtés de la salle. Les « Quatre Grands » – Wilson, Lloyd George, Orlando et Clemenceau –, tels des Auguste, trônent au centre et, face à eux, à la place que les journaux français appellent le banc des accusés, derrière une table ridiculement petite, la délégation allemande emmenée par Brockdorff-Rantzau, le ministre des Affaires étrangères allemand, doit affronter deux cents personnes, deux cents paires d'yeux qui la toisent sévèrement. On sait bien que la politique est un théâtre et que ses temps forts sont soigneusement mis en scène par les hommes de pouvoir. Clemenceau avait veillé à créer cette figuration de tribunal.

À cet instant, les Allemands ignoraient ce que leur réservait le traité de Versailles et beaucoup espéraient encore qu'allaient s'ouvrir enfin les négociations sur la base des grands principes du président Wilson.

Le comte Ulrich Karl Christian von Brockdorff-Rantzau,

né en 1869, était Rantzau par son père et Brockdorff par sa mère, tout comme son frère jumeau Ernst Ludwig et son frère aîné Friedrich Emil Heinrich, mais lui seul eut à porter le fardeau de cette double lignée de haute noblesse prussienne et danoise car son père était mort quand il avait trois ans et il était le préféré de sa mère, ce qui lui avait valu d'être adopté par l'oncle de celle-ci – donc, son grand-oncle –, le baron Hans Ulrich Ludwig von Brockdorff, qui décida de lui léguer son nom et le reste parce qu'il avait, en 1866, perdu son seul enfant et serait resté sans héritier. À l'âge du complexe d'Œdipe, que Sigmund Freud était justement sur le point de conceptualiser, le petit Ulrich Karl Christian vivait déjà avec un père mort et une mère qu'il sublimait sous les regards austères, tous sévères, de ses importants ancêtres dans leurs cadres dorés devant lesquels il courait en culottes courtes dans les châteaux familiaux en redoutant les coins sombres d'où pourraient jaillir des fantômes. (D'ailleurs, ces fantômes le poursuivirent jusqu'à Versailles, où était suspendu dans une salle du château le portrait héroïque, à cheval, de son ancêtre le maréchal Josias Rantzau, Allemand d'origine danoise, fait Français par Louis XIII. Des mauvaises langues prétendaient qu'il était le père naturel de Louis XIV. Brockdorff-Rantzau, qui était pince-sans-rire, répondit à un officier français qui se permit d'y faire allusion : « Oui, dans ma famille, ça fait trois cents ans qu'on considère les Bourbons comme des bâtards Rantzau. ») Toute sa vie fut déterminée par cette double ascendance masculine et féminine. Du côté paternel, l'ordre, le service de l'État, la diplomatie et cette sévérité d'apparence, cette froideur hautaine sans laquelle il n'est pas de véritable noble prussien, à l'image du seigneur Johan

Rantzau, auquel il ressemblait incroyablement et qui avait été l'un des premiers à se rallier à Luther en 1521, faisant des Rantzau l'une des plus vieilles familles protestantes d'Allemagne. Du côté maternel, il y avait le Danemark et les Danois du Schleswig, cette province que se disputèrent jusqu'en 1918 les Allemands et les Danois ; il y avait le manoir aux toits d'ardoises, adossé à un grand bois noir, où le petit garçon avait passé les vacances les plus heureuses de son enfance avec ses frères ; et il y avait sa mère qui, le soir, l'embrassait sur le front devant le feu ronflant du grand poêle du salon, sa mère, Juliane von Brockdorff zu Rantzau, comtesse veuve qu'il trouvait si belle et qu'il allait chérir et protéger jusqu'à sa mort en 1923.

Du côté paternel : la chevalerie, le respect de la tradition, le sens de l'importance de son rang, l'intransigeance de la grandeur, celle de sa famille et celle de l'Allemagne. Du côté maternel : la tendresse, la douceur, la recherche du compromis par la compréhension de l'autre. Toute sa vie Brockdorff-Rantzau éprouva une fascination troublée et presque craintive et une attirance sexuelle obsédante pour la virilité. Toute sa vie il tenta de dominer sa sensibilité féminine sans pouvoir l'empêcher de triompher dans ses pensées et dans ses actes. Ce fut un homme tiraillé, déchiré entre ces deux pôles, qui souffrit beaucoup et dut lutter pour oser – sans oser tout à fait – être lui-même, ce qui explique qu'il buvait, fumait énormément, se droguait un peu, vivait la nuit et ne dormait que quatre à cinq heures dans la journée. Le masculin en lui disait : je suis un pragmatique, je n'ai aucun a priori idéologique ni politique, je suis un diplomate sans états d'âme au seul service des intérêts de l'Allemagne (car il fut essentiellement diplomate, à Bruxelles, à Saint-Pétersbourg, à Vienne, à Budapest, puis ambassadeur à Copenhague pendant la guerre). Et c'est le pragmatique qui écrivait début 1917 qu'il fallait soutenir les révolutionnaires russes pour hâter la capitulation de la Russie et qui participait à l'organisation du retour de Lénine depuis la Suisse à travers l'Allemagne. Mais le féminin en lui le poussait à se rallier aux sociaux-démocrates allemands, à défendre la neutralité danoise, à critiquer le bellicisme de Ludendorff, Hindenburg et Guillaume II, à préférer la république à la monarchie et une paix fondée sur la suprématie d'un droit international plutôt que sur la suprématie d'une force militaire nationale. Celui que les Quatre Grands allaient percevoir au Trianon Palace comme un hobereau arrogant, comme l'incarnation de cette Allemagne des Huns brutale et dominatrice, était pourtant l'exact contraire de l'immense majorité des aristocrates allemands qui restaient fidèles au Reich et à l'armée. En février 19, devant le Parlement, en tant que ministre des Affaires étrangères, le premier de la République de Weimar, il déclarait : « L'Allemagne est résolue à travailler de toutes ses forces à la formation de la Ligue des Nations, qui doit en premier lieu être fondée pour empêcher l'Allemagne de continuer une politique belliqueuse. » On croirait lire du Clemenceau !

Malheureusement, le 7 mai 1919, le comte n'était plus dans des dispositions aussi idéales, et voici pourquoi : quand, fin avril, il avait embarqué à Berlin dans le train spécialement affrété pour la délégation allemande qui comptait deux cents personnes, cela faisait plus de trois mois qu'il attendait que les Alliés l'appellent pour prendre part aux discussions de paix à Paris. Comme tout son gouvernement, il avait bien compris que l'Allemagne était traitée volontairement par le mépris, volontairement tenue à l'écart du débat sur la Société des Nations et sur la future Europe. Les journalistes allemands relayaient ce qui se disait à Paris et l'opinion publique s'indignait à la lecture de leurs articles. Devant le Parlement, Ulrich von Brockdorff-Rantzau avait prononcé un nouveau discours, cette fois beaucoup moins aimable à l'égard des Alliés, qu'il traitait d'« ennemis durs, froids et calculateurs » et, ce qui était alors dans la bouche d'un Allemand un anathème, d' « Occidentaux ».

Le 1er avril, le gouvernement Scheidemann avait envoyé en France un comité financier chargé de négocier avec les Alliés les conditions financières de la paix. Ce comité comprenait des personnalités respectées et très ouvertes : les banquiers juifs Max Warburg et Karl Melchior. On les avait logés loin de Paris, près de Compiègne, au château de Villette, alors propriété d'un de leurs amis français, le banquier Stern. Ils y passèrent des journées à ne rien faire, à jouer du piano, à se promener dans le parc, car, malgré leurs demandes répétées, personne ne les invita jamais à se rendre à Paris ni à discuter de quoi que ce soit. Au bout de dix jours dans leur prison de luxe, ils reçurent enfin la visite d'un représentant du ministère des Affaires étrangères français qui leur expliqua qu'ils devaient patienter encore, puis de quelques membres du comité financier de la conférence de Paris, dont Keynes, qui ne disposaient d'aucun pouvoir officiel de négociation.

L'humiliation de cette malheureuse délégation économique allemande ne fut rien à côté de celle infligée à la délégation de Brockdorff-Rantzau. Après avoir quitté Berlin le 28 avril, son train avait traversé à vive allure l'Allemagne et l'est de la Belgique mais, à peine entré dans la zone des champs de bataille du nord de la France, s'était mis, sur ordre des autorités françaises, à se traîner à quinze kilomètres-heure afin que les Allemands puissent contempler tout à loisir par les fenêtres des wagons les ravages de la guerre qu'ils avaient provoquée. Quand enfin ils arrivèrent en gare de Vaucresson, ils furent accueillis par un bataillon de l'armée française chargé de les protéger d'éventuels mouvements hostiles. Ils sortirent des voitures sous une pluie torrentielle devant l'hôtel des Réservoirs (l'ancien hôtel de la Pompadour) qui leur avait été attribué. Des soldats voulurent se précipiter pour aider les dames et les personnes âgées à porter leurs bagages mais un officier intervint pour les en empêcher : « Vous n'êtes pas des porteurs. » L'hôtel jouxtait le château de Versailles et donnait directement sur le parc. Presque pas chauffé (mais truffé de micros), il était froid et humide. « Au moins, écrivit à sa femme le juriste Walter Simons, la bouffe est bonne. » Mais tout le monde était consigné dans l'hôtel – et dans un autre hôtel voisin –, impossible de sortir dans Versailles sans escorte, on tournait en rond et on tuait le temps. Le comte Brockdorff-Rantzau fulminait dans sa chambre. Jamais de toute sa vie il n'avait été traité ainsi et jamais certainement aucun de ses ancêtres ! Son émissaire, le baron von Lersner, finit par obtenir, au bout d'une semaine, une réponse laconique et glaciale de Clemenceau : « Dites aux Allemands que le traité est en train d'être imprimé et qu'ils seront convoqués au Trianon Palace mercredi 7 à trois heures. » Convoqués !

Ce jour-là, c'était presque l'été. L'air était chaud et le ciel bleu. Le comte, escorté par une petite représentation de onze personnes, dont cinq reporters (les Alliés n'en avaient pas autorisé davantage), paraissait, dans son grand manteau noir, appuyé sur sa canne à pommeau doré, se rendre à un enterrement. Sous un soleil rayonnant, il monta gravement la volée de marches du perron du Trianon Palace entre deux haies de militaires. Il fut ébloui par la vive lumière qui baignait la salle de conférences. À son entrée, les deux cents délégués des différents pays participants, qui étaient tous déjà là, se levèrent poliment, peut-être parce qu'ils avaient l'espoir que les Allemands se révéleraient conciliants et agréables. Tendu à l'extrême, transpirant, tentant de dissimuler les tremblements de ses mains, n'arrivant pas à attraper le dossier de son fauteuil pour s'asseoir, Brockdorff-Rantzau, qui allait avoir cinquante ans, semblait soudain un vieil homme malade. Il finit par s'asseoir, posa ses coudes sur la table pour maîtriser ses tremblements, mais ne put empêcher ses jambes de s'agiter sous la table, juste en face des Quatre Grands, sur le magnifique tapis des Gobelins.

Clemenceau prit la parole, debout, plus assuré et solide que jamais, de sa voix rauque et tranchante :

– Messieurs les plénipotentiaires de l'Empire allemand, ce n'est ici ni le temps ni le lieu de prononcer des paroles superflues. Vous avez devant vous les plénipotentiaires des pays qui se sont unis pour supporter la guerre la plus dure qui leur a été imposée cruellement. L'heure est venue des lourds règlements de comptes. Vous nous avez demandé la paix, nous sommes en disposition de vous l'accorder. Vous allez recevoir le livre qui contient nos conditions de paix. Vous aurez toute facilité pour les examiner à loisir. Mais cette seconde paix de Versailles a été trop chèrement achetée pour que nous n'ayons pas le droit d'exiger par tous les moyens en notre pouvoir les légitimes satisfactions qui nous sont dues.

Après que son petit discours cinglant eut été traduit en anglais puis en allemand, le Tigre précisa :
— Vous avez quinze jours pour faire connaître vos observations.

Tandis que le traité — un lourd volume de cinq cents pages — était distribué, il demanda qui souhaitait prendre la parole. Brockdorff-Rantzau leva la main. Il avait préparé deux discours : le premier, court et conciliant, constructif (la nouvelle Allemagne démocratique soutient la Ligue des Nations, veut y prendre part et œuvrer au développement d'un nouveau monde fondé sur le droit), le second, sévère et négatif. Sans même avoir lu le traité, parce que la mise en scène de ce tribunal versaillais et les paroles blessantes de Clemenceau l'avaient convaincu que le seul but des Alliés était d'humilier l'Allemagne, il choisit le deuxième discours. D'une pâleur de lin, son long visage effilé paraissait s'étirer encore davantage. Il lissa sa moustache. Ses yeux brûlaient. Il avait plus que jamais l'air autoritaire, martial et cassant d'un chevalier teutonique. C'est du moins ainsi que le perçurent la plupart des gens présents. Il resta assis, ce qui passa pour du mépris, mais lui pensait qu'en se levant il se retrouverait dans la posture de l'accusé. Les étrangers trouvent souvent la langue allemande gutturale. Le comte était tellement tendu que sa voix donnait à chaque syllabe une sonorité non seulement gutturale mais agressive.

— Nous connaissons l'intensité de la haine à laquelle nous nous heurtons ici et nous venons d'entendre formuler l'exigence passionnée des vainqueurs qui prétendent à la fois nous faire payer comme vaincus et nous punir comme coupables. On exige de nous que nous nous reconnaissions comme seuls responsables de la guerre. Un pareil aveu serait dans ma bouche un mensonge. Loin de nous la pensée de décliner notre responsabilité dans la guerre mondiale. L'attitude de l'ancien gouvernement allemand, ses actions, ses omissions dans les journées tragiques de juillet 14 ont contribué au malheur, mais nous contestons fermement que l'Allemagne, dont le peuple avait à se défendre, soit seule chargée de cette culpabilité. Nul d'entre vous ne voudra prétendre que le malheur n'a commencé que quand l'Autriche-Hongrie a été victime d'une main assassine. Au cours des cinquante dernières années, tous les États européens ont empoisonné la situation internationale. C'est la politique de la revanche, la politique de l'expansion et la négligence du droit des peuples qui ont causé la maladie de l'Europe.

Le comte sentait les regards de plus en plus hostiles qui le fixaient, mais il gardait obstinément et presque furieusement la tête penchée sur son papier.

– L'Allemagne n'a pas commis seule des fautes. Chaque nation en a commis. Les crimes commis pendant la guerre ne sont pas excusables mais ils se commettent au cours de la lutte pour la victoire, dans le souci de l'existence nationale, dans un état de passion qui émousse la conscience des peuples. Le peuple allemand est prêt dans son for intérieur à se résigner à son lourd destin mais sans succomber sous le poids de ce fardeau, sans que cela entraîne l'effondrement de l'Allemagne. Les vainqueurs comme les vaincus doivent se garder de ce danger menaçant qui aurait des conséquences incalculables. Nous allons examiner le document que vous nous avez remis avec bonne volonté et avec l'espoir que tous pourront souscrire au résultat final.

En prononçant ces paroles, la gorge sèche, les mains crispées sur la table, le comte pensait au contraire que tout

espoir était mort. Clemenceau, Wilson et Lloyd George pensaient exactement la même chose et se demandaient quand la guerre allait recommencer. Clemenceau dit durement :
— Bien. Il n'y a pas d'autres observations ?
— Non, répondit le comte.
— Alors, la séance est levée.
Wilson se pencha vers lui et dit d'un air navré :
— Les Allemands sont vraiment des gens stupides. Ils font toujours ce qu'il ne faudrait pas faire.
— Qu'est-ce que je vous disais ? renchérit Clemenceau.
Et Lloyd George, qui triturait tellement son coupe-papier qu'il finit par le casser en deux, dit d'une voix caverneuse :
— On n'aurait jamais dû le laisser parler.
Seul le ministre des Affaires étrangères anglais, le comte Arthur Balfour, fit preuve d'un peu plus de finesse en observant d'un air détaché :
— Moi, quand quelqu'un est dans une détresse évidente, je me fais un devoir de ne pas le dévisager.
Les délégués allemands, entrés les derniers, sortirent les premiers du Trianon Palace, toujours exactement comme les accusés d'un procès. Le comte vivait chaque minute comme une offense personnelle. Sur le perron, devant la foule des journalistes, des soldats et des curieux, il alluma fébrilement une cigarette. Ses lèvres tremblaient. Sa face maigre s'était encore creusée. Sa moustache semblait mal scotchée à ses narines. Il s'engouffra dans sa voiture pour faire les quelque cent mètres qui le séparaient de l'hôtel des Réservoirs. Il n'avait plus la force de les parcourir à pied. Il s'enferma aussitôt dans sa suite avec ses plus proches : Kurt von Lersner, Karl Melchior, Max Warburg. La première tâche consista à faire traduire les cinq cents pages en allemand car le traité réglant le

sort de l'Allemagne n'avait été rédigé qu'en français et en anglais, ce que Brockdorff-Rantzau prit pour un signe supplémentaire du mépris et de l'injustice des vainqueurs. Mais le pire était à venir : la lecture en allemand du traité. Ce qu'il avait anticipé était écrit noir sur blanc à l'article 231 sur les réparations : l'Allemagne (avec son allié l'empire des Habsbourg) était seule responsable de la guerre.

Il était minuit. Les traducteurs avaient réussi l'exploit de tout traduire en un temps record et les principaux membres de la délégation allemande découvraient paragraphe après paragraphe les peines qu'on voulait infliger à leur pays. Le représentant de l'armée, le général Hans von Seeckt, s'indignait de la clause prévoyant de limiter à 100 000 le nombre de soldats, c'était encore pire que ce qu'il avait imaginé. Max Warburg, le banquier, voyant que l'Allemagne perdait plus de 13 % de son territoire et 10 % de sa population – et en particulier une région industrielle : la Silésie –, dénonçait le plus abominable acte de piraterie jamais réalisé sous l'étendard hypocrite des grands principes.

Au milieu de la nuit, une bonne quarantaine d'hommes buvaient, fumaient et clamaient leur colère. Certains criaient tellement que le service des écoutes français ne parvint pas à transcrire ce qu'ils disaient. Un journaliste allemand écrivit qu'ils étaient tellement échauffés que tout Versailles pouvait les entendre. Un représentant des syndicats, d'obédience marxiste, oubliant toute perspective internationaliste, braillait une bouteille à la main :

– Messieurs, je suis bourré. C'est peut-être prolo mais j'ai pas pu m'empêcher. Ce traité dégueulasse a détruit toute la confiance que j'avais en Wilson jusqu'à aujourd'hui.

Karl Melchior, moins pessimiste, dit :
— Allons, je pense que le président des États-Unis acceptera des amendements.

Brockdorff-Rantzau, noyé dans la fumée de sa énième cigarette, vida son verre de cognac puis laissa tomber laconiquement en posant la main sur une copie du traité :
— Ce n'était pas la peine d'écrire tout ce gros volume. Ils auraient pu tout résumer en une phrase. (Et il la dit en français :) Article unique : L'Allemagne renonce à son existence.

Pourtant, le comte allait se battre. C'était dans sa manière chevaleresque et presque, en l'occurrence, donquichottesque. En Allemagne, tous les politiques, tous les partis et l'opinion publique hurlaient unanimement contre ce « diktat » haineux et revanchard. Philip Scheidemann le chancelier, le jugeait totalement inacceptable.

Se sachant donc soutenu par le peuple entier, le comte avec sa délégation rédigea un contre-traité presque aussi long que l'autre, dans lequel il fustigeait l'article 231 sur les réparations qui condamnerait les Allemands à l'état perpétuel de peuple d'esclaves. Il refusait l'occupation de la Rhénanie pendant quinze ans et la destruction de la marine allemande. Il condamnait le blocus qui empêchait son pays de commercer et la décision de le priver de toutes ses colonies. Il critiquait le fait que l'Alsace, la Lorraine, la Silésie, l'Autriche soient détachées de l'Allemagne sans que ses habitants soient invités à se prononcer par référendum. Enfin, il revendiquait que la nouvelle République démocratique allemande fasse partie de la Ligue des Nations. Il remit son texte le 30 mai. La veille, ses collègues avaient tenu à lui fêter ses cinquante ans. Il s'efforça de faire bonne figure.

En lisant la contre-proposition, Lloyd George déclara que les Huns restaient d'indécrottables revanchards. Clemenceau lui fit un sourire indulgent.

– Je ne vois pas pourquoi vous semblez vous en étonner, David. C'est parce que vous ne connaissez pas comme nous les Boches depuis cinquante ans. Nous, on est habitués à leur insolence, tandis que pour vous c'est nouveau.

Mis à part l'organisation d'un plébiscite en Silésie, toutes les demandes allemandes furent refusées et le gouvernement de Weimar fut placé au pied du mur : soit il signait, soit la guerre reprenait, et cette fois, jusqu'à Berlin. Parmi les membres du gouvernement, seul le ministre responsable des négociations de paix, Matthias Erzberger, et le ministre de la Défense, Gustav Noske, se résignaient à accepter. Le chancelier Scheidemann démissionna. Brockdorff-Rantzau aussi. Jamais il ne signerait cette infamie. « Ceux qui signeront, s'écria-t-il, signeront l'arrêt de mort de millions d'Allemands. »

Le 17 juin, il quittait Versailles pour Weimar avec l'immense majorité de sa délégation. Une foule hostile les attendait devant l'hôtel des Réservoirs. Tel le capitaine d'un navire en train de couler, le comte fut le dernier à sortir de l'hôtel. Sa voiture se fraya un chemin à travers la foule. Des gens le huèrent, sifflèrent, lui crièrent des insultes. Certains jetèrent même des pierres. Une pierre brisa la vitre de la voiture d'une de ses secrétaires, Greta Dornbluth, qui fut blessée au visage. Elle saigna abondamment. Brockdorff-Rantzau, qui n'avait connu jusque-là que le confort moelleux et le silence feutré des ambassades, venait de vivre sa guerre, deux mois d'enfer et de douleur.

En mourant, en 1928, il eut ce mot résigné : « Je veux bien mourir. Je suis déjà mort à Versailles. »

Le général Hans von Seeckt, qui lui, au contraire, avait fait la guerre, rentra dans un tout autre état d'esprit. Ce petit homme de cinquante-deux ans au regard vif et intelligent, que les services secrets anglais surnommaient le Sphinx mais que sa moustache grise touffue, son nez et ses yeux comme des billes faisaient plutôt ressembler à un fox-terrier, considérait que son pays était encore et plus que jamais en guerre. D'ailleurs, il pensait que la guerre était l'état naturel de l'humanité. Il n'y avait donc pas à se lamenter mais à se préparer à la contre-attaque. Pour cela, il avait déjà sa stratégie : s'allier secrètement à la Russie des Soviets pour faire front commun contre « les Occidentaux ».

16

La Division de fer

Sur une colline – mais peut-on parler de colline tant ce pays est plat ? –, sur un renflement, à la lisière d'un petit bois d'arbustes fatigués par le vent et le froid d'un hiver interminable, face à l'étendue morne d'une plaine marécageuse détrempée par la fonte des neiges, la compagnie du lieutenant Lerner (cinquante hommes maintenant) attend le signal de l'attaque. La nuit est douce, pour la région. Il fait 10 degrés. La lune presque pleine dessine un gros rond derrière un léger voile de brume. Au loin, de longs sapins noirs ont l'air d'hommes qui marchent. La terre spongieuse et sablonneuse sent la bruyère, la mousse. Des oies, des cygnes crient et parfois traversent le ciel en faisant claquer leurs lourdes ailes. Toutes les armes (les mitrailleuses, les Minenwerfer) ont été placées en première ligne et leurs gueules béantes se dressent entre les arbres. Les soldats sont couchés, tapis derrière, somnolant ou dormant. C'est la troisième nuit qu'ils passent comme ça dans l'incertitude d'un combat qu'on leur a dit imminent mais qui ne vient toujours pas, et pour la majorité d'entre eux qui ont à peine dix-huit ans, cela sera leur premier véritable combat. Il ne s'agira plus de tirer sur des cibles de carton mais sur des hommes.

Pour Charles aussi, ce sera l'heure de vérité. Les séances de décharges électriques au centre du docteur Roussy ont réveillé en partie sa mémoire de la guerre, et des images, des bruits reviennent danser dans son esprit comme les traces d'un cauchemar. Que se passera-t-il et comment se comportera-t-il tout à l'heure ou demain matin ou demain soir quand les chefs donneront l'ordre de l'assaut ?

Charles veut être prêt. Tout le monde ici le prend pour un vétéran qui sait tout de la guerre. Alors, il se répète mentalement ce qu'il devra faire, repense à ses séances d'exercice du commandement au château de Vayette, aux recommandations de Klaus Kühn : « Ne t'en fais pas. N'en déplaise aux uns et aux autres, il n'y a pas beaucoup de différence entre l'art du commandement d'un lieutenant allemand et d'un français. Tu sais l'un, donc tu sais l'autre. » Mais justement, sait-il *l'un* ? Au cours de la formation qu'il a reçue, on l'a préparé bien entendu à toute éventualité, c'est-à-dire à la guerre, mais c'est resté précisément une éventualité, lointaine, hypothétique, abstraite. Au fond, à ce moment-là, il y a seulement quelques semaines, il s'est engagé dans l'aventure presque sans y penser, poussé par un désir confus de se sentir exister, de se jeter à toute force en avant comme pour forcer le destin. Dans le Jura, le docteur Voinel lui a raconté beaucoup d'histoires de sa vie au front, des conversations émouvantes ou drôles avec ses camarades. Lui ne se souvenait que de Maurice... de Maurice mort. Peut-être que bientôt... maintenant qu'il est là dans cette forêt avec les autres... tout va lui revenir ? Tiens, la lampe à huile sous la toile de tente, c'était la même, la petite flamme qui danse sous le verre bombé. Ici aussi, il y a des tranchées et on se tient transi d'humidité autour d'une lampe à huile, on avale sa ration froide parce qu'on ne fait pas de feu pour ne pas se faire repérer ; on fume et on tète sa fiole de schnick ; on chasse les gros rats qui s'en foutent et reviennent ronger votre pain sous votre nez ; on en tue un à coups de pelle et il y en a trois qui recommencent ; mais le plus dérangeant, le plus étrange, c'est cette interrogation : où est le front ? Où est l'ennemi ?

Toute la journée, dans la grisaille et le brouillard qui colle à la terre brune, ils ont scruté les alentours. On dit que les bolcheviks sont de l'autre côté, sur l'autre renflement, lui aussi hérissé d'arbres. Comment imaginer que cette campagne triste, où le printemps perce à peine, où seule une pauvre ferme émerge des marécages, puisse tout à coup se couvrir d'hommes qui vont se précipiter furieusement les uns sur les autres ? Et pourtant, c'est maintenant qu'il faut faire cet effort d'imagination. Alors, Charles se dessine le chemin qu'il fera suivre à sa compagnie quand il recevra l'ordre d'avancer. Il faudra franchir à pied la rivière qui coule derrière la ferme. Elle est étroite et, paraît-il, pas profonde ; seulement, même si on a de l'eau jusqu'au bassin, elle doit être glaciale. Pour se mettre à nouveau à couvert dans le petit bois à gauche de la ferme, il faut contourner un étang, et ne risque-t-on pas de s'embourber dans les marécages ?... Bon, normalement, ceux qui monteront en première ligne seront les Baltes. Après tout, ils sont chez eux et ils sont les premiers à vouloir en découdre et reconquérir leur ville. Nous les appuierons avec nos canons, avec la Grosse Bertha installée derrière nous sur le train blindé. Plusieurs fois dans la journée, Charles a marché jusqu'à la voie ferrée pour échanger deux mots avec le Rittmeister* Korwitz qui dirige les

---

* Capitaine.

opérations mais aussi pour admirer le rhinocéros d'acier avec sa corne géante pointée vers l'invisible ennemi. Ce monstre gris luisait sous la bruine. Sa puissance rassurait.

Lentement, la nuit passe. Charles essaye de dormir mais il n'y parvient que quelques minutes et se réveille en sursaut avec cette question : y a-t-il quelqu'un dans cette ferme, une famille qui serait restée... ou des Russes ? S'ils y sont, cachés avec une petite batterie, et qu'ils nous tirent dessus quand on progressera à découvert... Charles s'apprête à aller trouver le Rittmeister pour lui en parler quand toutes les compagnies sont mises en alerte. Sur la zone, la Division de fer en compte cinq, d'une cinquantaine d'hommes chacune. Juste derrière, les fantassins de la Landeswehr balte se tiennent prêts. Selon Korwitz, les bolcheviks ne s'attendent pas à une attaque ici, aussi concentrée et soudaine, et s'il le dit, c'est sûrement exact : il ne dit rien à la légère, il a été capitaine des « hussards de la mort » !

À l'aube, le signal de l'attaque est enfin donné : une fusée verte tirée par un pistolet. Coïncidence : au même instant, venant de la ferme, on entend le cocorico d'un coq. Aussitôt, retentissent les premiers tirs de canon. La Grosse Bertha crache un obus qui fait trembler le sol à des dizaines de mètres alentour et rugit en déchirant l'air. L'obus s'écrase deux kilomètres en face dans un petit bois noir qui gicle et s'enflamme. Tous les cygnes sauvages et toutes les oies s'envolent, terrorisés, et ça drensite et ça cacarde et le ciel se remplit d'ailes et de plumes, et des oiseaux déchirés par la mitraille tombent en paquets sanglants. Les machines se sont toutes mises à hurler et à cracher leur métal et l'ennemi, qui était donc bien là, réplique avec la même fureur. Comme si l'ordre du monde s'inversait, le jour se lève et il se met à faire nuit. Le ciel, noyé de fumée, noircit, des feux multicolores jaillissent du sol, transformant en une vision de l'enfer la mélancolique campagne lettone.

Tandis que, sur le talus en lisière du bois, les artilleurs, couchés, ou plutôt suspendus en équilibre instable au-dessus des Minenwerfer et des mitrailleuses, visent comme ils peuvent le bois d'en face qu'on ne distingue quasiment plus, derrière lequel les bolcheviks s'emploient au même travail aveugle et hasardeux, tous les soldats baltes s'élancent, dévalent la plaine, leurs fusils brandis comme des lances en criant pour s'encourager, semblables à une horde viking.

Charles voit les corps tomber. Son cœur cogne à grands coups. Ça hurle partout. Et voilà qu'il n'a rien oublié, voilà que tout est là en lui, vécu déjà. On n'est plus soi, mais son arme, on est son bras tendu. On s'est lampé sa gnôle tout ce qu'on a pu jusqu'à la dernière goutte pour se brûler le boyau et s'échauffer la tête. J'aurais dû boire, pas assez bu. Et les petits jeunes aussi, j'aurais dû les faire boire. Bon Dieu, j'ai peur, putain !... Mais on tient bon, pourtant, on tient son rôle, c'est drôle comme au combat les hommes tiennent bien leur rôle. Et quand il faut sortir de la tranchée, on y va, on fonce, même si on salit sa culotte. Malgré le déluge d'obus et de balles, malgré le fracas assourdissant des armes, ce sont les voix faibles des blessés, des mourants, qu'on entend le mieux, comme s'il existait une forme de prière secrète, la même pour tous, croyants ou non, qui, au moment ultime, nous touche et nous rappelle que nous sommes les enfants d'une expérience commune.

Au début, le lieutenant Gustav Lerner est allé, en sautant d'une mitrailleuse à un mortier, soutenir ses tireurs. Faisant corps avec sa machine, l'œil devant la lunette de visée, un bras autour de la hausse, le géant Hans a l'air d'une créature surhumaine, moitié fer et moitié chair. Il canarde sans souffler en poussant des « *Haha !* Prends ça ! Prends ça ! » d'une joie sauvage et forcenée.

Mais bientôt, Korwitz donne l'ordre aux compagnies de Lerner et von Melck, positionnées côte à côte, d'aller prendre la ferme pour attaquer par le flanc gauche, en appui à la charge de la Landeswehr qui a pris les bolcheviks sur le flanc droit, autour du village de Tetelmünde. C'est là que se joue le gros de la bataille. On voit bondir des langues de feu, vite avalées par les épaisses volutes de fumée qui remplissent l'horizon.

Charles rassemble et entraîne ses hommes. Ceux qui en sont responsables chargent les mitrailleuses sur leurs épaules ou se mettent à deux pour tirer les Minenwerfer. On dirait des bûcherons. Leurs casques à pointe dodelinent. Tout leur barda – gourde, munitions, couteau… – accroché aux ceintures et bretelles de leurs uniformes tintinnabule comme des cloches de vaches. La plaine fume. Un nuage de poussière brune et sablonneuse qui colle au visage ne cesse de monter du sol que la mitraille laboure frénétiquement. Par moments, il faut crier à son voisin pour qu'il vous entende. On franchit la rivière qui est effectivement glacée mais moins profonde que ce que craignait Charles. L'eau n'arrive qu'aux cuisses mais le sol est glaiseux, spongieux, et les soldats traversent à petits pas prudents. Pour remonter sur l'autre berge, ils dérapent et pataugent à genoux dans la boue. Hans, que son grand corps lourd n'avantage pas, s'étale de tout son long avec sa mitrailleuse, le corps dans la rivière et la tête dans la boue. Charles se précipite, s'arc-boute contre la berge et lui tend la main pour l'aider à se relever. Son camarade se redresse et le gratifie d'un grand sourire sous son masque de boue.

À peine ont-ils tous franchi le ruisseau qu'une pluie de balles s'abat sur eux, fauchant un homme sur quatre. L'ennemi occupe la ferme, ce que Charles redoutait. Il crie :
– À terre ! À plat ventre !

À une cinquantaine de mètres sur la gauche, Friedrich vient de donner exactement le même ordre à sa compagnie. Sur le talus, devant le ruisseau, dans la tourbe et les buissons de bruyère, les corps couchés tracent une douce sinusoïde vert-de-gris. On tire, on riposte. Ça sent la poudre humide, la fumée, le brûlé. La ferme, une isba d'un seul plan, longue et basse et tout en bois, prend feu. Charles relance ses hommes qui se remettent à cavaler de leur mieux, rustauds comme des ours sous le poids de leur chargement. Ils trébuchent, enjambent des trous de mortier fumants, évitent un trou plus large d'obus plein d'une eau visqueuse. La ferme est devenue un gigantesque bûcher aveuglant et les tirs ont cessé. Charles pense : On les a eus. Il se sent excité, presque exalté, il veut cette ferme, ils n'en sont plus qu'à cent cinquante mètres... Hans est en tête avec Charles. Il est à bout de souffle.

Soudain, des grenades explosent autour d'eux et l'une d'elles en plein dans les jambes de Hans. Charles ne s'en aperçoit pas immédiatement. Il court, il fonce, les joues toutes rouges, dégoulinant de sueur et survolté, en encourageant ses hommes comme des chevaux : « Allez, allez, allez ! » Certains répliquent aux grenades et tirent au hasard dans la ferme en flammes, tandis que d'autres la contournent. Plusieurs sont frappés, tombent, se tordent de douleur en

gémissant, en criant. Toujours ces voix humaines plus fortes que le bruit des armes. Charles se retourne et ne voit plus Hans. Il revient en arrière et découvre le corps déchiqueté de son camarade. Ses jambes, sa main droite ont été arrachées. Il gît à plat ventre et se vide, la tête tournée sur le côté, les yeux ouverts. Sur le masque noir de son visage, le blanc de son œil luit d'une blancheur d'ivoire. Charles se jette à genoux près de lui en hurlant :
— Maurice ! Maurice ! Oh, mon Dieu, non ! Maurice, pas toi !...
Il l'agrippe, le serre comme un fou dans ses bras. Hans est mort. Une bulle de sang au bout de son nez éclate. La terre brune est jonchée de morceaux de chair, d'os, de tissus ensanglantés. Des hommes courbés en deux, agrippés à leurs armes, passent en courant, se ruent vers la ferme. Charles se relève, l'air égaré, le visage barbouillé de terre et de larmes, les mains couvertes de sang. Il reprend lentement ses esprits. À quelques pas de lui, Friedrich von Melck l'observe d'un air stupéfait.

Je ne peux pas rester là, je ne dois pas rester là, je suis à découvert. Fonce. Ne pense pas. Fonce.
Il se met à courir comme un automate. Derrière le rideau de feu, ses hommes ont trouvé une quinzaine de Russes qui ont jeté leurs armes et levé les bras en l'air, mais pas le temps pour des prisonniers, a dit le kapo Brandmeyer, un vieux guerrier sans états d'âme (il a fait la guerre à l'Est et à l'Ouest). Deux rafales ont suffi pour coucher ces gaillards barbus. Quand Charles est arrivé, il a vu les cadavres, leurs tronches de paysans figées dans une dernière expression de peur et d'impuissance, mais il ignore que Brandmeyer a fait

abattre des hommes qui se rendaient. Il faut continuer, il faut avancer, il faut attaquer. Il reprend sa place à la tête de sa compagnie. Il ne pense pas. Il dit :
— Au petit bois. On ne traverse pas, on remonte en lisière, on fait le tour. De l'autre côté, il y a une route. En haut de la route, c'est là qu'ils doivent être avec une batterie. On s'installe, on tire. Après, on verra.
Il ne pense pas. Les mots sortent de lui comme les notes d'un piano mécanique. Il sait ce qu'il a à faire.
La compagnie de von Melck va prendre par l'autre côté du bois. Les hommes attelés aux Minnenwerfer peinent à les faire rouler dans la terre sableuse. La campagne fume et flambe et ça vous pique les yeux. On sent le sol trembler. Jusqu'alors les obus tombaient à droite sur le cœur des troupes de la Landeswehr balte mais un artilleur bolchevique a dû deviner l'attaque par le côté et soudain, un grondement de tonnerre monte du bois d'où jaillit un énorme cône de lumière jaune. Des branches enflammées tournoient lentement dans le ciel. L'une d'elles s'écrase à trois mètres de Charles qui fait un bond en arrière et crie :
— Abritez-vous ! Abritez-vous !
Mais il n'y a pas d'abri à part le bois lui-même. Tous trottent en ballottant jusqu'à la lisière puis remontent en file indienne vers l'extrémité du bois qui ronfle et craque et pète telle une immense cheminée crachant des feuilles de cendre. Une famille d'écureuils affolés, fuyant l'incendie, passe entre les jambes de soldats. Encore un obus. Les sapins grésillent comme des cierges magiques. Le bois fond à vue d'œil.
Je ne pense pas. Je sais ce que j'ai à faire. À la guerre, tout se simplifie. Vivre, c'est juste ne pas mourir. Un chemin et là,

un entonnoir*. Dix hommes là-dedans, armes pointées sur l'ennemi, et feu sur la batterie russe qu'on devine au loin ! Allez, vite ! Allez, vite ! Feu ! Et là, miracle, une chapelle. Elle a perdu son toit mais les murs de pierre tiennent encore. Dix hommes aussi, et feu, feu ! Vite ! Les autres comme vous pouvez entre les arbres qui restent. Les hommes qui restent. Moins de vingt. On comptera plus tard. Ça y est, la batterie, je la vois. Deux cents mètres à peu près, sur le talus. C'est un canon longue portée pointé au nord-est vers la Landeswehr mais deux mitrailleuses pointées sur nous. La terre éclate en pluie de mottes noires, la peau de la plaine crève, on dirait des pustules de pus gras qui se seraient percées toutes en même temps. Je sens un frottement bref mais brutal. La manche de ma veste est déchirée. Je pense : merde, car les blessures ne font pas mal tout de suite. Couché dans la bruyère, je tâte mon bras. C'est sec. Une égratignure.

Soudain, Charles est touché par un éclat de mortier qui rebondit sur la pointe de son casque. Le choc l'aveugle un instant. Ne pas tomber dans les pommes ! Le mortier a fait un trou de trois mètres devant. Charles y rampe avec deux de ses hommes. Viser les mitrailleuses. Il ne pense à rien d'autre. Il ne pense à rien. Détonations, fracas, hurlements. La terre qui crie, le ciel qui gronde. Tout est rouge, jaune, noir, dans un brouillard sableux qui pue le pourri... Les gaz ! Les gaz ! Quelqu'un prévient mais on n'a pas de masques, on en est réduit à se protéger avec des bouts de tissu, mouchoirs, foulards, qu'on trouve sur soi et qu'on mouille dans le sol trempé. Heureusement, c'est tombé loin. Une grenade sans doute. On voudrait s'enfouir dans la terre, s'enterrer vivant

---

* Trou d'obus.

pour échapper aux tirs adverses. Foutu pays tellement plat ! J'ai peur, putain ! Se prendre une balle en pleine gueule ! Ces secousses qui vous traversent. Je m'enfonce, je m'enfonce dans la boue de ce trou. Ma main baigne dans une crème chaude. Pierrot s'en est pris une dans le bas-ventre. C'est une bouillie de chair, de sang et d'excréments. On essaye de couvrir avec des pansements improvisés et il gémit en s'agrippant à mon bras : « Me laissez pas ! Restez ici ! » Mais ça n'est pas Pierrot !... Tu confonds tout, coco ! On n'est pas en France, on est en Lettonie. Tu n'es pas français, tu es allemand. Et c'est Gunther, le petit blond encore imberbe. J'ai la main dans le ventre de Gunther. Son visage rose de chérubin est devenu jaune et vert, ses yeux se sont révulsés, il est mort. Et ça siffle encore et on tire comme on peut sur ces saloperies de mitrailleuses parce qu'on tuera ou on sera tué. Je ne pense pas. Je tue. Je tuerais mon père s'il surgissait en face à cet instant. Je suis la bête qui se bat pour sauver sa peau. Je lutte contre la mort. C'est tout ce que je sais.

Et quand on a vécu ça déjà, c'est dans le sang, c'est dans la moelle, jusqu'à la dernière heure. Rien – aucun obus, aucun choc, aucun traitement – ne peut l'effacer de la mémoire d'un homme. L'amnésie de l'horreur, de la peur, du face-à-face avec la mort n'existe pas.

Combien de temps je suis resté au fond de mon trou avec l'autre tireur encore vivant, le doigt crispé sur la détente de sa mitrailleuse dont le museau pointu crachait par salves et nous faisait trembler des pieds à la tête ? On perd la notion du temps. On attend, on espère que ça va s'arrêter. On sait que le hasard – la chute d'un obus, un mouvement qu'on fera ou qu'on ne fera pas, un peu à droite ou à gauche – va décider de notre sort.

Charles se sent de plus en plus trempé. Normal, il s'est mis à pleuvoir. Un petit crachin marin bien lent et pénétrant. Le soir tombe. Et voilà que la tempête des armes se calme et des voix lancent en allemand des cris victorieux. La compagnie de von Melck a pris fièrement la place des bolcheviks. Charles et ses hommes sortent comme des lapins de leur coin du bois, où seul a mystérieusement survécu un bouquet de bouleaux, et ils filent rejoindre leurs camarades. Les Rouges tenaient là une bonne position car de l'autre côté, on domine un large vallonnement traversé par la Duna et parsemé de lacs aux teintes de bronze.

Friedrich von Melck, triomphant, fait braquer le canon abandonné par l'ennemi sur un groupe de soldats de l'Armée rouge qui fuit en désordre. Charles constate que les troupes d'assaut commandées par le jeune baron Hans von Manteuffel ont enfoncé le front adverse et filent tout droit sur Riga. Il est clair que les bolcheviks, conscients qu'ils ne pouvaient plus tenir, ont choisi le repli général. Des feux dansent un peu partout sous un ciel pourpre et noir que les éclats des derniers obus éclairent par instants.

Le temps passe encore, on attend encore mais ce n'est plus la même angoisse. Ils avaient ordre de prendre cette position. Maintenant, il ne reste plus qu'à attendre l'ordre suivant et l'ennemi est en déroute, on n'a plus à le canarder, bien que von Melck, tout gonflé d'importance parce qu'il est arrivé le premier, houspille ses hommes :

– Et ceux-là, là-bas, vous pouvez les avoir, allez ! Encore un dans leurs gros culs !

Charles a compté ses hommes. Trente-deux. Trente-deux sur cinquante. Il faut aller identifier les morts, les regrouper, les enterrer. Il a vécu cela tant de fois. Quand la fureur s'apaise, quand les feux décroissent, quand les fumées se dissipent, la scène apparaît dans son épouvantable nudité. Sur la terre noire dévastée, presque tout est carbonisé. Les troncs d'arbres déchiquetés, filiformes, semblent des survivants hagards. Un vieil érable rouge miraculeusement épargné se tient au milieu d'un champ, nu et sanglant comme un blessé. On refait le chemin de la bataille à l'envers. Il ne reste rien qu'un sol lunaire plein de cratères, jonché de cadavres qui gonflent puis se dégonflent en rotant, en sifflant comme des baudruches sous l'effet des gaz en eux. Et l'odeur fade, entêtante, du sang, flotte dans l'air humide. Ici, un homme en gabardine en porte un autre. Cet attelage chancelant se traîne sous la pluie cendrée parmi des armes détruites, des chariots brisés, des amas de branchages, de tourbe, de vêtements raides et gluants et de restes humains. Charles avance, Charles se voit avancer avec les nettoyeurs qui mettent les cadavres en tas, les alignent, les rangent les uns à côté des autres comme des fûts de canon et fabriquent à la hâte avec des bouts de bois des croix précaires. C'est pire qu'après l'éruption d'un volcan, pire qu'un désert : un cloaque puant qui bientôt sera une croûte morte. On trouve des gars qui vivent encore, qui appellent en gémissant, parfois des petits chuintements presque inaudibles. On sait que ce sont des morts-vivants, qui vont mourir, et on hésite : une balle pour abréger leurs souffrances ou les brancardiers pour leur donner l'espoir... ? On leur sourit et, entre nous, soldats en vie, soldats miraculés, on se sourit aussi. Au cœur de toute cette mort, on se sourit pourtant.

Charles retrouve le cadavre de Hans et lui ferme les yeux.

Le capitaine Korwitz est passé à cheval. Tout le monde devait se rassembler sur la large route qui mène à Riga.

Les colonnes sont déjà nombreuses. L'armée de von der Golz progresse rapidement. Il tient sa plus grande victoire. Ses troupes, ses véhicules, ses cavaliers s'étirent en un cordon de plusieurs kilomètres. Des blindés ouvrent et ferment la marche. Un souffle d'espoir et de gaieté gagne les hommes : à nous les bocks, les saucisses, les jambons ! Il y a sûrement des réserves à Riga, des magasins, des caves, des trésors cachés ! À nous les bonnes pêches de la Baltique, les morues, les saumons ! À nous les blondes ! Et les brunes et les rousses ! On a faim. De tout ! Et puis, surtout, on parle, on se met à parler, on parle de demain, on parle d'avenir, on n'a pas oublié la terre promise, on s'y accroche plus que jamais. Combien d'arpents par personne, déjà ? On aura tous une ferme, une femme, des bêtes.

En chemin, Friedrich von Melck s'approche de Charles. Comme tout le monde, il est fatigué, les traits du visage creusés, mais il se tient droit, jubilant de satisfaction virile. Ses yeux d'acier vert scintillent comme deux quartz.

– Comment ça va, vous ? s'exclame-t-il en français avec un fort accent allemand.

Charles se retourne en faisant mine de trouver cette altercation amusante. Il n'est pas rare d'user de mots français pour plaisanter, façon de rappeler qu'on a combattu en France. Mais il voit Friedrich et sent la menace.

– Combien tu as perdu d'hommes ?
– Dix-huit, répond Charles, et toi ?
– Vingt-deux.

Depuis Berlin et l'histoire du pigeon, les deux jeunes hommes se sont consciencieusement évités, n'échangeant que quelques mots polis et formels les rares fois où ils n'ont pu faire autrement. Charles est toujours resté avec ses hommes, avec Hans, et le seul officier avec lequel il ait un peu bavardé est un uhlan bavarois énergique et débonnaire, le lieutenant Wilhelm Wagner. Il est étonné que von Melck cherche soudain son contact. Sans doute ce dernier est-il fier de son assaut sur la batterie russe et veut-il lui exprimer sa supériorité. (« Tu vois, mon pote, j'ai peut-être raté un pigeon, mais dans la vraie guerre, par contre... »)

Friedrich observe que Charles marche sans plus lui adresser un regard, l'ignore ostensiblement. Peut-être se doute-t-il de ce dont il veut lui parler... Il laisse passer deux ou trois minutes comme un félin qui guette le meilleur moment pour sauter sur sa proie puis il se lance :

– Qui est Maurice ?

Charles sursaute et ne peut cacher sa surprise.

– Tu as parlé, tu as crié – en français – en serrant le corps du sergent Beck dans tes bras mais tu n'as pas dit son nom, tu as dit : « Maurice », tu as dit en français : « Oh ! mon Dieu, non, pas toi ! »

Charles est stupéfait. Il s'attendait à tout sauf à ça. Il n'en a aucun souvenir. Et Friedrich, à l'expression de son visage, comprend que Charles a effectivement oublié ce qui lui est arrivé à cet instant-là.

– Tu ne te rappelles pas ? Tu es revenu vers lui, tu l'as vu sur le sol, tu l'as pris dans tes bras.

– Hans était mon ami, dit Charles d'une voix qui s'enroue.

– Oui, mais ce n'est pas Hans que tu as dit. C'est Maurice. Et en français. « Maurice, non, pas toi. »

En français... Tout à coup, Charles se sent piégé et il a peur. Il a parlé en français ! Il ne voit pas comment se justifier, c'est comme s'il était démasqué, il en oublie qu'il n'est pas anormal qu'un officier allemand parle le français, surtout s'il a été trois années prisonnier de guerre, et que Gustav Lerner, précisément, parlait le français, qu'il gardait même dans sa musette une édition française des *Trois Mousquetaires*. Réagissant en homme acculé, il oublie tout cela et contre-attaque. Il dit sur un ton qui ne souffre pas de contradiction :

— Je n'ai pas parlé en français. Je n'ai pas pu parler en français parce que je ne parle pas le français. Je l'ai peut-être appelé Moritz. J'avais un camarade sur le front à Verdun qui s'appelait Moritz.

— Pourtant, je suis sûr que tu as parlé en français.

— Tu as peut-être cru m'entendre mais ça ne pouvait pas être moi puisque *je ne parle pas le français*. Tu étais sans doute choqué comme moi et alors, tu as cru entendre...

Friedrich le coupe d'une voix tranchante en le fixant d'un regard mauvais, suspicieux :

— Non.

Mais Charles ne se laisse plus déstabiliser.

— Et pourquoi je parlerais français, la langue de nos ennemis, que je déteste plus que tout ? Je parle le russe que j'ai étudié au lycée. C'est tout.

Friedrich soutient son regard. Maintenant, il est persuadé que Charles ment, même s'il ne s'en explique pas la raison, et il redouble d'interrogations. Non seulement Gustav Lerner parle français mais il veut le cacher : pourquoi ? Qui est-il véritablement ? Il dit qu'il s'est évadé d'un camp de prisonniers en France. Il aurait donc été prisonnier de guerre en France sans apprendre un mot de français ! Non, non, tu en as trop dit, mon bonhomme ! Je suis sûr que je t'ai entendu parler français, sûr et certain !

Après sa défaite, l'Armée rouge s'était repliée à toute vitesse et semblait s'être volatilisée, mais deux mille cinq cents de ses soldats avaient été faits prisonniers. Une partie des troupes de von der Golz s'était ruée dans la capitale lettone. L'autre partie, la plus nombreuse, s'était déployée vers le nord, c'est-à-dire vers l'Estonie, et à l'est, vers la frontière russe. Von der Golz voyait grand. Il envisageait d'appuyer « l'Armée blanche » de Youdenitch (qui venait, en Estonie, de contraindre elle aussi l'Armée rouge au recul) et d'attaquer avec elle Petrograd. Son but ultime : contrôler toute la Lettonie et même un plus vaste territoire balte comprenant une partie de l'Estonie et de la Lituanie afin d'y créer un grand duché germanique dont il prendrait la tête. Ce rêve de grandeur alarmait les Anglais, dont la marine mouillait au large dans la baie de Riga. Ils s'apercevaient que leur idée d'utiliser les forces allemandes comme rempart contre les bolcheviks tournait à l'avantage des Allemands qui obtenaient une victoire au moment même où l'on voulait leur faire signer le traité de Versailles par lequel ils devaient reconnaître leur défaite. Mais von der Golz faisait aussi peur aux Lettons qui souhaitaient une république indépendante et aux Estoniens qui n'entendaient pas non plus se soumettre à la tutelle allemande. Donc, la situation était devenue compliquée : des Allemands d'Allemagne, des Allemands baltes et des Lettons faisaient face à d'autres Lettons et à des Estoniens appuyés par des Russes blancs (et des canons de la marine anglaise), tandis que les Russes rouges renforçaient leurs défenses à l'est.

C'est dans cette situation que des contingents de la Division de fer, auxquels le régiment du Rittmeister Korwitz était rattaché, furent envoyés à la poursuite de la fantomatique

Armée rouge dans l'est et au sud jusqu'en Lituanie, presque jusqu'à Vilnius.

Tout au long de leur traque, qui resta infructueuse, ils cheminèrent lentement à travers un pays sauvage de lacs, de rivières poissonneuses, de landes parfumées et de bois profonds où l'on entendait les loups hurler la nuit. Les officiers avaient droit à des voitures décapotables attelées à de petits chevaux russes infatigables conduits par des cochers baltes. Accablés par la chaleur moite de ce mois de juin, les hommes et les chevaux profitaient de chaque rivière pour se rafraîchir. Dans les villages, les paysans fêtaient l'été et les nuits presque blanches. On racontait qu'à la Saint-Jean, il suffisait que les jeunes restent éveillés toute la nuit et se roulent nus dans la rosée du matin pour garder éternellement une peau tendre et douce. Cela émoustillait les soldats qui chantaient à tue-tête des chansons cochonnes et se branlaient le soir sous les étoiles.

Mais, cet été-là, tout ne fut pas aussi innocemment champêtre. Avant d'abandonner Riga, les généraux russes ordonnèrent à leurs troupes de mettre à mort les centaines de Lettons qui avaient été jetés en prison parce qu'ils étaient suspectés d'être hostiles aux Soviets. Les soldats refusèrent de se livrer à cette boucherie mais des femmes bolcheviques fanatisées l'accomplirent avec une sauvagerie inouïe. Naturellement, « à titre de représailles », comme ils se justifièrent eux-mêmes, les Allemands ne furent pas en reste. Ils fusillèrent non seulement ces femmes criminelles mais près de mille prisonniers. Sans compter bien sûr les tortures, les viols et les pillages. Alors, en représailles de ces représailles, les nationalistes lettons se livrèrent à leur tour à des atrocités à l'encontre des soldats qu'ils parvenaient à capturer. C'est la vieille loi de la cruauté humaine. La barbarie des uns nourrit et libère la barbarie des autres.

Un soir, alors qu'ils s'apprêtent à camper au bord d'un lac, Charles et ses hommes remarquent au loin dans un champ de seigle d'étranges épouvantails plantés tous les vingt mètres qui, au lieu d'effrayer les corbeaux, les attirent. Les petites bêtes grises et noires volettent autour, s'y posent brièvement, les picorent à coups de bec voraces. Intrigué, Charles s'en rapproche avec le Feldwebel Rodolf Bergman, un grand gaillard rouquin piqué de taches de rousseur. Ils avancent, éblouis par le soleil. Les corbeaux, en grappes sur les épouvantails, s'agitent de plus belle mais continuent de s'affairer jusqu'à ce que les deux hommes dépassent leur distance limite de sécurité (une dizaine de mètres) et qu'enfin ils s'écartent en croassant d'indignation. Qui ose ainsi les déranger dans leur délicieux festin ? Car ce sont des hommes et non des épouvantails qui sont plantés là. Des hommes crucifiés ou empalés à qui l'on a crevé les yeux et dont certains ont le ventre rempli de pierres. Charles a un haut-le-cœur et vomit. Rodolf Bergman devient si pâle que son visage ressemble à une feuille blanche sur laquelle on aurait dessiné deux yeux verts et des taches de rousseur.

Ailleurs, les troupes du Rittmeister Korwitz découvrent d'autres Baltes allemands aussi atrocement massacrés. Aussitôt, la vengeance se prépare dans la fièvre et l'exaltation. Trois villages sont pris pour cible, dont un où Charles et le lieutenant Wagner sont envoyés pour débusquer les combattants lettons.

Ils chevauchent côte à côte, au pas, sur un chemin vert et fleuri, ouvert d'un côté sur une plaine et bordé de l'autre par une forêt dense. Leurs hommes marchent derrière. Il est près de minuit mais il fait encore jour, ou plutôt demi-jour. Tout baigne dans une lumière blanchâtre et cotonneuse et la ligne d'horizon jaunit doucement. Le village se devine au loin. Charles se laisse porter par sa monture en repensant au discours du Rittmeister : « Ce sont des chiens enragés qui ne méritent pas de vivre. Les vrais Lettons sont des Allemands. Riga, Mittau, Thorensberg, Libau : ce sont des villes allemandes, construites par des Allemands. Qui a construit le Schwartzhäupterhaus et la Peterskirche, les trésors de Riga ? Nous ! Qui a construit le pont de Lübeck ? Le génie allemand ! Ici, mes amis, nous nous battons pour l'Allemagne, pour la Grande Allemagne. Ici, mes amis, nous ferons triompher la grande race allemande. Rien ni personne ne nous arrêtera. Et surtout pas les politiciens véreux de Weimar ! Vous êtes des seigneurs, les derniers seigneurs, les valeureux parmi les valeureux, vous êtes le salut de l'Allemagne et ce pays est à vous, il est à nous ! Si nous triomphons ici, ce ne sera pas une simple victoire, ce sera le symbole de la suprématie de l'Allemagne éternelle qui n'a jamais été vaincue et qui ne le sera jamais ! » Ces paroles ont galvanisé les soldats, tous ces hommes pour la plupart très jeunes qui se sont lancés dans l'aventure balte parce qu'ils ne voulaient pas de la petite vie qui leur était promise. Non, ça, jamais ! Pas pour nous ! Nous les seigneurs ! Nous les guerriers, nous les héros ! Ils se voient déjà sur leurs terres, dans leurs maisons, leurs fermes, leurs manoirs ! Charles observe sur son cheval à côté de lui le jovial lieutenant Wagner qui paraît maintenant gonflé comme un ballon dirigeable, cambré fièrement sur sa selle, le menton relevé, le regard fixe, concentré sur le village qui se rapproche au bout du chemin. Il se retourne et lit sur tous les autres visages le même sentiment dur et déterminé.

Les villageois ont peur. Tous se sont enfermés, pas une âme dehors, on entend seulement les aboiements des chiens. À l'entrée du village, Wilhelm Wagner ordonne :

– Maison par maison. On cherche. On tire au premier mouvement.

– On les désarme, on les fait prisonniers, ajoute Charles.

– Non, il faut que ça leur serve de leçon, il faut que ça leur foute la trouille de leur vie et que ça leur ôte l'envie de recommencer. Allez, au boulot ! Et profitez-en pour nous ramener du ravitaillement !

Chaque section prend un côté de la rue principale et se déploie dans les allées adjacentes. Du fumier, des ordures sont entassés au coin des masures. On enfonce les premières portes. Dans l'obscurité, Charles entrevoit une famille groupée au fond de l'unique pièce près d'un poêle, terrorisée. Le père de famille ne parle pas l'allemand. Il répète seulement d'une voix implorante : « *Kamarade, Kamerade !* »

– Personne ici, maison suivante ! ordonne Charles.

Il ressort aussitôt. Mais, à l'intérieur, le kapo Brandmeyer glapit par-dessus la voix du paysan qui ne sait que répéter « *Kamarade ! Kamerade !* » :

– C'est un communiste !

Une détonation retentit, des cris d'épouvante et de désespoir jaillissent. À côté, dans une maison fouillée par les hommes de Wagner, plusieurs détonations claquent en même temps. D'autres cris, d'autres plaintes, et l'excitation gagne. Les soldats sentent monter en eux l'ivresse de leur propre violence.

– Par groupes de cinq, ici, ici, ici !

Ils prennent de l'assurance, font sauter à coups de pied les faibles portes de bois et tirent sur les paysans qui n'ont même pas le temps de dire qu'ils ne sont que des paysans, des civils, sans armes. Ils tuent, comme ensorcelés, capables seulement de frapper et de tuer. Charles est remonté sur son cheval pour voir par-dessus les maisons qui sont toutes très basses. Il aperçoit à l'autre bout du village des hommes qui s'enfuient et donne l'alerte. Wilhelm saute sur son cheval. Ils se lancent ensemble au grand galop à la poursuite des fuyards qui foncent vers la forêt. Ils sont une quinzaine. Charles a une fois encore le cœur qui bat à toute vitesse et ne pense à rien, qu'à les rattraper. Deux ou trois sont armés et sans cesser de courir se retournent pour tirer. Charles et Wilhelm ripostent et les abattent. Mais le restant parvient à s'enfoncer dans la forêt.

– Tant pis ! s'écrie Wilhelm. C'est trop dangereux et il ne faut pas laisser les hommes tout seuls.

Ils retournent au village où les exécutions continuent. Les femmes, les enfants, les vieux sont rassemblés dans la rue principale, le long des murs. Les soldats ressortent des maisons avec des provisions : des œufs, du beurre, des pommes de terre, des morceaux de viande, un cochon qui grouine, des canards, des poules – et de l'alcool. Toujours des coups de feu et des cris. Mais, bientôt, il ne reste plus une habitation à fouiller.

Charles remarque un attroupement de soldats à l'entrée d'une masure un peu plus grande que les autres.

– Qu'est-ce qu'il y a ici ? demande-t-il en descendant de son cheval. Qu'est-ce que vous avez trouvé ici ?

Les hommes restés à l'extérieur sont particulièrement jeunes, moins de vingt ans, moins de dix-huit ans. Charles les écarte et entre dans la maison qui sent le foin moisi, la fumée et la crasse. Une jeune fille est couchée sur une table de cuisine, sa jupe relevée ; elle est maintenue les cuisses écartées par deux soldats, tandis qu'un autre s'active en elle et que deux autres ont le pantalon déjà baissé. La fille est tellement terrifiée qu'elle ne crie pas.

Charles agrippe le soldat en train de la violer et le tire en arrière avec une telle force qu'il l'envoie bouler contre un mur.

– Mais quoi ? proteste l'un des deux qui ont le pantalon baissé. On a bien le droit, on a bien droit à un peu de plaisir, le lieutenant a dit...

– C'est moi, ton lieutenant.

– Vous la voulez ?

– Foutez-moi le camp !

– Elle aime ça, regardez comme elle aime ça ! Elle dit rien.

– Foutez-moi le camp ! gueule Charles, bouillant de colère.

Pendant ce temps, Wagner a donné l'ordre d'incendier le village. Il commence lui-même en jetant une grenade dans une chaumière. Ses hommes l'imitent, grisés comme des gamins craquant des allumettes. Aux cris se mêlent des rires fous entre chaque explosion. Les maisons s'embrasent, le feu bondit de toit en toit. Une joie satanique s'est emparée de tous les soldats. Un vieil homme qui supplie qu'on épargne sa maison est jeté dedans en même temps qu'une grenade.

Une fois que ses hommes lui ont obéi, Charles sort à son tour et découvre l'incendie qui forme un arc de cercle au centre duquel il se trouve. Son cheval effrayé s'est enfui. Le feu gagne si vite qu'il n'est plus besoin d'enflammer les maisons. Wilhelm hurle :

– Évacuez le village ! Évacuez le village !

Charles se met à courir avec les autres mais soudain se

rappelle la fille abandonnée sur la table. Devant des paires d'yeux interloqués, il fait demi-tour et disparaît dans la fumée. Il suffoque, se couvre le visage, le nez avec un pan de sa veste, ses yeux le brûlent et pleurent, il est presque aveugle. Il entre dans une chaumière qui n'est pas encore trop envahie par la fumée mais elle est vide, il s'est trompé ; il ressort et, à tâtons, trouve l'entrée de la maison suivante. La fille est là, en état de choc, toujours sur la table, couchée sur le flanc en position fœtale. Il la prend dans ses bras, se jette avec elle dans la fournaise. Des langues de feu jaunes et rouges passent en sifflant au-dessus de leurs têtes. Courbé en deux, la fille contre lui, il avance en titubant. Quand il atteint enfin la sortie du village, tous les soldats et les villageois regroupés à distance sur le chemin le regardent approcher comme s'il était un spectre.

— Tu y tenais à celle-là ? plaisante Wilhelm. Remarque, tu as bon goût, elle est pas mal.

Charles, le visage cramoisi, noirci par la fumée, dépose la fille par terre. Il tousse et crache. Une paysanne maigre, au visage osseux, aux cheveux gris, se précipite vers la fille en gémissant, s'agenouille près d'elle et la serre avec effusion contre sa poitrine.

— Bon, les gars, dit Wagner, on ne va pas y passer la nuit. En route ! N'oubliez pas le cochon. On le tuera au campement. N'oubliez rien, hein ?

Il agrippe par le poignet une jeune fille aux cheveux blonds presque blancs qui meurt de peur mais ne résiste pas.

— Toi, tu montes avec moi.

Il la saisit par la taille et la hisse sur son cheval. De leur côté, ses soldats ont pris trois filles.

– Et les autres, dit un sergent, un nommé Reinefarth, qu'est-ce qu'on en fait ?

Les autres, ce sont quelques vieux, des femmes plus très jeunes et une dizaine d'enfants apeurés blottis dans leurs jupes.

– Rien, répond Wilhelm, on les laisse.

La petite soixantaine de soldats se préparent à se mettre en marche.

– Ça va, Gustav ? demande Wilhelm.

Charles ne tousse plus. Il fixe la mère et la fille à ses pieds.

– Ça va mieux ? insiste Wilhelm. Tu veux que je t'aide à la mettre sur ton cheval ?

– Non...

Wilhelm examine plus attentivement la fille.

– Elle est pas mal mais ça ne valait pas la peine, à mon avis, de risquer sa vie pour ça. Enfin, bon, au moins, maintenant, profites-en bien. On ira dans le bois sur le chemin du retour. Vaut mieux pas tenter les autres.

Il envoie une grande claque sur la fesse de la fille blonde qu'il a installée sur son cheval.

– Et celle-là, comment tu la trouves ?

Il grimpe devant elle et met son cheval au pas. Ceux de sa section le suivent. Ils emmènent les trois filles.

Soudain, une babouchka minuscule et ronde s'échappe du groupe des villageois et trotte derrière les soldats, les mains jointes et suppliantes. Elle les implore en letton :

– Je vous en supplie ! Par pitié ! Laissez ma fille !

– Qu'est-ce qu'il lui prend à celle-là ? grogne le sergent Reinefarth.

La babouchka tend la main en direction des trois filles sans qu'on puisse savoir laquelle est la sienne. Tout se passe très vite. Reinefarth menace la vieille femme en lui indiquant d'un moulinet de la main qu'elle doit reculer mais elle continue d'avancer. Le sergent tire une balle à ses pieds pour lui faire peur. Un soldat lui lance une pierre qui l'atteint à la tempe gauche. D'autres soldats rient. La babouchka se prend la tête en gémissant et se laisse choir sur le sol. Sa fille, celle des trois qui a les cheveux foncés, a poussé un cri strident. Le cercle des villageois s'agite comme une basse-cour mais personne n'ose s'approcher de la babouchka. Wilhelm ordonne à ses hommes de la laisser tranquille et de le suivre.

Charles paraît pétrifié. Seuls ses yeux bougent. Il a d'abord observé la fille qu'il a sauvée, couchée à ses pieds bercée par sa mère : corps d'enfant longiligne, petite tête d'oiseau blond. Ensuite, il a vu la babouchka frappée par la pierre. Maintenant, il contemple le village en flammes et ce tableau, où le noir le dispute à la couleur, semble le fasciner. Ses hommes, décontenancés, attendent et s'interrogent. Ils sont pressés de partir. Le sergent Bergman finit par lui demander :

– Pardon, mon lieutenant, mais... Nous, qu'est-ce qu'on fait ?

– On y va.

Et Charles s'engage sur le chemin comme un somnambule, sans un regard pour personne, l'air totalement indifférent à tout ce qui l'entoure. Bergman, Brandmeyer et les autres lui emboîtent le pas. Le kapo et trois hommes ferment la marche en surveillant qu'aucun villageois ne bouge. Ils sont prêts à tirer.

Quand ils se sont suffisamment éloignés et que l'éclat du feu s'estompe, ils s'aperçoivent que la nuit est tombée, une nuit entre chien et loup. Au-dessus du bois sombre que longe leur chemin, la lune leur sourit d'une bouche édentée.

17

La vie d'un homme

À la guerre, c'est quand il ne se passe plus rien que ça devient le plus dangereux pour l'âme du soldat.

Durant deux semaines, ils ont marché à travers champs et dans les bois, où ils ont fait le plein de poux, de tiques et de piqûres de moustiques. Ils ont surpris un ours, l'ont tué mais ont eu toutes les peines du monde à le dépouiller et à le faire cuire – et même cuite sa chair était vraiment dure. Ils se sont baignés, rafraîchis tous les après-midi dans l'eau des rivières. Ils ont joué aux cartes en buvant de la vodka. Ils ont parlé, parlé, de tout, de rien, de l'avenir, de la victoire prochaine, annoncée, promise, vive le Reich ! Les Français : race de dégénérés. Les Anglais : race d'épiciers sournois. Les Russes : race de porcs. Nous : les seigneurs ! comme dit le Rittmeister. Mais plus le temps s'écoule, plus c'est du passé que l'on cause, de la vie au pays, au village, à la ville, dans les forêts prussiennes, dans les plaines saxonnes, sur les coteaux rhénans, dans les montagnes de Bavière. La cuisine de sa mère, le clocher de l'église, le carré de soleil sur la place vers cinq heures, la voisine dont la croupe vous empêche de dormir, la fiancée et le mariage quand on reviendra... ou cette salope qui s'est tirée avec un autre !... Et c'est alors que les gorges se serrent, que les regards s'embuent… et qu'on se tait. La mélancolie, d'un coup, vous est tombée dessus.

Charles s'est d'abord senti vidé, insensible, indifférent à lui-même et au monde, comme anesthésié, flottant dans un sommeil sans rêve tout en accomplissant chaque geste de la journée sans désir, par automatisme. Il a déjà maintes fois éprouvé cette sensation et s'est répété que c'était normal, qu'à chaque fois entre deux combats, durant les heures calmes, c'était pareil. Cela durait un jour ou deux ou trois. Puis le cerveau se remettait en marche.

Son cerveau s'est remis en marche trois jours après le raid sur le village. Il était assis sur une grosse pierre et trempait ses pieds nus dans l'eau fraîche d'une rivière en regardant courir des nuages de coton. Soudain, il s'est vu les pieds dans l'Ill, la rivière de Strasbourg, sur le quai derrière la cathédrale, avec Thomas, avec Raoul, avec Joseph, ses trois camarades d'école. Leurs visages d'enfants lui revenaient, leurs noms aussi : Winterer, Herrenschmidt, Vogt. Ils jetaient des cailloux pour faire peur aux canards. Un couple de loutres s'affairait sous le vieux pont. On jouait toujours tous les quatre. Maman nous appelait les mousquetaires. Maman… Maman… Je ne vois pas ton visage, à toi, pourquoi ? Que sont-ils devenus ? Ils ont dû faire la guerre. Peut-être côté allemand s'ils vivaient toujours en Alsace. Il y avait une fille, un vrai garçon manqué, qui voulait toujours venir avec nous. Elle disait qu'on était les quatre doigts de la main et qu'il nous fallait le pouce.

Allons, mon vieux, garde espoir ! Tu vois bien que ton histoire te revient petit à petit.

Mais soudain, patatras ! Alors qu'il s'applique à récapituler ce qu'il sait de son passé, tout s'embrouille : il pense à

Maurice et c'est la tête de Hans qu'il voit. Pourtant, jusqu'à présent, c'était son souvenir le plus fort, le visage de Maurice. Que lui arrive-t-il ? Si ce qui lui restait de mémoire se met à s'effacer...
Il est depuis si longtemps les pieds dans l'eau, le regard vague, que le sergent Bergman s'approche.
– Quelque chose qui va pas, mon lieutenant ?
– Tout va bien, Rodolf, merci.
– Le mal du pays ? Vous êtes d'où, vous, mon lieutenant ?
D'où il est ? C'est toute la question ! Charles prend un instant avant de répondre. Pas de bêtise, attention, tu es Gustav Lerner. Oui, mais à part ça, je sais si peu de choses.
– Je suis de Hanovre.
– Ah ! C'est drôle ! Moi aussi.
– Oui, c'est drôle, dit Charles, qui se relève brusquement et attrape ses bottes.
– Enfin, pas exactement de Hanovre mais d'un village à côté du lac Steinhuder, Mardorf, vous connaissez ?
– Non.
– Mais le lac, vous voyez. Eh bien, c'est sur la rive ouest.
À cet instant, Charles se dit qu'il est dans un piège en train de se refermer. Il n'en sait pas davantage sur Gustav que sur lui-même. Si personne ne risque ici de reconnaître un Français – donc, de *le* reconnaître –, un vilain coup du sort peut très bien le faire tomber sur quelqu'un qui aurait connu le lieutenant Lerner.

Voilà quinze jours qu'ils marchent, campent, chassent, pêchent et attendent, désœuvrés, l'ennemi invisible dans la monotone campagne lettone. Et Charles a de plus en plus le sentiment que tout ce qu'il vit est absurde.

Tu as dit oui. Personne ne t'a forcé. Le général Durand t'a laissé libre de choisir. Tu voulais savoir. Savoir ce que tu éprouverais. Maintenant, tu sais. Tu sais que la guerre a tout effacé en toi, sauf la guerre. C'est aussi dégueulasse ici que là-bas. Tu as toujours aussi peur. Ça te donne la nausée. Maintenant, tu sais pourquoi tu n'existes plus. Mais tu ne sais pas pourquoi tu es toujours vivant et Maurice mort et Hans mort, pourquoi tu n'es pas mort en France et pas encore ici. Ceux qui sont ici croient qu'ils combattent pour quelque chose et contre un ennemi. Ils la veulent tous, la guerre, et ils sont fiers, sombres et impitoyables, et ils se croient des héros, des dieux, et tout leur est permis, tuer, piller, violer. Ils ne voient pas qu'ils sont devenus des assassins obéissants, des monstres idiots et cruels, des cannibales, des carcasses d'hommes vides. La guerre les a vidés de leur humanité... Et pourtant, non, ce n'est pas cela et c'est encore plus triste. Quand il les observe, ces hommes, ceux de sa section et tous les autres, tous, qui tuent le temps comme ils peuvent, qui fument, s'occupent à de petites choses... mon Dieu, qu'ils sont jeunes ! Et comme je leur ressemble ! Tous ignorants comme des enfants et déjà si vieux ! Des enfants vieux. Des enfants qui savent tout de la mort et rien de la vie. On leur a dit qu'ils étaient là pour sauver l'Allemagne. On m'a dit que j'étais là pour la France. Qu'est-ce que ça veut dire ? J'aimais Maurice, il est mort. J'aimais Hans, il est mort. Gunther, le petit gars dans le trou avec moi, est mort. Et j'ai tué. Combien d'hommes j'ai pu tuer ? Et qui étaient-ils ? Des Allemands, des Français, des Lettons, des Russes ? Non. Des hommes. Des hommes qui avaient une famille, un pays, un avenir. Des hommes qui pensaient, rêvaient, aimaient, riaient, pleuraient. Absurde.

Un soir, l'ordre tombe de foncer plein nord en renfort de la Landeswehr et de contingents d'assaut de la Division de fer qui sont attaqués de tous côtés par les Estoniens. Ils risquent de perdre Wenden, la ville la plus septentrionale qu'ils avaient réussi à prendre début juin.

Ces dernières semaines, les Estoniens et les nationalistes lettons ont appliqué la tactique de l'Armée rouge : ils se sont mystérieusement évaporés dans la nature et les Allemands ont progressé, épiés par un ennemi invisible qui attendait le meilleur moment pour fondre sur sa proie. Quand enfin l'attaque a été lancée, les troupes de von der Golz ont vu surgir devant, derrière, à droite, à gauche, des hordes rapides et déchaînées. Pour ajouter à leur confusion, les Allemands ont eu la surprise de découvrir que bon nombre de ces soldats portaient des casques à pointe de l'armée allemande ! En effet, des soldats allemands conduits par leur chef, l'Oberleutnant Goldfeld, avaient fait sécession et rejoint les rangs lettons.

La position qu'il faut tenir se trouve entre les lacs au passage de la rivière Aa de Livonie. Le bataillon du Rittmeister Adolf Korwitz y est arrivé vers trois heures du matin dans une lumière sépulcrale et s'est mis à creuser fébrilement des trous pour les Minenwerfer et les mitrailleuses, à l'orée d'un bois dominant la rivière. Au petit matin, les hommes épuisés, en nage, dévorés par des nuées de moustiques, ont voulu prendre un peu de repos sous un petit crachin tiède. Pour s'abriter, ils se sont couverts de leurs toiles de tente.

Charles a sombré dans le sommeil depuis quelques minutes quand le premier obus éclate. Derrière lui, dans le bois, plusieurs arbres sont pulvérisés. Le sol tremble. Les canons de la

Division de fer répliquent et, sur l'autre rive, le bois où se cache l'ennemi explose à son tour. De part et d'autre une pluie d'obus laboure la terre sablonneuse et la forêt enflammée ronfle comme une chaudière.

Au bout d'un certain temps – combien exactement ? On ne sait jamais très bien quand on est pris dans un combat –, les bombardements côté ennemi diminuent puis cessent. Les Allemands, eux, continuent d'arroser. Un nuage épais de fumée noire s'étend sur la rivière. Korwitz a réparti ses différentes sections comme lors de la bataille de Riga. Celles de Charles et de Friedrich sont côte à côte. Quand ils estiment avoir suffisamment pilonné, les commandants allemands donnent l'ordre de suspendre les tirs. Il semble que les Estoniens aient battu en retraite. Il s'agit alors de pousser l'avantage et de franchir la rivière. Un pont, miraculeusement intact, se trouve à cinq cents mètres environ sur la gauche de Charles. Lentement, comme des marmottes sortent de leurs terriers, plusieurs compagnies sortent de leurs abris, descendent jusqu'à la rive et s'engagent sur le pont. Avant que le premier Allemand ne pose le pied sur l'autre rive, une rafale retentit. En quelques secondes, une trentaine d'hommes sont fauchés. Les autres se replient à qui mieux mieux en marchant sur les corps de leurs camarades. Au même instant, toujours bien caché, l'ennemi reprend ses bombardements. Les Allemands ripostent et ça repart de plus belle.

Mais bientôt, le même cri d'alarme court le long de la rivière, de compagnie en compagnie : Ils arrivent ! ils nous attaquent par le côté ! Korwitz ordonne à chacun de ses lieutenants d'abandonner sa position et de battre en retraite. Charles fait sortir ses hommes en bon ordre. Un chemin forestier large et droit leur permet de décamper. Il est déjà plein de gars affolés. À une cinquantaine de mètres, un obus explose. On en ressent la secousse jusque dans les os.

Soudain, alors que les soldats de Friedrich finissent d'extraire de leurs abris leurs Minenwerfer, un nouvel obus frappe, éventre la berge à leurs pieds, et ils s'envolent en bouquet jusqu'à trois mètres de hauteur. Déchiquetés, certains corps retombent par morceaux. Ceux qui ne sont ni blessés ni morts ni évanouis ni prostrés en état de choc se redressent et s'enfuient. Trois seulement, dont le sergent Reinefarth, s'inquiètent un peu des autres et empoignent chacun un blessé qu'ils traînent comme ils peuvent vers le chemin forestier.

Charles appelle quatre hommes, dont deux avec une civière. Dans le charnier, cinq blessés les supplient de venir à leur secours. Impossible de les prendre tous, il faut faire vite, l'ennemi arrive. Le sang répandu, l'odeur âcre et métallique du sang et celle, fétide, des viscères soulèvent le cœur. Deux des soldats de Charles deviennent verts et dégobillent. Les deux autres chargent sur le brancard un blessé qui presse désespérément à mains nues son ventre ouvert. Charles houspille les deux qui ont vomi :

– Allez ! Allez ! Toi, prends celui-là ! Toi, celui-là ! Allez ! Allez !

Les deux gars se ressaisissent, obéissent, agrippent les blessés qui, heureusement, peuvent chacun se tenir debout, les enlacent et clopinent avec eux.

Charles découvre alors Friedrich von Melck recroquevillé parmi des cadavres au fond d'un entonnoir. Il n'a plus son casque. Il est en position fœtale, tremble et branle du chef comme un débile mental en geignant doucement. Charles saute dans le trou et constate qu'il n'a aucune blessure apparente.

– Friedrich ! Friedrich ! Ça va ? Viens ! Viens avec moi, viens.
Friedrich, rendu fou par la peur, gratte la terre et cherche à y enfouir sa tête. Charles l'attrape par les épaules, le secoue.
– C'est moi, Gustav. Gustav Lerner. Friedrich, regarde-moi !
Il veut le forcer à tourner la tête vers lui mais l'autre résiste furieusement, si bien que Charles le gifle en répétant son nom :
– Friedrich, c'est moi, Gustav Lerner. Lieutenant Lerner. Viens vite avec moi.
L'un des brancardiers lui crie :
– Mon lieutenant, mon lieutenant ! Vite ! Ils arrivent ! Ils sont là !
Charles se dresse à la surface de l'entonnoir et voit, à moins de deux cents mètres, des soldats qui courent en colonne sur le talus au bord de la forêt. De l'autre côté, à l'entrée du chemin forestier, le Rittmeister Korwitz a fait installer à la hâte un canon de 77 qui tire sur ces soldats. Le premier projectile frappe bien trop loin.
Charles essaye à nouveau de relever Friedrich qui se débat en poussant des cris d'animal. Il ne trouve plus d'autre solution que de l'assommer, mais au moment où il va lui assener un coup de crosse de son pistolet, une balle siffle au ras de sa tête ; il se jette à plat ventre contre Friedrich et fait le mort. Ses pieds trempent dans une mare de boue rougeâtre. Des armes claquent, des grenades pètent tout près ; la terre en s'ouvrant fait un bruit de champignon qui crève. Friedrich, sous le corps de Charles, s'agite, se cabre et crie de plus belle. Charles tente de l'immobiliser. D'un bras, il lui garrotte le cou, de l'autre, il le bâillonne. Friedrich le mord jusqu'au

sang à travers le tissu pourtant épais de sa veste. Charles se retient de hurler. Friedrich, les mâchoires ainsi refermées sur le muscle de son bras comme un chien enragé, ne peut plus crier. Des soldats passent au bord de l'entonnoir sans les remarquer. Ils courent fusil au poing en se hurlant des encouragements. Le tonnerre dément de la mitraille fracasse la terre. Friedrich est secoué de convulsions tétaniques. Charles lui parle à l'oreille comme à un enfant :

— Calme, calme, tout va bien, je suis avec toi, tout va bien. Calme.

Petit à petit, Friedrich s'apaise.

Tout à coup, un paquet tombe dans le trou. C'est un Estonien. Il a la jambe déchiquetée. Il appelle à l'aide mais le vacarme est si assourdissant et ses compagnons d'armes si pressés... C'est alors, le cul dans la mare crémeuse, adossé à la paroi du trou, qu'il découvre avec terreur la présence de Charles qui l'observe d'un regard fixe. Il cherche son fusil. Il l'a lâché quand la balle l'a touché. Il essaye de dégainer son poignard mais Charles est plus rapide, il a déjà sorti le sien et il bondit sur l'Estonien. Le corps du jeune homme tressaille et se tend puis s'affaisse avec un râle d'agonie faible et bouleversant. Charles a frappé sans réfléchir. Il lui a transpercé le foie. Il entend un gargouillis comme d'un lavabo qui se vide. Il retire son poignard, sa main est poisseuse de sang, un sang si foncé qu'il paraît noir. Friedrich n'a pas bougé. Il est calmé. On dirait qu'il vient de se réveiller et qu'il se demande où il est.

Des soldats passent encore à proximité. Mais les tirs s'espacent, s'éloignent. Ne pas bouger. Pas tout de suite. Attendre.

Charles réalise que le sang, un sang frais et plus clair, continue de couler sur sa main. L'Estonien, au moment où il le frappait au foie, lui a entaillé les veines du poignet droit. Charles ôte sa veste puis sa chemise, qu'il déchire et noue le plus fermement possible autour de son poignet à l'aide de ses dents et de sa main gauche.

Avec l'Estonien, il y a quatre morts dans l'entonnoir et Friedrich, les yeux écarquillés, reconnaît ses hommes. Dietrich, qui avait dix-sept ans, a retrouvé dans la mort son visage lisse et délicat d'enfant. Albert a la mâchoire inférieure qui pend misérablement. Un papillon aux ailes jaunes translucides est posé sur son front. Je rêve ? Non, il s'envole. Un papillon jaune... Et là, barbouillé de terre et de sang, c'est Franz... Friedrich est devenu livide. La peur le reprend mais cette fois parce qu'il commence à prendre conscience de ce qui est arrivé :

– Qu'est-ce qu'on fout là ?
– Tu me reconnais ?
– Oui.
– Comment je m'appelle ?
– Gustav Lerner.
– Et toi ?
– Moi ?
– Comment tu t'appelles ?
– Friedrich. Friedrich von Melck.
– Ton grade ?
– Pourquoi tu me demandes ça ?
– Parce que tu as été choqué par une marmite. Je t'ai découvert dans l'entonnoir.
– Où sont les autres ?
– Ils ont reculé. Les Estoniens nous ont pris à revers par surprise.

Friedrich a l'air d'un enfant paniqué.
– Et nous ? Et nous ? On ne va pas rester là...

Il tente de sortir du trou. Charles le retient par sa culotte.
– T'es fou ! Tu vas nous faire repérer.
Il le tire d'un coup brusque et le fait retomber au fond. Friedrich se retrouve sur le cadavre de Franz. Un instant, sa tête touche celle du mort. Il bondit.
– Je veux sortir ! Je ne veux pas rester là !
Il s'agite, patine dans la terre humide, dérape sur la paroi, fait des gestes désordonnés des bras pour se hisser à la surface. Charles le retient encore. Il voit que le garrot à son poignet s'imbibe de plus en plus de sang.
– Attends, il faut d'abord être sûrs qu'on peut courir jusqu'au bois. Attends, Friedrich, écoute, écoute, ne panique pas !
Ce mot a un effet immédiat :
– Je ne panique pas.
– Très bien.
– Pour qui tu me prends ?
– Regarde par là, moi par là.
Ils scrutent les alentours. Les Allemands se sont repliés, les Estoniens, sans doute après eux, ont disparu. Tout est bizarrement tranquille sur la zone qu'ils peuvent voir. Ils ont le champ libre.
– On y va ?
– On y va !
Ils sortent, courent jusqu'au bois, s'enfoncent dans le sous-bois. C'est une forêt dense, moussue et broussailleuse, qui rend leur progression difficile. Pour ne pas risquer de se perdre ni de se faire piéger par le feu, ils choisissent de rester assez près du chemin forestier.
– Où ils sont ?

— Les Estoniens ? Je pense qu'ils consolident leurs positions près du pont.

Le chemin est désert. Maintenant, les Allemands doivent tous avoir rejoint leur base arrière. C'est là que les deux lieutenants veulent aller. Charles estime plus prudent de continuer à couvert. L'ennemi pourrait les repérer sur le chemin et les leurs risqueraient de les confondre avec l'ennemi !

Cela a beau être le petit matin, il fait chaud. Comme il n'y a pas un souffle de vent et que la bruine continue de tomber, les feux dans la forêt ne s'étendent pas rapidement mais une fumée grise, dense, chargée d'une forte odeur de brûlé s'écoule entre les faîtes des arbres comme une eau lente et lourde, noyant le ciel et la lumière du jour au point qu'on y voit à peine à dix mètres. Au loin, des canons longue portée grondent mais à intervalles plus espacés que tout à l'heure.

Charles est trempé. Il sue abondamment. Ses vêtements lui collent à la peau. Il a froid aux pieds et se sent fiévreux, frissonnant. Sa main est toujours aussi mouillée et gluante. Il a la tête lourde, qui tourne un peu, une vague nausée. Sa bouche est pâteuse, desséchée, il a très soif. Il demande à Friedrich de lui resserrer son garrot et, quand celui-ci s'exécute, il gémit de douleur.

Ils avancent en zigzaguant entre les arbres, en se frayant un passage dans les ronces, les bruyères et les orties. Charles ne pense plus qu'au prochain pas. Friedrich est passé devant lui. Il marche à grandes enjambées déterminées. Charles peine à le suivre. Soudain, il se prend le pied droit dans une racine et perd l'équilibre. Il chute de côté et son pied resté coincé craque comme une branche sèche. Il pousse un cri aigu. Friedrich se retourne et le voit à terre.

— Qu'est-ce que t'as ?

– Je me suis pris le pied dans une racine. J'ai mal.
– C'est rien. Je vais te dégager.
Friedrich lui attrape la jambe au niveau du mollet et la tire d'un coup brusque pour libérer son pied. Charles laisse échapper un nouveau cri de souffrance.
– Tu as dû te tordre un peu la cheville, ça va aller, lève-toi.
Il l'aide à se relever mais Charles sent un élancement brutal dès qu'il pose le pied sur le sol.
– Mais si, ça va, allez, fais un effort, vas-y, tu vas y arriver.
Charles fait plusieurs tentatives mais la douleur est insoutenable.
– Je ne peux pas. Il faut que je marche sur un pied.
Il s'agrippe au bras de Friedrich pour tenir debout. Friedrich s'agace :
– C'est impossible, on n'avancera jamais comme ça. Fais un effort, merde !
Charles, dont le poignet saigne toujours, est épuisé et blême.
– Trouve-moi une branche, un bâton pour m'aider.
Il s'appuie à un tronc, en équilibre sur une jambe. Il n'a plus qu'un désir : se coucher, se laisser choir dans la mousse au pied de l'arbre, dormir, mais non, mais non… Friedrich a disparu. La forêt tangue doucement autour de lui. Il a envie de vomir. Impression de manquer d'air, de suffoquer. NON ! Sortir de là, à tout prix ! Rassemblant ses dernières forces, il sautille à cloche-pied vers le chemin forestier qui se trouve à quatre ou cinq mètres. Il manque tomber mais se rattrape en s'agrippant à un branchage, sautille à nouveau, trébuche à nouveau, se rattrape à nouveau, sautille encore et… s'effondre dans les herbes au bord du chemin.

18

À l'encre invisible

Certains sentent venir la mort et luttent tels des Don Quichotte contre ses grandes ailes dont le battement glacé les plonge dans la terreur. Ils gesticulent, expriment des protestations révoltées qui s'achèvent en plaintes déchirantes et pathétiques. D'autres s'éteignent comme des bougies sans même exhaler un soupir. Mais la plupart supplient qu'on les soulage, râlent, pleurent, psalmodient leur souffrance. Quelques-uns délirent. Il y en a un qui chante un air d'Offenbach. Un autre se traîne entre les brancards comme un phoque. Il n'a plus de jambes. Le docteur Bulius le remet sur sa couche.

L'hôpital de campagne est installé dans un château fort qui a été transformé en demeure aristocratique au XVIIIe siècle. Les blessés sont entassés au rez-de-chaussée dans des salles sombres et humides. Le poignet de Charles a été recousu, sans anesthésie. Sa jambe est tenue par une attelle. Sa cheville est enflée, violette. Il se souvient du médecin chauve aux yeux bleu pâle derrière de grosses lunettes à monture dorée qui lui a dit : « Ne bougez pas, c'est presque fini. »

Il a eu beaucoup de fièvre mais sa température est redevenue normale. Par chance, il n'a pas d'infection. À côté de lui, dressé sur son brancard, un borgne semble chercher la lumière. Sa tête a été entièrement bandée, à l'exception de l'orbite de son œil valide, aux paupières néanmoins rouges et tuméfiées, et ce cyclope étrange fixe avidement, on ne sait pourquoi, des heures durant, une ampoule nue pendue au plafond.

L'autre voisin de Charles est un tout jeune homme au visage déjà durci, fermé. Des lèvres charnues, les ailes du nez épatées, des yeux étroits, caves, sous des sourcils toujours froncés qui traduisent un effort permanent de maîtrise de soi. Il a été blessé à l'épaule.

Il est le premier à voir entrer, au bout de la salle, le général Rüdiger von der Golz flanqué du major Josef Bischoff (le fondateur de la Division de fer), du Rittmeister Adolf Korwitz, de l'Oberleutnant Gehrard Rossbach (chef du Freikorps qui porte son nom) et du docteur Bulius. Ils sont venus saluer et réconforter les blessés.

Quand ils arrivent à la hauteur du jeune voisin de Charles, Rossbach s'écrie :

– Voilà un homme, mon général ! Dix-neuf ans, courageux, sans peur. Un futur chef. Il a fait la guerre contre les hindous en Méditerranée, en Palestine, et il a tué son premier homme à quinze ans.

– Félicitations, jeune homme. Comment vous appelez-vous ?

– Sous-lieutenant Rudolf Höss, mon général.

– Remettez-vous vite.

– J'y compte bien. J'ai hâte de retourner au combat.

– C'est bien, mon garçon.

Le général n'est pas très grand mais se tient toujours parfaitement droit et arbore l'air sévère et digne qui convient à

un comte de la vieille noblesse prussienne. Il s'approche de Charles, que le Rittmeister s'empresse de présenter :
— C'est le lieutenant Gustav Lerner.
— Celui dont vous m'avez parlé.
— Lui-même. Il a fait preuve d'une bravoure et d'une solidarité exemplaires. Il est revenu sous le feu de l'ennemi avec quelques-uns de ses hommes alors que tout le monde se repliait quand on a été attaqués par le revers. Il a pris tous les risques pour porter secours au lieutenant von Melck et à ses hommes qui venaient d'être touchés par l'explosion d'un obus. Il a risqué sa vie pour les sauver et c'est comme ça qu'il a été blessé.
— Pour ma part, c'est le lieutenant von Melck qui m'a sauvé la vie, dit Charles.
— Ah bon ? Comment ça ? demande Korwitz, surpris.
— Sans lui, je serais mort. S'il n'était pas revenu avec des secours...
— Mais ce n'est pas lui qui t'a trouvé ! s'exclame Korwitz. C'est le sergent Bergman qui est parti à ta recherche avec deux hommes.
— Mais c'est sûrement Friedrich qui leur a indiqué où j'étais.
— Non. Il a dit qu'il était seul.
— Bon, coupe le général, pressé. Si je comprends bien, vous ne pouvez plus combattre ?
— Il a une grosse foulure, dit le docteur Bulius. Peut-être une fracture. Il en a pour au moins un mois.
— C'est lui qui parle russe, n'est-ce pas ? Vous parlez russe ?
— Disons que je me débrouille, mon général.
— Et vous savez rédiger ?
— En russe ? Je ne pense pas.

– Non, en allemand. Rédiger des courriers, par exemple.
– Je pense que c'est à ma portée, mon général.
– Je le pense aussi. Vous avez l'air intelligent. Plutôt que de vous morfondre dans un lit d'hôpital, ça vous dirait de me servir de secrétaire quelque temps ? Celui que j'avais vient de rentrer à Berlin.
– Ce serait un honneur, mon général.
– De l'encre, du papier, une machine à écrire : c'est aussi comme ça qu'on fait la guerre.

Von der Golz sourit pour la première fois, ce qui lui donne aussitôt l'air plus jeune et surtout moins altier.

– Je compte sur vous. (Il se tourne vers le médecin.) Il peut venir demain ?
– Avec des béquilles, certainement, général.
– Très bien. Alors, je vous attends.

Lorsqu'ils ont fini leur tour des blessés, Adolf Korwitz revient au chevet de Charles.

– Tu te souviens de ce qui s'est passé avant que tu ne perdes connaissance ?
– À peu près, oui.
– Friedrich était avec toi dans la forêt ?
– Oui. On a essayé de vous rejoindre à travers la forêt. Je me suis pris les pieds dans une racine. Après, je ne sais plus.
– Mais tu es sûr que tu étais dans la forêt avec Friedrich ?

Charles est saisi d'un doute. Est-ce que sa mémoire le trahirait encore une fois ? Non, il s'en souvient, il revoit tout ce qui s'est passé dans l'entonnoir et après.

– Oui, j'en suis sûr.
– Il a dit qu'il s'était caché et qu'il était revenu seul. Il a dit qu'il ne savait pas où tu pouvais être.

— Mais il était avec moi ! Il le sait très bien. Je ne comprends pas...
— Moi non plus.
— Je lui ai demandé de resserrer mon garrot et il l'a fait.
— Tu en es absolument sûr ?
— Qu'il m'a resserré mon garrot ? Oui.
— Qu'il était avec toi ?
— Tu ne me crois pas ?
— Mais si !
— Je croyais que c'était grâce à lui que j'avais été sauvé. Je pensais qu'il avait foncé chercher du secours. Tout seul, il ne pouvait pas. Il fallait un brancard.
— C'est le sergent Bergman qui a insisté pour partir à ta recherche. Entre-temps, il y a eu le cessez-le-feu avec les Estoniens. Quand on a vu arriver Friedrich, Bergman lui a demandé où tu étais. Il a dit qu'il ne savait pas.
— Il a dit ça ? Il a fait une crise de panique après l'explosion. Si je n'avais pas été là, si je n'avais pas réussi à le maîtriser, il serait sorti et il se serait fait abattre. Il était fou de terreur, il ne savait plus ce qu'il faisait. Il m'a même mordu jusqu'au sang. Sans moi il serait mort. Putain, j'ai risqué ma vie pour lui, nom de Dieu ! Et lui, maintenant...
— Ne t'en fais pas, je vais tirer ça au clair, j'irai l'interroger.
— Fais-le venir ici ! Qu'il ose me dire ça en face !
— Calme-toi. Toi, tu dois te reposer. C'est moi qui m'en occupe. Je suis son supérieur, n'est-ce pas ?
— Mais pourquoi il fait ça ? Pourquoi il ment ? Je lui sauve la vie...
— Peut-être parce qu'il a honte, parce que tu l'as vu paniquer.

Une fois que Korwitz est parti, Charles rassemble ses esprits. Friedrich est son ennemi. Depuis le premier jour, depuis cette chasse aux pigeons. Et il l'a entendu parler français. Que se passera-t-il s'ils enquêtent sur Gustav Lerner, s'ils fouillent son passé, s'ils retrouvent ceux qui l'ont connu, ses camarades, s'ils contactent sa mère qui le croit mort ? Bon, pas la peine d'envisager le pire. Quoi que Friedrich puisse raconter, pourquoi le croirait-on plus que moi ? J'ai des témoins, mes hommes, on était cinq et tous les autres nous ont vus courir à leur secours après l'explosion. Il a soudain cette pensée qui tout à la fois le trouble et le rassure : *J'ai de la chance.* Oui. Ou un ange gardien ? Il n'avait encore jamais considéré les choses sous cet angle. Presque tous ses camarades meurent sous un bombardement, lui n'est même pas blessé. Certes, il perd la mémoire mais il est vivant. Cette fois-ci également, il s'en sort, il est sauvé à temps par ses hommes, alors qu'il aurait dû mourir d'une hémorragie. Et comme si l'ange gardien avait une fois encore décidé de lui venir en aide, voici que le général von der Golz en personne le visite et lui offre de travailler auprès de lui… On ne pouvait rêver mieux. Précisément le but ultime de sa mission. Quand Durand saura ça !…

De son côté, Adolf Korwitz convoque le lieutenant von Melck.
— Pourquoi tu as dit que tu ignorais où se trouvait Lerner ? Il a dit qu'il était avec toi et il y a eu des témoins : ses hommes l'ont vu te secourir.
Friedrich rougit malgré lui. Puis il prend une lente et profonde inspiration pour tenter de maîtriser, masquer son émotion. Il se tient raide, mâchoires crispées, lèvres pincées.
— Vous m'accusez de mentir, mon capitaine ? Pourquoi je mentirais ? Je n'ai jamais dit que je n'ai pas vu Gustav. Il a

sauté dans l'entonnoir où j'étais. Ses hommes emportaient des blessés. Il a cru que moi aussi j'étais blessé. Mais je n'avais rien, que le choc de l'explosion. Pendant un moment j'étais sourd, j'avais des tremblements nerveux et je ne savais plus très bien où j'étais. Les Estoniens sont arrivés. On s'est terrés au fond en faisant semblant d'être morts. Et puis, ça s'est calmé. Quand j'ai relevé la tête, j'ai vu que Gustav n'était plus là.
— Mais il a dit que vous êtes partis ensemble dans la forêt. Il était blessé et il t'a même demandé de lui resserrer son garrot.
— C'est faux.
— Il a tué un ennemi qui est tombé dans l'entonnoir et qui vous menaçait, et c'est ce type qui lui a entaillé les veines.
Friedrich prend un air railleur.
— C'est faux. Si un ennemi nous avait découverts, il aurait alerté les autres, non ? Tu ne crois pas ?
L'argument de bon sens frappe Korwitz. Cela n'échappe pas à Friedrich, qui en profite :
— Je ne devrais peut-être pas te le dire, je ne te l'aurais peut-être pas dit si tu ne m'avais pas convoqué mais... Il y a quelque chose de bizarre, quelque chose d'étrange chez Lerner. Ce n'est pas seulement qu'il ait inventé tout ça... Il y a eu autre chose. En mai, à la prise de Riga. Un sous-officier a été tué, c'était un de ses camarades. Hans Beck. Quand il l'a vu tomber derrière lui, Lerner s'est précipité et l'a pris dans ses bras en lui parlant en français ! Oui, en français, je le jure, j'étais là, à quelques mètres, et il n'y a aucun doute que c'était du français. C'était déjà bizarre que dans un moment pareil il se mette à parler français – et à lui donner un prénom français, Maurice, je l'ai entendu très distincte-

ment. Pas Hans, Maurice. Mais le plus bizarre, c'est que, quand je lui en ai parlé, il m'a affirmé qu'il ne savait pas un mot de français. D'autant plus bizarre qu'il dit lui-même qu'il a été prisonnier de guerre en France.

— Qu'est-ce que tu insinues ? s'agace Korwitz, qui n'aime pas l'expression mauvaise qui s'est dessinée sur le visage de von Melck.

— Je n'insinue rien. Mais je me dis que, soit Gustav a un problème, un traumatisme, qui lui crée ces troubles étranges, soit il cache quelque chose.

— Accouche !

— Les Anglo-Français ont voulu nous utiliser pour repousser les bolcheviks. Mais maintenant ils ont fait volte-face. N'oublions pas qu'ils sont nos ennemis, qu'ils nous détestent, qu'ils soutiennent Ulmanis et les nationalistes lettons, et qu'ils rôdent et nous surveillent depuis leurs bateaux dans la baie de Riga.

— Tu suggères que Lerner est un espion ?

— Je ne suggère pas. Je m'interroge.

— C'est absurde. Un officier allemand de la 1re division qui a fait quatre ans de guerre, qui a été prisonnier et qui, à peine rentré, se porte volontaire pour aller risquer sa peau dans la Baltique...

— Et s'il avait été récupéré, acheté par les Français quand il était prisonnier de guerre ? Pour de l'argent... Quand on aime l'argent...

— Tu prétends qu'il parle français mais, s'il était espion, il ne serait pas stupide au point de se mettre à parler français. C'est aberrant.

— Dans un moment de choc brutal, on peut s'oublier.

– Oui mais alors, justement, c'est la langue maternelle qui remonte à la surface. Et Gustav Lerner est allemand.
– Qu'est-ce qu'on en sait ?
– On aurait recruté un Français avant la guerre dans un régiment de la garde impériale ? Qui plus est, un officier ! Allons donc !
Korwitz fixe von Melck d'un regard tranchant.
– Je ne sais pas ce que tu as contre lui mais tu lui inventes une histoire bien compliquée. Je ne veux plus entendre parler de ça, c'est compris ?
– Oui, mon capitaine.
Friedrich von Melck claque des talons et se retire, les oreilles rouges. Il est blessé et contient sa colère.
Adolf Korwitz se déshabille puis s'agenouille pour sa prière du soir. Il a soudain le sentiment que, même ici, au sein du dernier bastion de la résistance à l'effondrement moral, au sein de la dernière armée des véritables guerriers, quelque chose de pourri, quelque chose de médiocre, a commencé de se répandre comme une gangrène. Ils étaient venus pour faire de la Courlande et plus largement de la Baltique une terre allemande, un espoir allemand, le début de la relève allemande, et voilà que tout et tous se liguaient contre eux. La cynique Angleterre s'était servie d'eux pour ensuite s'allier avec les Lettons et les Estoniens contre eux. Et maintenant ces lâches, ces traîtres de Weimar signaient le traité de paix... Mais tout cela ne serait rien si, ici, ils continuaient d'entretenir la flamme du courage et de l'honneur. Or, que voit-il parmi ses hommes ? La fatigue, le découragement – bon, ça se comprend... –, mais le mensonge, la jalousie, la suspicion !... On n'est pas, on ne doit pas, on ne peut pas être des hommes ordinaires ! Putain de bordel de Dieu !

Oh ! mon Dieu ! Oh ! mon Dieu ! Voilà que moi aussi je me laisse aller...

Il se signe, implore le pardon du Seigneur, se couche à plat sur le sol pour exprimer son repentir, puis se glisse sur son lit de camp, ferme les yeux et revoit son père, si beau dans son bel uniforme d'officier prussien de la guerre de 70. Son dieu...

Il faut une seconde pour faire la guerre. Il faut longtemps, très longtemps, pour faire la paix. Les plaies de l'histoire sont lentes à cicatriser.

Le lundi 3 octobre 2010, jour symboliquement choisi parce que c'était aussi le 20e anniversaire de la réunification, l'Allemagne s'acquittait de sa dernière dette encore liée aux réparations financières du traité de Versailles. En 1932, elle n'en avait versé que 17 %. Mais, tenant compte de la grande crise économique, les Alliés décidèrent d'annuler le paiement de ce qu'elle devait encore. C'était un signe fort d'apaisement qui marquait le désir de tourner la page du passé. L'Allemagne ne devait plus que le remboursement des emprunts contractés auprès d'organismes ou de particuliers pour payer les réparations. Seulement, Hitler arriva au pouvoir et refusa aussitôt d'honorer ces dettes. En 1949, dès la création de la RFA, le chancelier Konrad Adenauer insista pour que son pays s'engageât à reprendre les remboursements de façon à bien marquer que la nouvelle Allemagne démocratique était un pays financièrement fiable, qui acceptait d'assumer son passé et désirait par-dessus tout vivre en paix avec ses voisins. Toutefois, le paiement des dettes serait étalé, pour permettre à l'Allemagne ruinée de l'après-guerre de se reconstruire. À la chute du Mur, lorsque fut décidée la réunification, le gouvernement d'Helmut Kohl réitéra l'engagement d'Adenauer. C'est ainsi, alors que s'éteignaient les derniers poilus, que fut définitivement posé, presque un siècle après, le point final de cette guerre qui ne fut pas « la der des ders ».

Rétrospectivement, certains passent pour des visionnaires. Au 2e Bureau à Paris, le supérieur du général Durand, le général Jacques Merson, s'écria quand il apprit que les Allemands avaient finalement consenti à signer le traité de Versailles : « Cela recommencera d'ici quinze, vingt ans tout au plus. » Informé comme lui par Joseph Durand et par les agents du renseignement français en Allemagne, le maréchal Foch déclara à son tour : « Ce n'est pas une paix, c'est un armistice de vingt ans. » Cette déclaration scella la rupture avec Clemenceau. Le Tigre ne lui pardonna jamais. Peu avant sa mort (en 1929), il livra un vibrant mais amer plaidoyer en faveur de tout ce qu'il avait fait pour aboutir au traité de Versailles : *Grandeurs et misères d'une victoire*. Ce livre, publié en 1930, était une réponse à celui que Foch avait écrit, lui aussi juste avant de mourir, en 1928, et dans lequel il dénonçait « les fautes » de Clemenceau. En retour, l'intéressé l'accablait, le traitait d'incapable, le jugeait aussi sévèrement qu'il jugeait Poincaré, ce qui était tout dire, et faisait assaut d'ironie : « Au moment de s'enfoncer dans la nuit funèbre, le maréchal Foch paraît avoir laissé tout un lot de flèches perdues [...]. Chacun sait que les critiques d'après-coup ont pour principal avantage de nous mettre en état de prévoir ce qui est arrivé. »

L'Allemagne aussi eut ses visionnaires mais à l'allemande, c'est-à-dire plus concrets, pratiques, conscients des réalités économiques, adeptes de la Realpolitik.

Tous les Allemands vomirent le traité de Versailles. Mais il n'y avait pas d'autre solution que de le ratifier. Trois millions de soldats alliés étaient massés à l'ouest, prêts à déferler jusqu'à Berlin si le gouvernement et le parlement de Weimar, à l'issue de l'ultimatum fixé au 23 juin, persistaient à refuser de signer. Comme toujours aux heures tragiques, la plupart des hommes politiques, à commencer par le chancelier Scheidemann ou Brockdorff-Rantzau, préférèrent démissionner ou se mettre hors jeu. Mais même les plus virulemment hostiles à la signature, les nationalistes du Parti national allemand, à l'heure du choix refusèrent de choisir. Mis en demeure par le président de la République, Friedrich Ebert, d'accepter ou de refuser, c'est-à-dire de choisir entre la paix ou la reprise de la guerre, les députés de tous les partis unanimement biaisèrent et votèrent la proposition la plus lâche du monde formulée en ces termes : « Le gouvernement reste autorisé à signer le traité. » Ils se gardaient de préciser si un jour ils se prononceraient par un nouveau vote pour valider ce que le gouvernement aurait signé. Ils n'eurent même pas le courage de voter nominalement. Dans la nuit du 23 au 24 juin, la majorité d'entre eux cédèrent à la panique : « Mon auto ! Où est mon auto ? Je veux partir tout de suite. Des aviateurs français seront ici cette nuit. »

Celui qui a relaté ces pathétiques gesticulations est l'homme qui, aux yeux de ses concitoyens, porta presque seul la responsabilité de la signature : Matthias Erzberger, le président de la commission allemande de l'armistice. Il le paya de sa vie. Il fut assassiné deux ans plus tard par des étudiants nationalistes.

Le paradoxe est que cet homme au visage rond et inquiet, au regard doux et pensif derrière d'étroites lunettes d'intellectuel, fut au début de la guerre (comme tout le monde) un militariste allemand exacerbé, et Clemenceau ne s'était pas privé de rappeler qu'Erzberger avait estimé en 1914 qu'il valait mieux raser Londres que laisser couler le sang d'un seul Allemand et que le lance-flammes était «le couronnement du génie technique allemand»! Mais c'était un réaliste et il fut le premier à anticiper ce que seraient les conséquences pratiques du traité de Versailles. Il disait que l'Allemagne était obligée de signer – «C'est la loi du plus fort» – mais qu'il ne fallait pas trop s'inquiéter car : «Si l'on vous ligote et qu'on vous force sous la menace d'un revolver à signer l'engagement de grimper à la lune en quarante-huit heures, quel homme, pour sauver sa vie, refuserait de signer? Il en est exactement de même pour le traité. Les Alliés ne demandent au fond qu'un engagement de pure forme. Une fois cet engagement donné, ils nous feront des concessions.»

Erzberger avait raison sur le fond mais sous-estimait gravement la forme, la façon dont les Allemands se sentaient humiliés d'être tenus pour seuls responsables de la guerre et considérés comme tellement barbares que leur pays était exclu de la Société des Nations, c'est-à-dire de la communauté nouvelle des nations dignes de respect. Comment le pays de Goethe, de Schiller, de Kant, de Hegel, de Bach, de Beethoven... pouvait-il être le seul au monde avec la Russie bolchevique à se voir mis au ban de l'humanité civilisée ?

Matthias Erberger sous-estima aussi le jeu rusé du grand état-major allemand : refuser de porter le chapeau et condamner fermement ce qui était pourtant inévitable, afin d'apparaître comme l'ultime recours, le rempart et le gardien de l'Allemagne éternelle. Le 22 juin 1919, la veille de l'expiration de l'ultimatum allié, le général Maercker, le créateur des corps francs, adjura le ministre de la Guerre, Gustav Noske, de renverser le gouvernement et de s'instaurer dictateur. Le maréchal Hindenburg, qui, à la différence de Guillaume II et de Ludendorff, n'avait pas fui l'Allemagne, écrivit qu'il préférait une mort honorable à une paix honteuse et démissionna du poste de commandant suprême de l'armée qu'il occupait toujours, en vitupérant contre les « socialistes et les ouvriers bolcheviques » qu'il accusait d'être responsables de « l'effondrement ». Ainsi opposait-il les militaires, bons patriotes, aux politiciens traîtres.

Le plus habile des généraux fut Hans von Seeckt. Après avoir quitté Versailles avec Brockdorff-Rantzau, il se plaça pour être nommé président de « la commission préparatoire de l'armée de paix ». Il n'y avait guère de volontaires, c'est-à-dire de courageux, prêts à risquer de passer pour des serviteurs de la République honnie. À peine en place, il créa le « Truppenamt », nom inconnu pour ce qui était en fait un nouveau grand état-major, la structure militaire suprême dont le traité de Versailles venait justement de promulguer la dissolution. Von Seeckt violait donc immédiatement une clause du traité en déguisant son forfait sous un nom obscur.

Mais il voyait bien au-delà et il avait déjà son plan. Tout d'abord, analyser lucidement les causes de la défaite. Il en tira les leçons et inventa ce qui ferait la grande force de l'armée allemande en 1939 : la Blitzkrieg. Il pensa ensuite la reconstruction des forces militaires en faisant comme si l'Allemagne pouvait se doter de tout ce que le traité de Versailles lui interdisait : aviation, chars, artillerie lourde. Pour cela, il avait déjà élaboré sa stratégie autour de deux axes.

Le premier consistait à jouer sur la peur du bolchevisme et de la révolution mondiale, en particulier auprès des Anglais, pour qu'ils fassent preuve d'indulgence et laissent à l'Allemagne une armée capable de mater les insurrections.

Le second axe était le plus ambitieux, le plus dangereux : pactiser avec le diable, avec la Russie soviétique, pour y fabriquer en secret toutes les armes interdites.

Bien sûr, on ne connaît jamais l'histoire par avance, Clemenceau n'avait pas tort. Mais Foch non plus, hélas. Car, dès le lendemain de la grande cérémonie de signature dans la galerie des Glaces à Versailles, un général allemand visionnaire, qui ressemblait à un fox-terrier, s'était mis à préparer résolument la Deuxième Guerre mondiale.

La nuit est suffocante. Les hommes transpirent sur leurs couches, leurs blessures les tourmentent, leurs cicatrices les démangent, ils ont furieusement envie de les gratter. D'ailleurs, beaucoup les grattent et les font resaigner. Et toutes ces mouches et ces moustiques, putain ! Ils se tortillent, changent en vain de position sur leurs civières rouillées et inconfortables qui grincent au moindre mouvement. Râles, soupirs, gémissements, toux, raclements de gorge, crachats... Heureusement, le matin arrive. Une infirmière passe, rose et propre. Les seules femmes avec eux dans cette guerre sont ces anges aux cheveux cachés sous leurs coiffes. Ce qui est caché excite l'imagination. Celle-ci a les lèvres humides. Les blessés qui commencent à retrouver des forces s'imaginent plongeant sous sa blouse leurs mains affamées.

Charles se souvient qu'il y a un an, il était déjà dans un hôpital de campagne par une nuit aussi chaude que celle-ci. Peut-être se croit-il éveillé alors qu'il fait un rêve récurrent, alors qu'il revit la même expérience sous des formes en apparence un peu différentes. À cet instant, à moitié endormi, ivre de fatigue mais manquant depuis trop longtemps de sommeil et trop énervé pour s'endormir tout à fait, il ne sait plus très bien ce qui est réel ou pas. Il a le sentiment d'un déjà-vu, déjà-vécu. Hier, quand il a reçu la visite du général von der Golz, il a éprouvé un soudain sursaut d'énergie et d'optimisme. Ce matin, cela lui paraît idiot. Qu'espère-t-il au juste ? Qu'est-ce qui va changer ? Rien. Il est vivant. Il a la chance d'être vivant mais... Quand le général Durand était venu le trouver dans le Jura, il s'était aussi senti enthousiaste. Il allait vivre. Plonger dans l'aventure comme dans un bain de jouvence, renaître. Tout ce qu'il désire, c'est revenir en arrière, remonter miraculeusement le cours du temps et franchir cette frontière blanche et vide qui le sépare de son histoire. Rien de tout cela ne s'est produit. Alors, espérer encore que demain un nouvel événement, une nouvelle situation, une nouvelle action changera le cours de sa vie... À quoi bon ?

Rudolf Höss lui non plus n'a pas réussi à dormir. Il examine Charles en fronçant les sourcils. Pendant longtemps, il reste ainsi, silencieux. Mais, frappé par l'expression grave et triste de ce lieutenant, il finit par lui demander :

– Vous avez perdu un camarade, mon lieutenant ?

Charles, tiré de ses pensées, tourne la tête vers lui. Le jeune homme le considère avec de grands yeux ronds.

– J'en ai perdu plusieurs.
– Moi aussi.
– Vous aussi ? s'étonne Charles.
– Oui. Ça fait quatre ans que je fais la guerre.
– Quatre ans ! Mais vous êtes très jeune !
– Je me suis engagé à quinze ans, explique Rudolf fièrement. Au début, ils ne voulaient pas me prendre. J'ai fui ma

famille, j'ai pris le train. Finalement, comme on avait déjà grand besoin d'hommes pour renforcer les fronts, on m'a accepté. On m'a envoyé en Méditerranée, sur la côte turque. J'ai tué mon premier homme à quinze ans ! (Il dit cela avec encore plus de fierté, comme un enfant qui dirait : « J'ai su faire du vélo à cinq ans ! ») Un hindou avec un turban rouge ! Il a surgi en face de moi de derrière un rocher. Je l'ai abattu. Mon premier mort !

Rudolf Höss attend un témoignage, au moins un regard, d'admiration, mais Charles l'observe au contraire d'un air affligé, ses yeux semblent lui dire « mon pauvre petit ! ». Alors, Rudolf se redresse, les mains agrippées aux bords de sa civière, et déclare de la voix ferme et machinale d'un soldat au rapport :

– J'en ai tué d'autres, beaucoup d'autres. J'ai vu aussi mourir des camarades. Et j'ai aussi été blessé plusieurs fois.

– Vous aimez la guerre ?

– Bien sûr.

– Qu'est-ce que vous aimez à la guerre ?

– Ce que j'aime le plus ? La camaraderie, le courage. Et ce qu'on apprend : à connaître les hommes, les vrais. S'il n'y avait pas eu la guerre, j'aurais été prêtre, vous savez. Ma famille me destinait à la prêtrise. J'aurais même pas pu connaître les filles. Quand je suis rentré, à l'armistice, je leur ai dit que je ne ferais jamais mon sacerdoce et que j'allais m'engager dans les Freikorps du commandant Rossbach. Ils m'ont aussitôt renié et déshérité mais je m'en fous. Ma famille, ma vraie famille, c'est nous.

Charles ne le comprend pas. C'est comme si ce garçon lui parlait dans une langue étrangère. Cette vie lui plaît ! Moi, je veux bien une blessure de plus, une opération de plus – avec ou sans chloroforme ! – pour apprendre le nom de mon père, donc le mien. Et ça, ce garçon ne peut pas le comprendre non plus.

Le général-comte Rüdiger von der Golz a installé son quartier général dans le palais de Mittau, un palais baroque de près de sept cents pièces édifié au milieu du XVIIIe siècle par l'architecte italien Bartolomeo Rastrelli, celui-là même qui construisit le palais d'Hiver de Saint-Pétersbourg, une partie de Peterhof et le palais de Catherine II de Russie, Tsarskoïe Selo. Le palais de Mittau accueillit entre autres Cagliostro et Louis XVIII en exil, et Madame Royale, la fille de Louis XVI, s'y maria en 1799.

À son arrivée, Charles est ébloui par le parc à l'anglaise, les arbres centenaires dont le feuillage épais se reflète dans les eaux calmes de la rivière et des canaux qui entourent le palais, et par l'interminable façade blanche et parme.

Il est logé dans la plus grande chambre qu'il ait jamais vue, à l'arrière du palais. Le général n'a pas beaucoup d'hommes à son état-major – et ses bras droits sont tous sur le terrain avec leur régiment –, si bien que, dans cette immensité déserte de couloirs et de salles démesurées, flotte une atmosphère de fin de règne, de défaite et de solitude. La plupart des pièces sont vides, humides et sentent le moisi. Il n'y a d'électricité que dans les salons d'apparat qui servent de bureaux et dans les cuisines au sous-sol.

À l'hôpital, Charles n'avait pas remarqué que le général était si petit. Il en est frappé quand il est introduit pour la première fois dans son bureau et qu'il le voit trônant au centre d'un tapis des Gobelins, blond, mince et raide, et minuscule comme un soldat de plomb.

À son entrée, Charles tente un salut militaire malgré ses béquilles. Il se cambre, redresse le menton, rapproche les bras le long de son corps. Von der Golz lui fait signe d'approcher.

– Bonjour, lieutenant.
– Mes respects, mon général.
– Vous écrivez lisiblement ?
– J'espère, mon général.
– Vous savez résumer ? J'ai des rapports qui s'accumulent, je n'ai pas le temps de tous les lire. Et est-ce que vous savez prendre sous la dictée ?
– Je ferai de mon mieux, mon général.
– Mettez-vous là.

Le général lui désigne un bureau Empire. Charles s'assoit. Tout est prévu pour qu'il écrive : papier, buvard, encrier et un stylo plume Montblanc.

– Dites-moi, mon garçon, où avez-vous combattu en France ?
– À Verdun, mon général.
– Ah oui ? Moi, j'ai fait la bataille de la Somme à cette époque. Vous deviez être jeune. Quel âge avez-vous ?
– J'ai vingt-huit ans, répond Charles en ayant un doute sur l'âge exact de Gustav Lerner.
– Quand avez-vous été fait prisonnier ?
– À ce moment-là.
– À Verdun ? Alors, vous êtes resté deux ans en captivité.
– Plus. Je me suis évadé en mars cette année. Pensant que ce détail le rendra plus crédible, il ajoute : Le 23 mars.
– Comment avez-vous fait pour regagner l'Allemagne ?

– J'ai marché à travers la forêt, dans les montagnes des Vosges, en me cachant, jusqu'au Rhin. J'ai réussi à traverser.
– Et vous vous êtes aussitôt porté volontaire pour combattre ici ! Ce sont des hommes comme vous qui font la fierté et l'avenir du Reich.
Le général pose ses mains à plat sur le bureau, se penche vers le jeune homme et plonge dans les siens ses yeux bleus magnétiques et fiévreux.
– Vous me rappelez mon fils. Mon fils a été blessé en même temps que moi. On a été soignés dans le même hôpital. Lui est mort. Mais quelques jours avant sa mort, il écrivait qu'il était fier de s'être battu pour sa patrie. Vous êtes comme lui. Je l'ai vu tout de suite.
– Je fais ce que je dois, mon général.
Le général paraît enchanté. Il se redresse.
– C'est exactement ça ! C'est la devise de ma famille depuis des générations. Vous le saviez ?
– Non, mon général.
– « Fais ce que tu dois, victoire ou mort, et laisse le reste à Dieu. » Ce qui nous manque, ce sont des officiers d'expérience. On a trop d'amateurs, trop de novices. C'est pour ça qu'on vient de subir cette défaite. Mais on va recevoir des renforts et on va contre-attaquer. Toute l'armée allemande est derrière nous, vous savez. Tout le grand état-major est avec moi. Le 1er corps d'armée de Königsberg nous ravitaille, c'est lui qui paye les dépenses, les soldes et tout, depuis le début. La comédie du traité de Versailles, les salopards qui ont signé ce torchon immonde, tous ces traîtres de sociaux-démocrates, les planqués de Weimar, on s'en fout ! Ça n'est pas l'Allemagne. L'Allemagne, c'est nous. Sans nous, il n'y aurait plus d'Allemagne. Je vois des jeunes comme vous,

lieutenant, et alors, j'ai confiance. On vaincra. On va gagner d'abord ici et ce sera le premier acte de la reconquête. Les Freikorps vont nous envoyer de nouveaux renforts. Bon, allez, assez bavardé. Au travail !

Il charge son nouveau secrétaire de trier sa correspondance et de faire la synthèse de plusieurs rapports que lui ont adressés ses officiers et les chefs des Freikorps. Charles découvre la sinistre comptabilité de la guerre : nombre de morts, de blessés par type de blessure, et de prisonniers de guerre par nationalité. Chaque jour, les officiers font aussi remonter à l'état-major leurs besoins en nourriture, en armes et en médicaments.

Von der Golz déjeune toujours vite. Il fait servir Charles en même temps que lui. Il a un maître d'hôtel long, mince et silencieux comme une ombre, à qui l'on ne peut donner d'âge. L'homme porte un uniforme militaire avec un grade de première classe.

Charles se fait la réflexion que von der Golz se comporte comme Napoléon : avale son plat en cinq minutes, ne tient pas en place, pense en marchant, dicte debout en allant et venant sans arrêt, se plaint de la lenteur et de la médiocrité des autres... Le jeune homme éprouve une fois encore l'étrangeté de sa mémoire pleine d'un savoir livresque et vide de souvenirs personnels.

L'après-midi, le général s'absente une heure. Charles en profite pour prendre des clichés des rapports avec sa montre-appareil photo. Quand il revient, von der Golz est d'une humeur de dogue. Il vitupère contre le général anglais Gough, le représentant officiel des Alliés, qui vient de lui signifier « leur » décision : l'armée allemande doit se retirer de la Baltique.

– Jamais ! tempête von der Golz, jamais ! Nous sommes ici, nous y restons. Et non seulement nous y restons, mais nous vaincrons !

C'est son leitmotiv et, rapidement, Charles s'aperçoit que le général est un exalté que la pensée de la victoire et du combat ne quitte pas. Il lui parle de sa guerre sur le front russe et sur le front français avec des accents de fierté. Alors qu'il a connu toutes les horreurs de la guerre, alors qu'il y a perdu son fils, il trouve encore qu'un champ de bataille est « ce qu'il y a de plus beau au monde » ! Et, des trémolos dans la voix, il décrit le sentiment d'émotion poétique qui l'emplissait quand il voyait la lune se lever sur les tranchées de la Somme et les restes de Péronne en ruine au loin, éclairés par les feux dansants des bois et des villages incendiés !

Au fil des jours, von der Golz le prend de plus en plus en confiance. Il lui raconte que, depuis l'enfance, il a rêvé d'être militaire comme son père, comme son grand-père, et qu'il a été élevé dans l'amour de l'empereur Guillaume Ier et de Bismarck. En l'écoutant, Charles se dit que toute l'histoire d'un homme est essentiellement déterminée par sa naissance et son éducation. Ici, il est entouré d'hommes élevés dans le culte de leur patrie qu'ils semblent aimer plus qu'une personne humaine ! L'aimer au point de tout lui sacrifier et de mourir pour elle – l'Allemagne, la grande Allemagne !… Pour von der Golz, c'est une passion, un amour fou. Pour sa part, Charles serait incapable de dire s'il a un idéal et cette pensée le rend mélancolique. Il ne sait rien de ce que les autres savent. Ne croit en rien… À tout instant, il est confronté à l'incertitude.

Un matin, von der Golz lui révèle son nouveau plan et Charles comprend qu'il tient l'information que cherchait le général Durand.

– Lieutenant, je vais vous dicter une lettre.
Von der Golz est très excité et va et vient de long en large entre les hautes fenêtres de son bureau.
– Lieutenant, si je réussis ce coup-là, on va gagner la guerre ! On va la gagner parce qu'on va doubler d'un coup nos effectifs. Il y a un colonel de l'armée russe qui s'occupe de rassembler les prisonniers de guerre russes qu'on détenait en Lettonie pour en faire une nouvelle armée blanche contre les bolcheviks. Or ce colonel ne veut pas être aux ordres de Youdenitch et des Anglais. Il préfère se rallier à nous. On va former une nouvelle armée deux fois plus puissante, lieutenant ! Et alors, on les écrasera tous ! Il faut seulement que j'obtienne le feu vert du grand état-major. Voilà. Alors, vous êtes prêt ? Écrivez : « Au colonel Walther Reinhardt, ministre de la Guerre de Prusse. Mon colonel, je sollicite l'autorisation de conclure une alliance avec le corps d'armée russe du colonel Bermondt qui souhaite combattre à nos côtés contre les bolcheviks. À l'heure où l'Allemagne est plus isolée que jamais et sous le joug de l'ennemi, il est capital de trouver un allié. Aujourd'hui, plus rien ne s'oppose à une reprise de la politique de Bismarck d'amitié russo-germanique. En nous alliant aux Russes, nous écraserons les bolcheviks, nous prendrons Petrograd et rétablirons la monarchie tsariste. Alors, nous aurons le plus puissant des alliés et plus rien à craindre du blocus des Anglo-Français. Convaincu que vous approuverez ce projet, je suis votre fidèle, etc. »

Dès que Charles a fini d'écrire, le général récupère la lettre, la relit attentivement.
– Vous ne voulez pas que je la tape ?
– Ce n'est pas la peine. Ça va être fait par le télégraphiste.
Le général la glisse dans une enveloppe et fait venir un

transmetteur télégraphiste à qui il demande de la crypter et de l'envoyer au plus vite.

Après avoir dîné au mess comme chaque soir, Charles remonte dans sa chambre. Accoudé à sa fenêtre restée ouverte toute la journée, il respire l'odeur du grand parc humide. Il a envie de dormir, de se coucher tout de suite dans le vieux lit haut dont le matelas de son pue la poussière mais qui est recouvert de draps épais et propres. Toutefois, il ne se dérobe pas à son devoir et s'installe pour écrire au général Durand. Enfin, plus exactement, au destinataire qu'il lui a indiqué. Aïe! Quel est son nom déjà? Merde, j'ai oublié. Heureusement, il a conservé le bout de papier sur lequel il figure, soigneusement plié dans une bible qui n'a pas quitté le fond de son paquetage. Rainer Schnittel : ça ne lui rappelle effectivement rien. Il prend une feuille, un crayon à papier. (Klaus Kühn lui a conseillé le crayon à papier parce que l'encre d'un stylo risque de se diluer si la lettre est mouillée.) « Mon cher Rainer... » Il s'interrompt aussitôt. Le code, nom de Dieu ! Il sent une bouffée d'angoisse lui monter au visage et comme un vertige. Il fixe la feuille blanche sur laquelle tremblote l'ombre de la flamme de sa bougie. Il se concentre de toutes ses forces. Le code ! Il le savait pourtant, il le savait, il se le récitait. Oui, mais il y a eu les batailles, on ne se récite pas un code en pleine bataille et, depuis, il n'y a plus pensé. Tout de même, il devrait se souvenir au moins de certaines formules. Ah oui ! Information : *je pense à toi*. L'ennemi : *ton voisin*. Oui, mais les mots pour « armée », « état-major », « Allemands », « Russes », « secret » ?... Plus il cherche, plus c'est le trou noir, et c'est d'autant plus angoissant qu'il réalise alors que ce n'est pas seulement sa mémoire du passé qui a été détruite mais aussi sa capacité à mémoriser durablement.

Il reste un long moment le crayon à la main, déprimé par sa découverte. Peut-être que son cerveau, touché quelque part, blessé quelque part, se désagrège un peu plus chaque jour comme un arbre malade pourrissant de l'intérieur... Enfin, putain ! Je l'ai appris, ce code, je le sais !

Tout à coup lui revient le mot de l'adjudant-chef qui lui a présenté le code au château de Vayette : « Si, par malheur, tu ne t'en souviens plus, il y a une solution de secours. »

Charles est assis sur une petite chaise en paille. Sa jambe droite, à laquelle est fixée l'attelle, est étendue sous la table. Il attrape ses béquilles pour se relever. Une fois debout, il déboutonne son pantalon et le fait descendre sur ses mollets ainsi que son caleçon puis s'assoit sur le rebord de son lit et entreprend de se masturber. Mais il ne parvient pas à s'exciter. Tout son corps se ressent de la fatigue et des souffrances des dernières semaines et, ce soir, sa mélancolie se fait encore plus forte. Il regarde les poils qui courent sur son ventre, son sexe mou entre ses doigts, il pense : dans ce grand palais silencieux... il pense : au beau milieu des champs de bataille où les vivants essayent de dormir à côté des morts... Qu'est-ce que ça va changer, ce que je suis en train d'essayer de faire ? À quoi ça sert ? Est-ce que la guerre va s'arrêter ? les hommes rentrer chez eux ? Est-ce que qui que ce soit peut quoi que ce soit pour changer la marche du monde ?

Puis cette pensée qui le fait sourire : un peu de sperme au service de la France ! Lieutenant, le devoir vous appelle ! Vous devez vous acquitter de votre mission. Curieusement, d'ailleurs, cela lui apparaît comme une obligation, il ne sait pas pourquoi. En y réfléchissant, il constate qu'il obéit facilement à des consignes, à des ordres. Peut-être est-il lui aussi le jouet de son histoire, de l'éducation qu'il a reçue durant son enfance, sa jeunesse, alors même qu'il en a tout oublié ?

Pour se donner du cœur à l'ouvrage, il tente de se représenter la fille du cabaret à Berlin, Luise Hinkel, il n'a pas oublié son nom ni son petit visage rond avec son nez retroussé, ses grands yeux bleus, ses longs cils, les taches de rousseur sur ses joues et ses deux lourdes tresses blondes... D'abord, elle danse. Elle danse autour de lui. Elle danse en le tenant par les épaules. Il sent sa chaleur et sa poitrine contre la sienne. Puis ses lèvres, ses hanches qu'il agrippe. Alors, brusquement, il la déshabille. Il veut la voir nue, voir son corps nu, mais dans la chambre obscure, il n'a rien vu du tout, c'est allé tellement vite ! Elle s'est couchée sur le dos, l'a attiré sur elle. Elle était si douce et humide. Il caresse ses cuisses, ses seins sont durs et son sexe...

Il récupère à temps le verre qui était posé sur sa table. Après cela, sans perdre une seconde, il trempe la pointe de son crayon dans cette encre sympathique et s'empresse d'écrire (« Surtout, écrivez vite, avant que ça sèche », lui avait recommandé l'adjudant-chef). Quand il a fini, il écrit au verso, et cette fois au stylo plume, à l'encre bleue, quelques mots banals sur sa vie militaire qu'il conclut par : « Et comme le dit notre général : nous vaincrons ! Vive le Reich ! »

19

La vérité sur le lieutenant Lerner

Le général Hans von Seeckt lut la lettre du général-comte Rüdiger von der Golz et soupira. Le comte ne comprenait pas, ne voulait pas comprendre, que tout était déjà perdu dans la Baltique, et ce n'était certainement pas en s'alliant avec le colonel Bermondt, ce Russe mythomane, mégalomane et charlatan (il paraît même qu'il essaye de se faire passer pour un prince, le prince Avalov!) qu'on allait miraculeusement triompher tout à la fois des Lettons, des Estoniens, de la marine anglo-française et de l'Armée rouge, sans parler des Polonais et des Lituaniens! Cette histoire est pliée. Il faut faire rentrer tout le monde à la maison puis trier les hommes, les officiers surtout, et garder les meilleurs pour notre nouvelle armée. On travaille pour l'avenir, ça va prendre des années. Et il va falloir jouer serré si on veut échapper au contrôle des Alliés. Vous faites référence à notre grand Bismarck, mon cher comte, mais l'Europe de Bismarck est morte et ne ressuscitera pas. Le tsarisme est mort. C'est avec les bolcheviks qu'il faut qu'on s'entende. C'est peut-être regrettable mais c'est comme ça.

Hans von Seeckt fut tiré de ses pensées par sa secrétaire. Le colonel Fritz Bredlow demandait à le voir. Von Seeckt s'employait à relancer les services secrets allemands, ce que le traité de Versailles interdisait, bien sûr, et il s'appuyait pour ce faire sur le colonel Bredlow, un quadragénaire à l'allure de gentleman anglais, toujours impeccablement mis mais sans aucune ostentation. L'homme était méticuleux et même maniaque. Il n'omettait aucun détail, vérifiait tout plusieurs fois. Il n'avait jamais exprimé d'opinion politique mais Hans von Seeckt le suspectait de sympathies républicaines, ce qui ne le dérangeait pas car il le savait avant tout, comme lui-même, un serviteur zélé des intérêts de son pays. Pendant la guerre, Fritz Bredlow s'était gagné une réputation de travailleur infatigable et d'organisateur hors pair au sein de l'Abteilung III b, le service de renseignements de la Deutsches Heer.

– Mon général, nous avons la preuve que les Freikorps dans la Baltique sont infiltrés par l'ennemi. Nous avons identifié un homme à l'état-major du général von der Golz.

– Un officier ?

– Non. Un cuisinier.

– Un cuisinier ? s'étonne von Seeckt.

– Le cuisinier du général von der Golz. C'est lui aussi qui le sert personnellement et, par conséquent, le côtoie dans son bureau, dans sa salle à manger, dans son appartement au château de Mittau. Nous avons saisi des courriers codés qu'il adresse à une boîte postale à Berlin.

– Vous avez déchiffré le code ?

– À ce stade pas encore, mais nous avons pisté le récipiendaire, un Français sous un faux nom allemand, professeur de littérature allemande, qui travaille pour la délégation française sous les ordres du général Durand.

– Et ce cuisinier, qui est-ce ?

– Son nom d'emprunt est Paul Schmitz mais, en réalité, il s'appelle Martin Schultz. Il a été fait prisonnier en 14 dans la Marne par les Français. Il est au service du général von der Golz depuis la campagne de Finlande.
– Qu'est-ce qui l'a poussé à trahir son pays ? L'argent ?
– Peut-être.
– Ses convictions politiques ?
– On ne les connaît pas.
– Ce doit être un Rouge.
– Je ne pense pas, mon général.
– Pourquoi ?
– Parce que, dans ce cas, il n'aurait pas choisi de travailler pour les Français.
– Les Français sont bien des démocrates ?
– Ce n'est pas la même chose.
Le visage de von Seeckt prit un air malicieux.
– Dites-moi, Bredlow, vous ne seriez pas un peu démocrate, vous aussi ?
Aussitôt sur ses gardes, Bredlow répondit :
– Je sers mon pays, mon général. L'intérêt de la nation prime, pour moi, sur toute autre considération.
– Donc, vous ne niez pas un certain penchant pour la démocratie parlementaire ?
– Nous vivons désormais dans une démocratie parlementaire. Je la sers comme j'ai servi la monarchie. Comme vous, mon général, n'est-ce pas ?
– Je vous taquinais, mon cher Bredlow.
– Pour en revenir à ce qui m'amenait, mon général, il y a donc ce cuisinier mais il y en a un autre.
– Un autre ! Ils sont deux !
– Oh ! Je pense qu'ils sont sans doute plus que cela. Les

Alliés font comme nous. Quand on ne sait pas très bien où est le poisson, on lance le plus d'hameçons possible.
– Ah bon ? Je ne pêche pas. Mais vous avez sûrement raison, ils sont dans la même situation que nous, ils tâtonnent. Il faut qu'ils apprennent à faire la guerre dans la paix.
– Nous avons intercepté une lettre qui rend compte du projet de fusion de l'armée blanche du colonel Bermondt et des Freikorps.
– Initiative stupide et dangereuse, mais c'est une autre affaire. Continuez. Vous avez réussi à percer le code de cette lettre ?
– Elle n'était pas codée. Elle était écrite à l'encre invisible. Enfin, plus exactement, avec du sperme.
– Du sperme ? fait von Seeckt en tortillant sa moustache.
– Oui. Qui devient lisible à la lumière violette. C'est une technique qui a été, si je puis dire, mise au point par les Anglais. Mais un de nos agents chez eux nous en a informés.
– Très bien. Et cet homme qui rend compte du projet Bermondt, vous l'avez identifié ?
– Non. Mais nous avons identifié le destinataire. C'est encore une boîte aux lettres des Français ici à Berlin. L'homme lui-même, c'est forcément quelqu'un qui travaille à l'état-major de von der Golz à Mittau.
– C'est peut-être le même. Le cuisinier.
– Peut-être, mais les écritures sont très différentes. Pour tirer ça au clair, nous nous proposons d'envoyer sur place le capitaine Coquelis, qui a déjà fait la preuve de ses remarquables qualités de détective dans plusieurs affaires.
Comme toujours, le général pensait plusieurs coups d'avance et il lui vint une idée. Tout compte fait, il n'allait pas insister lui-même pour que l'armée de la Baltique rentre

immédiatement en Allemagne. À quoi bon se faire des ennemis d'hommes courageux dont on pourrait avoir besoin plus tard ? Donc, laissons-les se faire battre – car ils seront battus – et rentrer d'eux-mêmes. En attendant, profitons-en pour chasser les taupes là-bas et marquer quelques points sur l'ennemi.

– C'est une très bonne idée, dit Hans von Seeckt. C'est une bonne chose de faire comprendre à l'ennemi qu'on sait le démasquer. Mais il faut aussi lui montrer qu'on sait le mettre hors d'état de nuire.

– Hors d'état de nuire...

Fritz Bredlow chercha le regard du général pour s'assurer qu'il avait bien compris. Oui. L'ordre était clair.

Plus l'été avançait, plus les soldats devenaient moroses. Certains, les patriotes loyalistes, les épuisés, ceux qui avaient trop le mal du pays et ceux que von der Golz et son état-major jugeaient défaitistes ou incapables, repartirent en Allemagne. Les autres, les irréductibles de la Division de fer, poussés par leur chef Josef Bischoff, avaient choisi de refuser d'obéir aux ordres des Alliés, ordres qu'avaient mollement relayés le gouvernement de Weimar et le ministre de la Guerre Gustav Noske. Ils s'étaient mutinés, étaient redescendus des trains qui devaient les rapatrier et s'étaient placés sous l'autorité de Bermondt. Ils s'étaient retrouvés avec des Russes, des Tatars, des Cosaques de l'Oural, des Sibériens et autres citoyens de l'ex-Empire tsariste au sein d'une improbable « armée des volontaires russes de l'Ouest ». Du jour au lendemain, ils étaient ainsi devenus russes. On leur donna, d'ailleurs, des papiers d'identité militaires russes, des casquettes frappées de la cocarde russe, de la vodka, et même leur solde leur fut payée en roubles de « Russie occidentale » – le nom dont Bermondt avait rebaptisé le petit bout de territoire balte qu'ils occupaient encore.

Officiellement, l'armée allemande ne combattait donc plus dans la Baltique et, quand les Alliés s'agaçaient, exigeaient l'évacuation sans délai des troupes, allant jusqu'à menacer le gouvernement d'un nouveau blocus, ce dernier répondait benoîtement qu'il n'y avait plus de soldats allemands là-bas, mais des Russes !

Même s'ils faisaient encore les fiers et s'échauffaient en se saoulant à la vodka, au schnaps ou au schnick, braillaient qu'ils allaient les étriller, ces salauds de Rouges (on ira les buter où qu'ils se planquent !) et ces salauds de nationalistes lettons, ces sauvages, même s'ils chantaient la chanson « nous sommes les derniers Allemands devant l'ennemi », tous les hommes restés pour se battre jusqu'au bout, pour sauver l'honneur de leur pays, se sentaient seuls, apatrides, des parias, et c'était dégueulasse ! Eux, les héros, personne ne les voyait comme des héros. Eux, les guerriers, personne ne pensait plus à eux. Les journaux les avaient oubliés. L'Allemagne avait d'autres soucis.

Charles pouvait les comprendre mieux que personne, ces hommes perdus, ces hommes maintenant de nulle part. Presque tous étaient jeunes, très jeunes, et n'avaient pour la plupart ni fiancée ni femme et pas plus envie de retourner dans leur famille que de rester ici à attendre la reprise des combats. Ils ne croyaient plus à la victoire. Au fond d'eux-mêmes, ils le savaient : tout était joué. Alors, que faire ? On les avait trompés, trahis, privés de leur avenir.

Un soir, un dîner des officiers de la Division de fer était

organisé dans une taverne de Mittau et Charles se trouvait à la table du Rittmeister Korwitz. Tout au long de la soirée, ce dernier ne parla quasiment pas. Il tétait sa pipe qu'il posait fumante le long de son assiette quand il avalait une bouchée de hareng, puis il la replaçait entre ses lèvres. Charles, assis à côté de lui, garda aussi le silence. Vers la fin du dîner, le lieutenant Wilhelm Wagner, qui avait l'alcool triste, se mit à exprimer tout haut ses pensées amères :

— Est-ce qu'on aura fait tout ça en vain ? Est-ce qu'au bout du compte ça va se passer comme ça : on va rentrer chez nous, rendre nos uniformes et se chercher du travail ? Et ça sera fini ! Fini, cette vie ! Fini, notre amitié ! Fini, notre histoire !

Alors, Friedrich von Melck se leva et prit la parole d'une voix ardente et passionnée :

— Rien n'est fini. Au contraire, tout commence. On n'a pas à avoir des regrets, pas à notre âge ! On a à se battre. Et ce n'est pas pour un bout de terre qu'on se bat, c'est pour le Reich ! Le sang allemand ne coule jamais en vain. Ce n'est pas pour rien qu'on se bat ! C'est toute la société qu'il faut qu'on change. Pour ça, ils ont raison, les communistes. Qu'est-ce qu'il nous arrive aujourd'hui ? On est lâchés par les bons gros bourgeois contents d'eux qui font leurs petites affaires et qui ne pensent qu'au fric, à leur fric, pas à leur pays. Nous, ce qu'on veut, c'est une nouvelle Allemagne, mais pas celle des Soviets, pas la révolution bolchevique. Nous, ce qu'on veut, c'est la révolution nationale !

Et, les yeux humides et flamboyants, Friedrich conclut d'un ton triomphal :

— Oui, Wilhelm, oui, mes amis, ça n'est pas la fin, c'est le début !

Galvanisés par ce discours lyrique, tous les officiers applaudirent avec enthousiasme, sauf Charles qui resta quelques instants interdit, avant de se mettre à son tour à applaudir poliment pour ne pas se singulariser, mais qui ressentait un profond malaise face à ce jeune homme au visage exultant. Friedrich était son ennemi, Friedrich le détestait, et il avait compris à quel point en croisant son regard vert et métallique. Tout à coup, Friedrich s'était tourné dans sa direction et l'avait fixé comme un serpent pour le forcer à lever les yeux vers lui. Charles avait senti toute la force hypnotique de ce regard mauvais et l'avait soutenu, affronté, sans détourner la tête. Friedrich semblait lui dire : c'est des types comme toi que nous éliminerons ! Son hostilité, sa haine, transpirait tellement que Charles en avait frémi et, instinctivement, comme pour se défendre d'une attaque, avait porté le revers de sa main devant son visage.

Cela n'avait pas échappé à Adolf Korwitz. Ses deux lieutenants ne se supportaient pas. Mais pour quelle raison ? Il songea que l'un des deux lui avait menti. Lequel ? Et pourquoi ?

Il y repensa quelques jours plus tard quand il fut convoqué avec les autres commandants dans le bureau de von der Golz. Il y avait là un petit homme mince à tête d'oiseau qui se tenait debout, le dos cambré, les jambes serrées. Il arborait des lunettes rondes à monture noire accrochées à ses oreilles rouges décollées. Son visage était rasé à la perfection et la brosse de ses cheveux châtains dessinait la bulle blanche de sa calvitie comme une tonsure de moine. Rüdiger von der Golz le présenta :

– Messieurs, voici le capitaine Werner Coquelis qui arrive

de Berlin où il s'occupe des questions de sécurité auprès du haut commandement. Je le laisse vous expliquer la raison de sa présence parmi nous.

Werner Coquelis salua d'un claquement bref des talons et son corps sembla parcouru de bas en haut par une petite décharge électrique. Il avait la voix claire, posée, mais assez aiguë pour un homme. Il en avait conscience et compensait ce manque de tessiture virile par un débit mécanique.

– Messieurs, vous savez que notre armée lutte actuellement pour sa survie. Tout ce qui peut la menacer doit être combattu. Nous essayons de nous organiser pour faire face au diktat. Cela suppose qu'à tous les niveaux nous soyons d'une vigilance absolue.

Il se racla la gorge et reprit :

– Je vais aller droit au but. Il y a parmi vos unités au moins un espion au service de l'ennemi. Ce n'est pas le seul. Nous en avons déjà identifié un autre, ici, à l'état-major, mais nous préférons pour le moment garder son identité secrète, n'est-ce pas, mon général ?

– Parfaitement, approuva von der Golz.

– Ce que nous vous demandons, c'est de nous indiquer tout ce qui peut ou qui a pu vous sembler suspect, étrange, un peu bizarre de la part de tel ou tel de vos hommes.

– Naturellement, ajouta le général, à partir de maintenant, tous les courriers seront ouverts, y compris les vôtres, messieurs.

Un silence glacé s'ensuivit. Les officiers regardaient dans le vide, évitaient de croiser le regard d'un autre. Ils comprenaient que tout le monde devenait suspect et c'était un choc et une offense pour chacun. Eux qui avaient tout sacrifié à la cause de leur pays, eux qui, pour la plupart, combattaient depuis cinq ans ! Le Rittmeister Korwitz avait désormais la certitude que ses appréhensions étaient justifiées : un ver les rongeait de l'intérieur et les faisait pourrir. Mais si quelque chose pouvait encore être tenté, il fallait le faire, vaille que vaille.

Le lendemain, Adolf Korwitz fut reçu par von der Golz et Werner Coquelis. Il était extrêmement tendu, tourmenté. Lui, le Prussien protestant habité par la crainte du Jugement dernier, n'était-il pas en train de commettre une mauvaise action, de céder à la délation, de proférer une accusation gratuite ? Tandis qu'il parlait, des gouttes de sueur perlaient à ses tempes, son cou devenait rouge comme une tomate et il crispait ses mains sur ses hanches.

– C'est avec le souci, comme vous l'avez conseillé, de ne rien négliger que je viens vous trouver, mais en même temps je vous avoue un certain malaise. Il s'agit de deux lieutenants dont je loue la valeur au combat. Qui plus est, mon général, je vous ai moi-même recommandé l'un des deux et il travaille depuis directement avec vous.

Von der Golz, surpris, fronça les sourcils.

– Oui, mon général, dit Korwitz en avalant sa salive. Gustav Lerner, votre secrétaire. L'autre, le lieutenant von Melck, le soupçonne de vouloir dissimuler quelque chose. Il prétend que le lieutenant Lerner parle le français, ce que ce dernier dément avec force. De son côté, Lerner prétend qu'il a sauvé von Melck à la bataille de Cesis, ce que l'autre dément aussi. Peut-être n'y a-t-il qu'une antipathie réciproque ? Mais j'ai préféré vous en parler.

– Vous avez bien fait, dit Coquelis. Nous allons mener une enquête.

Von der Golz, qui était assis à son bureau, tapotait avec agacement le cuir de son sous-main. Son cuisinier, son secrétaire...

– Si je peux me permettre, ajouta Coquelis comme s'il avait lu dans les pensées du général, comment exactement ce lieutenant Lerner s'est-il retrouvé à votre service ?

– C'est moi qui le lui ai proposé, grommela von der Golz. Je l'ai vu blessé à l'hôpital, il ne pouvait plus combattre, la jambe cassée... Il m'a paru intelligent et, en plus, il parle russe.

Werner Coquelis l'écoutait en le dévisageant de ses petits yeux froids, sans aucune complaisance ni marque particulière de respect envers sa dignité de général, comme il aurait examiné un jeune lieutenant, un simple soldat, un civil ! Rüdiger von der Golz, face à ce reptile à lunettes, se sentait mal à l'aise et offensé. Il serait capable de me soupçonner, moi !

Une fois Korwitz reparti, le maître espion entraîna le général dans le renfoncement d'une des hautes fenêtres donnant sur le parc.

– Surtout, mon général, faites en sorte que Paul Schmitz et le lieutenant Lerner ne se doutent de rien. Ne changez rien à votre attitude envers eux.

Coquelis persistait. Il lui parlait sur le ton du maître à son élève. Rüdiger se retenait de fulminer parce que ce jeune capitaine arrogant lui était adressé par le général von Seeckt en personne avec ordre de lui laisser carte blanche.

– Je vous remercie, grinça-t-il tout de même, je ne suis pas né de la dernière pluie.

Coquelis poursuivit comme si de rien n'était :

– Cependant, on peut essayer de le piéger. Vous avez des courriers en français ?
– Je correspond avec la mission militaire française en Lettonie. Les Français se montrent d'ailleurs de plus en plus menaçants envers nous. Je reçois des lettres presque tous les jours du lieutenant-colonel du Parquet.
– Eh bien, demandez à votre secrétaire, comme ça, en passant, vous voyez, parmi d'autres choses, s'il peut vous traduire une lettre.
– Jusqu'ici, je ne lui ai jamais rien donné en français puisque je savais qu'il ne le parlait pas.
– Oui, mais vous allez faire comme si vous aviez oublié.
Le général, dont le sang bouillonnait, répliqua en quittant la fenêtre d'un mouvement sec :
– J'espère que vous ne comptez pas que là-dessus pour prouver que c'est un traître.
– Soyez sans crainte. Nous allons fouiller son passé, dans les moindres détails.

Charles en entrant chez le général est surpris d'y découvrir Werner Coquelis. Il salue et s'avance. Il boite encore un peu mais il est maintenant presque entièrement remis. Von der Golz lui indique des papiers à prendre sur son bureau.
– Merci de me préparer des réponses à ces courriers.
Charles les récupère. Coquelis ne le lâche pas du regard comme un fauve suivant sa proie. Le jeune homme sent qu'il est épié. Il sort avec sa pile de papiers. Une minute plus tard, il toque à la porte.
– Entrez ! Qu'est-ce qu'il y a, lieutenant ? Un problème ?
Le général et son invité le dévisagent froidement et Charles a l'intuition qu'ils lui ont tendu un piège.

– Mon général, il y a un courrier en français et je ne parle pas le français.
– Il me semblait pourtant...
– Non. Je peux reposer cette lettre sur votre bureau ?
Il la repose sans attendre la réponse, salue à nouveau en inclinant la tête et sort rapidement.
– Il n'est pas tombé dans le piège.
– Oui mais vous avez vu, dit Coquelis, vous avez vu sa tête ?

Les recherches sur le lieutenant Lerner soulevèrent plus d'interrogations qu'elles n'apportèrent de réponses. Il était porté disparu à la bataille de Verdun depuis novembre 16 et le service des effectifs de sa division l'avait considéré comme probablement mort jusqu'à ce qu'il réapparaisse à Berlin fin mars 19. Des dizaines de milliers de cadavres pourrissaient dans les terres noires du nord de la France. Tout était toujours possible, bien sûr, mais il était tout de même étrange qu'il ait pu être prisonnier de guerre plus de deux ans sans que sa famille ni l'armée l'aient su. Mais oui, c'est ça ! se dit Werner Coquelis, et comment se fait-il que personne ne s'en soit étonné jusqu'alors ? Les Français avaient toujours laissé les prisonniers libres d'écrire à leur famille. En tout cas, à sa connaissance. Peut-être y avait-il eu quelques exceptions ? Et si c'était pendant son emprisonnement que Lerner s'était laissé retourner ? Il y a un moyen, heureusement, de tout tirer au clair...

Mona Lerner coiffait ses longs cheveux gris en chignon. Son vieil épagneul, Parci, dormait à ses pieds. De temps en temps, il poussait un profond soupir qui faisait trembler comme de la gelée ses babines roses entre ses pattes. Le tic-tac de l'horloge, le parquet qui craque chauffé par le soleil, le temps si lent, la maison si vide... Mona passait des heures à sa fenêtre à attendre ceux qu'elle ne devait plus attendre : son mari et ses deux fils, dont les portraits guindés trônaient sur le piano brun. Elle s'était mariée jeune ; elle n'avait que cinquante ans. Sous le ciel d'été bleu pâle de la mer du Nord, les Hanovriens en chapeau marchaient à l'ombre des tilleuls. La ville hanséatique avait gardé son air paisible et propre de la Belle Époque mais à son balcon Mona avait laissé mourir ses fleurs.

Elle avait été prévenue par courrier qu'un officier du 74e régiment d'infanterie de Hanovre souhaitait la rencontrer. Elle s'était préparée à ce que ce fût pour lui annoncer que l'armée avait identifié le corps de son second fils et pour souffler définitivement sa dernière petite flamme d'espoir. Quand la sonnette retentit, elle se raidit, serra les poings en s'enfonçant les ongles dans les paumes. Elle s'arrêta de respirer tandis que son cœur se mettait à battre sourdement dans sa poitrine. Le destin... La sonnette à nouveau, plus insistante. Son cœur douloureux. Elle ne pense plus. Elle va mourir. C'est une condamnée qui ouvre la porte.

L'officier est grand, légèrement voûté. Il tient une sacoche à la main. Un long visage, un long nez, de longues fossettes creusées et des vagues de rides sur son front. Il se voûte davantage encore pour saluer Mme Lerner.

– Bonjour, madame.

Sa voix est grave et distinguée.

– Entrez, je vous en prie.

Mona lui désigne un fauteuil du salon. Il s'y enfonce. Ses jambes d'échassier pliées en deux remontent à la hauteur de sa poitrine et Mona qui prend le fauteuil d'en face songe que son mari était bien plus petit.

— Voulez-vous boire quelque chose ?

— Non, merci, madame.

Elle courbe la tête, agrippe son chignon, sent le froid de l'ivoire de sa broche à cheveux. Mon Dieu, ça y est, c'est l'heure... L'officier se racle la gorge.

— C'est à propos de votre fils, le lieutenant Gustav Lerner.

Il marque un temps, qui lui semble durer une éternité. Mais allez-y ! Qu'est-ce que vous attendez ?

— Avez-vous eu de ses nouvelles ?

— Non, dit-elle d'une voix étranglée.

— Vous n'avez pas reçu de lettres ?

— Plus depuis octobre 16.

— Il ne vous a jamais écrit quand il était prisonnier de guerre ?

Mona se redresse comme si elle avait reçu un coup de poing dans le dos.

— Il était prisonnier de guerre ?

— Vous ne le saviez pas ?

Les mains blanches de la pauvre mère se sont mises à trembler. Elle les serre entre ses genoux dans les plis de sa jupe grise.

— Non...

— Vous ne savez pas non plus qu'il est rentré en Allemagne après s'être évadé de son camp, à Épinal, en France, et qu'il est aussitôt reparti combattre dans la Baltique ?

Sa surprise est si forte que Mona Lerner ne peut même plus articuler « non » et parvient seulement à secouer la tête. Ce qui la bouleverse avant tout, ce n'est pas que son fils ne lui ait pas donné signe de vie, mais qu'il soit vivant.

– Pardonnez-moi mais… cela paraît incroyable que votre fils ne vous ait pas écrit, qu'il ne soit pas venu vous voir.

– Oh, non, vous savez, s'écrie alors la mère pour prendre la défense de son enfant, Gustav est avant tout un militaire ! Bien plus que son frère ne l'était. Un militaire comme son père. L'armée, c'était tout pour eux. En même temps, il sait que je n'ai plus que lui et que je me serais fait tellement de souci… Alors, je suppose qu'il n'a pas voulu me dire qu'il comptait repartir dans la Baltique juste après son retour de France. Il a dû penser qu'il valait mieux…

Elle s'interrompt soudain, à nouveau tétanisée d'angoisse. Si cet officier était finalement venu lui annoncer la mort de Gustav !… Elle lui jette un regard suppliant.

– Ne me dites pas qu'il est…

– Non, madame, il va bien. Si c'est lui, il va bien.

– Pourquoi, si c'est lui ? Je n'ai qu'un seul Gustav. J'ai déjà perdu mon mari et mon fils aîné.

– Disons, madame, que son comportement est étrange, vous ne trouvez pas ?

– Mais pas étrange du tout ! Je vous l'ai dit. Il voulait servir, servir, se battre pour l'Allemagne, et moi, je voulais qu'il rentre à la maison parce que je n'ai plus que lui. Enfin, vous êtes officier, vous pouvez comprendre.

– Moi, j'aurais écrit à ma mère.

– Oui, mais vous êtes beaucoup plus vieux – pardon, capitaine. Lui, c'est un tout jeune homme idéaliste. Où est-ce qu'il est exactement ?

– Près de Riga, en Courlande.

– Est-ce qu'il va bientôt rentrer ? Est-ce que je peux lui écrire ?

Le capitaine ne répond pas. Il hésite puis demande :

— Est-ce qu'il y aurait... un différend entre vous ?
— Oh non ! Oh, bien sûr que non ! Oh ! Mon petit !...
Elle considère soudain l'officier d'un air suspicieux.
— Pourquoi vous êtes venu ? C'est vrai, ça : pourquoi tout à coup maintenant ? Pourquoi me le dire maintenant alors qu'il est là-bas depuis plusieurs mois ? Il sait que vous êtes venu ?
Le capitaine se racle la gorge.
— Écoutez, madame, il est possible que votre fils soit en fait un espion au service de l'ennemi.
Mona s'emporte. Son corps se porte en avant vers le capitaine. On dirait une lionne qui bondit.
— Mon fils, au service de l'ennemi ! Mais qu'est-ce que vous racontez là ? C'est impossible, vous m'entendez, impossible ! Mon fils est tout sauf un espion. Mon fils aime son pays plus que tout, comme son père !
— Si c'est votre fils, madame.
— Mais évidemment que c'est mon fils, mon fils Gustav, c'est vous qui venez de m'apprendre qu'il est en vie.
Le capitaine plonge le nez dans sa sacoche qu'il a posée à ses pieds. Il en sort une chemise cartonnée.
— Vous me permettez de vous poser encore quelques questions ?
— Pourquoi ? Vous ne voulez pas croire que c'est mon fils, c'est ça ?
— Si, madame. C'est juste que... Vous pourriez me le décrire physiquement ?
— S'il n'a pas trop changé... Il est mince, pas très grand, un mètre soixante-dix, cheveux châtain clair, yeux marron clair, nez droit, teint pâle... Ah ! Mais attendez ! Je suis bête !
Elle se lève et va prendre sa photo sur le piano.

— Le voilà, en 13, à l'École des cadets.
Le capitaine examine la photo puis la compare avec celle qu'il a dans son dossier.
— Oui, c'est bien lui.
— Ah! Vous voyez, qu'est-ce que je vous disais? Qu'est-ce que vous avez comme photo? Montrez-la-moi. Elle date de quand, cette photo-là?
— Je ne sais pas. C'est la seule qu'on m'ait transmise.
— Il est beau, n'est-ce pas? dit-elle, la voix coupée par l'émotion, et des larmes naissent au coin de ses yeux.
— Donc, insiste le capitaine en reprenant la photo, c'est bien votre fils?
— Évidemment!
— Bien, bien. La dernière fois qu'il vous a écrit, où était-il?
— Il était à Douaumont. Le 23 octobre 16.
— Oui. Oui, c'est bien ce qui est noté.
— Alors, vous voyez que c'est bien mon fils. Je voudrais lui écrire. Où est-ce que je peux lui écrire? Est-ce que ça va durer encore longtemps là-bas? Je croyais que la guerre était finie.
— Je ne peux pas vous dire mais bientôt, je pense. En fait, je ne sais pas très bien ce qui se passe là-bas.
— Je veux lui écrire. Je veux lui écrire pour lui dire que je ne lui en veux pas, que je l'aime, que je suis heureuse qu'il soit en vie. Dites-moi où je peux lui écrire.
— Je regrette, dit le capitaine, embarrassé, mais on ne m'a pas dit si je pouvais...
— Comment! s'indigne Mona, vous venez m'annoncer que mon fils est vivant et je n'aurais même pas le droit de lui écrire! Depuis quand une mère se voit interdire d'écrire à son enfant? Qu'est-ce que c'est que ce monde? Je suis

veuve, j'ai perdu mon mari et mon autre fils, et vous venez ici m'interroger sur Gustav comme si c'était un criminel ! *Mon* Gustav ! Qu'est-ce qu'il a fait ? Il fait la guerre, il se bat, depuis cinq ans, et vous...

— Madame, s'il vous plaît ! Madame, calmez-vous ! Il n'a rien fait, probablement.

— Probablement !

— Je veux dire : comme c'est, semble-t-il, votre fils.

— C'est mon fils ! Je n'arrête pas de vous le dire et je veux lui écrire, j'exige de pouvoir lui écrire !

Le capitaine, nerveux et mal à l'aise, cligne des yeux et son index bat tout seul la mesure sur son large genou. Cette femme, veuve d'officier, mère d'officier, le touche. Il hésite un instant puis sort son stylo, un cahier, et recopie l'adresse de l'état-major de von der Golz. Il arrache la feuille sur laquelle il a écrit et la tend à Mona.

— Merci, merci ! dit-elle en serrant le papier dans sa main et en se mettant à pleurer. Merci...

Le capitaine se lève pour prendre congé mais reste debout, n'osant pas, attendant que Mme Lerner domine son émotion. Il considère pour la première fois le salon. Aux murs, deux petits tableaux réalistes banals de la campagne saxonne. Au fond, le piano brun avec les photos de ses deux autres hommes. Sur une table, une revue pour dames, un roman, une pipe et une tabatière. Un vieux châle de tricot noir frangé est abandonné sur le dos d'un fauteuil. Si peu de choses... Les traces d'une vie qui n'est plus, comme des dépôts sur les berges d'une rivière en décrue.

Mona se lève enfin. Elle paraît transfigurée. Elle tient son bout de papier comme elle tiendrait une relique. C'est la plus grande joie qui lui ait été donnée depuis longtemps. Depuis

si longtemps... Elle remercie le Seigneur. Le capitaine n'a jamais vu d'aussi bouleversant sourire.
— Au revoir, madame.
— Au revoir, capitaine.
À l'instant où il va sortir, il se souvient d'une dernière question qu'il devait lui poser :
— Est-ce que votre fils parle une langue étrangère ?
— Une langue étrangère ? Oh oui ! Il parle le français.
— Le français ? s'étonne le capitaine. Et le russe ?
— Non, pas le russe. Il ne l'a pas étudié. Mais le français, il était très bon.

À peu près à la même période, vers la fin de l'été – en l'occurrence, le 4 septembre 1919 au matin –, Alfred Hirscheim, qui venait de finir sa toilette dans son hôtel particulier parisien, reçut le courrier qu'il attendait depuis des mois. Son visage rond et frais s'éclaira d'une moue de satisfaction. Il hésita à faire envoyer un télégramme à sa femme qui était restée dans leur villa de Veules-les-Roses, puis jugea plus conforme à ce qui doit se faire en la circonstance de prendre le train et de se rendre là-bas le jour même.

Il trouva Faustine dans la chambre de Charles, qu'elle conservait dans l'état exact où elle était à son départ en 1914, quand il avait dû interrompre ses vacances pour rejoindre son régiment à l'appel de mobilisation générale. La chambre était pleine de ses livres d'étudiant : philosophie, littérature, histoire – il lisait tellement ! –, en français, en allemand, en russe, en anglais. Il gardait sur sa table de nuit – ils y étaient toujours – les contes russes que lui avait offerts Olga pour ses sept ans. Un souvenir sentimental. Sur une étagère, entre deux rangées de livres, il y avait aussi Polka, son ours tout fripé au museau râpé, aux yeux en boutons de verre, dont les jambes vidées de leur son pendaient misérablement...

Faustine, longue et amaigrie par le chagrin, flottait dans une robe crème. Ses grands yeux bleus s'étaient enfoncés dans leurs orbites. Son visage était transparent, vaincu, fantomatique, ses lèvres comme vidées de leur sang. Elle somnolait sur une chaise longue et sursauta à peine quand elle entendit s'ouvrir la porte de la chambre de son fils et qu'elle vit Alfred apparaître avec une mine de circonstance, une lettre à la main. À la fenêtre, le soleil brillait. Au loin, la mer était d'un bleu azur, semblable à la Méditerranée. Des mouettes jacassaient, un coucou chantait. Le plancher exhalait une odeur apaisante de bois chaud légèrement résiné.

Alfred, digne, compassé, eut une brève inclination de la tête et il abaissa gravement ses paupières comme pour lui dire : « Voilà, c'est fini », puis il lui tendit la lettre et resta debout à côté d'elle en attendant qu'elle la lise.

Dès qu'il s'était avancé vers elle, elle avait su, mais elle lut quand même les mots froids, convenus et ronflants, du service aux familles du ministère de la Guerre. La mention « mort pour la France » se détachait comme le titre d'un diplôme. Une deuxième feuille était l'acte de décès, daté du 14 juillet 1918, avec cette précision : « heure exacte inconnue ».

Alfred se tenait la tête baissée, les bras le long de son ventre rebondi. Il observait la tension des tendons du cou de sa femme, les traits creusés, douloureux, autour de sa bouche. D'une voix calme, lente, sans intonation, elle demanda :

– Ils ont trouvé son corps ?

– Non. Il y a beaucoup de corps qu'on ne peut pas retrouver malheureusement, s'efforça de répondre Alfred d'un ton grave et triste. Mais maintenant, cela veut dire qu'il n'y a plus aucun doute sur le fait qu'il est mort au combat, pendant la bataille de la Marne. Il ajouta, après avoir poussé un soupir : Je crois que cela pourra nous aider à faire notre deuil.

Il se pencha pour récupérer la lettre qu'elle tenait entre ses doigts. Elle la lui laissa prendre sans un geste, sans un mot.

Il n'avait plus désormais qu'un seul héritier mais ce n'était pas seulement son fils Charles qui était mort... Faustine fit servir le dîner à huit heures, comme d'habitude. Ils n'échangèrent pas un mot, comme d'habitude. Elle ne mangea rien, comme d'habitude. Puis ils allèrent se coucher chacun dans sa chambre. Comme d'habitude.

20

Werner Coquelis, officier traitant

« L'erreur de tous ceux qui organisent des armées est de prendre l'état momentané pour un état permanent. Ils oublient que les nations se transforment sans cesse et que, pour rester vivante, une armée doit se modeler sur la courbe des événements. »

Hans von Seeckt aimait philosopher sur la guerre. Il notait ses pensées dans des carnets. Les grands chefs, Napoléon, Jules César, Alexandre et, bien sûr, Frédéric II et Bismarck, le passionnaient. Mais ce qui l'intéressait le plus dans l'histoire militaire, c'était les défaites car « on apprend plus de ses erreurs que de ses succès ». Pourquoi Napoléon avait-il échoué en Russie, été battu à Waterloo ? Pourquoi, pour la troisième fois en moins d'un siècle, l'Angleterre avait-elle perdu face aux Afghans et venait-elle de surcroît de reconnaître l'indépendance du pays ? De même, pourquoi l'Allemagne avait-elle été vaincue ? Car elle avait été vaincue, contrairement à ce qu'on se répétait pour préserver la fierté nationale.

Élevé au milieu des livres dans une famille de catholiques cultivés d'origine danoise, formé au sein du plus noble et raffiné régiment de l'armée allemande, le 1er régiment de la garde à pied de Potsdam, von Seeckt était un esprit subtil, complexe, à la fois réaliste, résolument lucide et pragmatique, mais en même temps imaginatif, avec un sens littéraire, romanesque, de la grandeur. Les grands bouleversements climatiques ou les courants civilisateurs ont joué un rôle plus important que les guerres, observait-il, mais ce sont les héros dont les nations glorifient la mémoire : les morts glorieux sur les champs de bataille et nos glorieux guerriers. Comme pratiquement tous les petits garçons jusqu'à aujourd'hui, cet homme très intelligent ne concevait comme héros que des combattants tuant des ennemis, la guerre étant pour lui, rappelons-le, l'état naturel de l'humanité. L'un des principes qui le guidèrent dans sa création de la nouvelle armée allemande fut donc le culte des héros et des victoires. Il fallait entretenir la flamme. Pour cela, il décida que chaque régiment de la nouvelle Reichswehr comprendrait des « compagnies de tradition », des compagnies symboles, regroupant les meilleurs.

Mais en même temps, à l'été 1919, à peine nommé à la tête de l'armée, le réaliste s'activait déjà à la préparation de son grand projet secret. D'ores et déjà, il vendait aux bolcheviks du matériel militaire avec lequel l'Armée rouge combattait les Polonais. Ce premier marché passé avec « le diable » ne présentait que des avantages : il permettait d'écouler à profit des armes de la Grande Guerre que l'Allemagne, selon le traité de Versailles, était censée détruire ; au moment où l'Armée rouge semblait sur le point de vaincre les Polonais, il jetait les bases d'une entente selon laquelle la Russie et l'Allemagne, depuis toujours d'accord sur le fait que la Pologne ne devait pas exister, conjuguaient leurs efforts pour atteindre ce but ; enfin, il prévenait la menace d'une poussée de l'Armée rouge en Allemagne à l'appui des révolutionnaires. Grâce à ce marché, on se parlait franchement, on avait des intérêts communs et von Seeckt croyait à la parole des Russes qui lui promettaient qu'il n'était plus question d'exporter par la guerre la révolution mondiale plus à l'ouest qu'en Pologne. Il y croyait car il savait que les bolcheviks n'avaient pour le moment pas les moyens d'une telle ambition.

Tout cela n'a été découvert que dans les années 1990, à l'ouverture des archives des services secrets est-allemands et polonais. Le général von Seeckt n'avait pas été pour rien surnommé le Sphinx. Il était difficile de percer ses secrets. Il ne négligeait rien, pas le moindre détail, voulait tout contrôler, tout maîtriser, ce qui constitue l'un des traits de caractère communs aux grands chefs qu'il admirait tant. Il faisait remonter jusqu'à lui le maximum d'informations et lisait tout. Pour que son grand projet réussisse – la revanche, le triomphe du Reich –, il fallait tout au long tromper l'ennemi, l'enfumer, l'égarer. C'est pourquoi il décida personnellement du sort du lieutenant Lerner.

Après avoir lu le rapport de Werner Coquelis, il convoqua le colonel Bredlow. Il l'accueillit sans même lui dire bonjour, en agitant le rapport qu'il tenait à la main :

– Votre avis, Bredlow ?

– Eh bien, mon général, je serai moins tranché que le capitaine Coquelis.

– Moi aussi.

– Le capitaine est sûr que le lieutenant Lerner est un espion à la solde des Français. Nous en avons effectivement des preuves. La première, c'est que l'écriture de la lettre à l'encre invisible est la même que celle du lieutenant Lerner. Ensuite, il a manifestement menti en prétendant qu'il ne parlait pas le français puisque sa mère nous dit qu'au contraire il le parle bien. Enfin, son histoire de prisonnier de guerre qui ne communique avec personne ne tient pas la route, même si sa mère prétend que cela lui ressemble. Mais elle prétend aussi que son fils était un grand patriote... Bon. Je diverge avec Coquelis sur deux points. Tout d'abord, je ne suis pas sûr que ce lieutenant soit réellement le lieutenant Gustav Lerner. Il est plus probable selon moi qu'il s'agisse d'une identité usurpée. Ceci dit, s'il parle bien le français, il est possible qu'il aime la France et qu'il ait été retourné par les Français ou bien qu'il soit juste un aventurier vénal. Il faut bien constater, mon général, hélas, que nous en avons un certain nombre dans nos rangs. Il n'y a pas un jour sans qu'on découvre l'existence de soldats allemands passés à l'ennemi.

– Oui, bon, au fait ! s'agace von Seeckt en lui faisant de la main signe de se dépêcher.

– Le second point, reprend Bredlow, c'est que Coquelis estime qu'il faudrait cuisiner Lerner jusqu'à ce qu'il craque et avoue tout. Cela me paraît une perte de temps.

– Alors, que conseillez-vous ?

Von Seeckt l'écoutait en caressant les poils touffus de sa moustache.

– Qu'obtiendrait-on de lui si on parvenait à le faire parler ? Rien que nous ne sachions déjà ou presque : qu'il travaille pour les Français. Le reste nous importe peu : qu'il soit le vrai Lerner ou quelqu'un d'autre. Après, il faudrait l'éliminer ou éventuellement – mais c'est très incertain – négocier son rebasculement vers nous. Il me paraît plus profitable de l'utiliser sans qu'il s'en doute – et sans que les Français s'en doutent – pour leur faire passer de fausses informations et les mettre sur de fausses pistes.

— Excellent ! Et je sais ce qu'on va lui faire faire ! Vous allez lui proposer de travailler pour nous – comme si de rien n'était. Il est censé être un fidèle d'entre les fidèles, il ne pourra qu'accepter. D'autant plus qu'il prendra ça pour un témoignage de confiance, et le signe qu'il n'est pas soupçonné, au moment même où il apprendra qu'un espion a été démasqué. Parce que n'oublions pas l'autre, rappelez-moi son nom.
— Paul Schmitz.
— Voilà. Celui-là, on le supprime pour que le général Durand comprenne bien qu'on est capables de dénicher ses espions. Mais en même temps on garde Lerner et on fait comme si on avait tellement confiance en lui qu'on l'introduit au cœur de nos services. Comme on aura éliminé Schmitz, les Français croiront qu'on n'a aucun soupçon concernant Lerner. À partir de là, on s'en sert comme d'un leurre. On le fait revenir ici, à Berlin, et on l'envoie se mettre en contact avec les émigrés russes monarchistes pour faire croire qu'on prépare une alliance avec les Blancs contre les Rouges. Qu'est-ce que vous en dites, Bredlow ?
— J'en dis, mon général, que c'est tout simplement génial.
— Vous voulez de l'avancement, Bredlow ?
Von Seeckt lui lança un regard goguenard. Fritz Bredlow lui répondit par un sourire complice. Les deux hommes d'ordinaire si réservés et policés paraissaient deux compères ravis de leur bon coup.

À la première seconde, Charles a senti que ce mystérieux capitaine Coquelis venu de Berlin, avec sa tête de serpent, était une menace. Depuis, chaque jour, il se tient sur ses gardes, parle peu, fraye le moins possible avec les autres. Au mess, il avale son repas puis retourne à son bureau ou dans sa chambre après le dîner, ou bien s'en va marcher dans le parc pour rééduquer sa jambe. Quand il n'a rien d'autre à faire, il se promène jusqu'à trois heures d'affilée sous la voûte dense des vieux arbres que le soleil blanc de la Baltique transperce de lances argentées. Il a lu l'histoire du château de Mittau et songe que sous ces mêmes arbres, mais tout jeunes et beaucoup moins hauts, Louis XVIII a dû marcher en se sentant comme lui prisonnier des circonstances – ou du destin. Au moins, le frère de Louis XVI connaissait-il son histoire, savait-il quel était son pays et pour quoi il vivait...

Au milieu de ses promenades, Charles aime s'allonger dans les hautes herbes vert pâle sur la berge de la rivière Lielupe tout au fond du parc. La tête renversée, les yeux grands ouverts, il se laisse remplir par les lumières du ciel changeant et rêve qu'il s'endort, qu'il flotte dans une chaleur douce... Une âme sur le Styx. Partir ainsi, passer ainsi dans le sommeil éternel sans s'en apercevoir et sans penser à rien. Parfois, il caresse l'idée d'entrer dans l'eau, de se laisser couler. Une fois même, par une après-midi orageuse, il s'y enfonce jusqu'à la taille. Ses pieds reposent sur des cailloux ronds et visqueux qui affleurent sous la vase. Le courant lent de la rivière l'enveloppe et l'entraîne tel un bras amical. Allez !... Plus rien ne te tourmentera, tu verras, tout s'éclaircira...

Soudain, un souvenir lui revient, si vif qu'il le tire d'un coup de sa rêverie. Il se revoit enfant jouant avec la possibilité de sauter par la fenêtre de sa chambre pour atterrir dans l'arbre en face. À cet âge, il savait déjà que c'était impossible et s'imaginait s'écrasant sur le sol. Tout le monde se précipiterait, on pleurerait. Il se représentait son petit cercueil et son enterrement et c'était tellement triste qu'il en avait les larmes aux yeux et secouait la tête pour chasser cette vision.

Qu'un souvenir d'enfance resurgisse à nouveau le réconforte. Peut-être qu'un jour sa mémoire va se rouvrir comme une écluse et laisser remonter son passé ? S'il pouvait seulement retrouver le souvenir d'un être, ne serait-ce qu'un seul être au monde, qu'il aime et qui l'aime ! Un être qui l'aurait attendu, espéré, pleuré peut-être à l'idée qu'il était mort... Cet être, il croit, il veut croire que c'est (d'abord) sa mère. Il a le cœur rempli de cette espérance et c'est ce qui le raccroche à la vie.

Quand son esprit retourne à des considérations plus prosaïques, il s'efforce d'analyser froidement la situation. Chacun attend maintenant ici dans l'incertitude avec le sentiment déprimant, amer, de vivre la fin de l'aventure, mais surtout, il règne un climat de suspicion depuis que le bruit s'est répandu qu'un espion se cache quelque part et que le général von der Golz a ordonné que tous les courriers entrants et sortants soient ouverts.

Charles pense qu'il est soupçonné. Le général lui donne moins de travail, l'appelle moins souvent dans son bureau et presque à chaque fois qu'il le fait venir, il y a ce capitaine de Berlin qui l'épie derrière ses lunettes à monture noire. Ils ont cherché à le coincer en lui donnant un courrier en français. Depuis ce jour, Charles s'est bien sûr abstenu d'écrire, mais peut-être ont-ils intercepté et déchiffré sa première lettre au général Durand ? Ou bien... ou bien tout est parti de Friedrich, qui serait allé témoigner contre lui ?

Un matin, alors que Charles finit son petit déjeuner, le vaguemestre lui tend une enveloppe de papier gris pâle qui, conformément à la consigne, a été ouverte.

– Pour vous, mon lieutenant, s'écrie l'homme joyeusement.

Charles est stupéfait, incapable de maîtriser son émotion. Les autres reçoivent du courrier de leurs proches, lui jamais. Et voilà que ce matin... Sa main droite qui tient sa tasse de café se met à trembler. Il repose la tasse. Une joie fulgurante le submerge. Une lettre ! Il reçoit une lettre ! Aussi absurde que cela puisse être, l'espace d'un instant, il ne lui vient qu'une seule pensée – ou, plutôt, il cesse de penser. C'est comme si un ange lui était apparu dans un halo doré porteur de la nouvelle qu'il attendait depuis toujours. Ma mère ! Ma mère m'écrit ! Pendant quelques secondes, tout disparaît, tout s'efface autour de lui, il ne distingue plus que le petit éclat gris, rectangulaire et flou, de l'enveloppe posée devant lui comme un vœu exaucé.

– C'est la première fois que vous recevez une lettre, c'est-t'y pas vrai, mon lieutenant ? J'espère que c'est des bonnes nouvelles.

– Merci, dit Charles. Ses doigts palpent le rabat de l'enveloppe décollée, il demande : Vous l'avez lue ?

– Moi, s'écrie le vaguemestre, l'air offensé, jamais de la vie ! C'est pas moi qui lis. Moi, je distribue.

– Bien sûr, merci.

– Bonne journée, mon lieutenant.

À l'encre noire une plume appliquée a écrit : « Lieutenant Gustav Lerner, Division de fer, 5ᵉ régiment, 13ᵉ compagnie, Quartier général, Armee Oberkommando Nord, Mittau ». L'enveloppe a pris une goutte d'eau, le « A » de Armée a coulé. Au verso, sur le rabat, Charles lit : « Mona Lerner, Kramerstrasse, 12, 30159 Hanovre ». Le nom fait son chemin jusqu'à sa conscience et une nouvelle émotion l'envahit, jaillit comme un liquide froid dans ses veines, et c'est la peur, la peur d'avoir été surpris, la peur d'être démasqué. Il jette des regards furtifs d'oiseau de tous côtés. Les autres boivent ou mangent sans se soucier de lui. Il range fébrilement la lettre dans une poche intérieure de sa veste d'officier puis se lève et quitte le réfectoire d'un pas qu'il voudrait tranquille.

Dans sa chambre, il s'enferme à clé et lit la lettre. Ce sont les mots tout simples d'une mère qui aime, qui adore son enfant. Elle dit comment elle a appris qu'il était en vie. Pas un reproche sur son silence. Elle exprime seulement le désir de le revoir vite et lui demande de lui écrire... « si tu peux, si tu as le temps. Surtout, prends soin de toi. Ta mère qui t'aime très tendrement ».

Charles a la gorge serrée. Cette femme, cette mère qui ne pense qu'à la joie de revoir son fils vivant, lui écrit ce qu'il rêverait de lire de sa propre mère. Il l'imagine glissant sa lettre dans l'enveloppe d'une main fébrile, vérifiant plusieurs fois qu'elle a bien recopié l'adresse, bien cacheté l'enveloppe, allant la déposer dans la boîte aux lettres au bout de la rue, et priant pour que son fils lui réponde. Tous les jours, elle guettera le facteur à sa fenêtre. Tous les jours, elle priera pour qu'aujourd'hui, enfin... Charles pleure. C'est la première fois dans son souvenir qu'il pleure. Il pleure et ça lui fait du bien. Il sent ruisseler sur ses joues des larmes chaudes. Il est secoué de sanglots au point d'en perdre la respiration et de happer l'air à grands coups comme un chien haletant.

Plus tard, calmé, c'est un tout autre sentiment qu'il éprouve. Ils sont allés questionner cette femme. C'est donc qu'ils le soupçonnent bel et bien. Ils ont découvert qu'elle n'avait plus de nouvelles de son fils depuis trois ans. Qu'ont-ils pu apprendre d'autre ? Je suis coincé, je suis fait comme un rat. Pourquoi ne m'ont-ils pas encore arrêté ? Soudain, il lui vient une explication : ils attendent de voir si je vais me trahir.

Si je vais ou non répondre à la lettre. Il leur faut peut-être une preuve irréfutable. Si je réponds, Mona Lerner verra tout de suite que ce n'est pas l'écriture de son fils. Mais si je ne réponds pas... Il serait inconcevable qu'un fils en pareilles circonstances ne réponde pas... ne réponde pas à une mère aussi aimante et bonne, aussi indulgente et généreuse...

Il n'aura finalement pas à choisir car un soldat toque à sa porte.

– Mon lieutenant, vous devez venir immédiatement dans le bureau du général.

À travers les longues galeries du château zébrées de soleil, Charles suit le soldat en écoutant le bruit de leurs pas, de leurs bottes qui tambourinent sur les parquets – un, deux, un, deux, un, deux... Ne pense à rien, ne pense à rien ! Il ne faut plus penser, c'est trop tard. Il se concentre sur le rythme de sa marche, vive, pressée, militaire. Advienne que pourra ! Il résiste à la morsure de l'angoisse qui lui creuse le ventre.

Il s'y attendait mais c'est tout autre chose de le vivre. Sa courte vie, aussi vide et dénuée de sens soit-elle, il y tient et il ne pense plus qu'à une chose, en fait, ses sens et son esprit ne lui disent plus qu'une chose : je veux sauver ma peau !

Au centre du bureau, à la place de von der Golz, il découvre Werner Coquelis, droit et fixe et plus glaçant que jamais. À cet instant, en dépit de toute sa volonté, Charles se sent gagné des pieds à la tête par une peur animale qui contracte ses muscles. Il salue puis s'avance d'un pas d'automate.

– Le général est en visite sur la ligne de front. Je vous reçois ici car nous pouvons y parler sans crainte d'être vus ni entendus.

Werner a deviné que Charles se croit démasqué. La grimace universelle de la peur qui s'est peinte sur son visage en

entrant était flagrante. Werner savoure ces quelques instants encore pendant lesquels Charles s'attend au coup de grâce. Il le considère avec un rictus de mépris. Ce n'est qu'un médiocre petit espion, vénal sans doute, et qui a peur de la mort.
– Est-ce que vous savez pourquoi je vous ai fait venir ?
– Non, répond Charles en affrontant son regard électrique.
– Je pensais que vous vous en doutiez.
– De quoi aurais-je dû me douter ?
– Le général ne vous en a pas parlé ?
– Je ne peux pas répondre à cette question puisque j'ignore de quoi il s'agit.
– Allons ! Tout le monde en parle, je le sais. Vous vous méfiez de moi ? ajoute Werner benoîtement.

Il prend plaisir à faire durer le suspense, s'allume une cigarette, tire dessus puis recrache la fumée vers le plafond tout en scrutant les réactions de son interlocuteur.
– Pourquoi vous vous méfiez de moi ? Ah ! Mais bien sûr ! Au fond, vous ne savez pas qui je suis. En revanche, vous savez pourquoi je suis là.

Charles garde le silence. Petit à petit, il se rassure. Si cet homme comptait le faire arrêter, il l'aurait fait immédiatement, des soldats seraient venus le cueillir dans sa chambre, il ne l'aurait pas convoqué en tête à tête en prenant le risque d'une réaction imprévue ou d'une tentative de fuite. Pourquoi a-t-il paniqué si bêtement ? Oui, bon, mais alors : pour quelle raison l'a-t-il fait venir ?

– Un espion qui travaille pour les Français a été infiltré au sein même du quartier général. Nous l'avons identifié.

Werner marque une pause. C'est fou ce qu'il aime ce

genre de situation. Son visage s'éclaire d'un sourire de chat. Ses yeux pétillent de gourmandise.
— Tenez, asseyons-nous. Il s'agit du cuisinier personnel du comte von der Golz, Paul Schmitz.
Charles a l'air étourdi et surpris d'un homme qui se réveille en sursaut. Non seulement ce n'est pas lui qu'ils soupçonnaient, mais c'est l'homme auquel il aurait dû tout de suite penser, celui dont le général Durand lui a parlé – il lui a même dit son nom ! Comment a-t-il pu oublier une information aussi importante ? Comment a-t-il pu ne jamais y penser jusqu'à cette minute ? Comment se fait-il qu'il se soit d'emblée senti visé au point d'être incapable d'envisager un autre suspect que lui-même ? Sa mémoire, sa mémoire...
— Vous avez l'air étonné. Vous le connaissez bien ?
— Non, pas du tout.
— Vous ne voulez vraiment pas vous asseoir ?
Dehors, le vent souffle. Les ombres des nuages courent sur le parquet. Coquelis a croisé les jambes, posé les mains à plat sur son genou. Il se penche vers Charles et plonge son regard dans le sien tout en recrachant la fumée de sa cigarette sur le côté.
— Nous avons aussi enquêté sur vous.
Charles s'est calé au fond de son fauteuil, le dos raide. Il avale péniblement sa salive. Il s'est cru trop vite sauvé.
— Pas seulement sur vous. Nous voulions nous assurer qu'il n'y avait pas d'autres taupes.
Werner s'admire de savoir distiller ses paroles avec tant de sadique lenteur. Charles agrippe des deux mains l'assise de son fauteuil. Il n'a plus la force de soutenir le regard du capitaine. Il retient sa respiration. Tous ses nerfs sont tendus

comme des arcs. Werner pense qu'il le tient, qu'il l'a vaincu, et ce sentiment le remplit de plaisir.

– Eh bien, le général qui avait confiance en vous ne s'est pas trompé. Vous êtes non seulement un homme courageux mais aussi un homme en qui l'on peut avoir la plus totale confiance. Nous avons interrogé votre mère.

Charles est surpris une fois encore. Il ne sait vraiment pas sur quel pied danser.

– Elle nous a appris que vous ne lui aviez pas donné de nouvelles pour ne pas l'inquiéter. C'est la preuve qu'il n'y a rien pour vous de plus important que de servir et que vous devez être capable de garder un secret même envers les êtres qui vous sont le plus chers.

Pourquoi ce capitaine se montre-t-il si élogieux à son égard ? Où veut-il en venir ?

– Je sais aussi votre valeur, votre courage au combat sur le front, en France comme ici, tous vos chefs en ont témoigné.

Coquelis se rapproche encore de Charles, pose la main sur l'accoudoir de son fauteuil et lui dit en baissant la voix :

– Le général m'a demandé de vous confier une mission. Nous devons nous débarrasser de Paul Schmitz mais sans le faire arrêter ni exécuter. Nous préférons l'éliminer discrètement, qu'il disparaisse et que l'ennemi ne découvre sa disparition qu'au bout d'un certain temps, pour lui faire passer le message qu'on est plus forts, plus habiles que lui. Ce sera beaucoup plus déstabilisant.

Werner Coquelis se lève soudain et se met à marcher de long en large en s'allumant une nouvelle cigarette. Charles a compris et son cœur bat à toute vitesse mais il s'efforce de cacher son trouble. Ils veulent que je tue Paul Schmitz ! Pourquoi ? Pourquoi moi ?

— À votre avis, reprend Coquelis d'une voix caressante, quelle est la meilleure façon de l'éliminer ?

Charles se tient maintenant les jambes décroisées, les deux mains crispées sur ses cuisses. Werner va et vient en l'épiant du coin de l'œil avec une délectation narquoise. Il a eu seul l'idée de faire tuer Paul Schmitz par le lieutenant Lerner. Fritz Bredlow ne lui a ordonné que de le recruter pour le rapatrier à Berlin et lui confier la mission de se rapprocher des émigrés russes. Mais Werner s'est dit que les services français se douteraient encore moins de la manipulation de leur agent si ce dernier était chargé de l'exécution d'un autre des leurs puisque a priori on choisit pour ce genre de travail un type en qui on a une totale confiance. Par ailleurs, Werner trouve assez excitant de faire liquider un agent par un de ses pairs. Et puis, cela permettra de savoir ce que ce Lerner a dans le ventre.

Charles demande d'une voix qu'il voudrait calme et posée :
— Vous voulez dire physiquement ?
— Naturellement.
— Eh bien... je suppose qu'il faudrait que cela se passe... loin, à l'écart... quelque part dans un endroit discret.
— Plus précisément, dans le cas présent ?
— Au fond du parc, près de la rivière ?
— Parfait. Ce qui permet de faire disparaître facilement le corps, sachant que ce que nous voulons, c'est qu'il n'y ait pas de traces et que l'ennemi mette le plus de temps possible à comprendre.

Ils sont en train de discuter tranquillement de l'assassinat d'un homme comme ils discuteraient de la préparation d'un plat ! Charles éprouve à cet instant la différence qui existe entre attaquer des inconnus sur un champ de bataille et planifier le meurtre d'un homme qu'on connaît. Curieux, bizarre,

mais tuer une seule personne lui paraît beaucoup plus cruel et même... *scandaleux*.
— Bien sûr, poursuit Werner, il faut faire ça la nuit. Je propose la chose suivante. Ce soir, je convoquerai Schmitz avec vous.

Il ne me laisse même pas le choix d'accepter ou pas ! Il considère comme normal et déjà acquis que je tue cet homme parce qu'il me le demande.
— Schmitz ignore que vous le soupçonnez ?
— Que nous savons. Bien entendu. Il ignore tout. Sinon, pourquoi l'éliminer de cette façon ? Je lui dirai que le général doit recevoir une marchandise un peu particulière et que, comme c'est lui qui s'occupe de la nourriture et des besoins personnels du général, je lui demande d'aller avec vous récupérer cette marchandise. Mission de confiance, etc. S'il cherche à en savoir plus et vous pose des questions, vous pourrez vous aussi, en invoquant le secret et la confiance, lui dire que c'est de la coco dissimulée dans des sacs de gibier. Vous irez à l'endroit auquel vous avez pensé au bord de la rivière. Je vous laisse décider comment vous préférerez vous y prendre, je sais que je peux compter sur vous, vous avez toute l'expérience nécessaire. Toutefois, si je peux me permettre une suggestion, l'arme blanche a l'avantage d'être silencieuse. Même au fond du bois, on ne sait jamais.

Le première classe Paul Schmitz, en parfait majordome, n'a pas posé de questions et n'a rien laissé paraître. Il a suivi le lieutenant Lerner. Il n'avait pas l'air de marcher mais de flotter tel un long fantôme. La nuit était claire, pleine d'étoiles argentées piquetant un ciel de soie violette. Une lune laiteuse faisait luire les toits cuivrés et les encorbellements blancs de la façade massive du palais de Mittau. Dès qu'ils sont entrés dans la forêt, des hordes de moustiques affamés se sont jetées joyeusement sur eux.

Ils marchent maintenant depuis une demi-heure sur un étroit sentier. Ils sont presque arrivés au bord de la rivière, là où Charles aime se reposer. Autour du château sont plantés des chênes, des hêtres et des érables majestueux qui bordent les larges allées en laissant en partie passer la lumière de la lune, mais plus on s'enfonce, plus on trouve d'épicéas, de pins, dont le lourd vêtement d'épines crée une obscurité si profonde qu'on ne discerne plus les ombres. Les deux hommes ne se sont pas une seule fois adressé la parole et leur silence rend la situation encore plus pénible pour Charles. La pensée qu'il s'apprête à commettre un crime l'obsède. Plus les minutes passent, plus il redoute l'instant fatidique. Dans cette partie du sentier, il faut marcher l'un derrière l'autre. Il sait que ça va être le meilleur moment, juste avant d'atteindre la rivière. Il sent contre ses cuisses son poignard et son pistolet. « Si je peux me permettre une suggestion… » Mon Dieu !… Attends, calme-toi, respire… C'est le moment. Vas-y !… Qu'est-ce que tu attends ? VAS-Y ! Tu luttes pour sauver ta peau. Si tu ne le fais pas, si tu le laisses en vie, ils comprendront. Peut-être justement ont-ils fait cela pour s'assurer de qui tu es vraiment. Mais oui, c'est certainement dans l'esprit de ce sadique. Il me demande de le tuer pour me coincer. Et Schmitz, est-ce qu'il se doute ?… Si Durand m'a prévenu de sa présence, peut-être qu'il l'a aussi informé de la mienne ? Arrête, arrête, tu t'en fous, ça n'a aucune importance. Maintenant, tu dois… Voilà la rivière, la clarté au bout du sentier…

Au bord de l'eau, dans les hautes herbes, ils chassent les moustiques. Ils essayent d'en écraser un sur leur joue tous les deux au même instant et se donnent à eux-mêmes une gifle retentissante. La coïncidence est si cocasse qu'ils se regardent et rient.

— Foutu pays, dit Charles. On doit attendre là. On s'assoit ? On peut s'asseoir sur ce rocher.

L'eau brune lèche lentement la rive et reflète le halo blafard de la lune. Un crapaud coasse dans un fourré. En lisière de la forêt, une chouette hulule. Paul sort de sa poche un paquet de tabac et propose à Charles de lui rouler une cigarette. Charles accepte. Une fois les cigarettes allumées, Paul se relève et fume en tournant le dos à Charles. Il souffle sa fumée vers le ciel. Une libellule picore Dieu sait quoi sur la surface vitrée de la rivière.

Le silence à nouveau est insupportable. Charles sait bien qu'il ne peut plus attendre et que plus il attend... Il caresse encore ses armes, considère le dos de Paul Schmitz, sa nuque, ses cheveux. Il devrait lui trancher la gorge. Il pense que Paul a le pressentiment du danger et que c'est pour cela qu'il s'est mis debout.

Charles se lève et le rejoint. Ils fument côte à côte en fixant la rivière. Soudain, Charles lui dit d'une voix sourde et pressante :

— Partez ! Partez vite ! Traversez la rivière. De l'autre côté, vous pourrez atteindre la zone contrôlée par les Lettons.

— Ah, c'est ça, fait seulement Paul Schmitz sans trahir aucune émotion.

— Ils savent tout.

— Pourquoi faites-vous ça ?

— Je travaille aussi pour le général Durand.

— Si vous me laissez m'enfuir, c'est vous qu'ils tueront.
— Je dirai que je vous ai tué et que j'ai jeté votre corps, lesté d'une pierre, au fond de la rivière.
— Pourquoi prenez-vous un tel risque pour moi ?
Charles pense : Parce que je n'ai pas la force d'assassiner un homme avec préméditation. Mais il répond :
— Parce que nous sommes dans le même camp.
Dans un fourré, une branche craque. Charles et Paul se figent, l'oreille aux aguets. La chouette ne hulule plus.
— Va-t'en maintenant ! Va-t'en vite ! On a peut-être été suivis.
— Viens avec moi.
Charles hésite un instant. Il réalise qu'il ignore s'il sait nager. Il n'a fait que se tremper dans la rivière.
— Je ne sais pas nager.
— Je t'aiderai.
— Non. Moi, ils ne me soupçonnent pas.
La chouette se remet à hululer. Les deux hommes scrutent l'obscurité de tous côtés.
— Il faut qu'on fasse semblant de se battre. Si on nous observe, il faut qu'on y croie.
Charles dégaine son poignard et le brandit d'un geste menaçant. Paul recule d'un pas. Il paraît hésiter.
— Défends-toi !
Paul le saisit brusquement aux poignets. Ils feignent une lutte, tombent à la renverse dans des roseaux.
— Frappe-moi ! Frappe-moi au visage.
Paul n'en revient pas. Cet homme fait tout pour lui sauver la vie ! Il hésite puis lui décoche un coup de poing dans la mâchoire. Charles est sonné mais avec son poignard

s'entaille lui-même le muscle de l'épaule et pousse un cri de douleur. Le long visage de Paul exprime la stupéfaction.
– Vas-y maintenant ! File !
Paul entre dans l'eau et nage. Il a atteint le milieu de la rivière quand plusieurs coups de feu retentissent. Il est touché. Son corps disparaît sous l'eau. Charles se relève en tenant son épaule ensanglantée. Il entend quelqu'un qui court. Il se retourne. Werner Coquelis et un autre homme, armes à la main, se précipitent vers lui.

Le lendemain, le vent du nord a fait chuter la température. Une petite pluie fine, bien installée, grésille sur les carreaux. On n'est que fin septembre mais en Lettonie l'hiver n'est déjà plus très loin.

Charles, l'épaule bandée (et recousue), est couché dans son lit, sous la garde d'un soldat qui ne l'a pas quitté depuis qu'on l'a reconduit dans sa chambre après l'intervention du chirurgien. C'est un brave garçon rouquin qui doit avoir à peine dix-huit ans et qui s'empresse à son chevet dès qu'il veut boire ou se lève pour faire pipi.

Charles n'a pu fermer l'œil de la nuit. Sa blessure et les points de suture sans anesthésie le faisaient souffrir et la mort de Paul Schmitz le hantait. Ce qui le tourmentait le plus, c'est qu'il ait pu envisager de le tuer, qu'il ait pu être si faible, si dégueulasse, un salopard prêt à frapper un homme dans le dos parce qu'il a peur de perdre sa propre vie. Oui, à un moment, il a vraiment pensé le frapper par-derrière, lui sauter dessus et lui trancher la gorge.

Au petit matin, il a sombré dans le sommeil. Il s'est réveillé vingt minutes plus tard trempé et sous le choc d'un horrible cauchemar. Des hommes en uniforme d'opérette buvaient à grandes goulées des chopes de sang mousseux et fumant puis s'essuyaient la bouche du revers de la main en riant bruyamment. Et Charles vêtu comme eux buvait comme eux et sentait le liquide chaud couler dans sa gorge.

En se réveillant, il a vu le jeune soldat assis au bord de son lit, inquiet pour lui.

– Ça va, mon lieutenant ?

Depuis, Charles se remémore chaque instant. Il n'a pas vu Paul Schmitz disparaître dans la rivière mais il a entendu Coquelis s'écrier en arrivant :

– Tout va bien, on l'a eu.

Ensuite, Coquelis et le sous-officier qui l'accompagnait ont examiné ses blessures et l'ont aidé à marcher. À l'infirmerie, le médecin a fait vite. Très peu parlé.

Charles est persuadé que Coquelis a tout vu et compris. Il est donc extrêmement surpris de le voir entrer dans sa chambre, chaleureux et pour une fois souriant. Plus surpris encore lorsque Werner le félicite.

– Je savais que ce gars, c'était un coriace. C'est pour ça que j'ai jugé plus prudent de vous suivre et bien m'en a pris, n'est-ce pas ? J'ai eu tort de vous conseiller l'arme blanche. Vous auriez dû l'abattre. C'était plus simple. Il faut toujours se méfier des fanatiques, ce sont les plus dangereux.

– Un fanatique ?

– Un démocrate, qui trahissait son pays parce qu'il estimait que notre armée était le principal obstacle à la démocratie et qu'il voulait la détruire de l'intérieur. Mais aujourd'hui, vous savez, l'ennemi est partout. Notre armée est infiltrée par des agents au service de l'étranger mais aussi par des Allemands qui préparent la révolution. On a plus que jamais besoin d'hommes de confiance.

Il fait signe au soldat de les laisser seuls et s'assoit sur la chaise paillée près du lit.

– Ce que je vais vous dire maintenant exige le plus grand secret. Ici, dans la Baltique, tout sera fini bientôt. Oui, on a aussi perdu cette guerre. On n'a pas d'autre possibilité en l'état actuel que de la perdre. Mais ce n'est pas cette guerre que nous devons gagner, c'est la prochaine, et pour cela, nous devons nous allier aux Russes blancs et les aider à renverser les bolcheviks, ce qui prendra du temps. Vous parlez russe, n'est-ce pas ?

Charles hoche la tête et, tout à coup, lui revient le nom de sa gouvernante : Olga. Olga Alexandrovna. Et il entend sa bonne voix chantante qui lui répétait en russe : « Bois, mon oiseau ! Mange, mon oiseau ! Dors, mon oiseau ! » Nom de Dieu ! Je me souviens de son prénom ! De son prénom et de son patronyme. Mais son nom ? Si seulement je pouvais me souvenir de son nom ! Si je savais son nom... Et mon prénom. Elle devait m'appeler par mon prénom, pas tout le temps son oiseau...

– Je vous propose de travailler pour nous.

– Nous ?

– De travailler au service secret de l'état-major général.

Décidément, ce capitaine n'aura cessé de le surprendre et Charles le regarde d'un air ahuri.

– On a besoin d'agents capables de nouer des liens au sein de la communauté des émigrés russes à Berlin.

– Qu'est-ce que je devrai faire ?

– Établir des contacts, recueillir des renseignements, éventuellement transmettre des messages. En somme, ajoute

Coquelis pour plaisanter, il ne s'agira pour vous que de passer des moments agréables avec l'élite russe en exil. Une partie de plaisir. Vous savez que leurs jeunes femmes sont souvent très jolies – et leurs hommes très laids, en plus ! Blague à part, ça ne sera pas si facile bien sûr et nous devrons prendre un maximum de précautions pour que nos ennemis ne se doutent pas de la nouvelle alliance que nous essayons de construire. C'est moi qui vous donnerai vos instructions. Vous me serez directement rattaché.

Quelques heures plus tard, Werner Coquelis finit par obtenir la communication téléphonique avec Berlin. Dans son bureau lumineux du Bendlerblock* dominant les eaux grises du Landwehrkanal, le colonel Fritz Bredlow frisait sa moustache en tenant le combiné du téléphone collé à son oreille. Il écoutait attentivement et un sourire de satisfaction se dessinait sur son visage. Il n'aimait pas Coquelis mais force était de reconnaître que c'était un grand professionnel.

---

* QG de l'armée allemande situé au sud du Tiergarten à Berlin.

21

En parfaite connaissance de cause

Une humidité salée, poisseuse, colle comme du miel. Le vent d'ouest fouette le visage. La proue du bateau se lève puis s'abat avec fracas sur la surface de plomb de la mer Baltique. Cela sent la rouille, le cordage mouillé et l'odeur caractéristique, mi-iodée, mi-saumâtre, de cette mer presque fermée. Le navire a quitté Libau pour Rostock dans un petit matin terne.

Sur le pont avant, Charles se tient des deux mains au bastingage de fer grumeleux et froid. Il frissonne, son nez coule, des embruns lui raclent les joues mais à l'intérieur de la cabine il avait mal au cœur, d'autant plus que certains ont vomi et, comme chacun sait, le vomi donne envie de vomir. Il observe la grosse cheminée qui crache des volutes de fumée noire. Il s'occupe à suivre ces nuages charbonneux que le ciel avale rapidement. Le ciel a la couleur de l'eau dans laquelle un peintre dilue l'encre de son pinceau. Il se met à pleuvoir un crachin pénétrant. Charles s'abrite sous le pont supérieur.

D'autres soldats se tiennent comme lui dehors transpercés par l'humidité, les bras serrés le long du corps, dansant d'un pied sur l'autre pour un peu se réchauffer. Certains fument, savourent la chaleur boisée de la fumée, la gardent en bouche longtemps. Charles pense que ces hommes, tous, sauf lui, rentrent chez eux, s'apprêtent à retrouver leurs proches, leur famille, leurs paysages, la douceur de leur lit, le corps de leur femme, la joie de leurs enfants. Leur vie. Et la paix. Il ne pense pas qu'ils reviennent avec le sentiment amer d'avoir été trahis, d'avoir été privés de cette victoire glorieuse et de cet avenir heureux auxquels ils ont cru comme des pionniers partant pour la Terre promise. Non, bien qu'il les ait entendus depuis des semaines ressasser leur déception, leur désillusion, il pense d'abord, sur ce bateau triste et fatigué, à son propre désir : un visage qui le guetterait au port, à la descente du train, un sourire à la porte de la maison au village, des bras qui s'ouvrent et des larmes, les larmes des retrouvailles...

Après plusieurs heures, la pluie cesse enfin. Un brouillard gris-vert la remplace, qui donne l'impression de flotter dans un nuage. Le bateau corne régulièrement et c'est la plainte funèbre d'un spectre qui se perd sur cette lande d'eau morne.

Tout au long du voyage, Charles va et vient d'un pont à l'autre, parcourt les coursives, monte et descend les escaliers, pas seulement pour lutter contre le froid et l'humidité, mais surtout pour échapper au cafard, aux idées noires qui le poursuivent. Il s'efforce de réfléchir à des problèmes concrets, à ce qui l'attend à Berlin. Coquelis lui a dit qu'il serait logé dans une caserne et qu'une fois sur place, il lui donnerait des instructions précises. Maintenant, il est un espion allemand ! Il va falloir contacter Durand. Comment s'y prendre ? Et après ? Il revoit brusquement le restaurant juif où ils avaient déjeuné quand il était arrivé à Berlin. Il se souvient du nom de l'hôtel du général, l'hôtel Adlon.

Soudain, il a envie d'un verre, il a soif. De l'alcool. Maintenant, il est un espion allemand et un espion français ! Il rentre dans la salle à manger du ferry-boat qui sent le chou et la vieille serpillière. La salle est presque vide. Une dame ronde dort, la tête affaissée dans son cou graisseux. Trois sous-officiers dépenaillés, blafards, survivent au bar en équilibre précaire sur des tabourets. À quels Freikorps appartenaient-ils ? Trop jeunes pour avoir été dans l'armée régulière. Rescapés, apparemment indemnes, et pourtant ils ont l'air si défaits. Ils aimaient ça ? Il les imagine courant sous la mitraille, pataugeant dans la glaise, sautant à travers les broussailles, criant, s'encourageant, se jetant à plat ventre... Maurice sur le ventre. Je sens d'abord ma main mouillée et chaude, je la retire de sous son ventre. De la buée sur mon masque. Je frotte machinalement. J'étale du sang sur les carreaux. Je frotte encore. Et je le vois. Maurice !

Il retourne dehors. De l'air ! Chasser tout ça. Mais non. Maintenant, c'est Hans. Leur première cigarette la nuit dans le train, la tête de cochon, la fille – comment s'appelait-elle ? – qui crie son nom sur la passerelle du tram. Tout se bouscule et se brouille dans sa mémoire. Les morts, des morts partout autour de lui. Ah ! Oui : Franziska. Il se réveille sur le lit de fer d'un hôpital de campagne. Dans quel pays ? Il se réveille au milieu des blessés. Ça fait un an et trois mois. La date : 15 juillet 1918. Et il ne sait pas grand-chose de plus. Qu'est-ce qu'il sait ? Quelques prénoms, quelques visages, impressions furtives, sourires, gestes, silhouettes... Il se jette une fois encore dans les bras de sa mère, du mirage de sa mère, du fantôme de sa mère, sans visage et sans nom, maman, elle sent bon, elle est douce, sans doute il reconnaîtrait son parfum. Conjectures. Normale sup, une enfance en

Alsace. Ah ! Et puis, Olga Alexandrovna, sa nounou. Est-ce qu'il a étudié le russe à Normale sup ? L'anglais ? Contre le bastingage, caressé par un petit vent qui soulève doucement la brume de la surface de l'eau, il se frappe le front du plat de la main. Toc, toc, toc !
Sous ses pieds, le bateau roule et ronronne au rythme de sa chaudière avec des grincements, des craquements inquiétants. Il fait son chemin lent dans cette forêt vert-de-gris mystérieuse, irréelle, et Charles se voit en marionnette dont une main invisible tire les fils et se sent envahi par une tristesse irrépressible. Maurice, Hans : deux camarades, deux auxquels il s'était attaché, et quand il pense à eux il y a l'épouvantable boucan des armes, les hurlements des mortiers, tout ce que les mots ne diront jamais, la mort pauvre, lamentable et ridicule jonchant le sol, la même partout, puante... Qu'y a-t-il d'autre dans sa vie que la guerre et de brèves rencontres avec des êtres qui passent, passent vite, si vite ?
Mais... mais oui, mais oui ! S'il n'a été que le jouet des autres, jeté dans une histoire qui n'est pas la sienne, comme tous ceux de sa génération, toute la jeunesse d'Europe... et du monde... et même s'il est plus seul que tous les autres, il lui reste une chose, une chose qui n'appartient qu'à lui, ne dépend que de lui : il peut choisir – mais oui ! –, il est libre de dire non à ces hommes, à Coquelis, à Durand, à ces rôles qu'on lui fait jouer, il est libre, aujourd'hui, il est libre, il peut tout arrêter, refuser de continuer, bien sûr qu'il le peut, ce n'est plus la Grande Guerre, la mobilisation générale obligatoire, il est libre !
Au loin, une ombre oblongue plus dense que le brouillard. La terre ? Effectivement, des mouettes ont rejoint le ferry-boat et poussent leurs cris de nourrisson affamé. Bientôt, la

côte de Poméranie se découvre. Une falaise de craie tombe comme un voile de mariée sur la robe grise de la Baltique. Puis c'est l'entrée dans le détroit qui conduit à Rostock et enfin le port de cette vieille ville hanséatique avec les étroites et hautes maisons aux toits pointus des marchands bourgeois du XVIIIe siècle. Ça sent la pêche. Les marins déchargent leurs marchandises sur les quais, remplissent des charrettes. On entend siffler les haubans, grincer les cordages et résonner contre les murs les sabots des chevaux. Ici, la vie semble être restée immuable. Comme s'il n'y avait pas eu la guerre. Comme si le monde ne changeait pas.

En revanche, au sud de l'Allemagne, en Bavière, l'armée allemande redoutait la reprise du feu révolutionnaire (qui avait embrasé Berlin en janvier 19 et, déjà, au printemps, Munich). Le capitaine Karl Mayr était chargé de recruter et de superviser des officiers ou sous-officiers aux états de services impeccables comme agents secrets dont la mission devait être de surveiller les anciens soldats et les ouvriers susceptibles de se laisser « bolcheviser » et de les retourner en faveur de la bonne cause politique, à savoir le nationalisme. Pour mener à bien sa mission, Karl Mayr disposait d'une enveloppe financière conséquente que lui avait accordée la Reichswehr. À cette époque, les hommes avaient d'abord faim, et Karl Mayr les payait bien.

Parmi ses recrues, un caporal de trente et un ans qu'il décrivit ainsi vingt-deux ans plus tard, en 1941 :

« Il était comme un chien prêt à lécher la main de n'importe qui pour un bout d'os à ronger. Il n'y avait en lui aucune aspiration au martyre du type "l'Allemagne ou la mort" contrairement à ce que la propagande nazie racontera plus tard. Il n'aurait pas hésité à travailler pour un juif ou un Français. Il ne semblait pas du tout concerné par le destin du peuple allemand. Il était somnambule et parlait dans son sommeil, ce qui dérangeait ses camarades de chambrée, et on a dû le mettre dans une petite chambre à l'écart. À la garnison, il n'avait pas d'ami. Il était timide et orgueilleux et souffrait d'une difformité intime (mentionnée dans son dossier médical) qui devait le pousser à s'isoler. Il n'aimait pas l'armée. Il détestait la collectivité. Il ne fumait pas, n'allait pas au bordel. Mais il avait un don. »

À Munich, le général Ludendorff et ses amis se réunissaient pour pleurer leur splendeur passée mais aussi pour rêver d'un futur resplendissant. L'Allemagne n'a jamais été vaincue, les sociaux-démocrates sont des traîtres, mais comment faire pour que le peuple épuisé par la guerre et crevant de faim ne se laisse pas tenter par les lendemains qui chantent communistes ? Comment faire pour qu'il rejoigne les rangs de leurs bons militaires qui préparent la prochaine guerre et une terrible vengeance ? Le général se souvenait de la petite bergère française illettrée qui sut convaincre le roi, l'armée et le peuple de la suivre pour chasser les Anglais. Il leur fallait une Jeanne d'Arc allemande. Ce fut Hitler.

La suite, Hitler la raconte lui-même dans *Mein Kampf* :

« On me donna la possibilité de m'exprimer en public et la chose que j'avais toujours pressentie intuitivement s'avéra vraie : je savais parler. Et je savais le faire avec un certain talent. Quand je suis arrivé ce soir-là (en septembre 1919, à une réunion du minuscule Parti des travailleurs allemands – le DAP – d'Anton Drexler, que l'armée allemande suspectait d'être un foyer bolcheviste!...), j'ai trouvé vingt, vingt-cinq personnes, pour la plupart issues des classes populaires. Je pris part à la discussion et, à la fin, Drexler me proposa d'adhérer au parti. Je ne savais pas si je devais me fâcher ou éclater de rire. Je n'avais nullement l'intention de rejoindre un parti déjà existant. Ce que je voulais, c'était le mien. »

Mais, à la demande de son supérieur Karl Mayr, qui croyait œuvrer scrupuleusement au « futur resplendissant » de l'armée allemande, l'agent secret Adolf Hitler adhéra tout de même au DAP. Quelques mois plus tard, devenu un fascinant orateur, il ajoutait « national » et « socialiste » au DAP, en prenait la tête et le contrôle, en faisait son parti, le NSDAP, et Ludendorff et les vieux généraux couverts de vieilles étoiles branlantes avaient les yeux qui brillaient dans les dîners en ville. « Notre messie. Nous l'avons. Notre Führer. »

L'automne s'était déjà bien installé. Des bourrasques de vent faisaient valser dans les rues des feuilles brunes, rousses, orange, jaunes. Sur Unter den Linden, des chapeaux s'envolaient. Les riches Berlinois s'engouffraient dans les cafés, les pauvres longeaient les murs à pas pressés.

Au moment où Charles descendait l'avenue en se faisant la réflexion que les visages qu'il croisait étaient maigres et cireux, Joseph Durand retrouvait son homologue britannique, le général Neil Malcolm, au bar de l'hôtel Adlon, où s'entrechoquaient les sourires impeccables dans les tintements du cristal et de la porcelaine. Les Allemandes semblent s'allonger ces temps-ci, songea Joseph. Elles sont de plus en plus longilignes. Où sont passées les hanches ? Ces femmes à la beauté sensiblement androgyne, épouses ou maîtresses d'hommes d'affaires, d'officiers supérieurs ou de politiciens et, pour certaines, prostituées de luxe, n'étaient présentes que pour l'agrément des importants messieurs de toutes les grandes nations qui venaient boire ici à la fin de la journée comme des bêtes à la rivière. Lorenz Adlon, le patron fondateur de l'hôtel, contribuait à sa manière aux relations internationales en attirant dans son établissement tout ce qui comptait dans l'élite allemande, la diplomatie, les affaires civiles et militaires d'Europe et d'Amérique. Autour d'un thé, calés dans des fauteuils bas Art déco aux coussins de velours vert, Erich Ludendorff et Walter Rathenau conversaient sous l'œil attentif de Hans von Seeckt qui, comme à son habitude, parlait peu. Walther Rathenau aperçut les deux généraux français et anglais et leur fit signe.

– Comment se porte le renseignement allié ? leur lança-t-il sur un ton de mondanité joviale. Buvez quelque chose avec nous.

Durand et Malcolm rencontraient de temps à autre Rathenau qui donnait souvent ses rendez-vous à l'hôtel mais c'était la première fois qu'ils y croisaient le discret von Seeckt et le cinglant Ludendorff. Rencontre d'autant plus surprenante qu'avec son acolyte Hindenburg, Ludendorff figurait sur la liste de ceux que les Alliés voulaient juger comme possibles criminels de guerre. Fin 18, il s'était enfui en Suède mais il était tranquillement rentré en Allemagne deux mois après, en février 19. S'il avait délaissé les salons munichois qui recevaient Hitler pour ceux de Berlin, c'est parce que allait s'ouvrir au Reichstag le procès (enfin, plus exactement l'interrogatoire par une commission d'enquête parlementaire) du haut commandement du Reich. Le gouvernement de Weimar voulait ainsi donner au monde une preuve de sa bonne volonté mais surtout tenter de discréditer la caste des militaires pour la faire rentrer dans le cadre et renforcer l'autorité du pouvoir politique civil.

Après quelques échanges superficiels et polis, le général Malcolm s'adressa à Erich Ludendorff et lui demanda avec l'air d'un homme mû par la seule curiosité professionnelle :

— À votre avis, mon général, pourquoi l'Allemagne a-t-elle perdu la guerre ?

Erich Ludendorff se dressa comme un cobra. Son regard fier s'enflamma, ses lèvres gonflèrent dans sa moustache. Tout son visage prit une expression de dignité courroucée. D'une voix vibrante, en pointant le doigt sur Walther Rathenau, il répondit :

— L'armée allemande n'a pas perdu la guerre. Pendant quatre ans, elle a su résister à des armées supérieures en nombre, sur deux fronts, et remporter des victoires. Mais on a été lâchement trahis par l'arrière, par des politiciens qui ne pensaient qu'à leurs ambitions personnelles, par des financiers qui ne pensaient qu'à leurs affaires. C'est le plus grand crime qui ait jamais été commis par des hommes contre leur propre peuple. Tandis qu'on se battait en France, des planqués à Berlin nous ont assassinés.

Walther Rathenau conserva pendant cette diatribe son bienveillant sourire, comme si le doigt pointé du général ne l'avait pas désigné, lui.

Sa tasse de thé à la main, sir Malcolm dit avec une pointe d'ironie :

— En somme, vous estimez, mon général, qu'on vous a porté un coup de poignard dans le dos ?

— Dans le dos ! C'est exactement ça, approuva Ludendorff en fermant à demi ses paupières sur ses grands yeux humides.

Depuis ce jour de fin septembre à Spa où il avait compris que la guerre était perdue, il n'avait cessé d'incriminer les républicains et les élites civiles. À force, l'idée faisait son chemin. Et voilà que ce brave Anglais venait de lui trouver la formule qui ferait mouche. Un coup de poignard dans le dos ! On voyait tout de suite. C'est ça qu'il faudrait dire avec le vieil Hindenburg devant la commission du Reichstag.

— Et vous, monsieur Rathenau, demanda Joseph Durand, que pensez-vous de ce que vient de dire le général ?

— Le général, répondit le petit homme chauve, sait bien que je me suis battu jusqu'au bout pour mon pays en soutenant et en organisant l'industrie de guerre, mais aujourd'hui, l'heure n'est plus aux armes. L'heure est à l'économie, au travail, à la reconstruction, chez nous comme chez vous, général. Et je veux dire, ajouta-t-il en appuyant sur les mots mais en conservant son air aimable et bien élevé, que ce qui est criminel, aujourd'hui, c'est d'infliger à l'Allemagne des conditions insupportables.

— Insupportables ? Quelles conditions nous aurait imposées l'Allemagne, pensez-vous, si elle avait été vainqueur ? Quelles conditions avez-vous imposées à la Russie à Brest-Litovsk ?

— C'est très différent, si je peux me permettre, dit Hans von Seeckt, qui s'animait pour la première fois. On a signé alors qu'on était en guerre et assaillis de toutes parts.

— Parfaitement ! s'écria Ludendorff. Vous voulez nous

faire passer pour des criminels alors qu'on n'a fait que notre boulot. On a fait la guerre, comme vous.
— Pas exactement comme nous, corrigea le général Malcolm.
— Comment ça ?
— Pas avec les mêmes armes. Vos lance-flammes...
— Mais vous aussi ! rugit Ludendorff en renversant un peu de thé sur son pantalon.
— Allons, dit Walther Rathenau, allons, messieurs, s'il vous plaît !
— Vous n'allez pas laisser insulter notre armée par ce...
— Je pense seulement, le coupa Rathenau, que nous devons pouvoir nous parler sans...
— Ça ne m'étonne pas de vous, grogna Ludendorff en l'interrompant à son tour et en se levant, tout rouge.
— Que voulez-vous dire ?
— Que vous êtes...

Le regard du général exprimait le mépris qu'il avait pour celui qu'il ne considérait que comme un juif mais il n'alla pas jusqu'à lâcher le mot. Il claqua des talons et s'en alla.

La colère de Ludendorff n'était pas passée inaperçue. Les clients autour d'eux avaient baissé la voix et lorgnaient dans leur direction. On entendait soudain le piano auquel jusque-là personne n'avait prêté attention. Puis les conversations reprirent doucement.

Avec toute la diplomatie dont il était capable et en se forçant à sourire, Walther Rathenau dit :
— Il est difficile de rétablir un dialogue, n'est-ce pas, après toutes ces années ? C'est un peu comme de creuser un sol durci par le gel. Les premiers coups de bêche demandent une patience infinie. Le général se sent blessé et humilié et il

ne comprend pas ce qu'on lui reproche. Il faut penser qu'il va passer devant une commission d'enquête, qu'il va être questionné et jugé par son propre pays. Voyez-vous, nous essayons tous, je crois, d'entrer dans un monde nouveau, nous le voulons, de notre côté, mais pour cela, il faut des petits gestes de part et d'autre. Par exemple, je pense que vous devriez libérer nos prisonniers de guerre. Cela fait presque un an qu'on a signé l'armistice. On a signé le traité de Versailles et il y a encore huit cent mille soldats allemands prisonniers en France. C'est contraire au droit international.

– Je vous rappelle, dit Durand, que l'armée allemande doit de son côté être réduite à cent mille hommes. C'est une condition préalable au retour des prisonniers.

– Nous nous y employons, général, intervint von Seeckt de sa voix neutre. Il nous faut juste le temps de le faire.

– Si vous continuez à les garder captifs, renchérit Rathenau, vous nourrissez les partis extrémistes, les réactionnaires, tous ceux qui veulent la mort de notre jeune démocratie. Vous nourrissez les révolutionnaires aussi. Le rouge et le noir, vous voyez ! Pensez que nous sommes des démocrates, nous, nous nous battons maintenant comme vous dans le camp de la démocratie.

– Je ne sais pas si nous pouvons déjà y croire, dit Joseph Durand.

– Nous verrons, nous verrons, dit Neil Malcolm.

– Je ne sais pas si le général von Seeckt partage vos idées, dit encore Durand.

– Un militaire n'a pas à avoir des idées, général, mais à obéir, vous le savez aussi bien que moi.

– Bien, messieurs, je dois vous quitter, dit Malcolm. On m'attend pour dîner.

Quand le général anglais eut pris congé, Walther Rathenau posa familièrement la main sur le bras de Joseph Durand et se pencha pour lui dire en français :
— Je vous assure que le peuple allemand est capable de reconnaître ses fautes et même de s'en repentir. La méchanceté n'est pas le fait de notre peuple mais d'une clique qui a trop longtemps gouverné l'Allemagne. Mais nous vous avons fait à plusieurs reprises des offres raisonnables — je veux dire à Versailles — que vous avez rejetées —, et si la position des Alliés reste trop dure et trop humiliante, alors, vous pousserez le peuple au désespoir. Croyez en la sincérité de la nouvelle Allemagne et faites-lui confiance, s'il vous plaît.
— La France ne demanderait pas mieux naturellement mais je crois que vous êtes un idéaliste.
Durand songeait en disant cela à ce qu'il lisait tous les jours dans la presse allemande. La France et les Français étaient leurs pires ennemis, ceux qu'ils haïssaient le plus.
À ce moment, Rathenau vit les trois hommes d'affaires auxquels il avait donné rendez-vous et leur fit signe qu'il arrivait.
— Veuillez me pardonner, dit-il soudain au général, mais je suis attendu et même déjà en retard.
— Ce n'est rien, je vous en prie. Je dois y aller également.
— Mais nous aurons l'occasion de bavarder à nouveau très bientôt, je l'espère. Bonne soirée, général.
— Bonsoir, monsieur.
Joseph se tourna ensuite vers Hans von Seeckt qui était resté discrètement à côté d'eux et le salua à son tour.
— Bonsoir, général.
— Bonsoir, général. Si vous me permettez, ajouta-t-il en français sur le ton de la confidence, vous avez entièrement

raison. M. Rathenau est un idéaliste, un pur intellectuel juif. Des idées, des critiques, une pensée tortueuse, et ça n'est pas bon, ça n'est pas ce qu'il nous faut pour la construction d'un nouvel État.

– Je croyais que vous n'aviez pas d'idées politiques.

La tête de fox-terrier du général allemand prit une expression de complicité amusée. Les deux hommes se séparèrent.

On aurait pu croire qu'au sortir de la guerre, la disette, le manque auraient vidé les cafés. Eh bien, tout au contraire, les Berlinois s'y réfugiaient. Tous ceux qui pouvaient se payer un demi ou un ersatz de café venaient s'y réchauffer, s'y étourdir de bruit, parfois s'y épancher. Les solitudes s'y frottaient dans un simulacre de gaieté légère, d'insouciance. On riait. On parlait fort. On échappait quelques instants à la réalité grise du quotidien.

Au Victoria Café, Charles a trouvé une place sur une banquette dans un coin. Il a prévenu le serveur qu'ils vont être deux mais le général Durand n'arrive pas et, au bout d'une dizaine de minutes, le café étant plein à craquer, la place est donnée à une jeune fille, une jolie tige brune coiffée d'un petit chapeau cloche, juchée sur de très hauts talons et drapée dans un manteau brun soyeux à col de renard qu'elle fait glisser de ses maigres épaules et tend au serveur d'une main condescendante. Puis elle s'assoit en croisant les jambes, ce qui a pour effet de faire remonter sa robe noire à pois blancs au-dessus de ses genoux. Elle doit avoir des seins minuscules, presque d'un homme, les mèches de ses cheveux courts couvrent à peine ses oreilles et sa nuque, et pourtant, tout en elle exprime la féminité. Charles sent son parfum

acidulé. Elle tire d'un étui d'argent une cigarette et l'enfile dans un fume-cigarette noir verni qu'elle tient entre ses longs doigts peints. Il semble qu'elle ait voulu allonger toutes ses extrémités. Charles est sidéré par tant d'assurance physique. Elle allume sa cigarette, aspire lentement une première bouffée et seulement après lui demande :
— Ça ne vous dérange pas si je fume ?
— Je vous en prie.
Elle le dévisage sans aucune timidité de ses grands yeux bruns (dont elle a aussi bien sûr allongé les cils). Sa petite bouche rouge tète tendrement le bec de son fume-cigarette et laisse s'envoler des rubans bleuâtres.
— Vous êtes officier, si je ne me trompe pas, lui dit-elle en souriant.
— Oui, répond-il en lui souriant aussi.
— Je ne comprends rien aux uniformes, je confonds toujours. Mais il me semblait bien que vous étiez officier. Vous étiez où à la guerre ?
— En France, et après dans la Baltique.
— C'était affreux, vous savez, ici, à Berlin, pendant la guerre. Elle ajoute avec une adorable moue friponne : Il n'y avait plus que des vieux !
Elle fait signe au serveur et commande un porto. Elle fume et Charles observe le pincement des ailes de son nez quand elle inspire. Et soudain, enivré par cette fleur sophistiquée, il sent jaillir son désir comme une source libérée, la brutalité de son désir si longtemps inexprimé, inassouvi... alors qu'à son âge, bon sang !...
— Heureusement, tout ça, c'est fini. Maintenant, il y a de nouveau de quoi trouver son bonheur dans Berlin pour une jeune fille de bonne famille !

Elle rit d'un rire d'enfant, cristallin, qui tranche avec sa voix rauque.

Charles aperçoit Joseph Durand qui le cherche de l'autre côté de la salle. Il se lève brusquement, ce qui décontenance un peu la jeune fille. Elle scrute à son tour la salle pour savoir avec qui – homme ou femme – Charles a rendez-vous.

– Pardonnez-moi, mademoiselle, je dois y aller... Mon rendez-vous, bredouille Charles, mais je... Est-ce que... est-ce qu'on pourrait se revoir ?

Il a posé cette question à toute vitesse en rougissant jusqu'aux oreilles. Elle rit encore, mais d'un rire malicieux.

– Peut-être. Pourquoi pas ? Un de ces jours...

– Où je ?... Où puis-je vous trouver ?

– Mais... ici. Je passe régulièrement. Vous n'aurez qu'à laisser un mot au bar. Je demanderai s'il y a quelque chose pour moi.

– Ah, très bien. Et votre nom ?

– Helen.

– Moi, c'est Gustav. Lieutenant Gustav Lerner. Et votre nom ?

– Helen suffira pour le moment, dit-elle en le regardant avec des yeux de chat derrière une volute de fumée.

– Oui, oui, je comprends. Alors, d'accord. Au revoir, mademoiselle.

– Au revoir...

Le général Durand les observe. Il attend devant la porte du café. Charles zigzague entre les tables et le rejoint. Ils se serrent la main puis sortent sur la Friedrichstrasse, épiés par Helen.

Ils marchent en silence une dizaine de minutes, Charles coiffé de sa casquette d'officier, Joseph d'un chapeau claque, jusqu'à l'entrée majestueuse d'un immeuble Belle Époque. Au premier étage se trouve un appartement quasi vide que loue sous un faux nom l'un des agents du général pour des rendez-vous discrets.

Joseph propose un whisky – un cadeau du général Malcolm. Après qu'ils se sont assis dans deux des quatre fauteuils que compte l'appartement, sous la lueur blafarde d'un lampadaire Tiffany, il interroge le jeune homme. Charles lui parle d'un air grave, concentré, déterminé. Joseph l'écoute en bourrant soigneusement sa pipe. Il trouve qu'il a changé, vieilli. La guerre... La guerre, bien sûr... Cette guerre qu'il n'a faite, lui, que dans un bureau, jamais en première ligne. Il n'en a vu que les blessés, les gueules cassées, les gazés. Pour autant, il croit savoir, il croit comprendre, comme tous les officiers supérieurs qui viennent de vivre ces années terribles. Mais il ne va pas jusqu'à penser qu'il y a une différence fondamentale d'expérience entre des soldats du front comme Charles et lui-même.

Charles, de son côté, depuis que sa décision est prise, s'est préparé à ce qu'il va dire. Il a cherché, choisi ses mots, se les est répétés. En résumé, c'est simple, il ne veut plus continuer. Et il n'a pas à se justifier, il n'a pas à en dire plus, c'est son choix, sa liberté, voilà tout ! Mais pourquoi alors se sent-il aussi nerveux qu'un fils venant dire à son père : « Désolé, mais je ne travaillerai pas dans l'entreprise familiale » ?

Tout d'abord, il lui remet sa montre qui contient des clichés de sa lettre manuscrite et de documents de von der Golz prouvant son alliance avec Bermondt-Avalov. Par ce geste, il entend prouver qu'il s'est bien acquitté de sa mission.

– Voilà, déclare-t-il emphatiquement, comme si c'était le dernier mot d'un discours. La preuve de ce que je vous ai écrit.

Puis il se lance dans le récit de ce qu'il a vécu et les mots sortent de façon brouillonne, libérant soudain une émotion à laquelle il ne s'attendait pas, la douleur qu'il avait enfouie, refoulée. La mort de Paul Schmitz, la mort de Hans, la mort de Maurice... Il est confus, sa voix se brise. J'ai parlé français, Friedrich von Melck a compris, le trou d'obus, je suis blessé, la forêt en feu, le pillage et le viol au village...

Il est secoué par un sanglot qui le surprend comme un hoquet. Joseph Durand reste très calme et silencieux. Sa pipe répand l'odeur fade de tabac boisé qui flotte dans les vieilles bibliothèques et Charles s'étonne : pourquoi je pense à ça ?

– C'est bien, c'est bien, dit alors le général. C'est bien, il faut que ça sorte. C'est important. Il faut vous libérer de tout ça. C'est douloureux. Je comprends. Ici, presque personne ne parle des combats dans la Baltique. La paix est signée. Alors, on a tendance à penser qu'il n'y a plus de guerre. Même les Allemands ne s'y intéressent pas.

Charles se ressaisit. Quand il lui apprend que le capitaine Coquelis l'a recruté comme agent pour nouer des contacts avec les émigrés russes, Joseph peine à dissimuler son contentement. Ses yeux se mettent à briller d'une lueur plus vive, ses joues rondes s'arrondissent davantage encore et rosissent de plaisir et la succion de sa pipe s'accélère – pe-pe-pe – mais il reprend son masque de politesse indéfinissable à l'instant où Charles lui annonce qu'il veut tout arrêter et vivre une vie normale. Il le laisse s'exprimer sans l'interrompre puis reste un moment silencieux. Charles, troublé par son silence, attend en pinçant nerveusement les côtés de son pantalon.

– Je comprends, finit par dire Joseph, je comprends. Où avez-vous pensé vous installer pour (il y met un accent d'ironie) vivre une vie normale ?

– Eh bien, euh... en France.
– Sous quelle identité ?
– Comment ça ?
– Sous quelle identité comptez-vous rentrer en France ?
Charles fronce les sourcils.
– Eh bien, celle que vous m'aviez donnée. Léon Bargue.
– Mais vous n'existez pas sous cette identité. Il y a bien des Bargue à Bordeaux mais pas celui-là. On a seulement donné ce nom pour justifier que vous quittiez avec moi le centre neurologique en faisant croire que vous étiez enfin identifié, mais il n'y a aucun document officiel qui permette de prétendre que vous êtes Léon Bargue.
– Il suffit que vous m'en fabriquiez un.
– Ça n'est pas possible.
– Mais pourquoi ? Ici, je suis bien Gustav Lerner avec des papiers officiels militaires. Il suffit que vous me donniez l'identité d'un mort français.
– C'est impossible. Imaginez : la famille de ce mort saurait forcément que vous n'êtes pas celui que vous prétendriez être.
– La mère de Gustav aussi le saura quand elle me verra. Les services allemands l'ont contactée, elle m'a écrit. Je ne peux pas continuer plus longtemps.
– Mais si. Pas d'affolement. Elle vous croit dans la Baltique, n'est-ce pas ?
– Quelqu'un lui apprendra un jour ou l'autre que je suis rentré.
– Du moment qu'elle n'a pas votre adresse à Berlin...
– Quelqu'un la lui donnera.
– Mais non. Et vous ne lui écrirez pas, bien sûr.
– Mais si elle veut revoir son fils à tout prix...

— Vous avez raison. On va essayer de fabriquer une lettre du service aux familles de l'armée allemande pour lui annoncer que son fils est mort dans la Baltique.
— Quoi ! Mais c'est pas ça que je veux ! Vous faites semblant de ne rien comprendre ! Je ne veux plus jouer ce rôle, vous m'entendez ! Et je vous demande de m'aider maintenant, et de m'inventer une fausse identité. Une autre. Puisque je ne peux avoir que ça.
— Ah ! Mais ça, c'est extrêmement délicat et ça ne dépendrait pas que de moi, dit Joseph d'un air embarrassé.
Charles devient tout pâle de rage et se lève, les poings serrés.
— Vous êtes un salaud.
Joseph se lève à son tour et lui fait face.
— Je ne vous permets pas.
Mais il se maîtrise et ajoute sur le ton circonspect du médecin qui doit annoncer une mauvaise nouvelle à un patient :
— Si vous disparaissiez subitement sans explication au moment où les Allemands vous font confiance et vous chargent d'une mission secrète, ils vous chercheraient, ils feraient faire une enquête approfondie et finiraient par découvrir que vous n'êtes pas Gustav Lerner. Et nous, de notre côté, nous passerions à côté d'informations peut-être cruciales. Ce qui est sûr, c'est que mes supérieurs à Paris ne seront sûrement pas disposés à vous aider si vous laissez tout tomber au moment même où vous pouvez être le plus utile.
— Mais vous êtes ignoble, vous êtes absolument ignoble ! Comment je n'ai pas compris ça plus tôt ? Vous m'avez embarqué là-dedans, vous vous êtes servi de moi, et maintenant, je suis pris au piège, c'est un piège infernal. Vous me condamnez à être ce Gustav Lerner parce que je vous sers à

quelque chose en sachant parfaitement qu'un jour ou l'autre on me démasquera et je finirai une balle dans le ventre comme Schmitz et vous vous en foutez, on n'est que des pions !
– On n'est tous que des pions dans un jeu qui s'appelle la guerre et la paix. Vous devez comprendre que ce que nous essayons de faire, c'est éviter que le pire ait lieu – à nouveau – une autre guerre. Les Boches la veulent. Pas nous, mais eux. Par conséquent, nous devons les empêcher de pouvoir la faire.
– Et comment on va faire pour les en empêcher ? On va refaire une guerre pour les empêcher de préparer la leur ? Et ça changera quoi ? Que ce soit eux ou nous, ça changera quoi ? On va rajouter des colonnes de morts aux colonnes de morts. On enverra ceux qui sont encore vivants rejoindre ceux qui sont déjà morts.
– Vous ne devriez pas voir les choses aussi négativement. D'abord, vous avez rendu et vous rendez de très grands services à votre pays. Peut-être que grâce à vous, nous éviterons cette prochaine guerre.
– C'est ça !
– Et pour cela nous vous récompenserons. Je vous le promets. Je vous le jure.
– Et vous vous imaginez que je peux croire un mot de ce que vous me dites ?
– Pour le moment, nous avons besoin de vous. Vraiment, ce n'est pas le moment. Je vous demande de jouer le jeu encore un peu. Je vous promets qu'après nous vous aiderons à vous créer la vie que vous voudrez avoir en France. Mais pour le moment...
– Vous n'êtes qu'un vulgaire marchand de tapis.
– Si vous voulez. Écoutez : maintenant, à Berlin, vous allez

vivre une vie toute différente, plus agréable – la ville est animée – et pleine de jeunes gens qui aiment la fête...
– Et pleine de jeunes Russes ravissantes...
– Sans doute. Pourquoi dites-vous ça ?
– Parce que vous utilisez les mêmes arguments débiles que le capitaine Coquelis. Et s'ils me coincent ? s'ils découvrent que je ne suis pas Gustav Lerner ?
– Ils l'auraient déjà découvert. Ils ont enquêté sur vous. Vous avez reçu une lettre de Mona Lerner.
– Vous êtes prêt à dire vraiment n'importe quoi, hein ?
– Écoutez, s'il arrivait quoi que ce soit, nous vous ferions sortir immédiatement d'Allemagne.
– Des promesses... vous êtes pathétique.
– Je vous le demande comme à un ami. Je ne vous ai pas forcé au départ, n'est-ce pas ?
– Oui, mais maintenant...
– Maintenant, vous finissez votre mission au service de la France et...

Charles le coupe d'un ton railleur :
– Arrêtez ! Vous ne croyez même pas vous-même à ce que vous dites.

Il se dirige à pas pressés vers la sortie à l'autre bout de l'appartement. Joseph le rattrape avant qu'il parte.
– Vous acceptez ?
– Je n'ai pas le choix.

Il ne marche pas, il court presque dans la rue. Il frôle les passants, bouscule de l'épaule un austère bourgeois en chapeau haut-de-forme qui proteste et se retourne pour l'invectiver mais, voyant son uniforme d'officier, se contient. Il traverse n'importe où au milieu des voitures, ce qui ne se fait pas en Allemagne où l'on respecte scrupuleusement les passages piétons et qui, donc, trahit l'étranger. Un cocher surpris tire de toutes ses forces sur les rênes de son cheval dont les lèvres écartées par le mors se retroussent en un rictus hystérique. Mais Charles ne le voit pas, il ne voit rien. Il fonce dans la ville sombre comme un fugitif traqué cherchant désespérément une échappatoire. Sous la lumière tremblante des réverbères, son ombre s'étire et lèche les murs. Petit à petit les rues se vident. Il ne reste plus que le peuple de la nuit : mendiants sans abri, souvent estropiés, buveurs et fêtards tanguant sur les trottoirs d'une escale à une autre, et toutes les bêtes errantes (chiens, chats, rats), qui filent, craintives, conscientes peut-être qu'elles peuvent finir dans une assiette.

Après avoir serpenté longtemps, la tête bouillonnante et le cœur battant la chamade, il s'arrête soudain, épuisé, vidé, sur une petite place. Le grondement de sa colère, qui tout à l'heure l'assourdissait, reflue dans un coin de sa tête et il est surpris par le silence. Il a les jambes coupées. Il voit un banc. Il s'y assoit. Des feuilles de tilleul jonchent le sol.

Il écarte les jambes, se penche en avant, les mains à plat sur ses genoux. Ses mains sont si froides qu'il le sent à travers son pantalon. Y a-t-il au monde quelqu'un de plus seul que lui ce soir ? Comme pour répondre à sa question, un vieil épagneul, dont les longues oreilles ballottent dans les feuilles, vient renifler autour de ses pieds. Ses griffes qui ont trop poussé crissent sur le sol. Il incline sa bonne grosse tête mélancolique. Ses yeux tombants, humides, ont l'air de deux grands points d'interrogation. Son vieux maître le suit en traînant lui aussi les pattes.

– Babouk, ici ! Bonsoir, capitaine, dit-il en soulevant poliment son chapeau.

— Bonsoir, monsieur, répond Charles, même pas amusé d'avoir été promu au grade supérieur.

Le vieux couple s'éloigne lentement et Charles ressent une infinie tristesse. Il a signé en quelque sorte sans le savoir un pacte faustien avec Durand, mais une pensée plus déprimante encore le saisit : il ne retrouvera jamais la mémoire. Il s'est accroché à ce rêve mais ça fait plus d'un an, c'est fini. Ça l'a aidé à vivre – un faible espoir qui gonflait chaque fois qu'un souvenir resurgissait mais il faut qu'il regarde la vérité en face : trop de temps s'est écoulé maintenant ; il n'est personne, il restera personne ; et bientôt, sans doute, quand on finira par découvrir qu'il n'est pas Gustav Lerner... Bon. Pour le moment, ma mère... enfin, *sa* mère... le croit dans la Baltique. Qui vivra verra. Le plus risible, c'est que je confonds tout, ici, là-bas, la guerre en France ou dans la Baltique, côté français, côté allemand – et dans quelle langue sont mes quelques souvenirs ? Partir ? Partir où ? Et pourquoi ? Quelle différence cela peut faire au fond que je reste ici ou que je m'en aille ?

Il est très tard quand il quitte enfin son banc. Des badauds sont passés qui l'ont dévisagé et qu'il n'a pas vus. Que pouvait bien avoir cet officier pour traîner tout seul dans le froid sur un banc comme un clochard ? Un chagrin d'amour ?

Joseph Durand adorait l'opéra, tout particulièrement Mozart. Il s'était fait installer un gramophone dans sa suite. Tous les matins il écoutait une œuvre en lisant la presse (allemande du jour et française de la veille). Ce matin-là, c'était *La Flûte enchantée* et il se prenait à rêver au prince Pamino sous les traits de Charles. Lui-même se représentait en

Sarastro. Il était franc-maçon et cette œuvre maçonnique, qui est l'histoire d'une initiation, sans qu'il en eût conscience, lui donnait l'agréable sentiment de bien accomplir son devoir. Cruel, Sarastro ? Pas du tout ! Il ne veut aucun mal à Pamino. Il veut seulement qu'il devienne un homme en triomphant des épreuves. Joseph croyait bien connaître les hommes. Certes, il avait côtoyé des hommes de pouvoir et beaucoup observé, mais, vieux garçon sans expérience conjugale, sans expérience de père, n'ayant eu d'intimité qu'avec sa mère et son chat, il lui manquait la maturité affective qui aurait pu lui faire comprendre ce qu'avait de puéril la façon dont il essayait de se justifier à ses propres yeux en sublimant une réalité qui n'était que froide et cynique. Au fond, son métier était celui d'un joueur. Les meilleurs joueurs sont les enfants, qui se projettent, sans autre considération, tout entiers dans leur jeu et oublient la réalité qui les entoure. C'est ainsi que vivait, que travaillait Joseph. (Son travail était toute sa vie.) Dans ses dossiers comme dans un monde imaginaire, il éprouvait la jouissance d'une toute-puissance. Deus ex machina.

Son chat, Bavard, passait en poussant des petits roucoulements de pigeon autour de lui. Il sauta sur ses genoux pour ronronner et lui lécher le cou de sa langue râpeuse. Avec ses pattes arrière, il chiffonna les grandes feuilles du *Figaro*. Après l'avoir caressé, Joseph le reposa par terre et reprit son journal qui, sous les pattes de son chat, s'était ouvert à la page où figuraient les faire-part. Il lut ces lignes :

> « Monsieur Alfred Hirscheim, président de l'Union nationale des banques, son époux, mademoiselle Marguerite Hirscheim, sa fille, ont la douleur de vous faire part du

décès de madame Faustine Hirscheim, née Wolfberger, le 21 octobre 1919, en sa cinquantième année. »

La rédaction avait ajouté sur une colonne une biographie résumant la carrière d'Alfred Hirscheim.

Joseph resta un long moment à mordiller sa pipe d'un air pensif. C'était comme si tout à coup une voix au loin l'avait appelé et tiré de son jeu. La mère de Charles – la seule personne sans doute qui aurait pu lui rendre la mémoire – venait de mourir. Charles était condamné à errer dans un brouillard éternel. *Et c'est moi, moi qui savais, moi qui sais depuis le début, qui l'y ai condamné... En parfaite connaissance de cause.*

Avais-je le droit de l'utiliser comme je l'ai fait et comme je continue de le faire, en lui taisant volontairement son identité ?

Il chassa aussitôt ce désagréable sentiment de culpabilité. Tu-tu-tu ! Pensée sentimentale, pensée stupide ! Après tout, en quoi est-ce différent de ce qu'on vient de faire subir à des millions d'hommes ? Allons, Joseph, allons ! Tu sers un intérêt supérieur.

22

Russes et Allemands

Charles a vu Werner Coquelis qui lui a donné ses instructions : il est désormais un officier allemand monarchiste qui rêve d'une restauration en Allemagne comme en Russie et qui est chargé d'une mission secrète pour le ministère de la Guerre de Gustav Noske. Il doit se présenter aux Russes, en particulier aux représentants du gouvernement tsariste en exil, et les convaincre du soutien de l'armée allemande qui favorisera le retour des ex-prisonniers de guerre russes pour qu'ils puissent rejoindre les rangs des armées de Youdenitch et de Koltchak et combattre les bolcheviks. En un mot, le ministre de la Guerre soutiendrait les bons Russes blancs dans leur lutte contre les Rouges.

Charles a donc noué des contacts avec l'assez jeune (quarante-neuf ans) général Nikolaï Monkévitch, chef de la mission militaire russe à Berlin, un homme de grande taille, moustache et cheveux en brosse poivre et sel, dont les traits expriment tout à la fois la douceur et la volonté. Dès leur première rencontre, Monkévitch, la voix enrouée d'émotion et de colère, lui raconte ce que les bolcheviks ont fait de l'admirable corps des officiers de la vaillante armée russe, et comment, la mort dans l'âme, il a dû abandonner la bataille en Ukraine. Charles comprend que ce général est rongé par la honte, l'humiliation d'avoir été chassé par des soldats de son propre pays. Certes, sa mission à Berlin consiste à préparer la reconquête et Monkévitch répète qu'ils ne sont tous là que temporairement, que bientôt ils retrouveront leur chère Russie, mais toute sa physionomie, son regard qui se voile de pensées lointaines, sa voix mélancolique suggèrent plutôt l'accablement sous le poids de la fatalité. Les yeux humides de nostalgie, comme un vieil homme submergé par ses souvenirs, il évoque le monde d'avant – d'avant la guerre et la révolution –, celui des saintes valeurs de l'honneur et du courage, celui des règles que partageaient les officiers russes et allemands.

– Aujourd'hui, l'ennemi n'est plus à l'extérieur, il est à l'intérieur, en Russie comme en Allemagne. Méfiez-vous, jeune homme, les Rouges se faufilent partout comme des rats.

Puis, au moment de le quitter, Monkévitch dit à Charles :

– Ça me fait chaud au cœur de voir que maintenant votre état-major est à nos côtés contre ces salopards. Vous m'êtes sympathique, lieutenant. Et vous vous débrouillez très bien en russe ! Dites-moi, pourquoi avez-vous choisi le russe comme langue étrangère ?

– Oh ! Tout simplement, répond Charles, parce que ma nourrice était russe.

– C'est original. Voulez-vous que je vous dise quelque chose ? Ce qu'il y a de plus merveilleux en Russie, ce sont les femmes. D'abord, sans vouloir vous offenser, les plus belles du monde sont russes.

Charles sourit. Qu'ils soient allemands, français ou russes, ils disent tous la même chose ! Le général poursuit :

– Et puis, elles sont aussi bonnes, fidèles, dévouées, une

fois qu'elles aiment un homme, et surtout, elles ne se plaignent jamais. Tenez, j'ai été à Paris. Vous connaissez Paris ?
– Non, répond Charles tout à trac.
– Eh bien, les Parisiennes ont du charme, c'est certain, mais elles rouspètent tout le temps, elles réclament, elles ont des tas d'exigences. Ça doit être ruineux, une Française. Et puis, elles sont adorables, coquettes, amusantes, mais elles n'ont pas la beauté racée des Slaves. Tenez, si vous voulez voir de belles femmes de mon pays, je vous invite à dîner dans un cabaret russe qui vient d'ouvrir. Là, vous verrez l'âme russe, lieutenant. Vous vous amuserez bien. Ça s'appelle Le Kazatchok – voici l'adresse. Oh ! Bien sûr, si vous avez une petite fiancée ou si vous êtes marié... Je ne vous ai même pas demandé, je suis désolé.
– Je ne suis pas marié, mon général, mais je viendrai peut-être avec une amie.

L'idée lui est venue tout de suite et il n'a plus pensé qu'à ça : inviter la fille sophistiquée du Victoria Café... Allons bon ! Son nom ? Son prénom ?... Ça y est : Helen ! Ouf ! Il gardait d'elle le souvenir de son odeur sensuelle, mélange de violette et de tabac, et de la vivacité troublante de ses grands yeux impudiques sous les pointes de ses cheveux, si noires et précises qu'elles semblaient avoir été dessinées à l'encre de Chine sur son front et ses tempes par un peintre appliqué. En dépit de sa maigre expérience des femmes, Charles sentait qu'elle ne s'offenserait pas d'être invitée dans un cabaret, même canaille.

Il lui a écrit. Il a déposé son mot au café. Le barman a pris l'enveloppe avec un air goguenard. « Mais bien sûr ! Fraulein Helen ! » Et, ô joie ! elle a répondu oui.

Il s'est assis sur la même banquette que le jour de leur rencontre mais au bout opposé, là où il restait de la place. Les tables sont pleines de mains entourant des chopes ou des verres d'alcool.

La voilà. Elle le rejoint d'une démarche serpentine à travers la grande salle du café. Elle est fardée et sa petite bouche rouge a l'air d'un bouton d'œillet.

– Je savais qu'on se reverrait, lui déclare-t-elle en guise de bonjour de sa voix légèrement cassée.

– Je suis heureux que vous ayez accepté.

– Je ne suis jamais allée dans un cabaret russe.

– Moi non plus, mais un général russe m'a recommandé l'endroit.

– On pourra danser ?

– Sans doute.

– Vous n'en êtes pas sûr ?

– Je n'y suis encore jamais allé.

– C'est vrai ! Alors, plaisante-t-elle en tirant une cigarette de son étui, vous ne savez pas où vous m'emmenez ? Et si c'est un lieu de perdition ?

Charles sent le frôlement de son bras contre lui. Il rougit. Il ne sait pas quoi répondre. Ce parfum de violette. Il se figure qu'elle couche facilement. Elle va sûrement lui demander de payer, comme l'autre, la couturière. Il a tout ce qu'il lui faut d'argent.

– Il paraît, reprend Helen après avoir allumé sa cigarette, qu'il y a de plus en plus de Russes à Berlin. Même des princes.

Elle parle beaucoup, saute d'un sujet à l'autre et, régulièrement, lui pose des questions personnelles. Quand il évoque la guerre, il est frappé par le fait que pour elle, c'est abstrait, ça ne lui dit rien de plus qu'un dessin ou une photo triste dans un journal. Il sent que ça la dérange, qu'elle ne veut pas s'y attarder. Elle est jeune, elle veut vivre et s'amuser. Elle lui apparaît comme un personnage de roman, si belle, apprêtée et propre qu'elle en devient irréelle.

Ils marchent maintenant en direction du cabaret, elle s'agrippe à son bras, il voit ses longues griffes rouges fermées dans le creux de son coude, ses jambes souples qu'épouse la soie fine de sa robe, et alors, il a envie d'elle, envie d'une femme, d'un sexe de femme. Il a repéré d'avance le trajet. Elle a demandé :

– On y va à pied ?
– Ce n'est pas très loin.

Elle a eu l'air déçu. Il ne sait pas qu'elle a pensé : Il n'a pas les moyens de m'inviter en taxi.

– Soyez les bienvenus !

Le général Monkévitch, déjà bien échauffé, les accueille avec effusion à l'entrée du cabaret, entre deux cosaques en tenue traditionnelle qui montent la garde. Il fait le baisemain à Helen en se cassant le dos et se redresse en couinant (la jeune fille doit se retenir pour ne pas éclater de rire), puis il presse chaleureusement les mains de Charles et le félicite :

– Bravo, lieutenant ! Elle est adorable, votre petite fiancée !

Helen jette un regard surpris et fâché à Charles mais, avant que l'un ou l'autre n'ait le temps de rectifier, Nikolaï Monkévitch les entraîne vers le bar à travers une foule colorée, trop habillée, qui boit, parle à tue-tête, rit aux éclats, tandis que sur la petite scène au fond de la salle un orchestre de Tsiganes se contorsionne sur ses cordes et nappe les

conversations d'une couche de romance collante comme du miel. Des femmes drapées dans des châles chatoyants gloussent et se pâment pour intéresser des hommes qui les ignorent en fumant cigares, cigarettes ou pipes.
— Nous les Russes, crie en allemand le général, on est comme personne au monde, mais on aime faire la fête avec tout le monde. Il n'y a pas que des Russes ici. Tenez, poursuit-il en arrivant au bar, un de vos camarades de guerre, qui vient chez nous tous les soirs : le sous-lieutenant Dieter Schubert.
— Schuman, le corrige l'intéressé d'une voix pâteuse.
— Ah oui ! C'est ça ! Je me trompe une fois sur deux, s'esclaffe Monkévitch. Mais attendez, je veux aussi vous présenter quelqu'un d'autre. Après, je vous laisse vous amuser.

Il tient Charles par le bras. Helen suit, bon gré, mal gré, en dévisageant ceux qu'elle croise comme si elle s'attendait à reconnaître quelqu'un. Ils se frayent un chemin lentement entre les corps serrés et les verres de vodka. La fumée du tabac s'enroule en confettis autour des têtes avant de s'agréger au brouillard compact qui lèche le plafond. Le général aborde deux hommes en costume trois pièces aux manières élégantes.
— Excellence, prince, je voudrais vous présenter le lieutenant Gustav Lerner et sa fiancée, mademoiselle...
— Helen Brandt, mais nous ne sommes pas...
Monkévitch ne la laisse pas achever sa phrase et poursuit sa présentation :
— Lieutenant, voici Son Excellence Sergueï Dmitrievitch Botkine, ambassadeur de Russie en Allemagne, et Son Altesse le prince Paul Dmitrievitch Dolgoroukov.
Les deux Russes s'inclinent devant Helen en lui prenant

délicatement la main. Puis les hommes échangent des saluts. Le général explique que Charles est chargé par l'état-major allemand de les aider à organiser la résistance face à l'armée bolchevique. Mais bientôt ils n'ont plus rien à se dire, d'autant moins que sur la scène vient d'arriver un vieil acteur comique juif dont les blagues font se tordre l'assistance. Tous les regards sont tournés vers lui, sauf celui d'Helen qui ne comprend pas un mot de russe et regrette de plus en plus d'avoir accepté cette soirée. Elle a manifesté un soudain intérêt en entendant nommer le prince Dolgoroukov mais celui-ci, en dépit des œillades qu'elle n'a cessé de lui adresser, ne lui a accordé aucune espèce d'attention.
– Si on buvait quelque chose, lui propose Charles, qui remarque qu'elle s'ennuie.
– Si vous voulez, répond-elle sans enthousiasme.
– Venez, retournons au bar.
Elle accepte une vodka. Elle a besoin de se détendre. Elle allume une cigarette. Charles veut trinquer. Elle lui paraît mystérieuse. Il n'a pas assez d'expérience des femmes pour comprendre.
À côté d'eux, Dieter boit toujours, avachi sur le comptoir de zinc. Son corps maigre ploie sur le bar comme une tulipe assoiffée et Charles pense que c'est étrange qu'un alcoolique ait toujours l'air d'une plante desséchée. Il essaye de déclencher une conversation avec Helen mais elle ne veut savoir qu'une chose : où il habite. Quand il lui dit que c'est à la caserne, elle a une mine déçue et méprisante. Lui la regarde en humectant ses lèvres de l'alcool glacé et brûlant. Le tissu de sa robe qui se tend sur la courbe rebondie de ses fesses, la moue boudeuse de sa petite bouche rouge où pointe un instant entre ses dents blanches le bout rose de sa langue...

– Et vous, où habitez-vous ?
Helen répond d'un air agacé :
– Pas loin d'ici, dans Charlottenburg.
Charles se réjouit. Parfait ! Ils pourront y aller à pied tout à l'heure.
Dieter, s'appuyant au bar de ses bras fatigués, rapproche d'eux son visage hâve et fiévreux et Charles supporte péniblement le regard spectral de ses yeux enfoncés dans leurs orbites. Un demi-mort. Il doit être jeune mais avec ses joues creusées, ses mâchoires saillantes et cet air halluciné, on ne peut plus lui donner d'âge.
– Où tu as été, toi, pendant la guerre ? demande-t-il soudain à Charles.
– Hum... Sur quel front, vous voulez dire ? Les deux.
– Tu étais à Verdun ?
– Oui.
– Moi aussi.
– Quelle arme ?
– Infanterie. 2e régiment de la garde.
– Moi aussi ! (Cette découverte semble lui redonner un peu vie.) Comment tu t'appelles ?
– Gustav Lerner. Lieutenant.
Dieter scrute intensément Charles. Helen suçote sa vodka en passant en revue un par un tous les hommes présents. Un grand en uniforme avec une barbe pointue qui se tient fièrement cambré suscite sa curiosité.
– Ah mais... Oui... Dieter Schuman, sous-lieutenant. Vous vous rappelez ? dit-il en passant au vouvoiement. Vous vous rappelez de moi ? Feldwebel Schuman. À Verdun. Avec Müller, avec Kruse, avec Pohlman, Alfred Pohlman ! Moi, je me rappelle. Si je me rappelle... Je me rappelle bien. Mon

lieutenant. Lieutenant Gustav Lerner. Mais... mais le temps, hein ?... Peut-être je bois trop, c'est peut-être ça. Pas la même voix. Pas la même tête non plus. Si vous m'aviez pas dit... Mais si quand même un peu... Forcément. Mais c'est le temps. Forcément. Schuman, maintenant, vous vous rappelez ?
— Non, je..., dit Charles, embarrassé. Je regrette.
Il se retourne vers Helen, qui les ignore et lorgne toujours le beau barbu.
— Faut pas. C'est le temps. La guerre. Ça bousille tout. Même le souvenir. Ça me fait penser : donc, vous êtes pas mort ? On disait que vous étiez mort.
— J'étais prisonnier, répond Charles sèchement.
— Et maintenant ?
— Toujours officier.
— Moi, avant, j'étais violoniste dans des bastringues comme ici. Ici, c'est bien. J'aime pas les Russes mais j'aime leur musique. Bon orchestre et c'est pas cher. Lieutenant Lerner !... Verdun ! Et on est là tous les deux !
Tout à coup, Dieter se met à sangloter. Sa pauvre tête désespérée dodeline sur son bras étalé sur le comptoir. Charles est gêné et contrarié.
— Qu'est-ce qu'il a ? demande Helen.
Charles en profite et se penche pour lui dire à l'oreille :
— Rien. Il est ivre. Laissons-le, venez.
À cet instant, la salle explose en un tonnerre d'applaudissements. Le vieil acteur a fini et il salue, son chapeau mou à la main. Il s'incline de l'air faussement modeste des comédiens, heureux et reconnaissant envers son « cher » public. Tout de suite après, l'orchestre se réinstalle et attaque un jazz bien syncopé. Des gens se mettent à danser. Helen,

s'égayant enfin, prend Charles par la main. Ils rejoignent les autres danseurs devant la scène. Le jeune homme a l'impression de revivre la même histoire qu'avec Luise et rêve du moment où ils fileront ensemble, mais sur la piste Helen s'échappe comme si de rien n'était et s'arrange pour se retrouver face au grand officier russe à barbe pointue qui l'attirait. Elle lui fait des sourires et des mines accompagnés de déhanchements sensuels. Elle tente même d'engager la conversation mais il lui répond aimablement qu'il ne parle pas allemand. Qui plus est, une jeune Russe aux yeux gris s'interpose entre eux avec la claire intention de reprendre ce qu'elle estime être son bien. Échaudée, Helen effectue en se tortillant entre les danseurs un retour rapide jusqu'à Charles qui, pour la première fois, lui présente un visage renfrogné. Helen regrette sa maladresse grossière. Si ce garçon ne représente pas un parti d'avenir, il est bien élevé et ne mérite pas d'être traité si cavalièrement. Pour s'excuser, elle ment avec un joli sourire :

– J'ai cru reconnaître quelqu'un que je connaissais.

Charles décide qu'il s'en fiche. Après tout, pas de salades ! Pourquoi il l'a invitée, cette fille ? Il ne pense qu'à ça quand son corps de liane parfumé l'effleure. Encore quelques minutes à gesticuler, tant pis si j'ai l'air ridicule, les autres aussi de toute façon. (Il faut dire que la plupart découvrent ces rythmes nouveaux.)

Après trois ou quatre morceaux, Helen lui dit :

– Je suis fatiguée, je vais rentrer.

– Parfait. Rentrons.

– J'habite tout près. Je peux rentrer seule.

Cette fois, Charles est direct et la tutoie :

– Mais je viens avec toi. On va chez toi.

– Comment ça ? s'écrie Helen, surprise et choquée.
– Je pensais qu'on irait chez toi, après.
– Non mais pour qui tu me prends ?
– J'ai de quoi payer.
Helen le gifle et part aussi vite qu'elle peut.

Jusqu'ici, Charles n'avait connu que deux femmes. Du moins ne se souvenait-il que de celles-là : Luise et la prostituée de Paris. Alors, il a cru qu'Helen... Si les femmes ont envie, ont besoin de se faire payer... Il s'en foutait de la payer. C'était comme ça. On payait. Il n'a pas envisagé qu'Helen, qui semble si à son aise avec les hommes, ait pu accepter l'invitation d'un inconnu en ayant autre chose en tête. Il n'a pensé qu'à son désir qu'il voulait satisfaire, là, maintenant, tout de suite – juste ça, comme manger ou boire.

Cette gifle ne l'humilie pas ; elle lui fait comprendre qu'il ne sait rien de la vie, des rapports humains, des femmes, de tout ce que les autres à son âge savent naturellement. Il est un homme atrophié.

Il se fait servir une nouvelle vodka au bar et Dieter, qui l'a vu se faire gifler par Helen, lui dit de sa voix pathétique d'ivrogne :

– C'est comme ça, mon lieutenant. Les femmes sont cruelles, les hommes sont cruels. Tout est comme ça. Cruel. Dégueulasse. Le monde est immonde. Suffit de regarder. *Ach !... Schreckliches Gesicht* !* comme disait l'autre. Oui, mon lieutenant, c'est ça, la vie ! On croit se connaître et on ne se reconnaît pas, on croit connaître les autres et... On était ensemble à Verdun et on ne se remet pas. Savez pourquoi,

---

* « Affreux visage ! » Dans le *Faust* de Goethe.

mon lieutenant ? Parce que... parce que le malheur nous a *défigurés*. Défigurés, mon lieutenant.
Cette loque bavassant le révulse. Charles siffle son verre et s'en va chercher son manteau au vestiaire. Un gros homme rond, qui lui aussi a été témoin de la gifle, l'aborde en allemand, les bras grands ouverts, en roulant chaleureusement les *r* avec un fort accent russe :
— Vous partez ?
Il est très mat. Grands yeux bruns, paupières tombantes, lèvres charnues et une barbe poivre et sel taillée à la persane qui accentue la rondeur de sa physionomie et son air oriental.
— Moi patron Kazatchok. Vous jeune Allemand officier, général a dit.
— Vous pouvez parler russe, lui dit Charles en russe. Je comprends.
— Ah ! молодец* ! s'écrie le patron. Je suis Daniel Abramovitch Zourabichvili et mon ami le général Monkévitch m'a dit que vous êtes un jeune officier allemand très sympathique et très important. Alors, je veux que vous soyez bien chez moi.
Il prend Charles par le bras, se penche vers lui et lui dit comme une confidence :
— Et c'est maintenant que ça va être bien, vous allez voir. Il ne faut pas partir maintenant. Pas maintenant.
Il le serre de plus près encore et Charles sent son souffle alcoolisé lui embuer l'oreille.
— Je vous ai vu avec la Fraulein. Oubliez cette petite conne. Ici, on a des filles mieux, bien mieux. Plus belles, beaucoup

---

* Bravo, merveilleux.

plus belles, et pour aimer un homme, ha ha ! ha ha ! Vous verrez !

Le gros Géorgien accompagne sa réclame de marchand de souk de moulinets amples de son bras droit tandis qu'il retient toujours Charles du bras gauche.

– Les femmes, vous en avez connu beaucoup ? Non, non, non, pas beaucoup, vous êtes trop jeune, hein ? La guerre. Venez, venez avec moi.

Charles tente de résister.

– Merci beaucoup mais... je veux rentrer.

– Ah ! Non, non, non ! Pas question. Vous me vexeriez. Pas maintenant. Pas avant que vous ayez vu ça.

Il le tire à travers la salle et l'installe à une petite table près de la scène. Un serveur s'empresse avec des vodkas. Daniel Abramovitch s'assoit à côté de Charles.

– Dans un instant, ça sera le moment que tout le monde attend. Vous les voyez qui attendent ? Mes filles ! Vous allez voir mes filles ! Et s'il y en a une qui vous plaît, vous me direz, après, je vous la présenterai, elles sont toutes très gentilles.

Il lève son verre. Il a le sourire complice, malicieux et filou d'un seigneur caucasien.

– Portons un toast. À l'amitié entre nos deux grands peuples !

Ils trinquent. À une autre table, le général Monkévitch, le prince Dolgoroukov et l'ambassadeur Botkine les observent du coin de l'œil. Sergueï Botkine se dit méfiant vis-à-vis de ce « soi-disant émissaire » de l'état-major allemand.

– Jusqu'ici, les Allemands n'ont pas manifesté un grand désir de nous soutenir. Même en Lettonie, von der Golz s'est allié au seul général russe en qui on ne peut avoir aucune confiance. Les Allemands ne veulent pas d'une Russie forte, donc, ils ne veulent pas restaurer l'Empire. Je me demande si ce jeune homme n'est pas seulement un espion qu'ils nous auraient envoyé.

Charles n'a bu qu'une petite gorgée.

– Ah non ! s'écrie Daniel. À la russe ! Cul sec ! Comme ça !

Et il s'envoie d'un trait dans le gosier le liquide de feu. Charles se plie au rituel. Ça le brûle et ses yeux pleurent. Daniel éclate de rire.

– Ah ! Ça fait du bien ! Hein ?

Immédiatement, le serveur remplit à nouveau leurs verres. Charles en est à sa troisième vodka. Il a des picotements chauds dans les doigts, dans les joues, les yeux brûlants. Il commence à flotter agréablement. Les voix autour de lui bourdonnent et ça s'est mis à tanguer un peu. Il se sent comme dans un cocon.

– Encore une, mon cher lieutenant, et tu seras un vrai Russe !

La lumière baisse. La salle est plongée dans l'obscurité. Au fond de la scène s'ouvre un rideau derrière lequel sont allumées des lanternes rouges d'inspiration chinoise. L'orchestre attaque un air sirupeux, romantique. Trois jeunes filles font leur entrée : une blonde, une brune, une rousse. Couvertes de voiles chamarrés, elles ondulent, elles glissent sur le parquet noir telles des marionnettes au bout de doigts invisibles. On ne sait pas si elles veulent évoquer des princesses des *Mille et Une Nuits*, des bayadères hindoues ou des willis slaves ou rien de tout cela mais simplement une représentation bariolée de la féminité orientale. Bientôt, il apparaît que ce n'est qu'un prétexte et la majorité du public le sait qui ne lâche pas des yeux les créatures enchanteresses. Elles font tomber leurs voiles, un à un, jusqu'à ce qu'il n'en reste plus qu'un seul, orangé pour la rousse, violet pour la brune et rosé pour la blonde, sous lequel se devinent leur visage et leur corps. Elles dansent ainsi un moment vêtues de ce seul voile et d'une culotte de couleur assortie devant un parterre d'hommes hypnotisés et de femmes en proie à des impressions diverses : certaines envieuses, d'autres troublées, certaines échauffées et d'autres encore simplement habituées.

– Qu'est-ce que je te disais, hein ? Les plus belles du monde ! s'enthousiasme Daniel. Regarde la blonde, une Ukrainienne. Mate-moi ses seins, mon ami, ses seins !

Mais Charles ne voit que la rousse, peut-être parce qu'elle est la plus gracieuse. L'orchestre enfle jusqu'aux dernières notes stridentes, pompeuses, et sur cette apothéose, les trois filles se dévêtent de leur dernier voile, offrant leurs chairs fermes aux spectateurs ravis. Le noir, puis elles saluent sous les applaudissements. Elles ont repris un voile et le tiennent sur leur poitrine, semblant soudain pudiques et enfantines. Charles ne parvient pas à décrocher son regard de la rousse. C'est celle qui a la peau la plus blanche et le visage le plus slave avec des hautes pommettes, un nez très droit, des yeux effilés d'une eau bleu clair. C'est aussi celle qui ne sourit pas. Elle arbore une expression tellement sérieuse, concentrée, qu'elle en est presque comique. Elle doit avoir à peine vingt ans.

La salle applaudit fort. Les filles s'inclinent à la manière des danseuses classiques et sortent à petits pas légers.

– Maintenant, mon cher lieutenant, tu viens avec moi.

Daniel conduit Charles en coulisses. Un couloir étroit, un escalier raide qui descend dans un sous-sol où sont aménagées deux petites loges.

– Attendez-moi une minute.

Il disparaît dans la loge du fond. Charles entrevoit les filles qui se rhabillent. La tête lui tourne, ses mains tremblent et il a tellement chaud ! Cet alcool, nom de Dieu ! Il ne se demande plus ce qu'il doit faire maintenant. Il se laisse porter par le cours des choses et ne pense plus qu'à cette jeune fille, vision sortie d'un songe. Ses seins, les plus sublimes... et son visage, merveilleux. Il serait incapable de le décrire, il ne parvient même plus à se le représenter, mais le plus adorable et le plus bouleversant qu'il ait jamais vu ! Et il attend – il l'attend –, sous le charme de cet enchantement. Elle est entrée en lui à la première seconde, éblouissante comme un soleil.

Soudain, elle est là, dans une longue robe bleue. Daniel à côté d'elle la tient par le bras. C'est une manie chez lui de tenir les gens par le bras, une façon de se les approprier.

– Voici Tamara. Elle sera ravie que tu lui offres un verre.

Tamara n'exprime au contraire aucune satisfaction. Elle apparaît distante et froide. Charles bredouille en russe :

– Bonjour, mademoiselle.

– Mademoiselle ! pouffe Daniel. Tamara ! Allez, allez ! Allez boire un verre !

Il les pousse dans l'escalier, les suit et les installe à une table dans un coin un peu à l'écart à la droite du bar. Le cabaret s'est à moitié vidé maintenant que le numéro de strip-tease est passé. Le général Monkévitch, le prince et l'ambassadeur ont disparu.

Tamara s'assoit sagement, bien droite, les mains à plat sur les cuisses, et ne dit rien. Le barman leur apporte un flacon de vodka et remplit leurs verres. Charles ne sait pas non plus quoi dire, n'ose pas lever les yeux vers elle. Tout son corps est magnétisé et il sent les pulsations de son cœur dans sa poitrine. Il propose un toast.

— À vous. Vous dansez très bien.
— Ce n'est pas ce que j'appelle danser.
— Qu'est-ce que vous appelez danser ?
— J'étais à l'École de danse impériale à Petrograd.
— Vous êtes danseuse. C'est ce que je disais. On voit que vous êtes une vraie danseuse.
Tamara est flattée et sourit, ce qui lui donne brusquement l'air d'une adolescente.
— Merci, dit-elle en allemand.
— Vous parlez allemand ? demande Charles en allemand.
— Je parle seulement un petit peu. J'apprends. Mais je parle français, ajoute-t-elle en russe.
— Pas moi, s'empresse-t-il de répondre en revenant comme elle au russe.
Tamara semble plus à l'aise. Elle commence à parler plus spontanément. Charles la regarde, rouge jusqu'aux oreilles.
— C'est curieux parce que vous parlez russe avec un accent français. Mon professeur de français avait le même accent.
— Ah oui ? dit Charles en riant.
Ce qui aurait dû l'inquiéter ne le préoccupe pas. Il est heureux, tout plein d'une joie d'enfant. Elle lui parle, lui sourit. Comme elle est belle ! Comme j'aime sa voix où les *a* chantent ! Ils ont vidé leurs verres, Charles les remplit à nouveau. Il est ivre mais se sent vif, vibrant de tout son être. Elle a une lèvre inférieure pulpeuse, gonflée, et une lèvre supérieure fine et cela lui donne une moue légèrement boudeuse, la plus jolie bouche de femme qu'il ait jamais vue – et il sourit en pensant qu'il n'en a pas beaucoup vu.
— Donc, poursuit-elle, les Allemands peuvent avoir le même accent que les Français en russe. En danse, tous les mots importants sont français et c'est un Français chez nous,

à Saint-Pétersbourg, qui a chorégraphié les plus grands ballets russes, Marius Petipa.
— Petipa, c'est drôle, dit Charles.
— Pourquoi ?
Il s'aperçoit que c'est drôle en français et se met alors à hésiter et à chercher une réponse.
— Je trouve que c'est le nom qui est drôle. Pe-pi-pa.
— Petipa.
Elle rit à son tour et Charles, ravi, rit avec elle.
— Mais au fait, moi, je ne vous ai pas dit mon nom. Vous savez comment je m'appelle ?
— Non. Je sais seulement que vous êtes un officier allemand.
— Gustav Lerner.
— Tamara Vladimirovna Mizinova.
— Enchanté.
— Enchantée.
— Je propose un toast à notre rencontre.
— On va être saouls.
— Je le suis déjà !
Ils rient.
— Oui, mais pas moi !
— Eh bien, vous le serez !
Ils rient encore. Ils trinquent. Charles n'est plus intimidé et la regarde franchement, la dévore même des yeux avec un désir qu'elle ne peut ignorer et qui la ramène à la raison pour laquelle Daniel l'a fait venir. Quelques instants, elle l'avait oubliée. Son visage s'assombrit.
— Depuis combien de temps êtes-vous à Berlin ?
— Presque un an.
— Et dans ce cabaret ?

— Presque un an. (Elle a l'air soudain triste.) Mais bientôt, je serai dans un ballet.
— Ah oui ?
— Oui, dit-elle en fermant son poing gauche comme pour s'encourager.
— Certainement, dit Charles, vous êtes tellement belle.
— Je sais que je vais y arriver.
— Je suis très heureux que vous ayez accepté de prendre un verre avec moi.
— Daniel... Enfin, M. Zourabichvili me l'a demandé.
— Oui, mais vous avez accepté. C'est un honneur.
Un honneur ? Il se fout de ma gueule ? Non, on ne dirait pas. Pourtant, il sait aussi bien que moi pourquoi je suis là. Pourquoi il a l'air si différent des autres ? Non, il n'est sûrement pas différent des autres...
Tamara se sent troublée, nerveuse. Elle se ressert à boire. Elle voudrait de la coco mais Daniel ne lui en donne toujours qu'après. Allez, c'est bon, on va pas traîner cent ans ici.
Mais Charles dit soudain :
— Il est tard.
Il se lève en titubant un peu. Tamara l'imite, prête à l'accompagner.
— Je vais rentrer me coucher, dit-il. J'espère que nous nous reverrons.
Tamara est surprise. Jamais un homme ne s'est comporté ainsi avec elle. Il ajoute :
— Vous voudrez bien qu'on se revoie ?
— Mais... Oui... Bien sûr.
— Vraiment ?
— Oui.
Ils sont face à face et se regardent. Il a de grands yeux

marron sincères et tendres. Elle ne comprend pas qui est cet homme – tellement étrange – mais elle éprouve un sentiment nouveau, tout à fait nouveau pour elle, à la fois gai et triste, et maintenant, elle a envie qu'il reste encore un peu.
Il demande :
– Vous êtes ici tous les soirs ?
– Oui.
– Alors, à demain !
Il lui prend la main et s'incline pour la baiser maladroitement. Puis il s'en va d'un pas incertain.
Dès qu'il a quitté le cabaret, Daniel se précipite vers Tamara, l'air furieux.
– Qu'est-ce qu'il s'est passé ?
– Rien.
– Pourquoi il est parti ?
– Il était fatigué.
– Quoi !
– Oui. Il a dit qu'il reviendrait.
– Quand ?
– Demain.
Daniel se calme.
– Ah. Très bien. Mais c'est bizarre qu'il soit parti parce que je peux te dire que tu lui plais, ça, j'ai vu comment qu'il te regardait.
– Donne-moi de la poudre.
– Seulement si tu t'occupes de moi.
Il se dirige vers les coulisses. Elle le suit.

Tout au Bendlerblock avait été pensé pour affirmer la grandeur et les ambitions militaires du Kaiser. Construit (entre 1911 et 1914) pour abriter la marine impériale, ce bâtiment aux proportions elles aussi impériales, de style néoclassique, plein de colonnes de temple romain version péplum hollywoodien, de patios couverts de verrières, de fenêtres démesurément hautes, pouvait accueillir sur cinq étages, dans le meilleur confort, plus de neuf cents personnes. Il a subsisté et conservé son aspect d'origine et c'est aujourd'hui un éclairant témoignage de la volonté de puissance mortifère du nationalisme allemand, encouragée par Guillaume II avec l'appui enthousiaste du haut commandement militaire. Hitler ne s'y était pas trompé puisque c'est là que, quatre jours après avoir été nommé chancelier par le maréchal Hindenburg, le 3 février 1933, il avait choisi de prononcer, devant les principaux généraux, le premier discours dans lequel il annonçait ses intentions : « diriger avec le plus de fermeté possible un gouvernement autoritaire », « éliminer le cancer de la démocratie », « combattre Versailles », « éradiquer le marxisme des branches jusqu'aux racines » et « conquérir un nouvel espace vital (*Lebensraum*) ».

En attendant, début 1920, tout se passait, au contraire, dans le silence et le secret derrière les murs épais du Bendlerblock. C'était devenu tout à la fois le siège du ministère de la Défense, de l'état-major de la marine et de celui de l'armée de terre, pour bien indiquer aux Alliés que l'Allemagne respectait le traité de Versailles et réduisait ses forces militaires. Mais, à l'intérieur, c'était une ruche où s'affairaient les abeilles ouvrières du général von Seeckt et du ministre Gustav Noske, celui qui, en janvier 19, au moment de l'insurrection spartakiste, s'était surnommé lui-même le *Bluthund*, le chien sanguinaire. Non, nous ne laisserons pas notre chère Allemagne aux mains des Rouges ! Non, nous ne laisserons pas notre sainte armée se faire plumer vive ! Des généraux étaient animés par la rage, d'autres par la foi de saint Augustin, certains avaient même conscience de la misère, de la faim, de la colère du peuple, car ils voyaient des soldats démobilisés contraints à la mendicité. Comment ! Avoir combattu à Tannenberg, à Verdun, au chemin des Dames, en Flandre, avoir été blessé, gazé, amputé parfois, et être réduit pour toute récompense à quémander assis par terre aux portes des églises ! Tout ça parce que des salauds nous traitent comme des Nègres ! Ils paieront, ils paieront demain, ils paieront !

Au deuxième étage, dans son bureau de cinq mètres de hauteur sous plafond, Hans von Seeckt paraissait encore plus petit qu'il ne l'était réellement. Une immense baie vitrée aux vitres poussiéreuses était transpercée de biais par un froid soleil d'hiver. Le général recevait dos à la lumière pour pouvoir bien étudier le visage de son interlocuteur en même temps qu'il dissimulait le sien dans le contre-jour. Ce matin-là, il rencontrait pour la première fois le capitaine Werner Coquelis. Il avait tenu à lui exprimer personnellement sa satisfaction, ce qui n'avait pas enchanté Fritz Bredlow, sans que ce dernier pût, bien sûr, s'y opposer. Coquelis gardait en toute circonstance un air impénétrable qui lui valait d'être appelé « le Levantin » parce qu'on lui prêtait des origines grecques, alors que son grand-père paternel était venu du nord de l'Italie et, en Allemagne, avait raccourci son nom, Coquelisi, en pensant que cela ferait plus allemand !

Hans von Seeckt jugea qu'il était en présence d'un homme très intelligent et ambitieux, précisément le genre d'homme dont il fallait se méfier et s'entourer.

– Je vous félicite, capitaine. Grâce à vous, nos ennemis s'intéressent de plus en plus près aux émigrés russes. Cet agent – redites-moi son nom...
– Gustav Lerner.
– C'est cela... Il semble très apprécié par les Russes. Certains ont même l'air de croire à présent qu'on va les aider. Alors que, pourtant, même le général von der Golz est rentré en Allemagne. Comment faites-vous ?
– Comment je fais quoi, mon général ?
– Comment faites-vous pour tromper aussi bien les uns que les autres ?
– Oh... eh bien... Comme vous-même, certainement, mon général. Souvent, les gens veulent croire à ce qui les arrange. Les Français sont persuadés que toute l'armée allemande est composée de vieux généraux monarchistes qui ne peuvent soutenir que d'autres monarchistes... (Il le regarde d'un air entendu.) Quant aux Russes, c'est encore plus simple. Ils sont sentimentaux. Ils ont tellement envie de croire qu'on est prêts à tout pour lutter contre le bolchevisme. Le général Monkévitch, par exemple. C'est un homme qui vit au XIXe siècle. Et encore, au début du XIXe siècle !

Von Seeckt eut un sourire amusé.

– Ceci dit, tous les Russes ne sont pas sentimentaux, loin s'en faut. Certains ont des considérations strictement terre à terre. Il y en a même beaucoup qui sont aussi réalistes et pragmatiques que des Allemands, contrairement à l'idée qu'on en a. Le patron du Kazatchok, je ne sais pas si vous en avez entendu parler...
– Non.
– C'est un cabaret russe où vont la plupart des émigrés qui

comptent. On a fait comprendre au patron – qui, d'ailleurs, n'est pas russe mais géorgien – qu'il avait tout intérêt à collaborer avec nous s'il voulait garder ouvert son établissement. Il a tout de suite compris. Mais c'est un exemple. J'ai d'autres relais.

Hans von Seeckt était de plus en plus favorablement impressionné.

– Il n'est pas impossible, capitaine, que je vous confie bientôt une nouvelle mission. De la plus haute importance.

Coquelis grillait d'en savoir plus mais se garda de poser la moindre question. Il sentait que son heure arrivait, toutefois son visage ne trahissait aucune émotion particulière.

– Bonne journée, capitaine.
– Mes respects, mon général.

Il salua et sortit.

La mission à laquelle songeait Hans von Seeckt avait naturellement un rapport avec son grand projet : la collaboration secrète avec les bolcheviks.

Jusque-là, tout s'était passé à merveille. Von Seeckt se croyait l'ordonnateur de cette alliance. Apparemment, l'ennemi ne se doutait de rien.

Le général, qui avait été envoyé en Turquie pendant la guerre, avait alors tissé des liens avec des généraux du mouvement « jeunes-turcs » d'Atatürk, en particulier le ministre de l'Intérieur, Talaat Pacha, et le ministre de la Guerre, Enver Pacha, tous deux parmi les principaux responsables du génocide arménien. À la fin de la guerre, von Seeckt avait facilité leur exil en Allemagne, ce qui leur avait permis d'échapper à leur procès et à leur condamnation à mort par la justice turque. Von Seeckt avait agi de façon intéressée car les pachas entretenaient des contacts en Russie. Il avait fait se rencontrer Enver Pacha et Karl Radek, alors que celui-ci purgeait une peine de prison pour sa participation à l'insurrection spartakiste aux côtés de Karl Liebknecht. Radek était un juif romanesque, une personnalité inclassable. Il se voulait avant tout internationaliste, comme beaucoup de juifs instruits qui trouvaient dans le projet universaliste une façon de sortir de leur condition sociale de parias. Depuis la guerre, il était l'homme des dirigeants bolcheviques en Allemagne. Sa mission officielle, si l'on peut dire, consistait à préparer la révolution mondiale. Sa mission officieuse : créer des points de contact avec les Allemands. Grâce à lui, Enver Pacha put se rendre à Moscou à l'été 19 et y rencontrer Lénine, Trotski, Zinoviev, Dzerjinski. En retour, Viktor Kapp, un ami de Trotski, put venir à Berlin en novembre 19. Cette visite fut connue des Alliés qui demandèrent des explications. On leur dit qu'il s'agissait seulement d'organiser le retour des prisonniers de guerre. En réalité, on discutait de choses sérieuses : le partage de la Pologne et le partenariat militaire en Russie.

Seulement, tout dernièrement, von Seeckt avait reçu de Fritz Bredlow un rapport alarmant. Les espions bolcheviques s'étaient mis, semblait-il, à pulluler en Allemagne et les Russes avaient bien plus de contacts ici que les Allemands n'en avaient en Russie. Tout à coup, l'esprit de joueur d'échecs du général von Seeckt s'était mis à envisager une possibilité déplaisante : peut-être étaient-ce les Russes qui avaient l'avantage et menaient le jeu ? Bredlow lui avait révélé une lettre (datant du 15 novembre 1918, soit juste après l'armistice !) qui indiquait clairement que les bolcheviks s'étaient rapprochés des sociaux-démocrates allemands afin de s'infiltrer au cœur du pouvoir de la jeune république dès sa naissance, c'est-à-dire bien avant que lui, Hans, n'ait débuté son plan. Cette lettre avait été adressée par Gueorgui Tchitcherine, le commissaire aux Affaires étrangères des Soviets, à Hugo Haase, alors ministre des Affaires étrangères du gouvernement. Tchitcherine écrivait : « Les troupes d'occupation allemandes en Russie vous offrent une parfaite couverture et peuvent nous permettre d'établir un pont entre nous. Reprenons les bonnes relations de Bismarck. » Oui, il écrivait cela, noir sur blanc. La lettre avait été retrouvée dans les papiers de Hugo Haase qui venait d'être assassiné.

Le général von Seeckt était désormais convaincu que les bolcheviks avaient de l'avance. Cela l'agaçait et l'inquiétait. Et s'ils profitaient de l'alliance, de nos armes, de notre savoir-faire, puis soudain nous lâchaient, se retournaient et renouaient avec les anciens alliés ? Il fallait donc, et toutes affaires cessantes, développer un réseau de contre-espionnage au sein même de la Russie et parmi tous les bolcheviks opérant en Allemagne. Actuellement, faiblesse impardonnable, on n'avait rien.

C'était de cette mission qu'il allait charger Werner Coquelis.

23

Tamara

Tamara, Tamara, Tamara : trois syllabes qui claquent en lui comme un appel, qui se répètent comme un écho obsédant, et la voix qui les prononce est à la fois la sienne et celle d'un autre. Il y avait ainsi – oui, ça lui revient, il s'en souvient, il en est sûr – une voix dans sa tête, étrange et familière, proche et lointaine, qui lui parlait quand il était enfant, qui se mettait parfois mystérieusement à parler toute seule sans qu'il pût rien pour la faire taire. Tamara : ça chante. C'est beau, si beau, mon Dieu ! magique, exotique, sensuel. On dirait le nom d'une île lointaine. On dirait le nom d'un paradis où tout est calme et chaud et doux. Ô ses lèvres humides, sa langue... Son corps tendu contre le mien. Sa poitrine ronde sous sa robe. On s'est arrêtés sur l'Alexanderplatz... l'instant de se dire au revoir... elle a pris mon visage dans ses mains et elle m'a embrassé. Les gens passaient autour de nous. Les gens dans la nuit, les trams qui grinçaient, les phares des voitures. Bruits, lumières... La ville ronflait. On était seuls. Le grand corps froid de la grande ville et son corps chaud, nos deux corps chauds... On était seuls. Et puis, elle est partie, à pas légers, danseuse, sylphide. Deux fois elle s'est retournée, agitant sa main blanche. Elle souriait. Ses yeux

d'eau pâle brillaient sous les lumières. Elle pleurait ? De joie, bien sûr ! Et maintenant... et maintenant !...
Jamais encore il ne s'est senti si impatient, si fébrile, si heureux, si follement heureux. Il a tout prévu et maintenant c'est une question de minutes, enfin, de quelques heures, mais il se prépare déjà, il est déjà prêt. Dans sa petite chambre d'officier, devant un bout de miroir, il peigne une fois de plus ses cheveux, rajuste sa chemise, sa cravate. Il a acheté un parfum et s'en est aspergé, pourvu que l'odeur lui plaise ! Il est sur un nuage et se repasse les trois derniers jours, surtout la journée d'hier quand il l'a vue marcher vers lui sur l'Unter den Linden, de son pas preste et aérien. Cette allure si racée, si féminine ! Ils sont allés au musée et, à chaque arrêt devant un tableau, il sentait son épaule ou son bras et leurs têtes s'effleuraient. Puis ils ont pris un thé avec des gâteaux. Assis, penchés l'un vers l'autre au-dessus de la table couverte d'une nappe blanche, seuls au monde... que ça dure toujours ! Il lui a parlé un peu de la guerre, de ses camarades de guerre, un peu de sa famille parce qu'elle lui a posé des questions, mais il ne voulait pas et il était confus. Et soudain, il lui a dit : « Je suis amnésique, je ne me souviens presque plus de mon passé avant la guerre. » Elle a eu l'air ému. De son côté, il n'osait pas, au début, lui poser de questions parce que ça la gênerait, il pensait que ça la gênerait. Il savait bien, comprenait bien à quoi les circonstances à Berlin l'avaient réduite et ce qui comptait, c'était qu'il la tire de là, il allait la tirer de là... mais elle parlait volontiers de sa passion pour la danse et de l'École de danse à Saint-Pétersbourg. Quand ils sont sortis du salon de thé, la nuit était tombée. La nuit tombe tôt en hiver à Berlin. Ils ont marché. Elle lui a pris le bras. Et l'Alexanderplatz !

Tamara...

Et maintenant... Et maintenant !...

Il ignorait qu'il existait des hôtels aussi chers mais il voulait le meilleur et il avait de l'argent. Il pensait à l'avenir. Il pensait à tout à toute vitesse désormais. Il avait demandé à Werner Coquelis une augmentation et l'avait obtenue. Il avait fait de même avec le général Durand qui avait aussi accepté. Ces gens-là, à présent, il savait comment leur parler ! L'intérêt, l'argent, c'est tout ce qu'ils comprennent. Le métier rentre. Il était fier de lui.

Devant sa glace – mèche, cravate, parfait ! À la fenêtre, il fait nuit, la cour de la caserne est vide, quelle heure est-il ? Oh ! Tant que ça encore à attendre ! Assis sur son lit de fer, il cherche le visage, le sourire, la bouche, le corps de Tamara, mais c'est une créature céleste insaisissable ! Ah ! Si : ses yeux, ses pommettes hautes, ses fossettes... Je ne peux pas rester si longtemps à ne rien faire, je vais marcher, je vais me promener et puis je l'attendrai comme on en a convenu à l'angle de la rue, suffisamment loin de l'entrée du Kazatchok.

On toque à sa porte.

– Oui ?

– Mon lieutenant, une femme vous demande au poste.

Il bondit. C'est elle ! Pourquoi ? Qu'est-ce qu'il se passe ? Qu'est-ce qu'il s'est passé ? Il ne pose aucune question, il fonce, et le garde pense qu'il était prévenu de cette visite. Elle vient ici, donc, c'est urgent, c'est important. Elle n'a pas dû vouloir remettre les pieds là-bas, elle veut partir, partir avec lui, partir tout de suite, fuir cet endroit maudit, elle veut être avec lui, qu'il la protège, qu'il l'emmène, elle l'aime autant qu'il l'aime, ô Tamara !

Il descend quatre à quatre les escaliers, il accourt. J'arrive, j'arrive, Tamara !

Au poste, assise sur un banc contre le mur, une vieille femme aux cheveux gris tirés en chignon attend. Dès qu'elle le voit au bas des marches, elle se lève, fait un pas vers lui tandis qu'il se fige, stupéfait. Qui est-ce ?
Le temps s'arrête. Mona voit la silhouette mince du jeune homme, là, comme un ange tombé du ciel, si proche mais encore si loin, presque irréel. Elle a un choc si profond qu'elle ne sent plus son corps et il lui semble que son cœur résonne d'un seul battement qui le remplit, le fait vibrer et se prolonge comme une note de musique suspendue longtemps, infiniment, sans que la note suivante survienne. Quant à Charles, c'est le contraire. Il émerge d'un rêve. Et comprend.
Il vient jusqu'à elle. Elle le regarde avec une telle intensité. Elle a l'air bouleversé. Son visage est couvert de petites rides qui forment un rond comme un soleil. Elle est si droite et si digne. Et si humble. Ils ne se disent rien. Ils ne peuvent rien se dire. Comment le pourraient-ils ? Ils sont face à face à un pas l'un de l'autre. Le garde les observe. Ah ! les retrouvailles ! C'est toujours un moment si fort. Mais c'est qui ? Sa mère ? Sa grand-mère ? Pourquoi ils restent comme ça sans se toucher ? Ils sont bizarres.
Charles est convaincu que ça y est, c'est fini, tout est fini. Il s'attend à tout. Sauf à ce qu'elle va dire :
– Comme tu es beau !
Il est incapable de répondre quoi que ce soit. Ce visage. Ce visage de mère. Une vague d'émotion le submerge. Elle répète :
– Comme tu es beau !

Il a les yeux pleins de larmes. Elle le regarde comme un petit enfant. Elle lui dit :
— Viens. Nous allons trouver un café.
Sa main ridée cherche la sienne. Elle l'entraîne. Ils sortent de la caserne. La rue est sombre, à peine éclairée et sans automobiles. Hormis les militaires, personne n'y passe. Charles s'est ressaisi.
— Il y a des cafés sur la Friedrichstrasse.
À un croisement, avant de traverser, elle s'arrête, serre plus fort sa main, exerce une pression sur son bras pour l'attirer face à elle, contemple son visage et lui sourit. Tant de tendresse dans ce sourire !
— Je savais...
Charles voudrait dire quelque chose. Il faut qu'il parle, il faut qu'il parle. Il ne peut pas ne rien dire à cette femme. Il ne doit pas rester sans rien dire. Mais à cet instant il se sent comme un naufragé dans une tempête, à quoi bon résister ? Il va se noyer, c'est inéluctable ; alors, il s'abandonne presque avec soulagement, se laisse emporter :
— Je ne suis..., bredouille-t-il sans force.
Elle l'arrête :
— Ne dis rien. Pas maintenant.
Elle marche d'un pas déterminé en le tirant par la main et ça fait rejaillir en lui la source de son enfance. Ce qu'il attend, ce qu'il désire – jusqu'à cette seconde c'était un rêve, même pas un rêve : un rêve oublié –, c'est cette main qui serre la sienne, cette petite femme qui marche, tellement frêle, tellement forte. Me voilà. Je suis là. Je suis avec toi.
Le café. Du monde. Du bruit. Ça gronde.
— Qu'est-ce que tu prends ?
— Une bière.

— Deux !

Il est fasciné par la bonté rayonnante de cette mère qui le regarde avec admiration... Ce soleil ridé, usé par des nuits de chagrin et qui soudain retrouve son feu d'autrefois.

Pourtant, c'est impossible, elle n'a pas pu le reconnaître, elle sait forcément qu'il n'est pas son fils, une mère ne peut pas s'y tromper. Pourquoi fait-elle semblant ? Serait-ce par besoin d'aimer à tout prix ? Et se convaincre ainsi que c'est bien lui ?

Dès qu'ils ont commandé, elle s'est mise à parler :

— Tu n'as pas reçu ma lettre ?

Il baisse les yeux.

— Non.

— Ça ne fait rien. Ce qui compte, c'est que tu es là, que tu es vivant, en bonne santé, et que je suis là, que je t'ai retrouvé.

Elle n'explique pas comment elle a fait pour le retrouver. Elle n'explique rien. Elle se réjouit.

— Ta chambre est comme tu l'as laissée, tu sais, rien n'a changé, ta chambre est là pour toi. Dis, tu viendras ? Tu vas venir à la maison ?

Elle parle. Elle parle de petites choses comme si elle redoutait de s'arrêter : la maison, les livres qu'aimait Gustav, elle lui donne tous les détails, le piano dans le salon avec ses partitions (et Charles pense : oh ! il jouait du piano), la vie depuis la fin de la guerre, leur bon vieux Parci qui n'aboie jamais, les voisins, le pasteur qui est si bon et si intelligent. Et ton père, ton pauvre père qui serait si fier de toi... Charles apprend qu'il a un frère, Oskar, et qu'il est mort aussi, sur le front de l'Est, au début de la guerre.

Un instant, elle se tait, lui prend à nouveau la main par-dessus la table et plonge ses yeux dans les siens. Toujours ce sourire.

Alors, Charles lui dit :

— Vous ne me posez pas de questions ?

Elle ne paraît s'étonner ni du ton poli et distancié de Charles ni de son vouvoiement. Est-ce que Gustav vouvoyait ses parents ?

— Raconte-moi ce que tu veux me raconter, bien sûr, et surtout quand tu veux, quand tu voudras, mais on aura le temps une autre fois quand tu viendras. Aujourd'hui, je voulais seulement te voir. Voir ton visage. Tu es très beau. Oh oui...

Pas un reproche, pas une question. Son fils ne lui a plus donné de nouvelles depuis trois ans, son fils n'a pas répondu à sa lettre, et pas un reproche, pas une question ! Est-il possible d'aimer à ce point ? Et peut-elle sincèrement croire qu'elle est en présence de son fils ? Alors, ne vaut-il pas mieux ne rien lui dire ? Pourquoi lui briser le cœur encore une fois ? Oh ! Mon Dieu ! Une mère... une mère ! Alors, c'est ça, une mère ? Alors, ça peut être ça ?

Il se souvient soudain du conseil de Klaus Kühn pendant sa préparation au château de Vayette, et il lui dit :

— À Verdun, j'ai eu un grand choc à cause d'un obus et depuis, il y a des choses, des gens que j'ai oubliés. J'espère que vous comprendrez.

Elle hoche la tête. Elle comprend. Elle dit qu'elle imaginait bien qu'il avait vécu des choses terribles, qu'il avait souffert. Elle dit qu'il est un brave, un héros, qu'elle l'admire et qu'il est un grand, un très grand officier comme son père. Elle dit qu'elle l'aidera à surmonter les traumatismes de la guerre, que petit à petit tout ira bien. Elle dit que le bon Dieu est miséricordieux puisqu'elle n'est plus seule maintenant, puisqu'il est là, puisque la guerre l'a épargné. Elle dit qu'elle a prié, espéré, et qu'elle a eu raison. Elle dit qu'elle est heureuse, elle répète qu'il est beau...

Soudain, Charles pense à son rendez-vous, regarde sa montre. Il a encore le temps mais il a besoin de marcher, de reprendre ses esprits, c'est trop.

– Je dois y aller. J'ai un rendez-vous.

– Bien sûr. Bien sûr, dit Mona Lerner. Je voulais te voir. Maintenant, je t'ai vu et c'est bien. Tu es vivant. En bonne santé. Je vais rentrer à la maison. Tu viendras me voir, hein ? Quand tu voudras, quand tu pourras. Hein, bien sûr. Quand tu voudras. Et si tu veux, si tu as un peu de temps, écris-moi. Juste un mot.

Ils sont dehors devant la vitrine du café. Il s'est mis à neiger. Elle lève encore vers lui ses yeux tendres et bienveillants. Au tout dernier moment, elle le retient.

– Attends !

Elle sort un crayon et un petit calepin de son sac à main et griffonne quelque chose puis arrache la page et la lui tend.

– Qu'est-ce que c'est ?

– Notre adresse. Vas-y. File maintenant, tu vas être en retard.

Charles la quitte. Au premier croisement, il se retourne. Elle n'est plus là. Il se sent ému et débordant de reconnaissance. Il reprend sa marche, heureux, courant presque, dansant presque sous les flocons cotonneux qui se balancent comme des petits parachutes dans la nuit bleutée. Des chevaux hennissent, un cocher gueule, le moteur d'une voiture vrombit, l'avenue blanchit. Berlin est une ville merveilleuse et la vie est belle.

Les autres filles sont sorties du Kazatchok, sont passées devant lui en le lorgnant, en jacassant et ricanant, et elles ont laissé derrière elles un long sillage de poudre, de crème et de parfums trop forts. Et Tamara, qu'est-ce qu'elle fait ? Est-ce qu'elle ne viendrait pas ? Est-ce qu'elle aurait décidé finalement de ne pas venir ? Mais non, idiot ! Ou alors, quelqu'un lui aurait-il fait du mal ? Pourquoi n'arrive-t-elle pas ? Il se retient d'aller voir à l'intérieur mais elle lui a bien précisé de l'attendre ici, à l'angle. Seulement, il y est depuis longtemps. Bien trop impatient, bien trop à l'avance. Et il a les pieds gelés. Il piétine pour essayer de se réchauffer, les mains enfoncées dans les poches de son manteau. Sa casquette d'officier le protège de la neige. Il a mis son uniforme d'apparat, c'est son plus beau costume.

Elle finit par arriver, une valisette de carton à la main. Divinement belle. Un chapeau mou bien enfoncé sur ses oreilles laisse s'échapper des boucles rousses. Elle a un sourire en l'apercevant, mais bref, crispé. Elle est tendue. Elle s'accroche à son bras comme à une bouée de sauvetage. Il propose de prendre un taxi mais ils n'en trouvent pas. Il lui demande :

– Est-ce que tout va bien ?
– Oui, Gustav.

Elle se serre contre lui.

– Tu n'as pas froid ?
– Ça va.

Après avoir marché une dizaine de minutes, ils avisent finalement un taxi.

– À l'hôtel Adlon.

Au fond du taxi, dans la pénombre, sur la banquette, il lui prend la main. Elle dit tout bas :
– L'hôtel Adlon !
Il lui sourit, fier de sa surprise.
– Oui.
– Mais c'est très cher.
– Oui, répond-il, plus fièrement encore.
Le portier de l'hôtel en cape et chapeau haut se précipite sous la neige, agile et rapide comme un magicien. Tamara sort du taxi, l'air d'une biche craintive. Charles règle le chauffeur – « Gardez la monnaie ! » – puis, « sa femme » à ses côtés, franchit les portes de bois verni aux poignées étincelantes et traverse d'un pas conquérant le vaste hall de marbre jusqu'à la réception.
– Lieutenant Gustav Lerner.
– Parfaitement. Chambre 213. Franz ! Conduisez le lieutenant et sa dame.
Le groom prend la valisette de Tamara. À cette heure, plus de minuit, l'hôtel est désert.
Au deuxième étage, dans le couloir ouaté menant à leur chambre, Charles se sent gagné par la nervosité de Tamara. Il laisse un pourboire au groom après que celui-ci leur a montré la chambre. Le petit souper qu'il a commandé les attend sur un plateau d'argent. Du caviar, des toasts et du champagne.
Ils sont enfin seuls, l'un en face de l'autre. Le moment tant attendu, tant désiré. Depuis qu'ils se sont retrouvés, ils ne se sont presque rien dit et ne se sont même pas embrassés. Tamara reste debout, comme pétrifiée ; elle est très pâle. Il y a deux fauteuils et un lit couverts de soie. Des abat-jour jaunes sur les tables de nuit et sur la commode donnent une lumière chaude.

— Ça te plaît ? demande Charles.
Tamara hoche la tête.
— Oui. Mais c'est trop.
— Rien n'est trop pour toi.
Elle lève vers lui ses yeux transparents. Elle vient se blottir dans ses bras.
— Serre-moi fort !
Elle sent le sexe de Charles qui se durcit contre son ventre. Elle s'écarte. Il dit :
— On dîne ? Assieds-toi.
Elle s'assoit sagement, les genoux serrés. Elle a sa robe noire, celle de la dernière fois, et de longues boucles d'oreilles émaillées. Une broche assortie relève ses cheveux et dégage ses petites oreilles ourlées de nacre. Charles fait sauter le bouchon du champagne. Il remplit les coupes.
— Trinquons ! À nous !
— À nous, dit Tamara.
Charles étale le caviar sur les toasts.
— C'est du caviar russe.
— Merci, dit Tamara.
— Ça te plaît ?
— Mais oui.
Comme pour l'en convaincre, elle se rapproche de lui et l'embrasse. Et c'est un baiser qui n'en finit pas, où s'engouffre l'exaspération de leurs sens. Les mains de Charles courent sous sa robe. Elle frissonne, s'abandonne. Ses mains sur ses cuisses, ses mains jusqu'à sa peau nue, ses mains dans le creux brûlant...
Ils font l'amour, refont l'amour, insatiablement, en rêvant de rester là blottis dans ce lit de soie, peau contre peau, à

se dévorer des yeux, des doigts, des lèvres. Ô ton odeur, ton cœur qui bat ! Et la jouissance que tu me donnes !
Tout partager avec elle, tout lui raconter ! Depuis ce matin de juillet où il s'est réveillé dans un hôpital de campagne... Elle parle le français. Il lui suffirait... Mais non. Pour vivre avec quelqu'un, il faut être quelqu'un, et il ne peut être que Gustav Lerner. Il est Gustav Lerner maintenant – et véritablement. Oui, ce soir, sa mère l'a reconnu pour son fils, accepté. Il *est* quelqu'un. Un homme. Un Allemand. Qui peut aimer. Qui peut se marier. Avoir des enfants, une famille, une vie !

Il parle de sa mère – ses cheveux gris, son visage de vieille pomme –, de son père, de son frère morts à la guerre, de son enfance à Hanovre dans la maison familiale, il invente.

– Ah ! Je croyais que tu ne te souvenais pas ?
– Mais ma mère me l'a dit. Je faisais du piano. J'ai tout oublié ! Mais tu verras, le vieux piano avec ses partitions est toujours là. Et puis, quand j'étais petit, on me lisait des contes russes. Oui, ma nounou était russe, elle s'appelait Olga.

Il s'aperçoit qu'il confond la vie de Gustav et la sienne, celle qui fut peut-être la sienne. Et si, un jour, Tamara parlait d'Olga à sa... mère ? Tant pis. Il invoquerait la guerre, le choc, l'amnésie. Il connaît le truc, maintenant !

– Tamara, demande-t-il soudain, voudrais-tu être ma femme ? Voudrais-tu m'épouser ? (Ô la tiédeur de sa tête ! ô le parfum de ses cheveux !) Voudrais-tu m'épouser ?

Il sent chaque parcelle de son corps : son front sur sa joue, sa joue sur son menton, ses lèvres dans son cou, ses seins contre sa poitrine, son ventre, sa cuisse sur la sienne et son petit pied aux orteils froids posé sur son talon.

– Gustav, qu'est-ce que tu dis ?

— Tu as bien entendu.
— Oh ! Gustav...
— Tu veux bien ?
— Mais tu ne me connais pas.
Un long silence. Ils sont agrippés l'un à l'autre au milieu du lit comme deux vignes emmêlées.
— Tu ne me connais pas non plus. Tu as raison. Il essaye de plaisanter : On n'est pas obligés de se marier tout de suite. On peut attendre une semaine !
Il l'étreint passionnément, l'embrasse. Elle ne réagit guère. Elle est molle et lointaine. Il dit d'un ton déterminé :
— Mais je ne veux plus que tu ailles là-bas, chez cet horrible type, je ne veux plus que tu y mettes les pieds. J'ai de l'argent. Je peux t'aider. Je veux t'aider. Tu es une danseuse. Il faut que tu rencontres des gens sérieux. Il faut que tu ailles au Ballet de Berlin. Mais en tout cas, ne retourne plus là-bas, d'accord ? Tu me le promets ?
Tamara se met à sangloter dans ses bras. Il la caresse.
— Tout va bien. Je suis là. Je t'aime, Tamara, souffle-t-il dans ses cheveux. Je vais louer un appartement pour nous deux.
Derrière les lourds rideaux de la chambre, le moteur d'un camion à l'arrêt hoquette bruyamment. Charles remonte la couverture sur leurs corps. Tamara s'apaise. Ils restent immobiles, enlacés et chauds.

Seigneur ! Mon Seigneur bien-aimé ! Toi qui es bon et tout-puissant, toi qui sais tout et comprends tout, viens-moi en aide, conseille-moi, dis-moi ce que je dois faire. Qui est-il ? Il me promet tant de choses. Dois-je lui faire confiance ? Daniel aussi m'a fait des promesses. Pourquoi serait-il différent des autres ? Et si je le suis et qu'il m'abandonne ?

Il s'était endormi dans ses bras tout d'un coup comme un enfant et il dormait d'un sommeil paisible. Elle, les yeux grands ouverts, devinait son visage dans l'obscurité et sentait contre sa joue la caresse de sa respiration régulière. Au début, il avait eu des petits ronflements et ces soubresauts incontrôlés des membres quand le corps commence à se détendre.

Si seulement je pouvais savoir ce qu'il y a là sous le frémissement de ses paupières ! Mais s'il est l'homme simple et sincère qu'il paraît être, alors, le jour où il saura, où il apprendra mon histoire... Ô mère de Dieu !

Elle aurait voulu dormir elle aussi. Dans le sommeil s'oublier. Dans ses bras rassurants... Quand il était en elle tout à l'heure, elle avait tout oublié et elle avait été heureuse. Jamais le plaisir ne l'avait transportée comme cette nuit, et un plaisir si pur, si spontané, si joyeux ! Quelques instants, plus rien n'avait existé avant, aucun homme avant lui. Elle ne s'était jamais prostituée, elle n'avait pas été obligée, cette après-midi même, de satisfaire ce gros porc...

Gustav, Gustav, qui es-tu ?

Comme il a de la chance, lui, d'être là tranquille et confiant contre moi et de pouvoir se reposer !

Elle avait envie de bouger, de se tortiller, ses nerfs exaspérés la torturaient. Elle avait soif mais se lever pour boire risquait de le réveiller. Elle avait cette grande langue de feu qui lui fouillait le ventre. De la coco ! Daniel lui avait donné sa dose en récompense et elle l'avait prisée avant d'aller au Kazatchok. Elle se maudissait d'être devenue dépendante. Misérable ! À vingt ans, elle avait déjà foutu sa vie en l'air. Marie, sainte mère de Dieu, aide-moi, je t'en supplie ! Et toi aussi, mon bon Dieu ! Quand il saura que j'ai abandonné ma fille... Non ! Non, je ne t'ai pas abandonnée, ma Sonietchka !

Pourquoi se sentait-elle coupable et si mauvaise ? Justement ce jour-là où le bonheur... Tout son passé revenait la tourmenter, resurgissait. Igor. Tomber amoureuse à un bal, même pas dix-sept ans, faut être conne ! Quand ça s'est vu, c'était trop tard. Ils m'ont exclue de l'école de danse. C'était fini. Le rêve de ma vie. Puis Daniel qui me promet. À Berlin, il fait des spectacles. Beaucoup de danseuses, un grand avenir. Faut être conne, faut être conne ! Maman t'aime, Sonietchka. Maman reviendra. Tu vas rester avec Baba. Baba s'occupera de toi. Maman va travailler. Mais maman reviendra bientôt. Ô mère de Dieu !

Elle se glissa hors du lit, silencieuse et souple comme un chat. Ouf ! Elle ne l'avait pas réveillé. Elle s'habilla, prit sa valisette et ses chaussures à la main et, sur la pointe des pieds, traversa la chambre. Devant la porte, elle se retourna pour le contempler une dernière fois. Il dormait comme s'il la tenait encore dans ses bras, exactement dans la même position.

Elle sortit de l'hôtel à toute vitesse comme une voleuse et s'enfuit dans la Lindenstrasse qu'une balayeuse nettoyait. Il faisait humide mais moins froid qu'à minuit et la neige avait fondu. Un petit jour jaunâtre remplissait lentement les rues comme une eau sale. On déchargeait des marchandises devant les restaurants et les magasins.

Dans le grand salon d'accueil du bordel de Daniel Zourabichvili, deux clients s'étaient endormis, vautrés sur les canapés de velours bordeaux. Tamara monta à sa chambre. Elle ne croisa personne. Sept heures du matin, c'était l'heure la plus calme.

Son lit défait et ses icônes au-dessus, dorées et enfantines, sa Sainte Vierge et ses saints protecteurs. Le lavabo fendu, le morceau de miroir oxydé, l'armoire branlante où elle pend ses affaires. Du calme, du calme, à cette heure-ci, tout le monde dort, tu as bien vu, se répétait-elle. Et le matin, on ne voit jamais Daniel. Et puis, de toute façon, il peut gueuler, il peut me battre, je le grifferai, je le mordrai, je passerai. Elle remplit la valise qui était posée sur l'armoire. Elle ne possédait presque rien, ce fut vite fait. Elle mit dans les poches de son manteau ses papiers d'identité et son peu d'argent. Elle n'avait pas la moindre idée de ce que ça coûterait. Tant pis. Pas une minute à perdre. Partir. Au dernier moment, elle fourra dans sa valisette ses deux icônes préférées puis elle ouvrit et referma doucement la porte de sa chambre et descendit en s'efforçant de ne pas faire craquer les marches de l'escalier. L'un des deux clients se réveillait, la vit passer. Elle fonça tête baissée avec ses deux valises.

Elle était dehors. Et la vieille bâtisse grise derrière elle. Pour toujours. Elle s'éloigna à petits pas rapides et mécaniques dans une rue étroite qui remontait vers le Ku'damm. La gare, celle par laquelle elle était arrivée, un soir d'automne, avec Daniel, se trouvait au nord de la ville et elle voulait dépenser le moins possible, elle ne prendrait pas le tram.

Elle dérapa sur le sol mouillé et gras, se tordit la cheville, poussa un cri de douleur. Le concierge d'un immeuble la vit à genoux et vint à son secours, mais elle se releva avant qu'il n'arrive, fit un pas en boitant. Partir, partir.

– Ça va, mademoiselle ? Pas trop de mal ?

– Merci, ça va, répondit-elle en allemand.

Elle s'éloigna aussi vite qu'elle pouvait sans lui adresser un regard et le concierge maugréa :

– Encore une Russe !

Elle boitilla plusieurs minutes puis, le muscle chaud, la douleur s'estompa.

La gare avait un air de cathédrale avec ses deux tours encadrant une façade ogivale vitrée. Par ses hautes portes, la foule des travailleurs allait et venait, fourmilière humaine affairée, peuple docile et silencieux, visages chiffonnés par la fatigue, corps maigres, beaucoup de porteurs tirant des chariots, traînant des malles. Dans la salle des départs, quelques bourgeois reconnaissables à leurs chapeaux, noirs pour les hommes et de couleurs variées pour les femmes. Et les mendiants dans les coins, puant la pisse et la crasse, leur sébile à la main.

Elle fit la queue au guichet et, quand ce fut son tour, demanda :

— Un billet pour Petrograd.

La préposée, une femme avec un gros nez, de gros yeux, en ouvrit la bouche d'étonnement, ce qui lui donna l'expression niaise d'un poisson car il lui manquait la moitié des dents. Elle chuinta :

— Pas de train pour Petrograd. Cha n'exichte pas.

Tamara redemanda :

— Petrograd.

Et comme elle ne semblait pas avoir compris, la préposée répéta en postillonnant :

— Pas de train pour la Ruchie. Fini.

— Mais comment aller ?

— Vous ne pouvez plus. Fini.

— Mais si je veux aller à Petrograd, insista Tamara d'une voix qui s'affolait, tandis que derrière elle les gens s'impatientaient.

— Vous pouvez aller à Königsberg et, après, peut-être que vous pourrez trouver un bateau. Königsberg, articula la pré-

posée qui avait un peu pitié de cette jeune fille perdue. Mais che n'est pas chette gare, chai la gare de Chiléchie.
– De quoi ?
– Chiléchie.
L'homme qui attendait derrière elle, pressé qu'elle parte, articula bien fort à son oreille :
– Vous devez aller à la gare de Silésie. La gare de Silésie.
– Chai cha.
Tamara hocha la tête et dit avec reconnaissance :
– Merci, madame. Merci, monsieur.
Et comme elle libérait la place devant le guichet, une femme à la voix pointue grinça :
– Ah ! Enfin !...

Il lui fallut plus d'une heure pour se rendre à la gare de Silésie.
Sur l'Alexanderplatz encombrée de marchands ambulants, elle faillit se faire renverser par une Mercedes noire aussi laquée qu'un coffre chinois. Un dandy en manteau de fourrure jaillit comme un diable de l'habitacle et s'écria avec une emphase joyeuse et d'amples moulinets galants des bras :
– Mademoiselle ! Mademoiselle ! Je suis absolument confus. Vous êtes si belle, je ne me le serais jamais pardonné ! Me permettez-vous de vous offrir un brin de conduite ?
Tamara, qui ne comprenait pas ce qu'il disait, secoua négativement la tête. Elle le repoussa d'un geste de la main et lui dit d'un ton sec en le tutoyant parce qu'elle parlait mal l'allemand :
– Laisse-moi.
Il se rétracta aussitôt, vexé, et son visage si enjôleur une seconde auparavant se transforma en une moue méprisante.

– Petite pute, marmonna-t-il en remontant dans son auto.

Mais Tamara était déjà partie, ses deux petites valises au bout de ses bras tendus. Elle allait de son pas volontaire en regardant droit devant elle.

Au guichet de la gare de Silésie, elle paya un billet gris de quatrième classe pour Königsberg plus de la moitié de ses maigres économies. Par chance, le train partait une heure plus tard. Elle s'offrit un café insipide au bistro de la gare juste pour pouvoir s'asseoir. Elle était épuisée, avait mal à la cheville, au dos, à la tête. Prendre le train. Après, tu verras. Après, tu verras. Elle sortit de sa valise une photographie de Sonia qu'elle avait reçue de sa mère dans le seul courrier qui lui était parvenu à Berlin. Quelle jolie petite fille rousse ! Son portrait craché ! Elle l'effleura de ses lèvres et la rangea. Est-ce que Gustav s'est réveillé ? Sa tête abandonnée contre la sienne, ses grands yeux doux... Elle rêva un instant mais se reprit vite. Non, non ! – Non, non ! – Non, non !

Allez ! C'est l'heure. C'est l'heure du train.

Le vaste hall au toit de verre retentissait des sifflements, des grognements des locomotives. Elle avançait sur le quai le long des wagons vert olive sous lesquels rampaient des volutes de fumée qui venaient lécher les jambes des voyageurs. L'odeur du charbon lui piquait les narines.

24

Gustav

Il entrouvre les yeux et la lumière du jour verdie par les rideaux le tire pour de bon du sommeil. Alors, il se souvient et se réjouit et sa main la cherche. Il se tourne vers elle. Il y a seulement l'empreinte parfumée de son corps sur le drap froissé.
— Tamara ?
Il saute à bas du lit, va à la salle de bains. En revenant dans la chambre, il remarque qu'il ne reste plus par terre que ses vêtements à lui. Elle n'a pas laissé de mot. Même peur qu'hier soir quand il redoutait qu'elle ne vienne pas. Pourquoi ? D'abord, la retrouver. Il s'affole. Un pressentiment. Signal d'alarme. C'est grave.
Il s'habille en quelques secondes sans boutonner jusqu'en haut son uniforme ni son manteau qui flotte derrière lui comme une cape quand il sort de l'hôtel en courant. Dans le hall, il passe sans le voir devant Joseph Durand, stupéfait. Le portier a un geste pour le retenir et l'appelle :
— Monsieur !...
Mais Charles file, traverse la place de la porte de Brandebourg où trône la statue en bois de Hindenburg et où le chancelier Ebert accueillit les dix premières divisions

qui rentrèrent de France par ces paroles ardentes : « Aucun ennemi ne vous a surpassés ! »

De l'autre côté du Tiergarten, le jeune homme hors d'haleine grimpe dans un tram bondé où il doit jouer des coudes pour se faire un petit bout de place sur la plate-forme. Il descend dix minutes plus tard sur le Hohenzollerndamm et, courant encore, arrive au Kazatchok. Mais l'établissement est fermé. Il a beau sonner puis tambouriner contre la porte, personne ne vient. Il s'aperçoit que Tamara ne lui a pas dit où elle logeait et n'a jamais voulu qu'il la raccompagne. Elle a seulement mentionné que c'était près du cabaret.

Une échoppe en entresol vend un peu de tout : du savon anglais, des cigarettes américaines, de la bière, du chocolat suisse... Elle est tenue par un vieux juif russe qui répond à Charles en allemand avec un fort accent yiddish :

— Ça n'ouvre jamais avant trois heures.

— Est-ce que vous savez où habitent les danseuses ? On m'a dit que c'était à côté.

— Les danseuses ? fait le vieux d'un air perplexe.

— Les danseuses du cabaret.

— Vous appelez ça des danseuses ?

Charles se retient de s'énerver.

— Enfin, les filles qui travaillent ici.

— Si c'est pas malheureux, hein ? Si c'est pas malheureux ?

— Tamara Mizinova.

Charles passe au russe, pensant que ça facilitera les choses :

— Je cherche Tamara Mizinova.

— Connais pas, répond le vieux en allemand.

— Mais vous devez bien les voir chaque jour, vous êtes à côté. Une grande rousse, très belle.

— Je suis trop vieux, moi, pour ces choses-là.

– C'est important, dit soudain Charles en durcissant la voix et en ôtant son manteau pour bien faire voir son uniforme. Lieutenant Gustav Lerner.
– Mais, monsieur l'officier, je ne connais pas votre rousse. Je suis au regret, désolé, croyez bien.
– Et le patron ? Vous connaissez le patron du Kazatchok ? Lui, vous le connaissez. Le patron !
– Ah ! Il s'est mis dans des problèmes, c'est ça ? Ah ! Ça ne m'étonne pas.
– Donc, vous le connaissez. Monsieur Zourabichvili.
– Bien sûr que je le connais. On est voisins. En plus, on s'est installés en même temps. Mais moi, monsieur l'officier, j'ai rien à voir avec tout ça. Rien du tout. Moi, monsieur, vous voyez tout ce que je vends. Je suis tout ce qu'il y a de plus honnête, moi, monsieur.
– Où est-ce qu'il habite ? Je dois le voir.
– Ah ! Ça, je peux vous le dire mais, bon, c'est pas un endroit... Enfin, vous voyez...
– Adresse ! ordonne Charles.
– 19, Schlumstrasse.
– C'est où à partir d'ici ?
– Alors, vous allez tout droit, par là, fait-il en tendant le bras. Deuxième à gauche. Puis troisième à droite. Euh... non, quatrième à droite. Et puis, après, c'est encore la deuxième à gauche.
– Et après ?
– Après, vous êtes arrivé.
– Merci, dit Charles en bondissant dehors.
Quelques minutes et le voilà devant la vieille maison grise étroite. Quatre étages, deux fenêtres seulement par étage sur la rue. Une pauvre porte à un seul battant, peinture

écaillée. Un cordon de velours lesté d'un grelot d'argent pour sonner. Une femme ronde ouvre la porte. Charles voit d'abord ses ongles rouges vernis au bout de ses doigts boudinés et bagués, puis son visage luisant, ses lèvres tartinées d'un rouge graisseux et ses boucles d'oreilles démesurées qui lui donnent l'air d'une vache. D'ailleurs, elle meugle, en allemand :
— Jaaaaa ?
— Je voudrais voir M. Zourabichvili.
Son uniforme d'officier inquiète visiblement la femme qui bredouille :
— Vous avez rendez-vous ?
— Non. Je dois lui parler.
— Mais... il vous connaît ?
— Oui. Lieutenant Gustav Lerner.
— Entrez, monsieur, s'il vous plaît.
Elle l'installe dans un des canapés du salon d'accueil. Il n'y a personne d'autre que lui.
— Je vais le prévenir.
Charles considère avec dégoût ce salon rouge où subsistent encore les odeurs de la nuit : tabac, alcool, sueur. Des taches suspectes sur le velours des coussins. Il a soudain la vision de Tamara nue sur ce canapé, étendue sur le ventre, les cuisses écartées...
Le gros Zourabichvili déboule en tricot de laine, sa chemise dépassant sur son pantalon. Il fonce droit sur Charles, l'air furieux, ses sourcils broussailleux froncés sur ses yeux exorbités et, loin de sa faconde obséquieuse du cabaret, se montre sous son véritable jour.
— Où est Tamara ? grogne-t-il en russe d'un ton agressif.

Charles est surpris. Il croyait être celui qui allait poser la question. Il serre les poings, prêt à se défendre.
– Où est-elle ? insiste Daniel.
– Mais... justement...
– Elle a vidé sa chambre. Toutes ses affaires. Elle est partie. Elle était avec vous hier soir, ne dites pas non, les filles vous ont vus.
– Monsieur Zourabichvili, dit Charles sans se laisser impressionner par l'agitation du bonhomme, pourquoi je suis là, à votre avis ?
Daniel, dans sa colère, n'y avait pas pensé et se sent stupide.
– Elle est partie ce matin sans me prévenir, sans rien dire, et j'ai pensé que vous, peut-être, vous savez où elle est.
Les deux hommes se regardent, réfléchissent.
– Qu'est-ce qui a encore bien pu se passer dans sa petite tête de folle ? Ces derniers temps, elle était plus pareille. D'abord, j'ai cru que c'était la coco.
– La coco ?
– Ben oui, la coco. Tu sais ce que c'est que la coco, fait Daniel.
– La cocaïne ?
Daniel hoche la tête.
– Elle prend de la cocaïne ?
– Oui, et il lui en faut de plus en plus.
– Vous lui donnez de la cocaïne ? s'écrie Charles d'une voix menaçante.
– Oh ! Hé ! Mon garçon, faut pas le prendre sur ce ton, hein ? se défend Daniel. Et faut pas croire que parce que vous êtes officier, vous avez le droit de... J'en connais d'autres et des plus haut placés et j'aime pas qu'on...

Charles l'agrippe par le col de sa chemise.
— Vous la droguez, c'est ça ? C'est comme ça que vous la tenez ?
— Elle se drogue, c'est pas moi. Je l'ai jamais forcée. (Il se dégage, se recule d'un pas.) Et puis, quoi ? Qu'est-ce que ça veut dire ? Vous croyez quoi ? Ça joue les saints offensés et ça vient dans les bordels se payer des putes. Une pute, ça boit pas que du thé et ça prend de la coco.

Charles lui décoche en pleine tête un coup de poing qui l'envoie rouler à terre. La femme ronde pousse un cri : « Au secours ! » Deux filles apparaissent dans l'escalier. Charles, bouillant de rage, en position de combat, paraît prêt à tuer. Daniel se redresse sur son derrière, tâte sa bouche ensanglantée. La femme s'inquiète pour lui :
— Daniel ?
— Laisse, toi, laisse.

La tête levée vers Charles, il lui dit d'une drôle de voix résignée :
— C'est depuis qu'elle vous voit. C'est depuis qu'elle vous voit qu'elle est bizarre. Qu'est-ce que vous lui avez fourré comme idée dans la tête ? Elle m'a dit que vous l'avez emmenée au musée. C'est pas normal, ça.
— Où elle est ?
— Mais je sais pas, moi, je sais pas.
— Et vous ? lance Charles à la femme ronde.
— Non, répond-elle en secouant la tête d'un air affolé.
— Et vous ? crie-t-il aux filles.
— Non... Non...

Charles empoigne à nouveau Daniel.
— Je vous préviens, si elle revient et si elle remet un pied dans votre saloperie de cabaret...

— Je sais pas où elle est ! Je sais pas où elle peut être. Si toi tu sais pas, comment tu veux que je sache, moi ? De toute façon, elle est dingue, cette fille. Elle danse bien, elle plaît à la clientèle, mais moi, j'ai toujours su qu'elle est capable de tout.

Charles s'égare dans Berlin, éperdu, assommé, comme un boxeur groggy. Il ne voit rien, n'entend rien ; on le frôle, il se cogne. Le soleil qui s'est glissé entre deux nuages ratisse le sol encore humide. Le pot d'échappement d'une auto crache un nuage noir qui pue l'essence et l'huile brûlées.
Sa vie ? La guerre. La guerre, énorme, qui prend pratiquement toute la place, torrent de chair et d'os, de peau, de sang, le rugissement de la peur, la culotte souillée, la mort, toutes les couleurs de la mort, les odeurs de la mort, ses bruits... puis le silence, plus rien, jusqu'à la prochaine fois... Des jours, des nuits comme ça, tranchées, obus, gaz, flammes, cadavres... Il a cru oublier, il oubliait, mais non, c'est là, et pour toujours, plus fort que lui, plus fort que tout, plus fort que toute mémoire.
Et à côté, une nuit d'amour. Une petite nuit chantante et ensoleillée. Sa peau douce. Une caresse. Un rêve. Tamara.
Pourquoi ?
Elle était heureuse aussi.
Elle était heureuse.
Mais si...
?

Dans la nuit nagent les lumières blanches et jaunes des réverbères sur les murs gris et les troncs noirs. Hier aussi, il attendait, à cette même place, à la même heure, mais ça

paraît déjà si loin. Des hommes cuits sortent en tanguant du Kazatchok, rotent et braillent en russe de leurs voix éraillées d'ivrognes. Quelques couples bras dessus, bras dessous. Enfin, les filles, cinq filles, avec des hommes, sauf une, Sophia, Charles la reconnaît, c'est la brune qui dansait avec Tamara, et la blonde est avec un vieux à barbe blanche qui porte un long manteau de fourrure de renard argenté. Les hommes tiennent les filles bien serrées par la taille ou les épaules. J'ai payé, c'est à moi. Charles s'avance, demande :
— Est-ce que Tamara est là ?
— Non, répond Sophia.
— Vous ne l'avez pas vue de la journée ?
— Non.
— Où elle aurait pu aller ? Vous n'avez pas d'idée ? Est-ce qu'il y a quelqu'un chez qui...?
— Non.

Charles espère encore que le lendemain elle reparaîtra. Il va jusqu'à s'aventurer dans les coulisses du Kazatchok et se fait jeter dehors par Daniel, plus précisément par un colossal cosaque qui assure la sécurité de son établissement.

Le troisième soir, il guette encore. Il voit sortir le général Monkévitch, se précipite vers lui. Il est si pressant, a l'air si malheureux, que le général le fait monter dans sa voiture. Une fille qui disparaît ? Mais ça arrive. Allons ! Ce ne sont pas les filles qui manquent. Surtout pour un beau et jeune officier comme vous !

Charles voudrait signaler sa disparition à la police mais il lui vient une meilleure idée. Au matin, à la première heure, il se présente au bureau de Werner Coquelis au Bendlerblock. Le maître espion, surpris par cette visite imprévue, s'attend à quelque chose de grave. Mais le lieutenant Lerner lui parle d'une femme, d'une danseuse de cabaret. C'est une blague ! Ou alors... son esprit d'espion se met à envisager le scénario d'un piège car il ne peut concevoir qu'un agent au service des Français, qu'il a lui-même chargé d'espionner les Russes, puisse sincèrement être tombé amoureux d'une putain. Werner Coquelis, pour qui la qualité suprême est la maîtrise de soi et qui évite soigneusement tout ce qui pourrait l'attendrir ou l'émouvoir, comme l'alcool, la musique, les romans et les enterrements, même celui de sa mère, n'a jamais aimé d'amour, en est conscient, s'en félicite et méprise les hommes qui tombent sous l'emprise d'une femme. En revanche, il estime les services secrets français, dont il a pu apprécier l'efficacité pendant la guerre, et il lui paraît impensable qu'ils aient pu choisir comme agent infiltré dans l'armée allemande un cœur d'artichaut.

Mais Charles ne lui parle que de Tamara et le supplie de l'aider à la retrouver. Avec tous les moyens dont il dispose, avec la police...

– Non.

– Mais elle doit bien avoir été enregistrée quelque part, avoir des papiers d'identité ?

– Non. Bien des réfugiés sont là sans être recensés. Ni par les services allemands ni par les Russes. Des sans-droits, des apatrides. On n'a pas de relations officielles avec la Russie maintenant qu'elle est aux mains des Rouges.

Werner Coquelis coupe court à l'entretien. Charles tente d'insister mais Coquelis s'agace. Plus le temps. Et qu'il ne vienne plus l'embarrasser avec ses histoires de cul ! Qu'il s'occupe de sa mission, de ses contacts sérieux avec les Russes.

En le raccompagnant à la porte de son bureau, il songe qu'il faut désormais le faire suivre de plus près.

Il n'est pas le seul à y avoir pensé. Joseph Durand fait suivre Charles depuis qu'il l'a surpris sortant en courant de l'hôtel Adlon, où il n'avait aucune raison de se trouver à huit heures et demie du matin. Les deux hommes qu'il a chargés de la filature lui rendent compte deux fois par jour. Et comme il est aussi peu capable que son homologue d'imaginer qu'un homme puisse sincèrement souffrir d'aimer, il ne s'explique pas le comportement erratique de Charles.

Après sa visite au Bendlerblock – qui a duré vingt-trois minutes exactement, et Joseph sait que les rendez-vous courts sont souvent les plus importants –, Charles a marché deux heures « comme un homme qui ne sait pas où il va. Il est repassé deux fois au même endroit. Il regardait partout autour de lui. Il cherchait quelqu'un. À onze heures, il est entré au Cosmopolitan Café où il semblait encore guetter quelqu'un. Il a commandé un café. Rien d'autre ». Rapport d'un des agents qui le suivaient, transmis en personne au général Durand.

Début d'après-midi. Charles va au musée des Beaux-Arts. Seize heures : sort du musée des Beaux-Arts. Dix-sept heures : fait les cent pas autour du 19, Schlumstrasse, le bordel de Daniel Zourabichvili. Dix-huit heures : suit à distance les filles qui se rendent au Kazatchok. Dix-huit heures trente : surveille l'entrée du Kazatchok. Dix-neuf heures : entre au Kazatchok. Vingt heures trente : est mis dehors par un géant à barbe noire en costume traditionnel cosaque. Titube sur la chaussée. Rapport fait par le second agent.

Vingt et une heures vingt : appel téléphonique du premier agent. Charles boit au Marine Café sur le Ku'damm.

Il y est toujours quand Joseph Durand descend de sa voiture devant la vitrine du café qui a l'air d'un gros aquarium brun à l'eau trouble où nagent comme des méduses de larges faces rougeaudes.

Il se fraye un chemin à travers la foule épaisse des buveurs et trouve Charles tout au fond, débraillé, veste et chemise ouvertes, avachi sur une chaise de bois noir devant un bock de bière, et sa première pensée est plus exactement un sentiment : de la pitié. Cela le surprend et lui rappelle que ce n'est pas la première fois qu'il éprouve pour ce garçon quelque chose qui s'apparente à de l'affection paternelle, mais comme il n'a jamais fréquenté d'enfant auquel il aurait pu s'attacher, il ne se le formule pas de façon aussi précise, il est seulement dérangé, légèrement déstabilisé et troublé par cet élan d'empathie qui l'a pris malgré lui.

Au début, Charles ne semble pas le reconnaître. Il est ailleurs, indifférent à la présence des autres, et se moque que quelqu'un s'assoie à côté de lui dans ce café bondé, surchauffé et bruyant. L'endroit idéal pour être parfaitement seul.

– Bonsoir, lieutenant Lerner, lui dit Joseph en allemand.

Charles finit par réagir et pose sur le général un regard brouillé.

– Foutez le camp.

– Je me faisais du souci. Je vous écris à notre adresse. Vous ne prenez pas votre courrier, vous ne me répondez plus.

Charles tient son bock entre ses mains et se renfrogne. Joseph laisse passer un moment. Il se commande une bière.

Une fois que le serveur la lui a apportée, il se penche vers Charles et lui demande sans une once de reproche :
— Qu'est-ce qu'il se passe ? Qu'est-ce qu'il vous est arrivé ?
Charles le considère comme une bête curieuse. Et se met à lui parler en français :
— Pour quoi vous vivez ?
Joseph sent son haleine chargée d'alcool et s'inquiète qu'on les entende parler français mais les clients sont absorbés dans leurs conversations et leurs voix se noient dans le brouhaha général.
— Vous avez compris la question ? Alors, répondez : pour quoi ? Pourquoi vous faites ce que vous faites tous les jours ? Pourquoi vous êtes là, à Berlin ? Vous êtes incapable de me répondre parce que en réalité, si vous réfléchissez, vous en savez foutre rien, parce que vous vivez comme une bonne petite machine humaine sans vous poser de questions, surtout pas de questions ! Ah si, l'argent ! Il y a l'argent. Vous êtes bien payé, c'est peut-être juste pour ça ?
— Je sais parfaitement pourquoi je fais ce que je fais. Je le fais parce que je sers mon pays. Et j'aime ce que je fais, j'aime mon travail parce que je crois que je suis utile. Et je suis fier de servir mon pays.
— Ah oui ? Pas moi. Pour moi, c'est rien, ça veut rien dire, la patrie, la défense de nos valeurs !… Lesquelles ? Eux me disent de servir l'Allemagne, vous, la France. Je m'en fous de l'Allemagne ou de la France, ça ne représente rien pour moi. C'est pas un idéal, c'est pas une valeur pour moi, l'Allemagne ou la France. Vous m'entendez ? fait-il en haussant la voix – et cette fois, des clients se tournent vers lui, intrigués parce qu'il parle dans une langue étrangère – Qu'est-ce que ça peut me foutre à moi ? Moi, c'est tout ce qui vous paraît

important et sérieux qui me paraît stupide et dérisoire et même ignoble. Moi, ce qui me paraît important, c'est qu'un jour, une femme a mis au monde un enfant, c'est qu'un jour, un homme et une femme ont eu un enfant parce qu'ils s'aimaient et cet enfant, c'était moi...

Des hommes se sont mis à s'agiter en réalisant dans quelle langue Charles parle.

– Un Français ! Un Français ici ! Salaud de Français ! Et qui vient faire du grabuge ! Où il se croit ? Qu'est-ce qu'il se croit ?

Deux gaillards bien avinés le prennent à partie et Joseph, inquiet, se demande ce qu'il doit faire.

– Eh ! Toi ! Qu'est-ce tu fous, ici ? Où qu'tu te crois ?

– Lâche-moi, connard, s'écrie Charles en allemand. Puis, se tournant vers Joseph, toujours en allemand : Regarde-moi tous ces connards cons comme des veaux qui iront se refaire zigouiller si on leur demande, comme leurs frères ou leurs pères, ça aura pas suffi, se faire zigouiller comme des cons, comme des veaux, tout ça parce qu'on leur a dit qu'ils sont allemands !...

Tandis qu'il déblatérait, des voix se sont exclamées :

– Il parle allemand maintenant ! Connard toi-même ! Mais il est allemand ou français ? Qui c'est, ce type ? Il est juste bourré. C'est un dingue. C'est un détraqué. Hé ! Ho ! Ça va, hein ? T'as pas à nous insulter comme ça ! C'est un Rouge, c'est un communiste ! Dehors !...

– S'il vous plaît, s'il vous plaît, dit Joseph avec son accent français en essayant d'entraîner Charles.

– T'es français, toi aussi ?

Les deux gaillards ont agrippé Charles qui se débat en criant :

– Lâchez-moi ! Lâchez-moi ! Abrutis ! Tarés !
Se faire insulter les surexcite. L'un frappe Charles au visage, l'autre le ceinture. Charles rue comme un enragé, donne des coups de pied autour de lui, renverse des tables. Des femmes crient. Les gens s'écartent. Le patron, un petit homme sec, et le barman, gueule de boxeur, carrure d'athlète, se sont précipités en renfort. Tous entraînent Charles vers la sortie. Joseph, qui suit comme il peut à côté, essaye de le calmer :
– Charles, ça suffit, je vous en prie !
Joseph s'aperçoit une seconde trop tard qu'il l'a appelé pour la première fois par son prénom. Mais Charles hors de lui n'entend rien, continue de brailler, d'invectiver et de ruer, tandis qu'on le tire entre une haie de clients qui se tassent les uns contre les autres pour se mettre hors d'atteinte. Une fois dehors, le barman l'envoie bouler. Charles s'écrase contre un arbre.
– Et surtout, t'avise pas de revenir ou on appelle les flics !
Joseph voudrait l'aider à se relever mais Charles le repousse en gueulant en allemand :
– Dégage ! Barre-toi !
Joseph se recule. Il n'a pas souvent été confronté à la violence brute et il en a horreur, il a horreur de toute forme de débordement physique.
Son chauffeur, un caporal alsacien, l'attendait dans sa voiture, où il s'était assoupi. Les cris l'ont réveillé en sursaut. Il est sorti au plus vite au secours de son patron, un pistolet à la main.
Charles s'est griffé la joue et tordu le poignet. Il est sonné. Il se met d'abord à genoux, appuyé au tronc d'arbre,

puis, lentement, douloureusement, se relève, tout en invectivant Joseph, toujours en allemand :
— T'étais content ! J'étais le petit soldat idéal. Même pas un homme. Personne. Si je mourais, même pas un nom sur ma tombe, même pas une tombe. Mais je suis libre, moi, beaucoup plus libre que toi. Si je te tue, par exemple, fait-il en s'avançant d'un pas branlant, poings levés, vers Joseph, qui se recule à nouveau, si je te tue, par exemple, on jugera qui ? Hein ? Personne ! Et on ne peut pas juger personne !
Il éclate de rire. Le chauffeur veut intervenir mais Joseph l'arrête d'un geste de la main.
— Ah ! Tu as peur, hein ? Pauvre tas de merde ! Je parie que toi, tu n'as jamais tué un homme. Mais moi, si ! J'en ai tué, j'en ai tué, et tu le sais !
Charles titube. Il est pathétique.
— Rentrez vous coucher, c'est ce que vous avez de mieux à faire ce soir, lui dit Joseph.
Et sans attendre de se faire insulter une fois de plus, il monte dans la voiture avec son chauffeur, qui démarre aussitôt.
Charles mâchonne quelques jurons en piétinant sur place comme un ours sur des braises puis remonte le Kurfürstendamm en direction du Tiergarten. C'est l'heure où les cafés, les restaurants commencent à se vider. De la fumée s'en échappe comme de fours. Charles a froid, il grelotte. Les passants l'évitent. Il croise d'autres soûlards dérivant comme lui dans la nuit glacée. Juché sur une poubelle, un rat en train de dîner le dévisage de ses yeux en tête d'épingle. Un tramway crie. Un bus à impériale brinquebale. De rares automobiles crèvent l'obscurité de leurs phares tremblotants.

Tout au long du voyage, ce fut un morne paysage blanc de forêts, de champs saupoudrés de neige, où le noir de la terre affleurait, rendu plus mélancolique encore par le brouillard. L'Allemagne était bien comme ses peintres l'avaient saisie. Ô le corps souple de Tamara contre le sien dans la grande galerie du musée des Beaux-Arts ! Tout au long du voyage, son cœur resta si lourd.

Mais à l'arrivée, un soleil bienveillant caressait les quais de la gare de Hanovre et, en descendant de son wagon, Charles sentit un parfum de lilas abandonné derrière elle par une chevelure claire et qui flottait, pur et frais, comme isolé par quelque effet magique des vapeurs âcres du charbon, des odeurs de graisse et de métal mouillé. Sur le quai, une vieille grand-mère argentée retrouvait sa petite-fille qui tenait dans ses bras le panier d'osier de son chat avec un tel sérieux qu'elle en était comique. La petite bête affolée miaulait et, sans doute, elle avait miaulé pendant des heures, durant tout le trajet. Il marcha quelques pas puis s'arrêta et se retourna pour regarder : la petite-fille et sa grand-mère, la foule des voyageurs, leurs visages, leurs expressions – et va savoir pourquoi cette vie simple qui s'écoulait le touchait à ce point !

Il fut le dernier à quitter le quai. Il n'avait emporté que sa sacoche d'officier en cuir qui contenait ses papiers militaires, son argent ainsi que deux paires de chaussettes, trois caleçons et une chemise qu'il avait ajoutés machinalement au dernier moment sans raison précise. Car il était parti sans se demander ce qu'il ferait après. Il allait vers la seule personne au monde qui l'attendait. Il allait vers ce nouvel inconnu qui avait un visage rond de vieux soleil ridé et un bon sourire.

Sur le parvis de la gare, il s'aperçoit soudain qu'il a oublié un détail : l'adresse. Il se souvient qu'elle la lui a donnée sur un bout de papier mais bon Dieu, où l'a-t-il fourré ? Merde, ça n'est pas dans les poches de ce pantalon mais dans celles de son uniforme qu'il a laissé à Berlin ! Quel imbécile !

C'est alors qu'il comprend – comment a-t-il pu ne pas le comprendre tout de suite ? – la signification de ce détail : elle lui a écrit l'adresse de son domicile familial... A-t-elle cru qu'après des années de guerre il a pu oublier son adresse ? (il lui a dit qu'il avait des problèmes de mémoire) ou bien a-t-elle fait semblant de le reconnaître pour son fils ?

On lui indique la poste sur l'avenue qui part de la gare. Il demande l'adresse de Mona Lerner. On lui explique comment s'y rendre. Les gens sont très aimables ici, pas pressés.

Et voilà, maintenant, il est devant la porte d'une petite maison à deux étages au bout d'une petite rue. Il sonne. Elle met du temps à venir. Elle est très émue en le voyant. Dans ses pattes, il y a un vieux chien, un épagneul. « C'est Parci. » La bête le renifle. Mona fait entrer Charles. Elle lui donne à boire et à manger.

Ce soir-là, ils ne se parlent presque pas. Il leur faudra du temps pour tout se raconter.

Elle l'embrasse devant sa chambre.

À demain !

Il se glisse dans les draps de son lit et reste longtemps les yeux ouverts.

– Gustav, murmure-t-il, Gustav...

DU MÊME AUTEUR

Aux Éditions Albin Michel

LE DÉMON DE HANNAH, 2009.
JE VEUX QUE TU M'AIMES, 2010.
L'INTRUS, 2011.
LA VIE DONT TU RÊVAIS, 2014.
LE SYSTÈME, 2015.
UN NOUVEAU DÉPART, 2016.

Aux Éditions de l'Avant-Scène

LE CAÏMAN, 2005.
LE DIABLE ROUGE, 2008.
LA VIE SINON RIEN, Collection des « Quatre-vents », 2008.

Composition : IGS-CP
Impression : CPI Bussière en juin 2016
Éditions Albin Michel
22, rue Huyghens, 75014 Paris
www.albin-michel.fr
ISBN : 978-2-226-32878-6
N⁰ d'édition : 22282/01 – N⁰ d'impression : 2021572
Dépôt légal : août 2016
Imprimé en France